/评论卷/

李建军 主编

云雾散开

中国书籍出版社
China Book Press

本书编委会

主　编：李建军

编　委：（按姓氏笔画排序）

刘　枫　李　岩　李建军　张永义

张景兰

文学沉积的美学追求

蔡骥鸣

　　晋·葛洪在《神仙传·王远》中写道："麻姑自说云：'接待以来，已见东海三为桑田。'"

　　中国的东海岸，原就是一片沧海桑田的土地。连云港的云台山曾经就是大海中的岛屿。《西游记》开篇第一回是这样描述的："这部书单表东胜神洲。海外有一国土，名曰傲来国。国近大海，海中有一座名山，唤为花果山。此山乃十洲之祖脉，三岛之来龙，自开清浊而立，鸿蒙判后而成。真个好山！"

　　山与海此消彼长，成就了这一片神奇浪漫的土地。所以，这个地方诞生了《西游记》《镜花缘》这样想落天外的奇书。

　　若干年后，我到了连云港海边的云台山上，这里处处可见海蚀的沉积岩，它们就像一本本年代久远的古籍，被老鼠咬啮得边缘参差不齐，但却给人一种沧桑古老的历史感。海蚀的沉积岩，经过海浪的冲刷，经过无数岁月的风化，变得更加奇崛，更加鲜明，更加注目。

　　我们常说，新鲜的东西放不久。而老的物件经无数人把玩后，形成了一层层叠加的包浆，反而更加圆润，在暗淡的光泽里透出幽幽的光，让人生出一种敬畏之感。

　　文学，既是一门古老的艺术，也是一门年轻的艺术。

　　如果没有文学，我甚至不知道人类的精神生活还有什么可值得玩味、留恋的东西；如果没有文学，我们的情感世界也仍然是一如原始时代的粗砺和愚拙。因为有了文学，我们的情感世界变得越来越丰富，越来越细腻，越来越精彩，越来越值得我们回味和咀嚼；反过来说，正是一代代优秀的文学作品，才培养了我们的情感世界，让我们不再愚钝，不再麻木，不再冷酷，不再无情。经久的文学名著，就如一壶壶老酒，香愈浓，味愈醇。

但文学又在长生长新。每天有无数的作者在探索、在求新，在想着法子把直接的语言拧成麻花，把简单的语言变得更加绕舌，把正常的语序弄得颠三倒四，把明明白白的话覆上一层面纱。每一个同时代的人都希望看见新的语汇，看见新的故事，看见新的结构，看见新的想象。但有些同时代的作者又往往被当代所嫌恶，所丢弃，而为后代所崇尚，为后面的文学指明航向。

从1949年到2019年，70年过去了。对于一个人来说，70岁已是古稀之年。70年了，国家经历了很多事情，个人也味尝了很多变故，文学也经历了岁月和风浪的数轮冲刷。70年后再回首一望，能留下来的东西不多了，而能留下来的东西就一定是个沧海桑田、层层叠叠的海蚀沉积岩，一定是个挂满包浆、油光润滑的老物件，你想说它不好都不中。那一定是个好东西，一定值得我们把玩，一定值得我们揣摩，一定值得我们回味。

把过去的作品归拢起来，既算是给生活留下一些记忆，也算是给文学留下一个供人瞻仰的碑刻。无论如何，都表明历史没有虚度、文学没有空白。

2019年11月22日

目录

001	文学沉积的美学追求	/ 蔡骥鸣
001	我读到了一份纯粹（外二篇）	/ 周维先
007	平民小说与平民作家（外四篇）	/ 周维先
015	胸藏万壑　月映千江	/ 张成杰
019	片片情思，飘自时代的激流	/ 张峦耀
024	文品·人品	/ 殷胜理
027	主、客观的遇合与诗歌空间的拓展	/ 刘晶林
030	寻找精神上的一方净土	/ 刘晶林
033	诗歌海洋里的冲浪者	/ 李锋古
039	梦从事业延展到文学	/ 李锋古
042	叙事结构、审美特质与人物隐喻	/ 赵江荣
051	网络文学辨	/ 胡广平
054	现实主义传统的继承与开拓	/ 徐习军
062	作为文学表象的爱与生	/ 李惊涛
077	当我们逃离纷杂的人世	/ 何锡联
081	一部长诗的三个维度	/ 刘　枫
093	二月阡陌风自暖	/ 王军先

096	苦难是有力的	/ 蒯 天
101	一座必须进入而难以渗透的精神岛屿	/ 望 川
109	翻译琐谈	/ 张亦辉
115	像诗穿行在诗中	/ 蔡 勇
117	生命的徒迁	/ 李 明
121	当代电影中的类文化意识初探	/ 徐家康
132	传奇时空的意识形态趋向	/ 卞永清
140	唤醒人类的迷梦，迎接觉醒的阳光	/ 张景兰
145	因为爱，所以爱	/ 李建军
150	青春的芬芳格外香	/ 李建军
156	李洁冰的小说场域与价值指涉	/ 刘方冰
165	与历史人物对话（外一篇）	/ 蔡骥鸣
171	困境突围中的心灵之殇	/ 蔡骥鸣
173	甘将赤子心 献给连云港	/ 马永娟
177	生活无处不飞歌	/ 徐学鸿
180	以英雄之名，铭记英雄	/ 孔 灏
187	风乎舞雩咏而归（外一篇）	/ 孔 灏
193	心灵的呼唤	/ 莫延安
198	人间烟火里的爱与暖	/ 徐 凝
202	福克纳与吕新小说比较论	/ 张永义
210	魏晋款文人的魏晋款文字	/ 徐则臣
213	灌河惊涛 意蕴丰厚	/ 相 玲
215	曹延标儿童文学创作艺术探	/ 金 刚
222	琐谈《镜花缘》与明清六大小说的关系	/ 李德身
230	从"惟善为宝"的标榜看李汝珍思想的局限	/ 许卫全 李昌华
238	郭小川抒情诗的艺术追求	/ 夏春豪
252	《镜花缘》价值的重新认识	/ 龚际平
260	论曹禺早期剧作的浪漫主义特质	/ 陈留生
273	从《过客》等篇什看鲁迅创作的荒诞意识	/ 张宜春

| 279 | 浅析朱自清和鲁迅的交谊 / 陈　武
| 287 | 西游取经故事的主旨演变与玄奘身世安排的嬗变 / 伏涤修
| 296 | 海州文化对明清文人小说创作的影响 / 李传江

| 310 | 编后记

我读到了一份纯粹（外二篇）

周维先 1937年出生，江苏宜兴人。1958年毕业于东北师范大学中文系。曾任连云港市文学艺术界联合会副主席、主席、党组书记，兼任江苏省电影文学学会副会长、江苏省电视艺术家协会副主席。中国剧协、中国影协、中国视协会员。著有《周维先自选集》（十卷本）。

走在院子里，偶一抬头，哦，蜡梅开了。它颜色淡淡的，一点也不绚烂；香味幽幽的，一点也不妖娆。素面朝天，一片天真，在春天到来之前静悄悄地开放。它没有喧哗，没有矫饰，不事雕琢，绝不招摇，带着一片率真绽放在百花烂漫之前。这是一份超脱，更是一番境界。

正像我近日正在阅读的文章：看不到字斟句酌谋篇布局的刻意，也看不到一江春水向东流般的语言狂欢。作者张国良，是连云港市企业界的风云人物。一篇篇文章却低调而又平实。真人，真事，真感情。

真得如此之善，如此之美，如此动人心弦，常常直抵我心头最柔软的去处，让我感喟不已。

读他的文章，就感觉他在倾诉，我在聆听。面对面，心贴心，无拘无束，侃侃而谈：关于战友，关于同仁，关于母亲，关于小姑，关于没有血缘关系的外甥女，关于理发店的女老板，关于不打不相识的客户王奇，关于用匿名信函指导工作的退休领导，甚至那辆立下过汗马功劳的老吉普，都有一个令人动容的故事。读着张国良朴实无华的文章，我不由得纳闷——或许，没有技巧就是一种技巧？不事渲染也是一种渲染？为什么他的文章深深吸引了我？为什么这么明白如话的文字，竟然释放出不可抗拒的魅力？

　　思来想去，我终于找到了答案：我们身边上演着太多的豪华与挥霍，太多的虚与委蛇和刻意逢迎，让你在眼花缭乱的假面舞会中，不知道在哪里才能找到真情实意。这时，一个不戴面具的人向你走来，给了你一份当今时代十分难得的纯粹。

　　纯粹的文字源于纯粹的感情。

　　纯粹的感情应出于纯粹之人。

　　我虽然与张国良同志只有一面之交，读了他一篇篇纯粹的文字，我相信：他或当是一个纯粹的人。

彭云其人其文

　　彭云，在我心目中，是一个无法复制的人。他曾历经磨难。他曾破帽遮颜。风里雨里，泥里水里，阅尽世态炎凉，尝遍人生百味。那年月，一顶右派帽子足以压垮一个五尺男儿。而彭云，始终没有丢掉手中的笔和对于未来的梦想。

　　就是这样一个在苦难中不失尊严、在绝境中也能活出人样来的人，在他即将进入耄耋之年的时候，为我们奉献了一本称得上洋洋大观的《彭云文集》。

　　《彭云文集》在连云港现代出版史和文化史上，应该说也是不可复制难以逾越的。这本书，我是专门到彭云府上去拜领的。捧着这沉甸甸的大书，我不由得心生敬畏，一时语塞之后，很长时间都处于失语状态。不是无话可说，也不是话无法说，而是不知道该如何说，才不至于以偏概全，挂一漏万。

　　彭云的文章，可以当作文学作品来欣赏，也可以当作文化著作来研读。他博闻广识的视野，他古今通览的气度，他对连云港风土人情、历史掌故，烂熟于胸，了然于心，使他的许多篇什，看似信手拈来，却常常涉笔成趣。那行走中的文字淡定自然，时时露出机趣。一如徜徉在山阴道上，移步换景，赏心悦目，我辈着实不可与之比肩。

在我看来，《彭云文集》既是他的散文随笔之总汇，也是一本连云港历史文化小百科全书。它的文学价值、文化价值、文献价值，在连云港都是独一无二的，无可取代的。

记得捧回文集的那一天，我徐徐翻开飘着墨香的书页，顿然觉得走进了连云港长长的时光隧道。我很安静，又很超脱；我很通透，又很享受。掩卷之后，我觉得自己更丰富了，更知性了。在书中，彭云不断地切换时空，穿越古今，你可以读到几十年前新浦的街谈巷议风土人情，你可以吃到令人垂涎的蟹子豆腐和当路朱二亲手烹制的狗肉，你可以走访那些老街坊、老字号、老戏院、老寺庙、老茶炉、老草行，烟鬼们抽大烟的老膏店，叫卖衣服的估衣市，你还可能不经意间在石板路上同诗人石曼卿、作家李汝珍、才女刘淑曾甚至与画家王宏喜、建港总指挥赵泳意外相逢，牵着手扯着衣袖，到小酒店里烫一壶老酒，天南地北地畅叙一番。

在彭云笔下，小到一树一花一屋一人如烟往事之芬芳记忆，大到鹰游苍梧海退人进之沧海桑田，远至秦东门、抹字碑、印心石屋，近到盐滩东移、新浦内河码头和20世纪30年代海州第一个航空港在大雾中飞出第一个架次，大凡连云港的历史沿革、地貌变迁、达人巧匠、英雄豪杰、高山奇泉、名花古树、逸闻遗踪、文学巨擘，都在彭云的文章中留下了身影。

这些身影大都已然远去。他们属于昨天，也属于岁月。如果无人记载，或将被逝水淹没，成为永远的遗憾。不可设想，我们的文化遗产如果因了我们的掉以轻心、我们的无知无畏、我们的金钱至上、我们的急功近利，而在历史的风尘中灰飞烟灭，即使拥有香车宝马豪宅美眷，也只能成为没有精神支撑的骨质疏松者，一个失去文化基因的无根之人。这是危言耸听吗？倘若你能把它当作盛世诤言来听，我将不胜感激。

从极左时期到欲望年代，彭云数十年如一日，用自己手中的笔，用他娓娓道来侃侃而谈行云流水般轻松畅达的笔调，写出了一大批雅俗共赏的文章，为我们和我们的后代，留下了连云港的古往今来前世今生。真可谓功莫大焉！

在多年交往中，我渐渐读懂了他，他也慢慢看清了我。彭云在我眼中，当然不只是我的兄长。他是一个不知疲倦的行者，行走在云台黄海市井酒肆之间。走累了，最大的享受就是来一坛正宗的绍兴"女儿红"。他是一个不辞劳苦的耕耘者，太阳还没出山，就已经开始一天的劳作。苍梧小区凌晨四点响起电脑敲击声的，只有他家了。

他是一个以付出为荣的奉献者，一辈子只晓得在书桌前呕心沥血，做一颗永不生锈的螺丝钉。至今，还没学会在市场经济大潮中，拿他的文章卖个好价钱。出版这么好的一本书，竟然还要在自己不太鼓的钱包里掏出六万块，怎能不叫人叹息再三？

更加匪夷所思的是，他抓紧编纂这本文集的动力，是一场超越生死的旷世恋情。在序言中，他深情款款地写道："……我流着眼泪编成了这本自选集，作为献给我最亲爱的人的一个纪念，因为若不是她的支持，我是一事无成的。……其实，她没有走远，她依然在冥冥中注视着我，关爱着我，呵护着我。不过，她渐渐恢复了往昔的形象，那高挑的双眉越来越清晰了。"

读到这里，我和妻子都禁不住为之动容。我眼前浮现出彭云打成右派后，妻子杨秀珍每天黄昏在桥头翘首远望、等待他平安归来的画面。终于，彭云摘帽了，杨秀珍的身体也垮了。此后的三十年，彭云朝夕服侍，呵护备至，退休后，更是从妻子早七点起床到晚上入睡，全天候悉心照料，不厌其烦地忙前忙后。

就这样，他们相互支撑着从不堪回首的厄运中携手走出来，相濡以沫，相依为命，相爱相守了半个世纪。当一生中最安定最舒适的晚年时光让他们备感幸福的时候，杨秀珍驾鹤西去了。彭云面前一片空白。在痛不欲生的日子里，他看到了妻子从彼岸投来期许的目光。于是，彭云重新振作起来，不舍昼夜，编出了这本不同凡响的大书。

我想，这或当是彭云平淡一生最为华彩的爱情传奇。如今，在垂暮之年，阴阳两隔的生死之恋，为这本大书的出版面世，平添了几分悲情和浪漫。

看来，多年来我犯了一个错误，居然没有发现彭云大哥是一个如此重情之人。

老彭，兄弟又要对你刮目相看了。

我不知道你如何抚摸心灵

昨天，难得有机会在一起喝茶，咖啡因让我有点兴奋，我对他说：你是个内心很浪漫的人。至于他的行为是否亦然，我无从考据，也不会去考据。

多年来，我跟丰古常常在会场相遇。近则握手，远则点头。偶尔走进他的办公室，不拘形迹海阔天空的可能，几近于零。我们相差二十多岁，不可能像年轻哥们那样抵足而眠，也未曾如文友般促膝长谈，一醉方休。这或许是因为我一辈子都没有学会如何与官员你来我往。

但是，他看上去与大多数官员不尽相同。每当他信马由缰的时候，我不由得琢磨，他为什么有那么一点另类？

从2004年起，他以一年一本的频率，给我赠送诗集，直到牛年春节之后。我有点应接不暇，更有点不知所措。我知道他希望我说一说。攒到六本，厚厚一摞，我踌躇多时，连连叫苦，不知该如何下手。

我喜欢诗歌，也读过许多古今中外的诗作。诗是有生命的，更是有年龄的。丰古的诗看上去比他本人年轻。读他的诗有一点灼眼，甚至有一点烫手，一不留神，还会觉得心被烫了一下。

为什么会有如此这般的呈现？这与他的阅历有着怎样的关联？高中毕业后，他种过地，扛过枪。在军队那样庞大的男性集团，十年里，除了淬火，是否还有缺失？在山东大学的寒窗下，他熊熊燃烧的青春，可曾在春风沉醉的晚上蓬勃而出？后来，回到故乡东海，在那个相对丰饶的小地方，他的心头可还盘踞着抹不去的荒凉？再后来，丰古走进了不大不小的连云港，繁华之外，他无法排遣的仍然是孤独和寂寞。

我说不清丰古为何如此多情，更道不明他的诗何以总是离不开一个情字。显然，他多血质，他奔放，他常常压抑心中的狂野，又常常在一见倾心之后磅礴地喷发出鼓荡已久的滚滚岩浆。哦，那是漫长而又痛苦的蓄积和等待。只有到了忍无可忍无以复加之时，才得以痛快淋漓地宣泄释放。那一刻，他的至情至性从暗夜中奔突而出，百转千回，大放光彩，甚至让循规蹈矩的人们，拍案惊奇，大呼匪夷所思，不可思议。

那不是笔尖的墨，那不是喉中的歌，也不是一般意义上的诗。丰古的诗不仅有年龄，还有个体生命的质感和体温。而且，何止是生命。读他的诗，我恍惚感到，此时此刻，丰古正用血肉之躯，用永无宁日的灵魂，酿造着一杯杯苦涩而又甘洌的酒浆。彻夜狂饮之后，醉眼蒙眬之时，发出一声声追问：问世间情为何物？

　　那么，直教人以身相许，可是唯一的答案？

　　是的，目光无法抵达的地方，心能够到达。

　　我相信，丰古那诗人般永远与爱情为伍的灵魂，哪里都能到达。因为，诚如他所说：爱情就是太阳，是我一生的信仰，我时时刻刻都在叩拜哟！

　　我不知道，丰古渴望抵达的去处，可有一个让诗人拥抱安宁与和谐的驿站，在耐心地等待着他？那个驿站，距离行行复行行的他，还有多远？

原载《周维先自选集》，中国书籍出版社 2017 版

平民小说与平民作家（外四篇）

周维先

在中国作家协会主办的《小说选刊》上，读到陈武新作《拉车人车小民的日常生活》，别是一番滋味在心头。这别是一番滋味，不仅来自异常淳朴的车小民，更来自那个信笔挥洒出车小民艺术形象的平民作家陈武。

陈武，早在20世纪90年代初就以一篇《估衣》令我刮目相看。在那篇小说里，20世纪40年代的新浦街，被描绘得活灵活现。可是屈指一算，三十来岁的陈武，那时还没出世呀！那阵子我正担任《连云港文学》主编，我倏然感到自己在江苏的夜空里发现了一个明亮的星座，那星座不仅闪着温馨的人性之光，还带着几分犹疑和羞涩，冉冉地上升着。我兴奋地将他的作品推荐到省作协、省委宣传部。

在此前后，陈武写了许多以少年时光田园生活为题材的小说，抒情的笔触蘸和着几许怀旧和伤感，显得有些唯美。当然，我不认为唯美有什么不好，我就很唯美，有时不免有几分诗化、理想化、梦幻化。我想，这也许正是文学不同于生活本身的一个重要方面。

后来，陈武涉猎的生活面逐渐扩展，那些从农村流向城市的"边缘人"引起了他的关注。边缘人特殊的处境和遭遇，陈武感同身受，毫不陌生。刊发在《小说月报》上的《时间风景》，就是以边缘人的视角，看现代城市人动荡不定的生活和充满变数的命运。陈武在这篇小说里，以电影蒙太奇手法，连蹦带跳地截取了几个时空，便完成了一幅世相人情的速写。大量的留白，像中国传统绘画和书法一样，给读者留下了想象的空间，让你在不尽的回味中，咀嚼生活的种种况味。

《拉车人车小民的日常生活》使人想到《贫嘴张大民的幸福生活》。贫嘴张大民苦中作乐，善于调侃，而这篇《日常生活》似乎又是对那篇《幸福生活》的调侃。从这篇小说可以看到陈武毫无保留的平民视角。他几乎将自己全身心地化入车小民之中。这个车小民跟那个张大民，虽然都是生活在最底层的人，可作为一个向城市边缘讨生活的车小民，看上去更本真，更人性化，更容易满足。唯其更容易满足，那辛酸苦涩就愈加难以言传。

陈武不俯视车小民，做出悲天悯人状；不仰视车小民，一味拔高其优秀品质。他平视车小民，彻底地平视，有时几乎让你把车小民和陈武重叠起来。尽管这种重叠过于率性而主观，但有一点是毋庸置疑的：陈武是一介平民，他以一介平民的身份，在毫无背景的情况下，悄然走上文坛。走上文坛之后，他仍是一介平民、一个城市边缘人。所不同的是：他比车小民多了一副眼镜，多了一颗善感的心，一支灵动的笔和一张足够儒雅的面孔。

陈武，给连云港文学园地带来了一份清新，也带来了欣慰和希望。

陈武，扬起你的风帆吧！祝你在无边的艺术之海上，不断开启新的航线，不断开拓新的视角，给我们带来新的惊喜。

我和你所有的朋友都在祝福，都在期待。

李洁冰的灵魂之旅

如观天上行云，如临村野溪流，跟着感觉走，一直走到娓娓叙述的尽头，却感到叙述还在延续，如阵阵山风时时在身边吟哦咏叹……

多年前，第一次阅读李洁冰投送《连云港文学》的作品时，上述感觉就曾攫住过我。如今，把一本沉甸甸的《乡村戏子》读到最后一页，我又重温了那阔别已久的感觉，赏心悦目悠然神往的感觉。

合上书页，我不由得研究她的名字。那三个字竟有两个字与水相关。玉洁冰清，可见父母的珍爱和期盼。或许，真的因了她是水做的骨肉，那文字便全然没有浑浊腌臜之气、忸怩作秀之态。充溢其间的，是全方位氤氲清丽的水气和素朴本真的质感。那舒缓流动的语言，细腻绵密的叙述，那令人怀旧的细枝末节，像迤逦而来的一泓清溪，不事张扬，绝不喧哗，却在水波不兴之中，让我读出了长长的叹息和深深的感动。

藏而不露，节制，内敛，含蓄，是很需要一番功力的。我相信，如果没有对语言的敏感，对风格和文体的领悟，她的叙事魅力和个人风格便无从谈起。

尽管一切都尽可能地不形于外，作家对生活、对生命个体的激情，仍然不断地撞击着我的心。我深知，这一切的出发点，便是李洁冰在童年故乡的石磨边孕育至今的乡土情结和悲悯情怀。这种浓情已久的人文精神，像一束聚光灯投射着女性的命运，特别是农村女性的命运。

李洁冰笔下的农村少女或追求纯真的爱情，或向往美好的生活，有的人终极理想只是做一个城里人，但这些女人的结局，往往令人黯然神伤。

女人的宿命与故乡的桑园一起随逝水而去，于是便水到渠成地构建了李洁冰小说独有的悲剧美。用蔡骥鸣的话说，这是一种极富穿透力的"透明的忧伤"。

透过那水一样透明的忧伤，我读到了她对陈陈相因的父权、夫权和集体无意识含泪的文化批判。而这一切，都隐藏在叙述的背面，是在无言之言中悄然实现的。无言之言，是一种很高的境界。尽管它在李洁冰笔下显得凄美、哀婉甚至有些许无奈。有的时候，不免感到无奈得令人扼腕。或许是因了那些农村女性无法抗拒宿命，无法在拒绝宿命中实现自我发现和自我成长。

诚然，文学创作不管是源于生活还是耽于幻想，都是一次在文学世界里的精神漫游。那漫游如果是"零度介入"的，便是无灵魂的。而我从来最赞赏全身心的投入。那是整个生命整个灵魂全方位投入的灵魂之旅。唯其如此，作家才能引导读者一起，寻找真正属于自己的精神家园。

女作家吴尔夫说：精神最压抑的日子是真正接近真理的日子。苦难是通向上帝的阶梯。

李洁冰从来没有在灵魂缺席的情况下进行文学创作。她与前辈文学家便有了可以神交和沟通的契合点。有了这种文学的禀赋和创作态度上的优势，她在精神漫游中不断攀升，将是指日可待的。她笔下的女性将在风云际会中与日俱进，在精神世界中不断地实现自我发现自我成长。而我，也诚愿带着对李洁冰的祝愿和期待，做一名灵魂永不缺席的读者。

王成章的非虚构文本

印象中，王成章送过我两本书：《抗日山》《国家责任》。都是大书。真正意义上的大书。不光是捧在手里沉甸甸的，而且让我切切实实感受着历史的沉重。

按照当下时髦的说法，两本书都可以称作非虚构文本。其实，非虚构文本，就是以写实为第一要义的报告文学、传记文学。不过，前者听起来更"学术"一点，更玄乎一点。如此而已。

王成章，说话轻声细气，一开口就是礼貌用语，是个儒雅秀气的白面书生。他的诗，他的散文，看上去都说得上文如其人。偏偏这两本大书如两颗炸弹，让我猝不及防，不得不改变了对这个"小白脸"的看法。

《抗日山》给我的第一感觉：八面来风，大气磅礴，大有席卷之势。那些人，那些事，王成章辛辛苦苦寻寻觅觅十一年。都与抗日山有关，却往往活动在不同的时间、不同的空间。而且是战争。怎么写？怎么把一大堆的东鳞西爪，变成一部庞杂浩繁而又井然有序的文学作品？

《国家责任》写一个群体，而这一个群体的代表人物只有一个：张国良。但是，没有壮士断腕，没有兵临城下，没有生离死别，没有泣血悲歌。而线性历程长达三十年。这又该怎么写？

王成章看起来对于中国传统文化是下了一番功夫的。比如中国绘画，特别是山水画。为什么可以平远，可以高远，也可以深远？为什么再辽远阔大的空间，都可以尽收囊中，让人一目了然？那是因为中国画早就找到了与西方绘画完全不同的视角：散点透视。王成章在灵感勃发之际，毫不犹豫拿起这个祖传利器。好！正是这个传家宝，成就了他的《抗日山》，令南北东西各不同的人和事，在散点透视的大格局中，左右逢源，纵横捭阖，呈现出横看成岭侧成峰的万千气象。

而《国家责任》则完全不同。他主人公的单一性，决定了只能用焦点透视，只能浓墨重彩，加上中国式的工笔淡彩。而且是全方位多侧面。必要时还须在中国和世界的大格局中进行360度全景航拍。只有如此这般，才能把人的历史和历史中的人，立体地、多维度地、活灵活现地、有血有肉地凸现在中国改革开放的时代版图之上，成为与众不同独一无二不可复制的"这一个"。那便是来自生活的典型，来自时代的典型，来自中国梦的典型，来自过去、现在和未来的典型。

"史家之绝唱，无韵之离骚"，是鲁迅对太史公马迁的点赞。

王成章，这种点赞是不是已然成为你今后为之奋斗的目标和方向？

谢谢你对连云港报告文学的贡献。那贡献，使你可以高屋建瓴，站在中国非虚构文本的制高点上，兴味盎然地展望大千世界，走上更广阔的创作天地。为此，我也要为你点赞！同时，我也将怀有更多更大的期许。

可以吗？成章！

认识一下相裕亭

相裕亭是谁？无疑，这对于许多人来说实在是个陌生的名字。如果我也不熟悉他，那可真该吃罚单了。为什么？因为我们都是爬格子的呀！一开始，相裕亭只不过小试牛刀，隔三岔五在《雨花》的"新世说"上发一两个二三百字的小品，或幽默，或嘲讽，让你突发的笑容转瞬间凝结在脸上，而眉宇间锁进了一缕沉思。的确，他写得很聪明，聪明中隐藏着看不见的锋芒。都说他是以小见大。到底能做成什么样，谁都无法预测。

进入21世纪以后，相裕亭披挂上阵，竟然在螺蛳壳里做起了道场。不仅做成了，还做出了突破，做出了开创，以至于形成席卷之势。相裕亭在微型小说界刮起一股生猛的旋风，让编辑、读者和同行们，都把惊奇的目光投向这个昨天还名不见经传的怪客。就这样，相裕亭不仅成名了，而且毋庸置疑地成为微型小说界独树一帜的人物。

那么，相裕亭究竟做了什么？他是不是有所师承呢？是的，他的确有师傅，但他的师傅不是别人，正是他不得不面对的危机和困惑。写了多年小小说，在不到2000字的篇幅里，他锤炼了自己的节制能力。多一句不如少一句，多一字不如少一字。从遣词造句到谋篇布局，都努力简中求精。但是，2000字又能做多大的道场呢？穷尽所有的视角和写法，也难以让求新求变的读者不离不弃。怎么办？相裕亭毅然走出苦闷，义无反顾地踏上创新之路：他要挑战小小说的传统模式。与此同时，他也挑战了自己。为此，他必须付出代价，必须背水一战。再三斟酌之后，他决定在不打破小小说文本构架的基础上，扩大它的内涵和外延。但是，走这条路的，早已不乏其人。相裕亭注意到，这些作家的作品，用系列的方式做足了地域特色，却没有一个在独立成篇的系列中，贯穿同一个主人公的。他突然感到这或许是一个最好的突破口。别人没做过的事情我来做，别人没走过的路我来走。否则，怎么叫另辟蹊径？

几年中，相裕亭马不停蹄地在《百花园》《小小说月刊》《短篇小说》上连载了系列小说《盐东纪事》、《大盐东和他的女人们》和《盐河人家》，都是小小说连缀而成的长篇。单独看，每一篇都是精粹可人的微型小说，连起来读，则是一幅盐河历史变迁和民俗风情的绚丽长卷，而且都贯穿着一个主人公、一条故事线。《小小说月刊》用整整一期的篇幅，刊载他别具一格的《大盐东和他的女人们》。这个没有先例的举动，令小小说同仁大为震惊。而作品中盐河文化的陌生感和故事的传奇色彩，也着实吸引了许许多多眼球。随后，这家期刊又以每期6至7个页码连载《盐河人家》。而《盐河人家》则以人物的多维化和人性的复杂性见长，故事也更曲折更好看了。三个连环冲击波卷起一个比一个更高的浪头，作家评论家们纷纷称赞相裕亭把小小说做大了，把一个小文体的视野做大了，把一系列小文本于不知不觉间做成了大文本。相裕亭终于实现了自己的理想：让涓涓细流汇成浩荡的大河，把一粒粒水晶串成了美丽晶莹的项链。那项链上的每一粒，几乎都是经得起推敲的精品。那篇《威风》，只用了把一根头发吹到鞋里这一小小的细节，便写活了大东家，也极为传神地写出了他的威风，让人隐隐嗅到了经典的气息。还有《忙年》中的女人，散发着祥林嫂的余韵。作家的悲悯情怀扑面而来，不由分说地撞击着读者的心。

相裕亭，一鼓作气地攀登高峰，每登上一座山峰，都给我们带来一片新风景。他一而再地现身在小说排行榜上，甚至于跟前辈大家平起平坐，很给咱连云港添了些光彩。在连云港文学界，相裕亭堪称写盐河文化第一人。在中国小小说这个山头上，他也是第一个吃螃蟹的人。

朋友，认识一下相裕亭，这或许是一件很开心的事？

蓦然回首李建军

他的笑容总是那么灿烂。

初识时，他还是个阳光少年。后来，成了阳光青年。2015年，在一次文学聚会上见到他，乌黑的板儿寸里，冒出了星星点点的白发。虽然笑容依旧，阳光依旧，还是有一种难以言说的滋味。

我愿意自己老去，却不愿看到后生晚辈早生华发……我无法告诉你，这是一种什么样的感情。想一想：年深日久的笔墨之交，有意无意的耳濡目染，或远或近的相互守望，亦师亦友的默默关切……这一切，是加法吗？不，是乘法。是混合吗？不，是化合。化合之后，便悄然升华，于是乎一种超越友情、近乎亲情的情结，就挽在了灯火阑珊的心灵深处，心心念念，沉沉浮浮，在时光的长河里难以释怀。

认识建军之前，我不知道山溪淙淙的云台山里还有一个蟹脐沟。那山的模样竟然像伸出两只巨螯的大螃蟹。就在那个颇有几分传奇色彩的地方，他度过了一个摸螃蟹、钓沙光鱼、在炉火熊熊的牛棚听饲养员讲古、在漫漫冬夜有外婆温暖怀抱的童年。或许因此，他的心里充满阳光。

在南通求学的时候，他已然是一个腹有诗书的文青。毕业那年，一篇处女作在《紫琅》发了个头题。回到连云港，就进了专业对口的港务处。不久，又借调到交通局主编交通史。交通史编得很出挑，公安局便抢着要他。最后，去编制办捧起了铁饭碗。总而言之一句话：顺！

还有更顺的：1986年，他与莫言等作家肩并肩出现在《北京文学》上。小说《狐狸谷》，犹如一篇宣言，告诉人们：连云港一位青年才俊，器宇轩昂地走进了读者和评论家的视野。

三十多年过去了。那小说，即便现在读起来，仍然让人拍案叫绝，赞叹不已。小说以圆形结构，把物欲和情欲、复仇和救赎结合成一个严丝合缝的环。这悲剧性的宿命之环，令人毛骨悚然，却还是欲罢不能。建军把人物、事件、情景都写到极简，多一字太多，少一字太少，只需寥寥几笔，就把你推到彼情彼景之中，恍如置身其间。读《狐狸谷》的时候，我不由得想到曹禺的《原野》、奥尼尔的《榆树下的欲望》。哦，它们之间冥冥中有什么息息相通的地方吗？想来想去，没有想出结果。

但是，一种直感挥之不去：在李建军出手不凡的《狐狸谷》里，我似乎嗅到了经典的气息。这可是一个了不起的开端哪！

后来，不可思议的事情发生了：风头正劲的李建军，突然下海了。先是开公司，随后，又是酒店，又是舞厅。一时间，他疲于奔命，焦头烂额，直到两手空空，做了职业写手。其间，许许多多的人物专访，连篇累牍的纪实文学，足以证明李建军不是一个懒惰的人。终于，他不再以卖文为生，又有了稳定的工作，回到了业余作家的老路上，重新找回了久违的充实和安宁。

于是，我读到了他质朴走心的《一路走来》。

读罢这本散文集，我想问他：《一路走来》是不是在人生转折点上，对生命的回望？

是啊，建军这一路，真是走得很不容易，很累，累到身心俱疲，欲哭无泪。但是，他依旧阳光灿烂，依旧重情重义。为了李惊涛调离连云港，要到杭州赴任，他无所顾忌地挥泪大哭。我很受震动。从此，对建军这个性情中人有了更深的了解。

如今，连云港的文友们虽然星散四方，但仍然亲如兄弟。相聚时，大家跟李建军一样，阳光灿烂地高高举起酒杯：为了他用漫长的岁月完成了一个圆，最终回到了文学之岸。我们干杯，不仅为了往事，也为了共同的文学之梦。咳，文学，说到底，是我们的宿命呀！

举杯的当然有我。因此，我有理由对建军有所期许。我等待着建军在男人最出彩的中年，再展雄风，一步一个脚印，登上梦想中的文学高峰。

建军，我相信你。

原载《周维先自选集》，中国书籍出版社 2017 版

胸藏万壑 月映千江

——漫谈孔灏先生新书《江上数峰青》

张成杰　1943年出生，江苏连云港人。笔名老山泉、白水。中国诗歌学会会员，江苏省作家协会会员，连云港市诗歌学会名誉会长。作品散见于《诗刊》《扬子江诗刊》《星星诗刊》《诗神》《雨花》《飞天》《江苏工人报》等报刊。著有诗集《走进秋天》《老山泉诗选》《墙头草》等。

孔灏先生以诗名世。当年，中国作家协会直属刊物《诗刊》"诗人档案"栏目曾一次性发表其诗作34首，且编者按指出："在古典与现代的语境交汇中，孔灏的诗歌是当代汉语诗歌的一个重要收获。"实际上，此君的散文和文学评论作品俱甚可观，只因在其诗歌光芒的映照之下，才会变得不那么为人所津津乐道了。当然，其研修传统文化多年，国学功底之深厚，在连云港市文坛确是人所共知。特别是2017至2018年，他在《苍梧晚报》开设的"孔灏国学随笔专栏之千江有水"取得很大影响，得到了社会各界的肯定。2019年1月，诗人孔灏与中共连云港市委宣传部和江苏省作家协会分别签约的重点文艺工程项目《江上数峰青》一书问世，更以长篇纪实散文的形式，选取了中华优秀传统文化中的一些精彩侧面以及典型人物，或借以抒情，或艺术解构，或联系当代赋予新的意义，语类风雅颂，事涉儒道释，视角独特，观点新颖，兼以根据描述对象之所不同，有时深情款款，有时思辨悠悠，充分展现了中华优秀传统文化的博大精深和迷人魅力。一读之下，令人欣喜：作为通俗理论读物来看，其深入浅出，旁征博引，可称为通俗理论读物中有益的探索性作品；作为少儿读物看，其生动有趣，意义深刻，实为孩子们学习传统文化非常容易入门的课外读物。

此书在内容上，有如下主要特点：

一、阅世甚得其"真"

一是阅世情，有真体验。如《皇帝的澡盆》《他们的帽子》《竹子的声音》等，即治国平天下之事亦如对坐闲说家常，如此，则"皇天无亲，惟德是辅"、"水则载舟，亦能覆舟"或"舍生取义"等大道理，浑如百姓洒扫应对之日用常礼，令人更觉其浅近真切。二是观世相，有真知见。如《成长多烦恼》《良辰美景多》《小偷的道德》等，写孩子的成长，写男女的爱情，甚至写到了小偷的"道德"，种种世相，均非平面的观察叙述，而是深入内在，挖掘其蕴藏的文化、伦理意蕴，使人知本源，明纲常。三是察世风，有真悲悯。如《且吃云门饼》《潇洒走江湖》《难忘的春游》等，或见出世之人的深情，或见入世之人的闲情，而无论出世还是入世，又无论是深情还是闲情，皆其情如一：都是对众生的大爱、大悲悯！

二、写人突显其"善"

一是写儒家，突显其济世之善。从《孔颜乐何如》，到《孟子不高兴》，再到《苏东坡造假》等，读者自可看见真正的儒家们嬉笑怒骂，皆存善念；举手投足，是谓明德。二是述道人，突显其养性之善。如《老子有三宝》之"一曰慈、二曰俭、三曰不敢为天下先"，如《神仙好不好》之"海市蜃楼皆幻影，忠臣孝子即神仙"，如《梅花当三弄》之"闻君善吹笛，试为我一奏"……或冲虚清淡，或意兴超拔，亦皆如三河少年，风流自赏。三是记禅者，突显其修心之善。读《一苇渡江去》，观水流心不动；读《再饮赵州茶》，悟茶香思无邪；读《好雪曾片片》，知"青青翠竹，尽是法身"等等，一派"过去心不可得，现在心不可得，未来心不可得"的大乘宗门气象。

三、用典尤尽其"美"

一是其法语之正，有正大庄严之美。如《良相与良医》之"先天下之忧而忧，后天下之乐而乐！"，如《求仁者得仁》之"求仁得仁，又何怨？"等等，或感叹，或追问，或叹而再问，常使读者于某一言句之下即生为圣为贤之心。二是其巽语之柔，有温柔敦厚之美。如《不见世间过》中苏东坡所言"吾眼前见天下无一个不好人"，是人何其敬也；如《一朝吟风月》中崇慧禅师所言"万古长空，一朝风月"，是人何其弱也；如《夜夜抱佛眠》中南郭子綦所言"今者吾丧我，汝知之乎？"，是人何其无助也……然唯其如此，每每可使读者乃以坤卦"厚德载物"之德自我激励，自我警醒。三是其俚语之切，有言笑晏晏之美。《频频呼小玉》中引唐人小诗之"一段风光画不成，洞房深处畅予情。频呼小玉元无事，只要檀郎认得声"，以闺阁中语引领学人悟道，柳绿花红；《相见多所欢》中引吴越王钱镠返乡大宴乡亲时所唱之歌"你辈见侬底欢喜，别是一般滋味。子长在我侬心底里！"，以田间俗语写烟火气十足的真性情、真情意；《飘摇寄生草》中引鲁智深大闹五台山后所唱之"谢慈悲剃度在莲台下，没缘法转眼分离乍。赤条条来去无牵挂。哪里讨烟蓑雨笠卷单行，一任俺芒鞋破钵随缘化"，以市井白话直抒胸臆，表情达意……使读者如闻其声，如见其人。

在结构上，此书之《引言》中以"江上数峰青"之实景，对应"蒙"卦之象，引领读者面对江水和时间，面对青峰和空间，辨析物质与精神，品味流逝与永恒，从而展开了对于中华优秀传统文化的回溯与反思，并顺理成章地得出了如下结论："所有的人、所有的事、所有的时间都和江水一样会成为过去；但是，必定会有名字、会有品格、会有语言、会有行动、会有精神、会有坚持如日月之明光照千秋！这些名字、这些品格、这些语言、这些行动、这些精神、这些坚持永远如青峰之屹立，突显于天地之间，突显于历史的长河之上。"如此，则中华儿女，皆因为有此文化而共同成就；如此，则龙的传人，皆因为有此基因而相互认同！如此，也最终实现了孔灏先生关于"观乎天文，以察时变；观乎人文，以化成天下"的创作指导思想。

一部《江上数峰青》阅毕，亦如孔灏先生在此书的《后记》中所说："还不仅仅是犹如经历了一场悠悠千载的豪华聚散,且更像是重温了一场熟悉而陌生的旧梦,却又早忘却了开头、结尾,乃至各种细节。应该还有很多话,没说完;还有很多人,没遇见;还有很多风,没有吹到她的窗前;还有很多雨,没有打湿月光和春天——但是,江水从来不会因为想要留下山峰的倒影,就此停滞不前。"愿江水浩浩,引导孔灏先生的文艺创作永远与时俱进;愿青峰巍巍,见证火热的生活在迈向现代化的进程中永远保存着对于历史的温情和对优秀文化的传承。

原载 2019 年 4 月《连云港日报》

片片情思,飘自时代的激流

——《连云港文学》诗作漫谈

张峦耀 1947年出生,江苏连云港人。江苏省电影家协会会员,连云港市作家协会会员。在《作品与争鸣》《电影文学》《电影创作》《花溪》《农民日报》《江苏戏剧报》等报刊发表评论、诗歌、报告文学作品数百篇。

纵览20世纪80年代以来《连云港文学》发表的诗作,仿佛看到一个闪光飞彩的立体形象,又好像听到连云港人民激昂向上的心声。当我掩卷沉思的时候,觉得一股股时代的激流在心中跃然奔腾……

一

著名诗人艾青说过:"对于诗来说,它却常常是借助于感情的激发,去使人们欢喜与厌恶某种事物,使人们生活得更聪明,使人们的精神向上发展。"(《诗与感情》)

《连云港文学》上的大多数诗篇正是用这种在诗作者心底酿成的浓郁的革命激情,来作为诗中的脉搏,从而赋予诗强烈的时代气息,使得它们都自然而然地流露出一种激人向上的情绪。

这种情绪的流露,是通过清晰的、明快的格调来实现的,《连云港文学》

发表的诗作大都具有这样的特点。正当诗坛上有人推崇朦胧的时候，1982年第一期《连云港文学》上就大胆地发表了江尧禹同志的诗作《要诗，不要梦呓》，这首诗颇有见识地讥讽了盛行在诗坛上的不正之风。在开展清除精神污染的斗争中，那些被艾青称为"歪七八糟"的诗，受到文艺界人士和读者群众的批评，这就愈加证实了《连云港文学》的见识与胆量。

怎样让人们在为"四化"奋斗的道路上，不满足于过去的成绩？王辽生的《领奖的时刻》，充满着一股冲向未来的激人向上的感情。在诗的结尾，诗人这样豪迈地唱道：

> 我要让我箫孔喷出激情，
> 添中华几许豪迈。
> 我要取雄风，
> 轻装上阵，
> 冲向诱人的未来。

这种情绪是从作者心底里自然流露出来的，因而才动人心弦。

李莫森的《祖国啊！我的母亲》是一首给人们以爱国主义热忱的抒情诗。诗作者写了一个为"我"（应是一个大我）"拂去了困锁天空的阴云"的慈爱的母亲，一个"对我来说是美好的憧憬"的母亲，进而想到了"我"对祖国母亲的"庄严的责任"。全诗荡漾着爱国主义激情，启迪人们去爱祖国，爱社会主义。

在"四化"建设中，如何将自己一切乃至生命贡献给壮丽的事业？张立国的《生命的价值》从一句民谚展开了丰富的联想，将人的生命喻为灯，把热血喻为油，青春喻为蕊，唱出了"就是身躯像一把干柴，也要化作烈焰熊熊"的豪情。

杨永明的《翅膀》，写出了一个戴着红领巾的孩子天真活泼、深情的梦，道出了下一代充满理想的美好心灵……

崔月明在《露珠》中，把一个能够"映出一个透明的早晨，和那一轮火红的太阳"的露珠作为咏颂张海迪的喻体，从一个颇为新颖的角度，对"聚集着太阳的信念"的露珠——张海迪的歌颂，进而升华到"看到一个世界在成长"，以小见大、由浅入深地把一种真挚的情感传递给了读者，从而影响着读者的情绪……

这类题材的诗，能给人们以坚贞的信念、崇高的理想、向上的精神、发奋的品格，使人读完后，获得一种时代的激情。

二

连云港是一个依山傍水、既有历史古城又有现代新港、既有神话中的花果山又有现实中闹市的好地方。这里自然界的本身就像是一幅绚丽多彩的画卷。《连云港文学》上的诗，有不少把大自然中的美摄在自己充满韵味、富有浓郁的地方色彩的所谓"山海诗"里。

这一首首山海诗，大都能用精练的文字，勾勒出一幅幅画面，使它呈现于你的脑际，并产生一股股强烈的诗的激流，冲击着你的心扉，引起你心底对祖国、对社会主义的爱的共鸣……

张成法的《美哉宿城》是一首极美的风景诗。瞧：那"一汪碧水，水粼粼"，那"晨雾夕霞罩古松"，那"香绕绿裹……"诗作者用极为浓缩的诗的语言，把宿城这个游览胜地的优美而迷人的景色相当精巧地展现在人们面前。读完之后，的确"醉"了，在醉之中，引发了人们对祖国山河强烈的爱。

我们随着彭云《卖菜》的诗情，看见了一条从乡间到城市的绿色的系带，诗作者把车上的菜想象成为"大自然精美的雕塑"，我们像是在古城的长巷中真切地闻到了田园的清香。

魏琪的《贝歌》，是唱给那一颗颗"玛瑙般鲜红""翡翠般碧绿"的贝壳的歌，我们读着诗作者这支精巧的歌，仿佛到了大海岸边，去拣回对时代的"缕缕思念"、对港城的"丝丝眷情"……

徐新浦的《大山畅想》，将大山与人生紧紧地联系在一起，写大山的性格、豪兴、容颜、"独特的语言"、"真挚的情怀"。作者在面对家乡大山所流露出的特别的体验中，升华了他捕捉到的关于人生的信念。

沈立晓在他的《渔港之夜》中，向人们勾勒出又一幅优雅的渔村夜景：

"马达吐出了最后一个烟圈,风帆卷进去未落的一片晚霞",这种描写所造成的意境正是为了衬托"和一曲渔家乐,笑指着满舱鱼虾"的丰收主题。

这些"山海诗"充满诗情画意的表达,使人们得到一种美感。更重要的是,人们通过诗,看见了一个优美的立体的连云港,从而使自己情操得到陶冶。

三

法国著名艺术家罗丹说过:"艺术的整个美,来自思想,来自意图,来自作者在宇宙中得到启发的思想和意图。"现实生活中的值得讴歌、赞颂的人们身上的那种美的精神,深深地激发了诗作者的情弦,从而使他们笔下的人物形象健康、美好、高尚、纯洁。

丁芒的《给耕耘者》,是一首赞美编辑工作的诗篇。"鲜花开到别人的枝头",心灵多么美好。全诗细腻、含蓄、动人,使你对编辑们那种"为他人作嫁衣裳"的崇高思想境界肃然起敬。

谈虹的《小桥》是一首优美的小诗。"纵然步到海角天涯,也不会忘记你啊,小桥。"为什么呢?作者把大自然中的桥和老师——这座"把我们从愚昧送往知识彼岸"的世界上"最美的桥"——融为一体,使我们看见了人民教师的美好形象。

李玉书的《有一棵老树》,写出了一位为下一代幸福而"奋力改造这片荒山"的育林老汉,他那献身于后来人的品格,与诗作者笔下优美的诗句一样,久久地撞击着读者的心怀……

咏过这些诗篇,我们可以从优美的人物形象身上看到连云港人民在"四化"建设中的精神风貌,得到教育和鼓舞。

四

在《连云港文学》近几年发表的诗作中,我们也读到少数格调不高的诗篇。

《我爱你》《你在那里》两首情诗中流露出不健康的格调。错误在于：作者把爱情与事业的关系给弄颠倒了，似乎什么都是"爱"所派生。听，"只有你能慰我在尘世的寂寞，茫茫大地，只有你才是我生存的动力"。在"我"看来，只有爱，只有爱恋中的他，才是至高无上的，这无疑宣扬了爱情至上论。

《海思》流露出的只是一种令人悲观的情绪。

类似这样的诗，虽然很少，但也应当抵制，以防不正的诗风蔓延。

原载《连云港文学》1982年第2期

文品·人品

——感于刘安仁先生的《世象撷拾》

殷胜理 1949出生,曾任连云港市第二、三届作家协会副主席,现任连云港市杂文学会副会长、连云区作家协会主席。发表各种体裁文学作品数百万字,其中60余篇获市级以上奖项,著有杂文集《夜阑小语》、散文集《横笛竖箫》、报告文学《搏海逐浪》等。

市作家协会主席、杂文学会副会长兼秘书长刘安仁先生对我来说既是良师益友,更是情同手足的兄长。他工于诗赋,尤善杂文。近日,杂文集《世象撷拾》问世,自是先睹为快。

其实,收入《世象撷拾》中的156篇文章,多年来散见于报纸杂志,不少已经拜读过,其过目难忘之诤言妙语早已铭记心间。如今,从头到尾一气阅过,更有种心如浪鼓礁屿、情悬人海征帆般感慨。细细品味,方悟出绝非一句"文如其人"所能道尽。

著名作家李育中先生曾为《随笔》寄语:"一士诤诤胜于众士诺诺。"尽管在这歌舞升平之盛世,人声鼎沸得振聋发聩,然诺诺众声中能听到一二诤言实属令人欣慰之事。

"不发违心之论,不道顺耳之言,不避欲加之罪,不畏暗箭明枪。"先生的人生信条,既体现在《世象撷拾》洋洋洒洒的30余万言中,更浸透于其"文曲"入俗的60余个春秋。我读《世象撷拾》一书，总觉先生似在不断深化着做人的学问，为文仅是手段，做人才是真谛。

一个人来到世上，并不是件轻松的事，而要在人世间做好一个堂堂正正的人，来度过这短暂而又漫长的一生，更显得不易。民间有句俗语为"从小定八十"，是说一个人童年的好恶优劣将决定其一生，此言尽管失之偏颇，但却多少有些普遍性。

"幼时，上私塾，花上多天时间写一个人，才赢得先生一句'锦言'：嗯，勉强像个'人'字。于是，谆谆教诲铭记在心：先写好人字，再学会做人，堂堂正正做人。"这是先生的童年感受，而最终成为他一生的追求。谁都有学知长识的童年，谁都有学写"人"字的开始，但却不都是到头来堂堂正正地做人。花十多天时间学写一个"人"字易，用一辈子时间做一个人难，这就是世界的奇妙。其实，道理也就这么简单。

先生的话极富哲理，他说："人生，就是先读人，后做人。"读人，需要眼光，需要品位，读懂那些真正堂堂正正的人，在心中树起丰碑，化作偶像，自身才有望成熟起来，高尚起来……正因他一直敬佩古今中外那些注重修身养性品行高尚者"万人如海一身藏"的人生态度，所以先生数十年间无论顺逆沉浮，都有一种"安闲舒适，得其所哉"的心志，最终达到"活得鲜美，活得透彻，活得完全"的可贵境界。

当然，这种笑对人生、"笑傲江湖"般的博大胸襟，与世无争的是名利得失，执着追求的却是人生价值。他在《生活有个目的》一文中说："生活要有个目标，兴许，这个目标你最终达到，也许你没有达到。这都无关紧要。关键在于你是否为之流汗、流泪，甚至流血了……因为你有了一个或大或小的生活目的，所以，你就没有白白地活着。"

这是先生的人生独白，对于自定的人生目标，他又只求奋斗，不计回报。得之欣慰，失之坦然。他在《临窗走笔》中解析："细细想来，世间那些最想得到的，一不小心就成了白日梦，而最怕失去的，总是那些绝妙的瞬间。"观察人生，入微；悟透人生，绝妙！

于是，他说："这人世间，论人衡世，应有尺度，道尽胸中作心事，求全不如'半'字好。神龙见首不见尾遮去一'半'；雪山空留马行处，掩去

'一半'；侍月西厢，迎风启开，妙在'一半'；怀抱琵琶，美人遮面，魅在'一半'。"

可以说《世象撷拾》的耐读之处在于，先生在探索自身如何做好人的基础上，教育警示着广大读者。

如果稍作留意，就可发现书中不乏先生多与退出宦海的一些老友对世态炎凉和人生品位的探讨。先生经营《连云港日报》"花果山"副刊这一园地近20载，交友广泛，其间不乏师从其门（文学）而后得意高就者，更多的却仍为市井草民，而他对谁都只重文友之情，不嫌身份贵贱。高风亮节奠定了他在港城文坛的盛望。"文品，人品，人格，为文者要有人格的力量"，然高尚人格的形成最需要人世沧桑的磨砺。

早年，先生曾一度屈居瓜棚蒿下苦读，于夜半山涧探索；中年，为办报事业鞠躬尽瘁，为培育"文痴"呕心沥血；晚年，心胸豁达，自得其乐，早晚练两球，四季冷水浴……

文品好，人品好，自然少不了案前常聚学子，身边多有良朋，如此做人，何憾红尘一次，潇洒一生！

原载2002年10月16日《苍梧晚报》

主、客观的遇合与诗歌空间的拓展

——评孔灏近期的诗歌创作

刘晶林 1952年出生，一级作家。著有诗歌、散文、小说、长篇报告文学集共计十多部，以及话剧、电视片若干。先后获紫金山文学奖、江苏戏剧文学奖、江苏省政府一等奖、《人民文学》征文奖、中国影视家协会长篇电视片奖等多种奖励。

大凡好诗，应当具有如下特征，即诗人在创作的过程中，面对客体的把握，必须是消除了主、客体之间的对立，完全把对象与自己进行同化，并且在这之后，形成了主体对客体的超越与升华。这样一来，外在的认识，顺理成章转化成了内在的体验。而这种体验，便是诗人对于审美领域的自由拓展，对于理想世界的自我创造。

孔灏的诗，就具有这样一种显著的特征。

我们知道，客观世界不依赖人的主观意识而存在。同时，我们还知道，诗歌是诗人通过个体劳动对于生活所进行的艺术创造。在诗歌创作中，诗人的主观感觉，别无选择地成为诗人对客观世界的反映过程和创造过程的重要连接点。于是，诗人主观与客观在不同组合状态下的遇合，形成了艺术生命凝铸的重要契机，乃是孕育诗歌、打造精品的产床。

现在我们来看这样一首诗："秋至尽处／水含蓄／水含蓄到无边无际时／就

有了心事／就鼓动岸边的小野菊／于草木萧瑟里／开得热烈而蓬勃"……孔灏在这里，把他笔下的小野菊，由客观存在，轻而易举地就引渡到主观感觉上来。接下来，诗人激情澎湃，"该怎样放纵你我的小野菊／该怎样忘掉你我的小野菊／斟满秋天的一只酒杯我的小野菊／把我一饮而尽的饮者我的小野菊／你落落大方我就敢于狂野／你沉醉，我清醒到底。"至此，谁还说小野菊仅仅是秋日岸边的一株不起眼的普通植物？诗人通过主、客观的遇合，恰到好处地对小野菊进行了物化。于是，小野菊丰满了，唯美了，充满了诗歌特有的灵气。

但是，常识告诉我们，仅仅有了主体心灵与客观世界的遇合，并非一定能够打造出艺术精品，这里涉及一个主、客观遇合程度的把握问题。这是因为，当诗人面对所须表现的客观世界时，主观于客观所调动和引发的隐潜在心灵深处的审美机制，多数情况下，往往呈现出一种比较消极的接受状态。而理想的状态则不同了，其表现为客观世界不再被动地被主体心灵观照，自由的主体心灵也不再造成客观世界的残缺。这种艺术创造中最高层次上的遇合，当是诗人们不懈追求的终极目标。

显然，诗人孔灏深知此道。近观孔灏的诗歌作品，至少他在以下三个方面，进行了悉心的把握。

一是注重同化过程。以《瓶里的月亮》为例，孔灏在诗中的暗示使某些对主体发生相似或形成的原始意象近似的事物被主观地联系在一起，由此，审美心理结构与对象被相当程度地同化，便成了一种可能，从而为审美意识结构的发生做好了必要的准备。

二是注重个性化。在艺术创造中主、客观遇合的一个重要标志，在于遇合过程发生时审美意识的具体性、独特性，在于审美意识是否具有充分发展的自由意识。那么，让我们来看孔灏的《两滴雨》："他们在玻璃上追逐／日子像千姿百态的奔跑／流畅而透明／两个世界之间／注定会有一些风景成为距离／会有一些距离成为风景。"我们可以从中了解他是怎样把生活中新的发现与独特感受，以诗的形式，别具匠心地面对世界进行了诉说。

三是注重超越。我们知道，主观感觉中的生活与客观现实中的生活不是平行的。这是因为在主观对客体的观照过程中已经注入了个人的审美体验。正是有了这样的审美体验，客观生活便被主观感觉艺术化了，于是，就有了对客体的超越。20世纪80年代，孔灏开始写诗。当时二十出头的他就在《诗刊》《诗歌报》《诗神》等报刊上相继发表过大量的诗作，并多次在一些诗歌大赛中获奖。那时候他的诗更多的是讲究精致、唯美，讲究形式感，讲究类似什克洛夫斯基式的"陌生化"所具有的艺术区别于现实的独特感受。但诗人却不愿在一个固有的平台，做同一层面的轻车熟路式的行走。他拒绝重复，力求出新。他讲究诗的精致、唯美，却更加追求自然、和谐；他关注形式感，但更加注重诗歌的内在韵律；他对"陌生化"有兴趣，但更多的是张扬想象与语言在不经意间的鲜活和奇特。他的新作《孤烟直》《白雪迎亲》《在树的后面》等篇目，便是积极探索与超越自我的有力见证。

  说到这里，我们最后的指向势必离不开诗歌的空间构成。诗歌空间的构成，是由诗人、作品和读者这三个环节组接的信息传递过程。前面我们说到孔灏在艺术创造中的主、客观遇合，都与诗歌空间构成的三个环节密不可分。由此我们断言，说孔灏拓宽了属于他的缪斯的空间，一点儿都不过分！对此，我们完全有理由认为：我们期待的视野的边界，必将是孔灏诗歌奋勇抵达的边界！

发表于《诗刊》2008年第22期

寻找精神上的一方净土

——读《仲芙蓉小说集》有感

刘晶林

作家仲芙蓉，就像她的名字一样，具有花儿般的外在形象。但在《仲芙蓉小说集》中所收录的九篇小说，竟有七篇，充满了悲剧色彩。乍一看，似乎出现了背离现象，然而，这正体现了一位善于思考的作家的较高素质。我们都知道，小说的魅力在于通过审美创造一个主体性的世界。在人的自由情感以物化形式而存在的这个世界里，因为融入了作家的欲望、理想与追求，才有了寻找精神上一方净土的可能。于是，读《仲芙蓉小说集》，我们可以轻而易举地从字里行间深切地感受到仲芙蓉那种寻找的过程。

鲁迅先生曾经说过："悲剧把有价值的毁灭给人看。"仲芙蓉当然懂得，社会中人类整体的发展要通过个体的牺牲来实现；人的全面发展则要以异化，也就是片面发展，来开辟道路。因而历史的进步不可避免地要伴随着悲剧的发生，这是不以人们的意志为转移的。作家之所以关注悲剧，具有强烈的悲剧意识，是因为悲剧可以帮助人们真实地而不是冷漠地体验自己的异化存在，从而产生自我意识。现在让我们来看看仲芙蓉笔下的几个人物。《月牙镜》中的薛梅梅，为了婚姻自由，追求自己的幸福生活，离家出走，与老街绸缎庄的老板袁平海私奔。她以为自己找到了美满而又理想的归属，其实不然。当她得知袁平海花了一千块大洋，与她的前夫毛阿龙勾结，进行了一笔肮脏的交易——

把她卖给袁平海时,精神瞬间崩溃。小说最终以薛梅梅愤而摔碎了古镜,神经受到强烈刺激而疯掉作为结局。周文彬是小说《平地一声雷》中的一个悲剧人物。作为生产科长,周文彬经常陪同主任出入各种消费性的娱乐场所。结果主任与"三陪女"厮混,用了周文彬的名片,导致了纪检部门的查处。尽管周文彬毫不情愿,饱受委屈,却为了义气,独自担当,写了检讨,以至于受到严厉的处分。后来,在他的妻子项南以及朋友的帮助下,虽然弄清了事实真相,但周文彬又能如何?无奈之下,周文彬选择了下乡挂职……然而,悲剧的发生,周文彬企图以逃避的方式来应对,可他能够逃避得了吗?让我们再来看看《茅草屋的守望者》。刘振来到槐树村寻找四十多年前的结发妻子银杏。当年,刘振因思念妻子,擅自离开部队前往家中悄悄住了一夜。银杏怀孕后,家人不知详情,以为其不贞。此后屈辱伴随着银杏度过了无数个春秋。中华人民共和国成立后,已成为军队干部的刘振回到家乡,却偏听偏信,导致了悲剧的继续上演。直到多年之后,已经不再年轻的刘振在其第二任妻子去世、再次回到村里寻找银杏时,一个持续多年的谜团方才得以解开。那么,银杏仅凭早年收藏的一双绣有鸳鸯戏水的鞋垫,就会接纳刘振了吗?小说的悲剧色彩十分强烈。在这里,仲芙蓉把小说中的一系列人物,置于恩格斯所说的"历史的必然要求和这个要求的实际上不可能实现之间的悲剧冲突"之中,以个体价值的毁灭,揭示了悲剧的本质,从而增强了作品的艺术感染力。

须要指出的是,仲芙蓉笔下的悲剧极具个性化。人们常说,有一千个观众,就有一千个哈姆雷特。这个意思就是说,审美意识是不可重复的。对于一个作家的认知,审美意识是对所要表达的对象的最独特的把握。或者说,所要表达的对象不是作为一般性而是作为特殊性呈现于审美意识之中。这是因为,上述对象的独特性,是与主体的个体相一致的;只有以充分的个体意识来把握世界,世界才呈现出它独特的个性面貌。下面不妨让我们以两篇小说为例,来看一看作家仲芙蓉是怎样摆脱了生活中片面的实际需要,体现了个体独特的价值创造——一篇是《竹岛百合》,另一篇是《麻花辫上的蝴蝶结》。这两篇小说同样写了母女两代人的悲剧。不同的是,前者写到百合被卖往妓院的途中,被一个男人用钱赎了身,那个男人娶其为妾。后来百合不能忍受世俗的生活,与人私奔。而百合生下的女儿若冰,因长相极像母亲,而被人斥为"小妖精"……后者写了王姑娘的母亲由于其未婚夫调防随部队离去，受到了极大的伤害。数年之后，当她的女儿王姑娘的男友随军南下，她竟变态般私自扣留女儿男友的来信，并在其后阻止他进入家门，以致王姑娘精神受到严重创伤，成了"花痴"……两个故事，各具特色，让人读来，个性鲜明，丰姿多彩。

最后，我们想说说悲剧与审美的关系。鲍姆加敦在创立"美学"时，认为一切感性认识，只要进入审美关系，都可以成为审美的结果。基于这样的认识，我们来看悲剧的原型，它起源于原始的牺牲意识。原始人面对无法抗拒的大自然，为寻求神灵的保佑，以人作为祭献，为了部落全体的生存，而在悲痛意识中企图奋力寻找生存的力量。由此可见，悲剧意识导致的是对人类生存本质的大彻大悟，它在对人的价值毁灭的悲痛之中，促使人由自我异化的麻木状态中苏醒过来，恢复自我意识，追求人性的复归。所以，悲剧意识是一种肯定性的意识，它可以由极度的痛感产生出一种审美的快感。也正因为如此，人们才愿意到剧场去看那些让人们流泪的悲剧剧目，并从中净化自己的灵魂。

作为一个勤奋的作家，显然仲芙蓉深知此道，她在小说中娓娓道来，给我们讲述了一个又一个悲剧，其目的就是要高擎批判的大旗，通过审美理想来反观现实，揭示人类现实存在的片面性、有限性，为读者，同时也为她自己，寻找精神上的一方净土。为此，我们有理由相信，她的不懈努力，卓有成效而富有意义。

原载 2009 年 1 月 21 日《文艺报》

诗歌海洋里的冲浪者

——读庞涛诗集《逝水流年》

李锋古　1958年出生，江苏东海人。笔名丰古、谷雨等。中国作家协会会员、江苏省书协会员。曾任连云港市委宣传部副部长，市文联主席、党组书记。在省级以上报刊发表各类文学作品千余篇（首），获得各类奖项数十次。著有诗文集9部，主编各类文化书籍30余部。现为连云港市朱自清研究会会长。

当今诗坛，非常热闹。特别是进入互联网时代（微信时代），写诗的人多如牛毛，发表作品门槛低，随心所欲。博客、微博上，各种征文一浪高过一浪，各种奖项五花八门，让人眼花缭乱，乐此不疲。即便是纸质诗刊（包括民刊）也是雨后春笋般地出现。在一片喧嚣中有人发声，诗歌的春天又一次来临。

诗歌究竟是什么？古人早在《尚书·尧典》中就说过"诗言志"，即诗是抒发人的思想感情的，是人的心灵世界的呈现。真正的好诗，是诗人生命的一种延伸，是基于生活和传统的一个新鲜事物。当下，本来只是灵感的触发地，现在却成了终极之地。诗越来越为时而作，为名而作，完全放弃了"为天地立心"，这是诗被读者等同于无聊的内在原因。但在连云港的诗群里，有一位诗人却在拒绝喧闹，他在自己的诗歌领地默默地耕耘，他就是庞涛。

前些日，当我拿到庞涛先生赠送给我的诗集《逝水流年》时，我大吃一惊，眼睛也为之一亮。他是我多年的朋友，在金融界工作，现在是苏州银行连云港分行的行长。在繁忙的工作之余，三十年如一日，写出了这么多的诗歌。这种对诗歌迷恋和执着的追求，实在难能可贵，让人钦佩。

《逝水流年》分五个部分，即思想的讴歌、自然的踏歌、生活的赞歌、工作的颂歌和古典的雅歌，收进诗歌140首。读完这本诗集，我看到了庞涛诗歌创作的丰富性：从生活到工作，从宏观到微观，从社会到自然，从对祖国的大爱到自己的亲情，从古体诗到现代诗，可以说无所不包。阅读他这些触及心灵的诗，可以抵达一个诗性而丰富的世界，去感受和倾听内心的闪电和一种于无声处的尖叫！在这个过程中，对于庞涛及其诗歌的评价渐渐浮现于脑海——一位诗歌海洋里的冲浪者！

辽阔的大海、迷人的沙滩、蔚蓝的天空、温暖的阳光，多像怀春的少女，让人们向往和迷恋。但是，大海并非都是风平浪静，它随时都会动怒，暴风骤雨，波浪滔天，加上暗礁险滩，令人胆怯，令人恐惧，甚至有人临阵脱逃。这种挑战对探险者却充满诱惑，引得他们去一试身手，冲浪便是勇者的一大选择。让海浪尽情地拍打在身上，让刺激的呼喊声尽情地从浪花中迸发出来。

冲浪，是一种危险性很大的游戏。众所周知，世界上几乎所有的运动项目，无不以胜利结束。很少像冲浪者最后总是以失败告终的。这似乎是很奇怪的行为，没有香槟酒，没有到达终点的掌声，没有世界纪录，甚至既没有严格意义上的对手，也没有密切配合的队友，不论你在浪峰上多么出色地表演，最终滑板将离你而去，你被巨浪吞没。尽管如此，人们仍乐此不疲地向大海冲去。我想，失败也许是冲浪运动的巨大魅力。冲浪者以无比的勇气和毅力，毫无畏惧地面对种种艰难险阻，在抗争和征服的过程中，获得极大的乐趣和满足。

对于诗歌，我认为写诗的要义不是在于成功，而是在于无怨无悔地坚守。在文学艺术的海洋里，诗歌就是一艘寻找理想彼岸的"雪龙"号探险船，面对汹涌澎湃、风急浪高的各种海况，不是每个人都能够驾驭，即便能在文字词语的海洋里"冲浪"的人，也没有几个能获得成功。在诗歌创作这个领域，只有少数勇者和信念执着的人才敢涉足，而始终如一坚守诗歌阵地的，更是寥若晨星，而庞涛是坚守者之一。

庞涛先生是一个睿智的人。他不仅有诗歌写作的天分，而且对诗歌的理解也非同小可。一般人写诗都是出于兴趣爱好，庞涛除了对诗歌的热衷以外，他这样说："每一首诗，都成了我打开与现实、与未来、与事业、与朋友、与挑战的心结的'良药'，都是一个万能的'@'。诗歌也成了我丰润心灵、解忧去惑、励志成功的精神武器，助力我在多舛的命运中，时刻进行着生与死的路演；在前进的征途上，牵引着心灵趟过一关又一关。"他把诗歌看成是人生的一剂良药：人生处于迷茫的时候，他向诗歌寻找指路的明灯；工作遇到挫折的时候，他向诗歌要解决的办法；生活中有了纠结，他用诗歌来降解；在挑战面前，诗歌给了他力量，他拿起这个武器去奋勇拼杀……

英国哲学家培根有一段著名的话："读史使人明智，读诗使人灵秀，数学使人周密，科学使人深刻，伦理学使人庄重，逻辑修辞使人善辩，凡有所学皆成性格。"庞涛是真正从诗歌里得到了营养，诗歌提升了他的性情。他说："我对中央电视台的一档《中国诗词大会》节目非常喜欢，那种饱读诗词的魅力，让人羡慕。诗歌让快递小哥改变了命运，也让董卿更加走红。"

作为诗歌海洋的冲浪者庞涛，他的诗歌涉及生活的方方面面，触角延伸到各个角落，随便采撷几朵浪花，都能散发出五光十色的光彩，而且从中还可以捏出几根人性的骨头。他每一首诗都是带着思想在行走，都有现实思想的寄托。"面对生活/是选择回避还是选择担当/因为生活中不完全是诗歌和远方/还有苟且和坚强//面对青春，是选择奉献还是选择彷徨/因为时光里不完全是幸运和光芒/还有坎坷和梦想"(《面对》)是啊，现实生活的酸甜苦辣，是人们无法回避的，面对人生挑战，该选择怎样的生活态度，这既需要勇气也需要智慧，但最重要的是须要真实面对生活，不能逃避，这才是最勇敢的力量。在《边锋战士》诗中，他写道："无论站在哪条道/无论起点好不好/只要枪声一响/心中只有一个目标/这就是刘翔/这就是大满贯人生的写照。"英雄不问出身，起点重要但并非必要，在社会上提出不能让孩子输在起跑线上时，他却认为没有必要去埋怨先天的不足，完全可以通过后天的努力弥补，咬定目标，执着追求，才是成功的硬道理。生活中的庞涛，总是以积极的态度对待人生。"当挑战来临/不要犹豫/要把信念变成搏击的动力/让强大留在心里。"(《不要犹豫》）他在《古树》里写道："既然足够坚强／选择平凡就选择了坚守可爱／既然心态向好／选择奉献就选择感动未来／只要根植沃土／无处不是劳动者的精彩舞台。"古树的象征意义就是平凡者选择的意义。一看诗歌《心中的"@"》的标题，就知道它是一个富有时代性和时尚化的心灵意象，代表了心灵对外开放的"引擎"，让人感到清新自然，时尚动人，回味不尽。《每一天》中写道："每一天／您都给自己一个向往／用紧张和繁忙把黎明和夕阳丈量／只有深夜回家的夜露／才知道那日复一日的努力和梦想。"这首诗共五节，是基层银行主管一天的生活写照，他们忠于职守、兢兢业业、不辞劳苦、甘于奉献的精神跃然纸上，读后让人感动，肃然起敬。

冲浪运动，这是人与大自然的博弈，更是人们智慧、勇敢、自信和技巧的完美体现。只有站在滑板上，你才能领略它的强悍、它的刺激、它的活力。冲浪者都会有这样的体验：没有辛苦，何来成功？没有磨难，何来荣耀？没有挫折，何来辉煌？只有你付出了，才能得到应有的回报。有一年，庞涛还是一个基层银行的行长，面对"太阳雨"集团上市的21.5亿募集资金，与11家很行逐鹿资金托管权，他带领同事用智慧和艰辛的汗水，把不可能变为可能，在中行发展史上写下了辉煌的一页。当时，他写下了《我们就应当这样》："我们就应当这样／让寂寞的心儿歌唱／让平凡的日子发发亮／让前进的步履铿锵／让激情燃烧起来／同样的事情可以做得与别人不一样／我们就应当这样。"成功的喜悦和激动的心情，完全浸透在字里行间。像这样的诗歌还有很多，如《开门红》《鱼儿与大海》等。

诗歌创作，有时是一种功夫在诗外的写作。一首好的诗歌，大多在内心有一个灵感的碰撞，被诗人一下子喊了出来。如《寸草春晖》中的描写："清晨，阳光普照／沉睡后的大地／一切皆好／远处，回荡着春天的歌谣／有杨柳的妩媚／也有海棠的多娇／生活的沉重／挡不住小草的微笑／感恩，是神圣的话题／那份祝福，那份牵挂／始终会被带到海角天涯。"这种拟人的描写，说明再平凡的人生，只要有一颗感恩的心，处处都能体现不平凡的行动。

冲浪的意义不只在于成功，更在于欣赏。你看，冲浪者在汹涌的波涛声中，在高达十几米的浪尖上，傲然站立，如鱼得水，穿梭自如。这些画面，冲击你的眼球，冲撞你的心灵……阅读诗歌也是同理。读者在进入一首诗的时候，内心会呈现一个味蕾。庞涛在创作中非常注意这一点，他在自己创作的每一首诗里，或投进一种情怀，或酿制出一股酒香，或采撷一束繁花，或涂鸦一幅有釉彩的画，都给这诗注入了巨大的活力。如《轮椅上的父亲》："父亲，您不用烦恼／尽管天气不好／林中的鸟儿依然起得很早／院里的鲜花依然绽放微笑／不必顾虑行走不了／儿女就是您的双脚／／父亲，您不用烦恼／人生总是要衰老／强健挡不住岁月的消耗／青春挡不住生活的煎熬／不必记挂重负多少／儿女就是您的依靠／／父亲，您不用烦恼／幸福随处可找／晚年的宁静一样很有味道／夕阳的霞光一样令人倾倒／不必在乎讥笑冷嘲／儿女就是您的荣耀／／父亲，您不用烦恼／未来一定美好／有根的情意就有绿叶的回报／有水的包容就有四季的妖娆／不必恐惧山高路遥／儿女就是您的路标。"这首诗好在哪里？我想它是以情动人，任何一个阅读者介入此诗后，都会在内心产生共鸣。可以看出，庞涛这一首诗是在情感的酝酿后，水到渠成，妙手偶得。《秋天的风格》："岁月是一条长长的河／它流淌着记忆／也传递着感觉／就像那飞舞的枫叶／用它的斑驳／描绘了秋天的韵律和色泽／于是，所有的曾经／都凝固成季节的 loge／标准着异彩纷呈的传说／哦，如水的时光／哦，不老的风格。"四季分明，每个季节都有自己的特点和风格，就像人生每个阶段都有他的特色和魅力。秋天的美更特别，其实每个季节都标注了自己的 loge。当我们走进自己的人生秋季时，要勇于从灵魂上记住自己的特色。另外，我觉得《酒后》这首诗写得也不错："酒后，我迟迟不愿踏进家门／马路上来回寻找迷失的自己／虽然躲在树下，睿智的月儿／也会洞察出我心中的秘密／／酒后，我忘却了一切烦恼／蹒跚的脚步刻下不屈的坚毅／睡梦中，悄然飘落了雨季／心想，明天又会是一个阳光灿烂的日子。"这首诗，充分反映了基层干部，为了完成上级下达的任务指标，可以义无反顾……阅读庞涛的诗，让人感到很有韵味，给人一种惊喜、一种体验、一种理解、一种启迪。

  诗歌的海洋，是冲浪者庞涛流连忘返的天堂。他在乘风破浪、大胆创新的同时，也念念不忘传统的诗歌样式，这本诗集的第五部分就是格律诗词。这些诗词写得得心应手，比较工整流畅，也富有思想性，深厚的古典文学基础可见一斑。总之，庞涛先生写的诗很朴素，不晦涩；语言干净，分量重。有些诗颇具经典性，让人过目难忘。

纵观这本诗集，可以看出他想把一首诗写活，给一首诗以春天的力量，给一首诗以原生态的活力。因为庞涛先生工作繁忙，所以其诗歌意象大都与工作和生活相关，截取大自然的意象略显少一些，相信他在今后诗歌的创作中，会注意到这一点。更相信以他的聪明才智，一定能百尺竿头，更进一步。

原载 2019 年 5 月《连云港日报》

梦从事业延展到文学

——读张国良散文集《青竹梦远》

李锋古

张国良先生的散文集《青竹梦远》悄然面世，一个梦终于从事业延展到了文学。在一个人为自己的集团公司不停地奔波、事业做到辉煌的时候，进而转向文学，而且出手不凡，这不能不让人感到惊诧。但纵观作者的风雨历程，想来又是那么自然，那么从容，那么水到渠成。

认识国良先生时间很长，知道他的信息也很多，都是国字号的：全国人大代表、全国五一劳动奖章获得者、全国优秀民营科技企业家、全国关爱员工优秀民营企业家……最根本的是鹰游集团董事长，连云港企业界的风云人物。但近距离接触却是近两年的事，大都与文化及文学有关。当时我很有感触：一个企业家看重文化，喜爱文学，这个企业就能做得更大更强。

作者在20世纪50年代中期出生于江西农村，是中国恢复高考后的第一代大学生。五十多年的人生积淀，三十多年风雨兼程，目睹了"文革"十年的动荡，经历了改革开放的经济浪潮和个性时代的多重浸染，在内心认同、情感向度、价值取舍、人生遴选等方面，都迥异于当代作家的写作特别是年轻作家的写作。还有对事业孜孜不倦的追求，使他养成了独立思考、努力创新、坚忍不拔、精益求精和心胸宽广的个性特征。他的散文，没有刻意的雕琢印痕，文章朴实无华，但是读起来却让人流连忘返。正如周维先生说的那样：或许，没有技巧就是一种技巧，不加渲染就是一种渲染。

散文是一种不戴任何面具的文体，当你把情放牧在她的草原，一切都回归于真。在这本散文集里，作者并没有像有些作家那样，把自己的内心世界和思想本色包装或是掩饰起来，而是把心掏出来给读者看，把心灵的大门敞开让大家走进来审视，显现出一种不管不顾横冲直撞的真性情。如他笔下的《青竹梦远》《我的小姑》《我们十个人》等篇章，无论是写家人、写亲友还是写同事，都是那么侃侃而谈，毫无拘束，都是心灵的呐喊、真情的流露。在平平淡淡中，蕴藏在心灵深处的那片浓浓的情与爱都完满地溢于笔端，读后令人动容。

真正的散文应该是生活中美的升华，是人类情感的结晶，也只有贴近生活，挖掘内心矛盾和纷争，才能打动人，感染人，才有摄人心腑的效果。当你与国良先生相处久了，你会深深地感到，他是一个平凡的人、一个有责任感的人，更是一个性情中人。他关注社会，关注民生，待人平和，乐于助人，写了许多发生在他身边的平常的事和平凡的人，如《霞飞理发店》《小默》《过年》《我的吉普》等，有的是他帮助的人，有的是他关注的事，在字里行间无不透露出大爱无疆和人文情怀，读了这些作品之后，你的心情就会随作者的心绪转换而起落，而净化。

生长在江西的国良先生，说很重的江西话，一如他的作品带着浓郁的地方特色。江西山清水秀，风景如画，空气清新，我曾去过多次，每次都有不一样的感触，并写过赞美庐山和三清山的文章。俗话说：一方水土养一方人。我的理解是，环境对人的成长至关重要。换句话说，就是人的精神境界、思维方式、审美情趣、为人处世，和自然环境、社会环境、家庭环境有着密切关系。国良先生是江西这方水土养大的，美丽的山川、奔腾的江河、绚烂的鲜花、挺拔的翠竹，无一不给他幼小的心灵留下不可磨灭的印象，自然的美和人性的爱在他的心中潜移默化，打下了深深的烙印。还有一个细节，在孩提时他的母亲就经常对他讲，有水的地方是好地方，有海的地方是成大事的地方。多么朴素的话啊，可它蕴含着哲理：做事要有奔流到海不回头的精神，做人要有大海一样的胸怀。这种关照，应该说对他后来的事业发展和文学创作都起到了锦上添花的作用。

散文集《青竹梦远》是国良先生于人生历程中采撷到的一束鲜花,它像雨过天晴后的空气,给人一种清新和爽朗。

原载 2014 年 6 月《连云港日报》

叙事结构、审美特质与人物隐喻

——评李洁冰的长篇小说《苏北女人》

赵江荣 1959年出生,江苏连云港人,连云港师范高等专科学校教授。主要从事现当代文学研究,发表学术论文多篇。

江苏女作家李洁冰的《苏北女人》是一部约30万字的绵密厚重的小说。江苏凤凰文艺出版社在内容简介里称这部小说在现代化碾压农耕文明的进程中"演绎出一部中国当代现实版的乡村农事诗"[1]。"现代化进程对农耕文明的碾压"这个世界文学母题,在20世纪90年代已经成为中国文学绕不过的叙事场域,伴随着乡村陷落的社会现代化进程,在中国已经成为不可抗拒的事实。与西方作家一样,中国当代乡村书写也普遍基于现代性立场抵抗这一现实。值得追问的是:抵抗什么?为什么抵抗?在什么层面上抵抗?抵抗的资源和灵感从哪里来?对这些问题的思考,有助于推进中国当代文学乡村书写的现代性建构,引领作家参与中国现实语境的文化互动。

《苏北女人》正是在这一话语场域中对上述问题进行了深入的艺术思考,向我们展示了一条抵抗偏执的社会现代化的文化路径。小说叙述了一个苏北村庄的农事生活,运用对称、互文等叙事策略揭示了中国农村在现代化挤压下的循环与陷落的历程,展示了中国当代文学关于古典田园的想象和当前农村境遇的书写。作品朴素单纯的农事经验世界和主要人物的精神均与古典中国田园有同构性质,并作为文化基质与"现代"形成了抵抗的张力,同时参与了"现代"进程。

一、超越时空的"互文":《苏北女人》与《七月》

《苏北女人》丰富的意蕴首先生成于其叙事结构。小说分《春》《夏》《秋》《冬》四卷,每卷各有三个部分,以三个节气为题,十二节气构成了十二乐章。这种看似笨拙冗长的结构诱导我们进入一个久远的历史时空,那里完完整整地躺着一个更大的"田园",那里有中国最早的田园诗——两千五百年前的《诗经·国风·豳风·七月》。按照清人姚际恒的说法,《七月》是"月令书",是"风俗书"[2]。"月令"指四季十二个月的时间顺序,构成了叙事诗的结构线索;"风俗"指叙事内容,即诗歌描述的田园四季永恒循环的农事劳作。由于《诗经》的独特地位,加之叙述结构和内容的完美结合所呈现的完整性,无论是从文化人类学还是从审美学的角度,《七月》都可被视为中国古典田园文化模式的象征。

《苏北女人》是一部以农耕文明为叙事底色的长篇小说。虽然这部小说只字未提《诗经》,也没有提到《七月》,但是将《苏北女人》与《七月》稍加比较,我们就可以看出它们之间存在的超时空的互文关联。《七月》中的"流火"划过小说的天空,主宰着小说的意蕴和节奏,也召唤出《苏北女人》的对称结构:

> 七月流火,九月授衣。春日载阳,有鸣仓庚。女执懿筐,遵彼微行,爰求柔桑。春日迟迟,采蘩祁祁。女心伤悲,殆及公子同归。[3]

这是《七月》八章重复呈现的结构模式,思路是以天时挽人事,首先写时间轮转,然后引出相应节气中的人事劳作。《苏北女人》四卷十二节,每节以一个节气命名,几乎每节都从描写与节气相应的景物开始,甚至不惜以阅读的沉闷、呆滞为代价,然后再讲述故事。《苏北女人》的故事距离《七月》的创作者2500多年了,可是内容与《七月》一一对应,包括蚕耕绩染、茸屋御寒、秋收冬藏、岁终之庆,一应俱全。小说就凭借这节气、物候变换的时空屏幕,交错地上演了苏北女人不寻常的故事。《七月》首章叙述耕作之事:"三之日于耤，四之日举趾，同我妇子，馌彼南亩，田畯至喜。"[3] 这是中国最早的一幅文字农耕图：春天到了，农人整好农具，下地播种，妇女小儿挎着饭篮拎着水罐，送到田头。《苏北女人》仿佛有所感应，第一章就这样开场了：

  春播开始了，熬过漫长冬季的土地变得松软。渐次地，上面有了踢踢橐橐的脚步声、车轱辘滚动的声音，外带人喊、马嘶、老牛打呼的动静，还有农人凌空甩响的鞭子，吆牛的号子声，共同构成苏北早春天空下多声部合唱。这声音粗粝、乍猛，惶急里透着熟稔，带着一冬铆足的劲头，在每个日升日落的时辰演奏着。嘈嘈切切，将端木村人久已沉眠的各种欲望又唤醒了。[1]

小说主角当然是柳采莲：

  早年嫁过来时，采莲掮着锄头跟福生做农活，不唯下湖，还得去崖上。崖头，就是高处的地坡。正午坐在地头上喝水，偶尔一搭眼，就看到天宇下的崖坡上，一人一牛在耕地，远看两个黑点，背后一抹骆驼云，一趟一趟，不厌其烦地画着圈……此后，她的梦里始终留存着这样一组画面。农夫，耕牛，在天宇下的土坡上，永远没有尽头地转悠，一簇牛角上的红布条像火苗似的燃烧着。而那一声吆牛号子，那份游荡与戚然交织的天籁啊，简直就是入心入肺了。[1]

两幅图画，两个屏幕，顺势而接，隔着两千五百年，依然天籁般洽和。可是现在田园将芜！田园已芜！采莲的男人走了，其他的男人也走了，男耕女织就这样颠覆错位了：

  现在，三个女人牵着牛来了。站在地头上，满目风景，心中萧然。这是20世纪末叶，北乡人突然魔障了。像葫芦一般吸附在子贡湖周遭的村民，将种地视为梦魇。诅咒，逃离，掮着行李卷，被外出打工的浪潮裹挟着，南下北上，毛蛤似的滚入城市无边的滩涂。与之相对应的，则是端木村人的庄稼，越来越难下籽了。[1]

其实，令人忧虑的不仅仅是乡村，更是不顾一切滚入城市"无边滩涂的毛蛤们"和那张着贪婪大口吞噬一切的城市。中国现代化的脚步如此惶急、仓促，把身体和心灵裹在一起，蹂躏，撕碎。谁为之安神？从哪里获得能量与之形成对抗的力量？对这些追问的回应，或许就是《苏北女人》隐含的与《诗经》对应性结构的奥秘。

二、"意念"的契合：《苏北女人》与《天工开物》

小说作者和南京大学教授张光芒就《苏北女人》进行过一场文学对话，张光芒认为《天工开物》对这篇小说的谋篇布局有一定的影响。李洁冰对此回应说："这是一部以农耕文明为叙事底色的长篇小说。最初谋篇布局的时候，曾受过《天工开物》的启发，但它对于我的创作，更多还是气场和意念上的引领。"沿着作者提示的线索细心研读作品，我们的确可以发现《苏北女人》和《天工开物》两个文本之间隐约存在着某种内在的关联。这关联或许就是作者所说的"气场和意念"，正是它们"引领"出小说独特的叙事指向。

作为一部17世纪的科技著作，《天工开物》为何能"引领"一位作家完成她的创作？或许是两个文本的"气场"相合。的确，作为一部以农耕文明为叙事底色的长篇小说，《苏北女人》以农事为题材，春耕夏锄、秋收冬藏、豆麦黍麻是当然要写的内容，而这恰是《天工开物》最细密的主题。不过，在我看来，这仅仅属于外在"场"的耦合，真正重要的是内在"意念"的引领。这个"意念"就是《天工开物》蕴藏着的审美潜质，能在一定程度上把技术转化为审美，而这种审美又在现代语境下转化为一种解放。具体来说，《天工开物》是一部科学著作，却暗含着关于人与物关系的叙事：人与物以劳作为中介产生自然的亲和力；物与"开物"（劳动）均内在于人，完全不同于当下现代性的技术关系、消费关系。那些物（豆麦黍麻）、物事（农事技艺）连接着物候（天时节气），那些艰辛琐屑的技艺和劳作天然一体、和洽无间，充溢着生命的宁静和喜悦。这种"意念"与《苏北女人》的作者的意念契合了，引领着小说把一般农事的庸常劳作升华为审美创造：

娘在簸豆子的时候，抖着两个膀子，一忽闪，一忽闪，黄澄澄的豆子就飞上去，在漫天云里哗地绽开来。冬至正担心着呢，又见娘用簸箕轻轻一迎，豆子就乖乖地掉进去了。皮是皮，粒子是粒子。大的放一边，圆的放一边，瘪粒子和豆荚皮都归到一边。娘再簸，再迎，只见满天的豆子飞来飞去，真比天女散花还好看。冬至看呆了。笼子里的鸡鹅也看呆了。斜斜地朝天空望上去，又齐刷刷地随着女主人的动作看下来。如此往复，恰似舞蹈一般。[1]

这是最精彩的乐章之一，《天工开物》"簸法"一节简约、平静的内在情愫，在小说世界里转化为如此丰富喜悦的舞蹈，由此构成小说世界里沉重甚至残酷的乡村生存的另一面，即便是日常最繁重琐细的物事，诸如磨豆浆、做豆腐、烙煎饼、打凉粉，全都化成了舞蹈音符：

春分说的滚煎饼，和人们惯常用木匙子烙不一样。苏北没出嫁的姑娘，除烙得一手好煎饼，还得学会滚煎饼。就是将鲜地瓜打成碎米子，然后用磨推成糗糊。烙的时候，鏊子底下柴火熊熊燃烧着，这时须要烙煎饼的人眼明手快，徒手将糗糊坨子团好，约三五斤重，两手托起，朝热鏊子上一垛，随着吱吱溜溜，袅袅升起的白雾，坨子遂在鏊子上疾速转起来。三两圈，便是一张薄脆的煎饼了。[1]

月亮升起来了。端木家的院落里鏊火正旺。苏北女人柳采莲坐在那里，用木匙一下下打着糗糊。将麦秸火续得均匀，然后手起汤落，米白色的糗糊落到鏊子上。就听吱溜溜一阵细响。采莲的膀子轻灵地转过几下，一张薄脆的煎饼就成了。女人又去鏊边轻轻一挑，一张脆黄黄的煎饼就铲起来。然后又一撩一转，煎饼边画着弧线，落到旁边的麦秸盖子上。采莲复将糗糊撩起，又烙，又炝。一圈一圈，煎饼团团飞转着，不停地落到盖子上。不一会，就松松脆脆，聚起厚厚的一摞。烙煎饼的苏北女人，在月光下看上去，眉眼灵动，动作爽利。宛如变戏法的魔女，飞转着手中的魔毯。看上去，竟有种摄人魂魄的美丽。[1]

假如我们把《天工开物》看作一个原文本,《苏北女人》动人的舞蹈就是它引出的互文,甚至当下人们推崇的一系列"味道""手艺"和非物质文化遗产等,也都是《天工开物》花样迭出的互文本。这些互文本相互勾连,丝丝缠缠,交织成一股无形的抵抗现实的力量。对此,小说作者有明确的意识,"某种程度上,我们都成了飘浮在空中的失重者。这种回溯,一旦超越世俗的层面,被放到大时代背景下去考量,便瞬间拥有了文本叙事上的意义"。

这样的意义在小说文本中通过两种劳动建构起来。一种以柳采莲为代表,象征着古典的田园精神。虽然稼穑艰辛而残酷,但是柳采莲的劳作与家园连接,与劳动对象直面,有着亲切熟稔的情感体验,劳作成为她生命本能需求的一部分,也成为弥合自身和社会连续性、完整性的力量。正因如此,小说中女人们的劳动总是蕴含着内在的喜悦和魅力。另一种以端木福生为代表。他们被迫"脱域",被抛入城市,身心分裂。无论是发达的胡发垠,还是落魄的端木福生,他们的命运注定被卡在高耸冰冷的脚手架上,成为"机器手",标示着中国式"现代"进程衍生的最严重的后果之一。

三、人物行动的隐喻:《苏北女人》与"女娲补天"

有研究者认为《苏北女人》中的女主角令人想起女娲补天的神话故事,我非常赞同。女娲的两个伟大创举是造人和补天。柳采莲一生养育了四个孩子,两次到石宕里采石、筑屋补屋,恰与之形成对应关系。养育孩子就是"造人"的隐喻,采石、筑屋可以视作"补天"的隐喻。在远古神话中,"四极废,九州裂,天不兼覆,地不周载,火爁焱而不灭,水浩洋而不息,……于是女娲炼五色石以补苍天"[3]。柳采莲们的行为是否可看作对现代性的"爁焱"大火造成的"天"之"裂隙"的象征性补救呢?

中国现代性最动荡的后果之一,就是乡村的凋敝。从20世纪80年代开始,成千上万的农民离开家园到城里谋生,乡村渐趋空壳化。在传统的田园场域,农耕、家庭与族群的天空塌了,只能由女人撑起;在男人转场和趋于委顿中,女人成为麦田的守望者。她们匆匆登场,甚至头面都来不及收拾,就被迫充当了"炼石补天"的角色。生儿育女、春耕夏锄、稼穑维艰,这些女人"深陷农耕、家族、社会与生存缠斗,从茫然到承受,从毁灭到挣脱,在现代化碾压农耕文明的进程中，支撑起男人几近缺席的乡村生存场域，演绎出一部苏北大平原现实版的乡村农事诗"。小说本身看起来严格写实，以几近残酷的笔法反映农事真实的琐碎和繁重，但它内含的炼石补天的隐喻，则使文本悄然埋藏了对现代性撕裂之"天"进行反思补救的文化意图。

首先，是文化血脉的代序。文化发展代序相衔、脉络清晰，而现代性则如伟大的现代主义者、墨西哥诗人兼评论家帕斯所言，"被割断了与过去的联系，不断地踩着眩晕的步伐摇摇晃晃向前猛冲，乃至无法生根，而只是过一天算一天：它无法回到自己的开端从而恢复自己的更新能力"[4]。中国现代化虽然起步迟，但是冲劲大，速度快，几乎是西方现代化进程的压缩，摇摇晃晃向前猛冲，更加令人"眩晕"。文化之"根"在哪里？"自己的开端"是什么样子？如何想象它并使之具有更新或补救的力量？中国作家在20世纪80年代末就开始寻找，结果找到的是一些神秘、歧义、含混不清的形象，并把他们视为传统中国的镜像。《苏北女人》则提供了另一幅迥异的田园现实和精神想象的图景。田园现实焦苦繁重，可从田园中滋生的人性是那么健壮、朴素与自然，足以作为现代人的"天然营养"。这是《苏北女人》中冬至的肖像：

> 端木家的三闺女，转年十八岁了。上面两个姐姐出嫁后，冬至就像村后的白杨树，噌噌长起来。几天蹿一截子，眨眼间，已是大闺女了，通身掩抑不住的，是苏北乡村姑娘灼人的明艳。这种气息，上承天泽，下接地气，鲜灵灵，泼辣辣，浑如湖塘的菱藕，风吹日晒，亦不曾剥蚀毫厘的风韵。一把攥不住的黝黑大辫子，弯着，直着，散着，左右适度。特别是眼神，通透，清澈，散发着不曾为世俗遮掩的光芒。[1]

这幅肖像生长在现实的原野里，通灵通透，与城市现代人的画像差异迥然，对照鲜明，其中折射出的文化意味自不待言。《苏北女人》充满艰辛而又富有自然诗意的田园，既是作为被现代伤害的一面被仿写，又作为现代的"根"和"自己的开端"被想象，并被赋予拯救的力量。

其次，《苏北女人》作为一幅完整的经验世界和心理世界的长卷，与现代世界短暂、易逝、流动的经验和心理体验构成了巨大的张力。"现代性后果"自然是多层次、多维度的,但对一般人来说最敏感的莫过于直接的经验和体验造成的心理刺激和恐慌。美国学者马歇尔·伯曼(Marshall Berman)在他著名的现代性研究著作《一切坚固的东西都烟消云散了》中就把现代性看作一种经验,"今天,全世界的男女们都共享着一种重要的经验———一种关于时间和空间、自我与他人、生活的各种可能性和危险的经验。我将这种经验称作'现代性'。所谓现代性,就是发现我们自己身处一种环境之中,这种环境允许我们去历险,去获得权力、快乐,去改变我们自己和世界,但与此同时它又威胁要摧毁我们拥有的一切,摧毁我们所知的一切,摧毁我们表现出来的一切"[4]。这种现代性的经验或体验,他反复借用马克思的话"一切坚固的东西都烟消云散了"加以概括[4]。《苏北女人》也包含了这种现代性负面危险的"经验",它与田园"坚固"的经验形成价值对立。胡发垠、端木福生的生活经历代表着仓促来到现代都市的农村人的历险和"经验"。由于原来所拥有、所知的一切都被新环境摧毁,他们的经验世界和心理世界遭遇了双重危机。他们在刺激和惊恐中或者丧失了良知,或者失去了自信,最终被新环境遗弃。与此相对,柳采莲、德辰媳妇、闵玉镯这群女人们,连同她们的劳作、性格、德行共同构筑了一个"坚固"的世界。这个世界的经验是日常的、熟悉的,在这个世界里的劳作是辛苦的,却能带来内心的平和稳定,因而孕育了茁壮健全的人性。它们与现代性构成张力,编织了完整统一的抒情图式,与不断变换的四季相辉映:

> 秋天到了,大地一片金黄。苏北大平原,转眼被金色吞噬了……若不是浓绿的白杨树,将金色分割开来,路人的目光,会被满眼的金黄夺去,失去方向感,继而陷入一片璀璨的混沌。立秋十日遍地黄。这是吉祥的颜色,在农人欢天喜地的纳接中,所到之处,摧城拔寨,俘获所有的领地。风随云走,在万顷稻浪的浸润里,世界被金色统领了。[1]

这片金色现在为苏北女人们所统领,只有她们是"麦田的守望者"。

最后,是特殊的人物性格。小说中的女性就像原野上的花朵,清新自然、异彩纷呈。柳采莲的"韧"、德辰媳妇的"侠"、灌河女子闵玉镯的"妖"、乡村花旦端木立秋的"灵"、春分的"轴"、采菊的"迂"、哑女冬至的"真",作者对此把握适度,使长卷中众多的女性形象摇曳多姿。这些女性人物的丰富性格中有一个核心的地域性格,像灵魂般统摄着她们。这种地域性格,苏北方言称为"杠",指说话呛人,性子烈,不服输,少有细腻甜糯、小鸟依人的性格,做人拿得起,放得下,遭事扛得住。这种地域性性格特征除了文学价值,比如赋予作品苏北平原般大气厚重的风格,是否还有更多的文化附加值?小说中的田园已经被现代性深度入侵,小说中的人物也被现代性裹挟。当地方性遭遇现代性,将产生怎样惊心动魄的相拒相迎、互动交融啊!当然,笔者本意不在于揭示错综繁复的关系,而在于最终的结论:由于小说讲述的现代性内容主要与负面关联,诸如贪婪、不良、失德、失信等,因此文本中的"杠"就内含了"地方性"对抗"现代性"的意味,是"地方性"对"现代性"的"杠"。

原载《连云港师范高等专科学校学报》2018 年第 3 期

参考文献:

[1] 李洁冰. 苏北女人 [M]. 南京: 江苏凤凰文艺出版社, 2015.

[2] 姚际恒. 诗经通论 [M]. 顾颉刚, 点校. 北京: 中华书局, 1958.

[3] 朱东润. 中国历代文学作品选: 第一册(上) [M]. 上海: 上海古籍出版社, 1979.

[4] 汪民安, 陈永国, 张云鹏. 现代性基本读本 [M]. 开封: 河南大学出版社, 2005.

网络文学辨

胡广平 1960出生，毕业于陕西师大汉语言文学系，长期在连云港开发区管委会工作。累计创作文学作品200多万字，主要作品有小说集《情祭》，散文集《天灯》、《东胜神洲》（合著），报告文学集《可爱的镇安》（主笔）等。

网络文字自从标榜以"文学"之日起，从来就没有停止过与传统文学的抗争，而眼下两大阵营的激战依然正酣。这表明传统形式的文学遭遇新型文化形态冲击的事实已无以回避；而"网络文学"作为新生事物，因为其能以便捷的途径直面大众、毫不拘束地呈现在世人眼前而深受欢迎，正显现着极大的活力。激战双方的根本分歧是：什么是真正的文学？网络刊发的文字算不算文学？传统作家们奋力捍卫文学固有的水准，指出所谓网络文学百分之九十九点九九（险些就是百分之百）都是垃圾；另外，正在网络上大展宏图的写手们，以网民点击率作为最权威的标准，认为既然点击率高，就说明大众喜欢；既然大众喜欢，那它就是文学！

事实上，传统文学和"网络文学"并不能完全做到相互否定，彼此死磕也是没有必要的，虽有区别，却罪不至死。说明白点，它们之间主要是向读者呈现的时机和品质的成熟度不同。传统文学作品必须经过报纸杂志、出版社的发表、出版，才能与读者见面，问世的作品在这个过程中已经受编辑所掌握的文学标准的筛选，门槛较高；而目前所说的"网络文学"是什么情形呢？只要网民写出来了，就可以上传到网络（网络编辑是不可能认真审核如此大量文稿的；以帖子的形式上传，甚至不给编辑审核的机会），并迅速与读者产生互动、交流，丝毫不受纸质文学报刊编辑的冷落和藐视。在广大网民看来，这种感觉真是太受用了！同时，写手和读者们无须花钱去买书籍，就能阅读到大量的"网络文学"作品；更令人酣畅淋漓的是，每个网民都可以实现"作家"梦，只要能捣弄出文档来，就能去发表当"作家"，多数还会被比一个"著名"传统作家多得多的读者追捧，致使传统作家曾经的光环在他们眼里荡然无存。

从这里不难看出，把上传到网络的文字一应称为"文学"，显然是不妥的。单从"文学"这个概念来看，它不仅是文化的外部表现形式，也是一门学问，更是一个时代一个民族的人文理想，所以它必须具有被时代认同的艺术水准；而网上的那些文字却没有经过任何标准的度量，质量相差悬殊、观点错乱、态度模糊、章法无序，如此等等，不一而足。即使在同一事物面前，有歌颂的，有漠视的，如果一概都荣归文学范畴，那"文学"的内涵还存在吗？就像把一堆没有经过加工的矿石归属于金子，那人们还能感受到金子灿烂的光辉吗？当然，片面地说网上的文字都是"垃圾"，显然又只见树木不见森林了，仅在与我有联系的人当中，就有很多上传到网络的作品是非常精美的，姑且把它们称为文学，是当之无愧的；但有很大一部分网络文字的确与文学格格不入，有的还根本不懂什么是小说，却在那个自由天地大展身手，实际上其艺术性和思想性都得从头锤炼。所以，我们不妨把所谓的"网络文学"作品称为"网络文稿"，这也是我称之为"网络文字"的理由，它们应等同于传统文学报刊编辑部收到的那些文稿，有待于用某些标准去确认。已自居为网络作家的人读到这里不要不高兴，这个认证是必需的，并不取决于你愿不愿意；即使已问世的传统文学作品，也一直经受着确认，有些艺术性、思想性不高的作品，因为编辑的水平有限，或出于某种偏好，尽管被选中发表、出版，也很快在一片骂声中销声匿迹。

这样一来，很显然，网络文字要真正成为文学，必须有一套标准来认证。那么这套标准是什么呢？当然不仅仅是网民的点击率，这个社会进步的速度让人心跳，但因为网络无与伦比的优势，也使无聊和低俗无限膨胀，人们无法不因为"贾君鹏，你妈妈喊你回家吃饭"这样的文字都能赢得惊人的点击率而对

"点击率"感到失望，由此我们也能看出网民上网的趣味选择，可以说，很大一部分网民的态度是靠不住的。至于这套认证网络文学的标准及执行者究竟是什么，是谁，是某个机构，还是一帮权威人士，抑或是懂得文学的网民代表，我说不准，总之，随着网络文化的发展，它们会慢慢出现的。

这里顺便再说几句，在网络面前，传统文学之所以感到前所未有的压力，不能全怪网络及网民，传统文学本身也有责任。传统文学的空间越来越小，声音越来越沉，影响越来越弱，仿佛已被隔离到另一个世界，作家们只能捧着自己的大作孤芳自赏。造成这种境况的最大原因是，传统文学的消费群体和生产群体都在丧失，而一些文学工作者却并不觉醒。编辑因为慵懒或失意，不愿花力气阅读新型作者的稿件，只想走捷径，把眼睛只盯在几个老作家身上，造成新型作家知难而退，文坛的活力日减。因为年轻的生产者流失，青年读者群体也就随之另求志趣了。实际上，在一些名气不大的作者中，有不少可能已写出新时代的《红楼梦》，但就是不能换得编辑们稍作留神。在这个方面，传统文学阵地与网络相比，差距已越来越大，这难道不值得传统文学思考吗？

原载 2010 年 6 月 2 日《文艺报》

现实主义传统的继承与开拓

——赣榆小说创作现状与发展态势分析

徐习军 1960年出生,江苏"一带一路"研究院连云港分院副院长,《淮海工学院学报》副主编,中国矿业大学兼职教授。出版学术专著多部,文学作品集3部。主持省部研究课题10余项,发表作品500多万字,作品入选多种选刊、选本、大学教材和高考试卷。

自20世纪80年代以来,赣榆县的文学创作取得了令人瞩目的成就。赣榆作家的作品走上了《人民文学》《钟山》《十月》《中国作家》等名刊,江苏省的《雨花》《连云港文学》不断推出赣榆作家的佳作。《雨花》早在20世纪80年代就专门编发过"赣榆作品专辑",还先后发表过赣榆作家董淑石、苏常强的个人小辑;《连云港文学》也多次推"赣榆作家小辑"或专号,赣榆作家发表的作品数量之多,质量之高,受到读者、评论界好评之广泛,这在县一级文学队伍中是非常少见的,赣榆县的老中青三代作家正以集团军的优势冲向中国文坛已成为不争的事实。

一、赣榆文学现象的成因分析

是赣榆这个地方人杰地灵所致,或者说是地灵人杰的赣榆钟情于文学,还是文学女神唯独青睐赣榆呢?大约是兼而有之吧,仔细分析赣榆文学现象,笔者认为大概有这样一些因素使然。

（一）赣榆县具有淳厚的文化积淀，赣榆作家的生活底蕴比较丰厚

赣榆境内有山有海，有广袤的平原和丰富的物产，既是农业大县，又有现代化的工矿企业以及与海洋有关的水产业、盐业等，更有丰富的历史文化底蕴，如孔子会齐侯、徐福东渡等，文化源流丰厚，可以说，赣榆这片厚重的土地和勤劳勇敢、智慧过人的赣榆人民就是人类文明的一个杰作。当代赣榆作家，在这片土地上汲取了丰富的营养，充实了生活的底蕴，因而有了今天的文学现象。

（二）赣榆有一个良好的文学环境

环境之于人类是非常重要的，虽然"环境决定论"曾屡遭批驳，但客观上人们不得不在冥冥之中信奉和依附于一个好的生存环境。环境之于文学尤其重要，可想而知，文字狱的时代产生不出优秀作品是正常的，一个散兵游勇是很难抵御险象环生的恶劣环境的，文学亦然。今天赣榆县的良好的文学环境得益于上下一致，内外结合的协调创造。在内部环境上，一方面，有县委、县政府的正确领导与有力支持，宣传文化部门领导的努力与贡献；另一方面，县文化局和文联具体而有成效的工作，为作家、艺术家不遗余力地创造好的条件。在这一时期，历任文化局长、文联、作协主席功不可没。他们率先在县级设立政府文学艺术奖，为作家作品出版提供补贴，积极创造条件支持作家创作等等；各基层单位领导也都对文学事业的繁荣给予关注，对本单位作家给予关心培养，为作家的创作提供必要的支持，还有许多卓有成效的实际操作，值得学习。在外部环境上，县文联努力与省、市作协等文化界加强沟通，争取支持，取得了很好的效果。国内文学团体、著名作家常常来赣榆采风，省、市作协多次组织名家到赣榆交流研讨，《雨花》《连云港文学》等许多文学刊物都大力支持赣榆文学创作。环境的调适，促进了赣榆文学的成长与繁荣。

（三）赣榆作家的不懈努力

赣榆作家既秉承了先辈的勤劳、聪慧，又在当代社会做了艰苦不懈的努力。许多作家的生活境遇不是很好，特别是生活在最基层的一些业余作者，在生活条件、创作条件非常差的情况下，写出了那么多、那么好的文学作品，着实让人敬佩。作为一个业余作者，自己的一份工作要努力去做，或者自己的一份田地要认真去耕种,还要克服重重困难去搞创作,这实属难能可贵。搞文学创作,与工资不挂钩,与分房没关系,与创收发财无缘,对官场升迁无益,然而,又是什么驱使他们这么执着地固守文学创作?因为他们明白自己是作家,明白作家的天职就是要在思维的故乡里耕耘那片不仅仅属于自己的精神家园!因而赣榆作家能在紧张的劳作之余把文学操持得红红火火。有这样一批把精神产品生产作为己任的作家,是赣榆文学繁荣的重要基础。

基于上述三个因素,赣榆文学结出丰硕的成果,也就是一种必然了。

二、赣榆作家、作品印象

笔者和赣榆作家接触不是很多,负责市作协工作之后虽然参加赣榆的文学活动多了一些,但也属于蜻蜓点水式的"深入",更多的还主要是通过发表在全国各地报刊上赣榆作家的作品来了解他们,所以只能就读过的一些作品、了解的一些作家来谈谈印象。

赣榆的作家群,就目前来说是一个老中青三代皆有代表性人物的一个团队。老作家(称他们"老"纯属就赣榆作家群比较而言的,并非生理上的老)中,像董淑石、王铜起、包括已去世的杨泗敏等,应该算是这个团队的排头兵;中年作家中,苏常强、李氏三兄弟(李海涛、李惊涛、李绿涛)、张苏等,应该算是中坚力量;年轻的一批作家中,李洁冰是一个已经走向成熟的青年作家,贾洪钟、刘得松、杨桂珍、熊君洁、韩堂善、吴得欣、王召江、莫延安、谢娟、王芳等等后起之秀也以较为强劲的创作势头给赣榆作家群带来了生机和活力。其中,赣榆的女作者群逐渐形成了一个鲜明的特色。

董淑石是一位素养比较厚重的"老"作家,他的小说《双桥》给人们留下了深刻的印象。这篇小说,从作品的表层看是写了桥两端两家人(后来合成一家人)以及他们赖以生存的以桥为背景的环境的变迁,其深层次的意义是揭示了社会变革与发展过程中人性的碰撞与人格的完善。作品有一个完整的故事模式,情节也比较生动,层层宕荡,引人入胜,像陈年老酒一样,作品发表了十几年,依然让人感到醇味隽永,足见作家有很扎实的传统技法的创作功底。这源于他在文学创作道路上受到严格的现实主义创作方法的规范,因而有厚实的底蕴。

当然，文学创作发展到了今天，对小说的认识也有了一定的进步，完整的故事情节、精练的叙述表达，保证了作品的可读性，但却并不意味着作品具有了深刻性，现在读者对传统技法作品的不满足之处大约就在于此。董淑石的这篇小说是传统技法的作品，且成文于十几年前（这里说的《双桥》包括了1987年发表在《雨花》上的第一部分《桥》和1989年发表在《清明》上的后一部分《双桥》），故事比较平常，但是，在故事本身之外另有一种指向。指向什么呢？因为没有和董淑石先生专门谈论，只能就作品来妄猜，笔者认为指向了更深层、更稳固的文化意识，指向了社会的发展在两代人心中激荡的程度的不同。人总是要被社会同化，被社会发展所兼容，你不能融进去就要被社会淘汰，所以你总是会主动或被动、自觉或不自觉被人同化或同化别人，社会发展是在刷新，刷新人们的意识、观念乃至生活方式，这大概就是淑石先生小说《双桥》的旨归所在。董淑石的小说大都是写人性的，对人性寄予了生命范畴的哲学思考。

王铜起先生的作品我们读了不少，他的作品以散文见长，他的散文，既不是那种宣泄个人情绪的小家子气散文，也不属那种金戈铁马式的大男子散文，他的散文大多具有厚重的文化含量，基本上可以归结为"文化散文"大系中。读过他的好多散文，每一篇我都是慢慢咀嚼，细细品味，再默默消化。他的文章一读就让人感到厚实，散文作得不温不火，但细细一品就能让读者品味出几分冷静的文化的思考，这种思考是建立在对文化的承传与反思基础上的。看是谈天说地，聊文化，侃风情，但文中也不乏一种情绪，有时还会产生一种浓重的情绪冲击，那就是文化的熏染和精神的陶冶，蕴含在他的散文中的那股子作者的诗意的东西，让你领略到一番真情的温热与芬芳，引导你进入一种文化葱茏之中，让你产生一种理性加情感加人性的深深的思考。收在《连云港文学五十年》中的《读书三题》就能让读者留下不忍掩卷的情绪。

苏常强是赣榆作家群中处于"老""中"之间承上启下的作家，他在《连云港文学》工作那段时间我和他有过一些接触，他有一种怪僻的写作习惯方式，常让文友们笑谈。他的创作非常勤奋，因而他的产量也比较高，读过他许多的小说，留下最深刻印象的是发表在《雨花》和《连云港文学》上的中篇小说《大潮》。

《大潮》写的是一个新上任的镇党委书记与那个以镇长为代表的地方恶势力之间的正义与非正义的斗争,成功地塑造了一个关心群众疾苦、事业心责任感都很强、能忍辱负重又富有机智、敢于和恶性势力斗争又善于斗争的党委书记形象,同时也刻画了一个横行乡里、视金钱为万能的当代社会恶势力的丑恶嘴脸。作品里涉及的人物众多,有妇联主任、派出所所长、大队书记、屠夫、农民、保安队长等,人物个个有血有肉,是一本实实在在的人间世相图谱。

党委书记与镇长之间的种种争执、冲突、斗争,实际上是正义与邪恶的较量。作者高明之处就在于并没有就这些较量演绎下去,而是将这种斗争置放于大自然的潮水灾害来临之时这一背景下,这样就更深刻地把作品主题开掘、引申为生存之争。人的生存之艰难,不仅有大自然灾害的无情,更有比大自然更无情的邪恶势力的残酷。作品的人物处理也是非常成功的,既表现了国民心理的原生态,如那个保安队长,为了镇长许诺他的户口问题,就为虎作伥,知恶作恶;也表现了农民的愚昧与淳朴、落后与善良的各种特性。这篇小说把历史与现实(包括社会变革发展过程中的种种畸形)、自然与人类联系起来思考与表现,应该说是一部力作,也是最具有赣榆特色的一部好作品。

2002年底,北京开明出版社出版了苏常强的长篇小说《野荞麦》,洋洋三十万言,以坐落在清凉河畔的乡村和县城为背景,着重描写了一群小人物在情欲、性欲上的压抑、抗争以及随着社会发展其观念的演变和更新。小说鞭笞假恶丑,颂扬真善美,给读者以美好的启迪和召唤,受到读者和评论界的好评,是赣榆县也是连云港市近年来长篇小说的上乘之作。

赣榆李家四兄妹展现了一种独特的文化现象,李家兄妹六人,除了一个在赣榆基层当教师,一位在南京某大学当教授外,其余四位都是在本市有相当分量的作家。早在十年前,李海涛的小说《家乡的皂角树》就在《人民文学》上了头条,这不仅在赣榆县,在全市也是绝无仅有的。曾经主持过《连云港文学》工作的李惊涛,现在从事电视台的领导工作,虽然很长时间没有与他交流,不知现在是否"官气"压倒了"文气",但是他留给文化人心目中的印象或者说为他赢得声誉的,依然是他的文学,更确切地说是他的文学评论。这尽管是笔者的蠡测,但我想在今后相当长的时间里不会消失。李惊涛创作的《城市背影》《西窗》《浮莲》等一系列好小说，发表在《钟山》《十月》《青年文学》《当代小说》等名刊上，并受到业界的好评。《西窗》还获了江苏省报刊文学一等奖，十月出版社出版了他的长篇小说《兄弟故事》，其文学评论集《作为文学表象的爱与生》由中国文联出版社推出，在集子中，李惊涛站在中国当代文艺发展的前沿，对于作家与作品、现象与思潮、影视与戏曲所做的分析与论述，富有激情和文采，在纵横捭阖中频有建树。李绿涛也有许多的好作品。李洁冰是近几年逐步走向成熟的青年作家，她的小说发表的比较多，结集出版了《乡村戏子》，她的作品总是对小人物寄托一种深切的理解与同情。在她的笔下，小人物有完全独立的人格，不论是喜剧性的或是悲观主义的，我们都能读出作者的那份关怀、悲悯，及其背后隐藏得较为幽深的爱意与善心。从作品可看出作者的才华与智慧，有"冷"有"热"，有柔情，有感伤，但体现在字面上的都是那淡淡的、依稀可辨的、温温的、焉焉乎乎的、严肃的或是轻松的东西，这大约正是一个成熟作家的"老道"之处。

中年作家中张苏是一位勤奋且高产的作家，他的《苏三有事》等颇有韵味；刘德松的《连环套》以及杨桂珍的《红玉》等作品都有一定影响。近几年成长起来的熊君洁等一批年轻作者也都出手不凡，大有潜力。

总的说来，赣榆作家的作品反映社会生活是从文化的视角摄入社会习俗、社会风气、人情世俗等。从现实的角度看，他们关注社会，反映人民疾苦，抒发人民积极向上的美好情怀；从社会发展的角度看，他们能紧跟时代节拍，把握住社会生活整体本质，同时也注入了深层次的思考；从写作方式和审美意识方面看，赣榆作家的作品都是通过传统现实主义的方式，以一条清晰的脉络进行时间和空间的转换联系，在变化中适应当代读者的审美需求，从而扩大了作品自身的审美空间，更重要的是，使读者在阅读中寻觅到更有意味的内涵，读到作家对生命的价值和人类命运的哲学思考。

三、对赣榆文学创作未来发展的几点看法

（一）赣榆作家的思维方式和创作主题还须要突破

就目前来看，赣榆县的小说创作基本上可归结为传统现实主义。继续沿着这条路子往前走，尚须要处理好这么几个方面的问题：一是现实主义传统的继

承和开拓问题；二是要注意社会主题向生存主题的转换与超越；三是思维模式的改变与作品价值取向问题。

文学是人学，社会是人的社会，就人本身来说，人最关心的是什么？那就是四个字：生老病死。人总想生得快乐些，老得延缓些，活得健康些，死得安逸些。正是在人类对自身不断获得又不断努力的追求中，才推动了社会的进步与发展。尽管在社会发展进程中出现了一些无序甚至阻碍，但也恰恰是人们在与这些无序甚至阻碍的对峙与奋争中，平抑了无序，克服了阻碍，从而推进了社会的有序发展。现代社会进入了知识经济时代，与过去那种"土地是财富之母"的农业经济时代和以"资本为财富"的工业经济时代远远不同了。但是，就中国的实际来说，我们依然处在一个工业经济没完成、农业经济没摆脱的阶段中，而我们又不得不匆忙去迎接或者莫如说去应付知识经济的到来，这样一个纷繁复杂的大变革时期，必然冲击着我们作家的创作，影响我们的思维方式、创作方式乃至作品的价值取向。这，应该说是挑战，但又何尝不是机遇呢？把它落实到创作上，必须继承传统而又不囿于传统，对传统的东西进行开掘和拓展，把我们创作主题转向人的生存方面的转换和超越，具体围绕人本作文章。

前面说过，生老病死是人最关心的，就因为这四个字代表着人类生存状态。现实生活中，作为社会细胞的企业单位的生存、发展乃至破产倒闭，无不影响着社会上某一群人的生存状况。因此，期望生活在基层的作家们，能透过各种复杂的社会现象来思考人的生存主题，作品的价值取向也应关注人本，相信会有所突破的。此外，在创作方法和表现手法上应注意百花齐放。

（二）赣榆应该产生扛鼎之作

就这些年的作品来看，赣榆的文学创作取得了很大的成绩，但也让人感到不无遗憾，至今没有出来标志性的作品。当然，什么样的作品算是标志性作品，这也不是能说出一个"标准"之类的模式来，但至少应该这样来看待，目前赣榆老中青三代作家的作品，简单地讲都是"过得去"的，也有许多是"过得硬"的，但是不知注意没有，有哪些作品是"留得住"的呢？这恐怕须要我们的作家确立"精品意识"，"留得住"的作品多了，就会产生这样的结果，人们一提起赣榆文学，就会想到某某文章、某某作家，到了这样的程度，就可以说进入标志性作品时期了。为什么要说这个问题呢？因为我们认为赣榆作家群有实力出精品，出标志性作品。

当然，出精品是要花大力气的，甚至要做出牺牲，尤其是中青年作家，要耐得住，沉住气，不浮躁，重积累，稳扎稳打。

（三）赣榆作家还须要进一步丰富文化底蕴

赣榆有丰厚的文化底蕴，赣榆这片土地有富足的营养，每一位本土作家都从生于斯长于斯的土地上汲取了丰富的养分，这是无可置疑的。然而，社会发展日新月异，作为一名作家，仅仅汲取本土的营养是不够的，是无法适应社会发展需要的，创作既须要固守根据地，也须要打运动战，要走出去，为胜任时代发展赋予作家的使命而学习和创作。中国革命历史上一个成功的事实告诉我们，中国共产党领导的游击战的胜利，大大得益于那批留洋归来的革命家。20世纪二三十年代，中国文坛最鼎盛时期的那批鼎匠们，像鲁迅、郭沫若、郁达夫等等，都是留学归来的学子。今天赣榆的作家们，已经把"生我养我"的这片土地观察、思考得够透彻了，想一想还缺点什么呢？读者从一批作品中可以看出点什么？作品不是说不厚实，不能说不深刻，但总感觉到缺少点能让人"眼睛一亮"的"新"的气息，缺少点新知，或者说少了点知识眼。读者谈赣榆作家的小说，不论从其文体特质、表现视角，还是叙述方式乃至作品的意蕴的表达与开掘等方面看，都还有值得修补的空间，或者说还有值得进一步完善的地方。这是须要进一步学习提高的。一方面，作家自身要有学习的要求，要想着丰富自己的文化和知识内涵，对自己进行素质提升；另一方面，文联等组织继续创造学习的条件，让作家们有机会走出本土去"留学"。有灵气、有培养前途的作家，我们可以花大力气送出去培养。我们相信，不久的文坛上，将会出现赣榆作品效应和赣榆的文坛巨匠。

原载《连云港师范高等专科学校学报》2005年第3期

作为文学表象的爱与生

李惊涛　1960年出生，中国计量大学人文与外语学院中国文化研究中心主任，中国作家协会会员。曾担任连云港电视台台长、连云港市文联秘书长、江苏省作家协会理事。在《钟山》《十月》等刊物发表小说数十篇。著有《作为文学表象的爱与生》《文艺看法》、长篇小说《兄弟故事》、中短篇小说集《城市的背影》《三个深夜喝酒的人》和散文集《西窗》等。

一

　　有为数不多的这样的剧作家：他们的剧作问世后，常常以其文学品格和审美创意引人注目；而搬上银幕或荧屏之后，完成片与剧本却不尽一致。周维先便是其中之一。当然也可以认为，基于艺术的二度创造，成片与剧本不尽一致是常见的甚至是必然的。但是这必须是由艺术因素导致的，才能成为可理解和可接受的现象。而陆续公映或播出的周氏作品却并未证实这一点。因此，我不能不说，在中国，影视艺术的生产和制作能力与剧作家的审美创造之间，还存在着一定的距离；或者说，影视剧本越来越显示出不受生产机制约束的文学属性，在生长和发展着。这后一种说法，在域外，有大家的作品在支持着，而在中国，却鲜有作品印证。因此，读者有理由了解他们所看到的故事片或电视剧赖以生成的文学本是怎样的，剧作家确乎有必要编选一本反映自身艺术思考和审美追求的剧作并交付出版。

收进这本选集的八部影视作品，只是周维先影视剧作的二分之一，大都搬上了银幕或荧屏。由于不包括剧作家相当部分的舞台剧和几部其他样式的影视文学本，故不能说这本选集完备地反映了周维先剧作的总体状貌；但是，由于这些作品在他剧作历程的各个阶段占有比较重要的位置，所以，我觉得它们基本上可以体现周维先在这个选本付梓之前的艺术追求。这追求包括他对社会生活、命运人生的价值求索，以及他对影视作为视听艺术的积极探索和文学剧本个性化的风格追寻。

二

我想先从《生命的秋天》开始，谈谈对这本选集的想法。四年前，我曾在《走出寂寞的误区》一文中说："这部剧作之所以应该得到肯定，是因为它将忏悔意识带来的悒郁伤感的情调，转换为人类对于生命的通感。"由于当时更多地采取了社会批评的视角，涉及生存乃至生命的话题，只是蜻蜓点水。现在借着选本结集，我想将话题进一步引向深入。《生命的秋天》，事实上达到了一种难得的临界状态，那就是由生存感觉向生命意识过渡的状态。现在回眸新时期文学的前十年，可以看出包括《人到中年》在内这样的作品，都还滞留在依托于社会政治学的背景来传达生存感觉的层面。这一脉搏律动到晚近，是剔除了十年"文革"色彩之后的《烦恼人生》和《一地鸡毛》。这种进展是可贵的却是有限的。人生存的艰辛感和负重感作为一种客观存在，文学与影视绝不能漠视它。然而由于生存所衍生出来的感觉，是人在顺时存在的过程中产生的瞬时和易变的体验，是属于感性层次的东西，因此在文学领域中总是难以演化为超越时空的文学母体或原型。由于缺乏母体或原型的恒久性，因此即使是表现生存感觉相当出色的作品，随着斗转星移，也往往难免徐娘半老风韵不存而逐渐被筛汰掉。这是很严酷的艺术法则。《生命的秋天》生成于《中年人》、《傍晚，我们离别的时刻》和《人到中年》总体氛围中，却在努力实现着一种超越。女主人公荷韵由于泛政治的高压、家庭劳务和经济的重负，生理、心理在传统文化中所处的难以改观的劣势，终于积劳成疾，即将走向生命的终点。而这番过程推到读者面前时，是完整地包容在男主人公桦林忏悔意识的框架中的。也就是说，通过桦林的视角，观众一开始即从生命的极限和终端来反溯荷韵的一生。这样一来，剧作就带有了一种审视生命的意味。而我们知道，秋天和落叶的意象，在中国古典美学中，是体现生命趋向终结的审美对应物，以落叶缩结全片始终，让它叠印在荷韵的面部和眸子里，显示的是周维先对剧本生存主题的努力提升。因为，无论在东西方，下面的说法差不多已经是人类的共识了："秋天是一年中的转换季节，死亡的阴影日益浓厚，这与人的生命现象极为相似，使人在秋天特别易于产生老之将至之感，特别易于将死亡主题放在秋天的背景中加以表现。"[1]《生命的秋天》触及的倒并非死亡主题，但却是与之对立统一的生存命题。由于全片的忏悔的、反思的情调与落叶的意象有机地融合起来，因此我认为该剧确乎已经逼近了生命意识的层面，这是在今天比较与它相同氛围中诞生的剧本时，所要特别留意的。

三

为什么中国文学对于生命意识特别看重？因为从世纪末的角度看，作为文学表象的近百年来的作品所拥有的省察和思辨性还很不够。相对于生存的感觉来说，生命意识是构成人之为人的重要标志。动物也可以有生存感觉，比如说疲劳、恐惧；而人，却是唯一知道自己必死，从而可以省察生命过程的高级动物。这种省察性的结果便是生命意识。它的指向，是能够使人反思、体验并且设计生存的样式、过程和终极性的目标。这样，人就不单是一个由生到死的物理过程，而是一个能由死观生的情感过程。这就为文学品位高低奠定了鉴别基础。正是从这样的角度，周维先才比较看重他的《百年梦幻》，为这个选本的最终命名颇费心思：是《早春一吻》好还是《百年梦幻》更好些？

《百年梦幻》是自觉地强化了生命意识的作品。在中国知识分子的心路历程里，"穷年忧黎元"是一条崇高的道德铁律。因此，他们最大的痛苦莫过于难以拯民于倒悬，最大的遗憾莫过于壮志未酬身先死。这种痛苦和遗憾，从根性上说，均导源于他们对于生存目的的设计。为什么而活着？这些抽象的问题在传统士子心目中特别具象。而中国的知识分子，又是人群中最先获得知性自觉的群体，由于有文化的后援，对于生存的感知，对于生命的认识，常常来得更敏感和深刻。因此，在意识到生命极限难以超越之后，就愈加重视过程中的建树，并且把建树看作对于生命的真正珍惜和确证。生存目的设计的期望值愈高，未竟的痛苦和遗憾便愈深。这样，告别生命就成为生存体验最深刻的时刻：留下了什么即意味着命完成了什么。周维先所塑造的爱国名人武同举，真正想留下来的不全是那等身的水利学著作，而是在他自己的有生之年，依照他著作中的蓝图疏导好江淮水系，使"有福"们真正有福；是能够有效地延续他的生命、继续他的事业的子嗣。但是，这些愿望他并没有完全实现。非但没有，一百五十万字的水利学著作，直到他弥留之际，仍然属于纸上谈兵；他在生命过程中试图冲破时间局限的"不朽冲动"，也在严酷的现实中不断地被粉碎：吴氏为他生育的一女一儿，先后夭折了，而吴氏本人也因病失去了生育能力。这一切，在剧作中与武同举醉心事业有难以摆脱的因果关系。事实上，切入这位爱国名人生平的文学角度颇多，而周维先所选取的恰恰是他在生命意识的范畴里对于生命极限的超越：功业的建树和生命的延续。这二者都是对于死亡抗拒或超越的有效形式。这样，我们也就不难理解，为什么《百年梦幻》要向编剧法则挑战，浓墨重彩地写出两次婚礼，将崔氏引入剧作，并且再次以吴氏的早逝和崔氏所生的三子可翔的夭折，来连续打击武同举的情感神经；也就可以理解，为什么在全剧结尾处"一个年轻的武同举从苍老的遗体中悠然站起"，并且在梦幻的色彩中，"再现老式雕花木床和男婴坠地时的啼哭声"。正是从生命意识的角度参入，读者和观众才能够准确地把握剧作家结构全剧的爱与生与死的旨归，才能够深入地体味爱国名人武同举所陷入的双重的和深重的遗憾。这种遗憾的悲怆性乃在于，天不假时，社会机制和人生际遇的种种扼制因素，譬如战乱、天灾，总是在粉碎武同举的梦幻；而这一梦幻无疑是千百年来中国知识分子努力实践着的理想之梦，是对生命极限的艰难抗拒和超越。这大概也可以理解为完成片主题歌所吟咏的旨意吧。

四

　　知识分子的情感生活和精神追求，由于有文化的牵掣和引导，必然要将人性中复杂的社会历史因子突显出来。这种情形，大概自周维先踏上剧坛时起，就引起了他的关注。这在他早期的剧作《当我们年轻的时光》、《长相知》和《生命的秋天》中，可以明显地看出来。所以，不只是在人类的生命力所展示的排斥生命极限的领域里，在同样是生命力所表现出来的异性相互爱慕渴求这一最为动人心魄的文学母体中，剧作家也从知识分子的群像入手，做了着力的表现。

　　《当我们年轻的时光》等三部早期剧作，剧中人爱情的悲欢离合，都有一个共同的社会背景，那就是在社会运行机制的非正常状态之下，泛政治的阴影对于人物情感裂变乃至命运走向的影响。这种状态，与思想解放运动促成的对于十年"文革"的反思密切相关，因为那场浩劫的最大悲剧，实际上乃是人的悲剧。这样，上述三部电影文学剧本在总体氛围上属于前十年的新时期文学，甚至它们本身即是新时期电影艺术长廊的构成因素。当然，就其具体作品来说，仍然须要细致地区别对待。《当我们年轻的时光》是再现剧作家青春梦幻式的作品，像奥尼尔的某些抒情散文式剧作一样，具有一种浪漫的氛围，包含着一层淡淡的哀愁。剧中人欧阳逸峰与阿丽玛，与周维先是同代人。这样，剧作家差不多是近距离地直逼剧中人物的心灵世界，将他们青春的憧憬、理想的追求、爱情的幻灭及其人生的挫跌过程，在一种美文美声的行文风格中艺术地展现出来。特别是女主人公阿丽玛，对于《金牧场》中的索密娅与《今夜有暴风雪》中的裴晓云，具有一种先导的意味：这位不幸的女子在不正常的社会形态中，自发地将外在政治高压化为内在的约制力，主动地远离自己梦寐以求的欧阳。她怕她的爱会伤害心上人，这无疑是一种更令人心碎的深爱。在奥尼尔的《安娜·克利斯蒂》中，人们看到的是安娜为不可知的命运所支配，走上了毁灭的道路。而阿丽玛，却是在清醒地知道外部压力为何物的状态下，无可挽回地走向悲惨的结局的。亚里士多德说："美是一种善，其所以引起快感正是因为它是善。"[2] 阿丽玛之所以能够成为读者心目中美的化身，这首先因为她是纯洁善良的，她的悲剧，是善良遭受戕害的具体表征。《当我们年轻的时光》所引起的审美愉悦，是读者在阅读过程中由痛苦转换而来的愉悦，因此是一种接近崇高的审美感受。这也许是剧作对周维先所感知的西方悲剧美学原则的一种实践吧。而《长相知》中苑长芬与水洗尘的遭际，则直接导源于十年"文革"。一直在为他人排忧解难的苑长芬，使多少有情人成为眷属，自己却暗暗吞咽历史遗留下来的苦果。她对水洗尘的苦苦等待，使得常乐亭默默地理解、爱护和关心，只能收回善意的默认。这种现象，事实上反映了周维先对一种矢志不渝的爱情观的潜在肯定。也许在剧作家看来，这种等待愈是风雨不摧，地久天长，就愈能见出那场浩劫对于人的情感和心灵的伤害是何等深重。在这样的意义上，读者是应该理解剧作家安排的水洗尘三十年后突然归来这样一种大团圆的喜剧结局的。而《长相知》所取的也是不同于其他作品的喜剧形态。这种以愿望铸造现实的剧作构架到了话剧《胡同里的月光》就有了令人欣慰的变化。林长芬的丈夫再也没有回来，现实将这个不幸的女子再次推到了一个需要抉择的关口：是抚摸着过往的伤痕吟哦不止呢，还是以一种更加健全坚强的心态面对新生活？而《生命的秋天》中的爱情悲剧，对于《长相知》又是一个大的推进。桦林与荷韵分居数十年后终于团圆了，而其结局却是爱的裂变和家庭的濒于解体。社会阴影固然是影响爱的因素，然而当其退居到背景上去以后，处在稳定和常态中的桦林与荷韵仍然不可避免地走向了分手的结局，这意味着剧作家已经开始将《长相知》的终点当作《生命的秋天》的起点来探索了。这里，人自身的因素在明显增长。譬如说，隐匿在男性意识深处的劣根性。这不单单是一个道德问题，而是漫长的拖曳而至的历史文化在桦林的意识中积淀的结果。叔本华认为，再现一种巨大的不幸，是悲剧唯一的职能。而他所看重的三种悲剧中最深刻的一种，恰恰正是《生命的秋天》所表现的类型。荷韵的不幸，纯粹是由于"剧中人物彼此之间所处的相互对立的地位，通过他们相互的关系而造成。因此，既不需要一个巨大的谬误，或者闻所未闻的偶然事件，也不需要一种人物，其邪恶达到了人类所能达到的极限，而只是一些具有普通品德的人物，在普通的环境中，彼此处于对立地位。他们的地位逼使他们明知故犯地、睁着眼睛地相互造成了极大的灾难，而他们当中，没有一方是完全错误的"。[3]读者当然明白《生命的秋天》旨归不在探讨桦林与荷韵的婚变，而只不过是将它作为考察因素来使用，以表现中年知识分子过早降临的生命的暮秋感，然则我们也可以说，没有比生命的暮秋感过早降临更不幸的了。

五

桦林与荷韵的对峙，对于一般意义上的道德，是一种超越。而沙原与沙飞对于阿丽玛与欧阳逸峰的伤害乃至迫害，苑湘许和湘知的对于爱情所持的态度，秦萌在考察队种种令人发指的做派，就无疑应该站在真善美的对立面来接受检验了。道德，作为一种内化的行为准则，由于它在历史发展中的滞后性，使它难以成为考察情感领域的有力量的文学角度。但读者在《当我们年轻的时光》、《长相知》和《神秘的松布尔》中见到道德评价成为塑造某些人物的尺度时，可能会对周维先剧作思想与时俱进的程度不满足，这里，我想有两点因素应该考虑进来。一是在反思和表现人的情感悲剧时，周维先意识到仅仅考虑到将悲剧构成因素归结到社会的不正常机制上去，未免流于表面，这才利用了道德这种相对内化的角度，而苏联影视文学中有《白比姆黑耳朵》《白轮船》等佳作也在提示着成功。因为归根结底，产生审美愉悦的原因与对象不是一码事。二是十年"文革"结束之后，被颠倒了的价值观念，须要重新颠倒过来，甚至重新构建。比如人人都有做人的权利和尊严；比如相知才能相爱，相爱人生才会美好。所以，道德的观照角度与周维先试图通过作品呼吁和重建国民性不无关系。也就是说，这种现象导源于剧作家激浊扬清的良知。这个问题下文还将提及。

对于周维先来说，道德问题并没有成为他思索的障碍。这一现象在《生命的秋天》中初露端倪，在歌剧《诱惑》中就得到了完全的证实。而在《魂牵鹿特丹》中，道德就再也不是剧作家对剧中人的评判尺度，而是充分显示了它在人性发展进程中的滞后性。在这部剧作中，道德成为一种牵掣人情感发展、阻塞人的精神释放的屏障，但同时，它又和女主人公夏耘姗对自身人性的价值肯定如此密切地相关联。这使这位铁娘子处在深刻的矛盾之中。如果背弃了她的法定植物人丈夫，她必定会在道德的旋涡中挣扎不已；而如果厮守大明终生，又无疑是对自己的情感追求的最大的不尊重。所以读者和观众即便明白了夏耘姗的情感指向，也仍然难以在她理性的取舍中找出促使她行动的有力和足够的理由。这也许可以看作是"历史的必然性要求和这个要求实际上不能实现之间冲突"[4]吧。而当《陈圆圆》再度碰到这种属于道德范畴的问题时，剧作家几乎取得了令人满意的突破。这倒不是指"秦淮八艳"中的歌妓现象所沾染的道德色彩。事实上，中国的稗官野史对待所谓名妓的矛盾心态，恰恰反映了传统文化中的道德戒律自身的困窘和内冲突。她们在地位上的卑微和操行上的可疑，与她们被肯定的才华风骨和广远的知名度，构成了一对具有讽刺意味的矛盾。可以说，任一著名歌舞伎的影响，都超过了史书上的节烈命妇，这种情形大概会让《羊脂球》更加黯然神伤的。这是不是中国传统礼教的禁锢中的一曲潜滋暗长的人性的颂歌呢？

周维先当然意识到了再造陈圆圆的难度。这不光是因为影视剧中有关这位秦淮歌妓的作品甚多，许多甚至出自大手笔，更在于这位才情过人的女子不可避免地要与令人欲说还休的吴三桂在剧中构成对应的主角关系，不可避免地要与农民义军建立起来的大顺政权产生瓜葛！这种双重的难度，确实成了检验剧作家把握历史的功力的尺度，也成了读者和观众看待《陈圆圆》时一种评价的尺度。就陈圆圆毕其一生的情感历程来说，陷入历史评价泥淖中的吴三桂，始终占据最主要的地位。这里，从所谓爱情的角度来讲，吴三桂在剧作所提供的与陈圆圆有染的五个不同男子中，却是尽善尽美的。他拥有陈圆圆所追求的理想男子的一切禀赋。更何况，吴三桂对陈圆圆更是心有灵犀、一见如故，几乎达到了人世间所理想的"心心相印"的地步。但是，就是这样一对佳偶，剧作家还是令人信服地让他们最终走向了貌合神离的悲剧性结局。悲剧的发生，与八面观音莲儿的出现，不能说一点关系都没有，但这关系却是极其次要和微弱的。因为早在那之前，在全剧最华彩的乐段里，吴三桂"冲天一怒为红颜"引清兵入关，就在他们中间投下了难以祛除的黑影。读者可以深入体味陈圆圆痛苦的两难心境。一方面，吴三桂知情知意的"冲天一怒"，可以说是他在爱情的乐章上弹奏的生命力的最强音（当然，历史上的吴三桂引清兵入关，有其更加复杂的原因和背景，不在本文探讨范围内）；而另一方面，又给陈圆圆出了一道无法索解的难题：她意识到她将与吴三桂堕入万人唾骂之中永劫不复。正是她所希望的男子禀赋造成了她所惧怕的历史后果。她认为吴三桂"反了大顺又叛了大明，有何颜面见国人和祖宗，那信义二字又该从何谈起？"。自那之后，这位难以超越历史性和民族性囿限的女子，实际上已对吴三桂在人格上做了否定性评价。痛苦的思虑使她自觉蹈向了一种自责和忏悔的心境，并由此进入了一种涉过爱河的人生反思，继而选择了一种超道德的行为：她为看不见摸不着的民族性舍弃了追求大半生的爱情。而这种常人难以理解和接受的抉择，实际上源于成为历史罪人的恐惧而形成的自虐与赎救。这是剧作家为人物的历史与人生的历程找出的最出色和最有力量的心理注解。统而观之，《陈圆圆》全剧呈现建构与解构并存的现象：男女主角婚前除却巫山不是云般的相互渴求，是对人的生命力的强烈表现的充分肯定；而婚后陈圆圆与吴三桂渐渐拉开距离，直到走入静室闭门反思，又无疑在展示一种背反生命力的走向。这两者之间显然存在着一种终极性的对立，却被剧作家成功地统一到陈圆圆的人生心路历程中去了。这也许是周维先从爱的母题出发，探讨情感嬗变中人与历史机制之间的关系的一个别致例证：它从人生的角度，完成了对于所谓爱情的价值超越。这对于剧本的文学品格的提升，不是没有意义的。

六

一个公认的事实是，迄今为止的世界文化结构，仍然是以男性为本位的文化结构。在政治、经济、宗教、文化、军事等各个领域中，女性的身影常常是凤毛麟角。即或有，"她们不是王公贵族的妻子、情人或同事，就是作为贵族阶级的一员的宫廷人员。男人的势力是她们从事各种活动的靠山。"[5] 这种现象，大概自原始的母系氏族社会之后，很少有所改观，而在被礼教封禁数千年的中国，尤为深甚。男性为主体的文化已经被历史浇铸成型，女性只能是西蒙·波伏娃竭力抗拒的"第二性"。当女权运动在域外沛然兴起时，中国女子的地位是借着旧制度的被推翻，在一夜之间与男子平等起来的。然而人们知道，真正在文化心理上祛除"第二性"的附属意义，还须要经过艰苦的和漫长的努力。我之所以谈及这一问题，是因为读者在对周维先剧作中的女性系列进行观察时，发现她们绝大多数是那样纯洁、美好、善良、勤劳、才情过人、善解人意、忍辱负重……可能会匆忙得出原始的女性崇拜情绪在剧作家创作潜意识中还在产生影响的结论。事实上并非完全如此。女性出现在剧作家笔下之所以通常是美好的,一则由于在中国古典美学中女性向来就有被作为理想化身来抒写的传统,二则出于剧作家对于女性在人生中的艰辛和重负所怀的深刻忧患。你可以怀疑这些被创造出来的近乎理想的女性的价值和意义,但应该相信剧作家创造她们时的真诚和良善。而且,并非所有的女子被创造时都是剧作家理想的对象化,也有许多女性是按照"这一个"的艺术法则塑造成型的。我们来看看《早春一吻》。

《早春一吻》,与前面谈及的几个作品都不同。它在爱的变奏中旁及了一个性格悲剧。阿丽玛、苑长芬、荷韵、夏耘姗等人的爱情悲剧,在很大的程度上都属于社会性的范畴。而蓝帆的婚恋现象,却是周维先剧作中一个独特的类型,性格悲剧的类型。这个有着洁癖的"暖水瓶式"情感胸臆的大龄女子,是剧作家在他塑造的女性系列中扬起的一面具有新质的独特的旗帜。她基本上生活在观念与现实之间的空旷距离中。由于她笃信感恩不等于爱情的说法,遂使她在举行婚礼的日子里,将姻缘毁于一旦。应该看到,蓝帆所信奉的,不过是从现实中抽象出来的一种观念,它与它的母题——丰富多彩的情感生活来比,显得何其干瘪无味。遗憾的是,蓝帆就是被这样一种干瘪的观念左右着。而问题的复杂性还在于,她坚信不疑的观念,不是一点道理都没有。爱情与感恩,确实是两个范畴的东西。感恩,不是对蓝帆作为一位女性,在整体上被当作被追求的异性进行肯定,这正是她感到愤懑和无法接受的。她的失误乃在于,她忽略了接受报恩对象的她,同时还是一位被异性追慕的女子。而这正是向爱情发展的首要条件。说到爱情,只有上帝才知道它有多少种建立起来的方式!因此,蓝帆在迎面而来的爱神面前徘徊不前的现象,毋宁说体现了一种文化性格,一种为观念所累的文化性格。这在知识女性乃至知识界是多么具有典型意义的性格!这种由于性格的特殊(宁信度,毋自信)所导致的爱的挫折,在周维先的剧作中是不多见的,以故不仅蓝帆这一形象在剧作家笔下具有特殊地位,她的婚恋也成为周氏剧作所探索的爱情悲剧类型中的一个饶有意味的补充。当然,我们知道性爱绝不是《早春一吻》的主旨,这就连带出一个问题:《早春一吻》开掘和表现的是什么?

七

如果我们能够承认剧本是剧作家本质力量的一种对象化，那么，这部剧作选中的作品必定融入了周维先大半生的风雨历程。他的艺术生涯，可以说与我们的共和国是一同升沉起伏的。由于他的青春韶华是在国家的命运风云变幻中度过的，因此当他对欧阳逸峰、水洗尘、桦林等人物的心灵创伤感同身受时，他没有停止思考："眼睛生来不是为流泪，而是为了寻求。"周维先的寻求，包含了两种意义。首先是寻求青春梦幻被粉碎的症结，这就出现了《当我们年轻的时光》等一批剧作；其次是寻求真善美价值观念失落后重构的途径，也就是我们前文所提到的重建国民性的问题，这就出现了他与王承刚、方洪友联手创作的《夏之雨·冬之梦》。这个剧本问世后，得到了剧坛的一致好评，被誉为"一杯清新淡雅的龙井茶"[6]。自这部作品开始，一直被剧作家执着探索的爱情母题，出现了新的扩展和变化。单纯的异性爱慕和渴求已不再是剧作家作品的走向，而两性之爱所衍射出来的相知、尊重、理解和扶挟，在他的笔下已经扩大到了一般的人际关系。万鹤鸣的幻象、上官秋雨的寂寥、李菊花的凄苦、老鸢儿的恍惚，所串联起来的几组人物关系，像是现代人生世像的屏风，在昭示人们，"温馨如梦的人际关系"，对于这些年事已高的老人是何等重要。他们需要的绝不是"橡树下的欲望"。这样，观众和读者在一幅幅类似散点透视的中国画般的画面中，看到的事实上是与《金色池塘》和《恍惚的人》同质的世界性题材，亦即老龄题材。而爱的意旨也超越了性爱的范畴，在《夏之雨·冬之梦》中得到了出色的拓展和弘扬。这对于被现代生活的高节奏和金钱异化了的人际关系所影响的人的精神来说，不啻一枚永耐咀嚼的橄榄。这枚橄榄大概要由现代人类一直咀嚼下去了。

正是在剧作家将两性之爱扩展到人际之间相知、理解、尊重的意义上，我们看到了爱的情感对于人生的重要性。这种情感的需要甚至遍及生命的各个阶段。这样，《早春一吻》的出现，不仅与《夏之雨·冬之梦》一样，是周维先对于爱的文学母题的扩展和升华，它同时还意味着剧作家对于人的情感的考察与表现，已经完整地覆盖了人生历程的各个阶段：童年、青年、中年、老年。

在这样的背景上，我们来看看《早春一吻》究竟在探讨和表现什么。这部剧作没有像惯常习见的那样，将父母婚变或第三者插足的过程演示一遍，而是将婚变原因和过程推到背景上去，着重在前台表现失去父母的儿童早春对于母爱的渴望。这种渴望的深切、煎迫和难以得到回应——无父无母、收养早春的大姨蓝帆又是个孤傲冷漠、性格特殊到近乎变态的老姑娘！——足以令人潸然泪下。读者可以深入地体味，生活对于早春这个天真纯洁的孩子来说，无疑已经成为她的"人生最大的逆境"：无爱的世界。虽则早春在失去呵护和爱怜的世界，出于对于母爱的渴望和吁求创造了最为宝贵和动人的艺术，但是人们不难发现，早春绘画的成功，绝不单是由于绘画的形式和结果，而是由那形式和结果所表现的内容：对于母爱的向往和渴望。这正是人类在早春所处的童年时代最为根性的需求。所以全剧呼求爱的意旨和早春的渴求，构成的是同一旋律的二重奏，在爱的乐谱中弹出了华彩而又哀艳动人的乐章。如果说《夏之雨·冬之梦》还在对"金钱异化的人际关系"进行反驳，呼吁重构真善美的国民性的话，那么《早春一吻》则进入了一种不同于斯宾诺莎的哲学境界：对于人类来说，在生与死之间的任一阶段，爱必须并且必然与生命和创造同在！

八

《早春一吻》从各个方面来说，都可以看作周维先在选本问世前的爱的哲学思考与美的价值求索的代表作品。而收进选集的这八部影视作品，在探讨和表现爱的宏旨方面，显然呈现了横向的开放性和纵向的深入性。即是说，不论在社会的、道德的、政治的、性格的这种由外而内的方向上，还是从两性之爱、父子母女之爱到人际之间的温馨如梦这种由单纯而至广博的方向上，都可以看出周维先在致力于系统性地构建一个爱的艺术世界。鲁迅先生曾经说："创作总根于爱。"那么对于周维先来说，他的创作就是动机与对象的同一了。

在观照爱与生的母题时，现在看来，剧作家表现范围的逐渐扩大，探讨领域的逐步深入，是交汇在他对爱与生的现实性、理想性之间的距离的思考中的。这种难以弥合的距离，也许可以形容为爱与生的此岸与彼岸之间的波涌浪翻吧。爱与生之于人类，已经形成了一系列价值求索。这些求索在历经了漫长的文明演化之后，渐渐成为飘浮于生活追求之上的理想状态的目标。比如两心相知，比如有情人终成眷属，比如有志者事竟成。在人类社会中，这些目标作为努力摆脱政治的、经济的、宗教的、道德的等等因素制约的旗帜，高高飘扬于爱与生的彼岸；而泅渡的痛苦，就理所当然地成为检验人对于自身的肯定与解放的尺度。周维先是以影视文学剧本的形式，将尺度交给了读者的。所以，当我们看到阿丽玛与欧阳的难成眷属，苑湘知与应该成为新郎的男友两心不能相知，苑长芬对水洗尘的苦苦等待，桦林与荷韵不堪重负之下的反目，夏耘姗与孟远的无法结合，蓝帆与康的突然情变，武同举治理江淮的难以遂愿，我们确实无法说周维先是一个浪漫主义者或理想主义者。就剧作家创作心理的深层旨趣来看，虽然他迥异于奥尼尔的悲观主义，虽然他良善的愿望中常常使得剧情与人物的走向趋于圆满，但是剧中人爱与生的翅膀是何等沉重。不管是剧作家利用爱的创痛来揭示人性所遭逢的摧残，还是利用爱的裂变来展示生命中不能承受之重负，或者以生命终结前回眸人生的遗憾来推出的沉重梦幻……出现在他笔端的爱与生，总是滞阻在现实的此岸与理想的彼岸之间，难以至竟。

因此，我觉得作为一个系统性的艺术世界，爱与生，在周维先笔下依然是悬于中天的待圆的月亮，其间种种痛苦、迷惘、遗憾、顿悟，映现的是剧作家所认知的人类在追求爱与生的终极性价值目标的过程中的坎坷和不幸，是人性向完美的境界复归途中的波折。唯其如此，出现在这个选本中的芸芸众生，才会不息止奋斗和追求，才会锲而不舍地朝向有价值的爱与生。

九

从事文艺研究和评论工作，在我已经有一些年头。但为剧作家的选集作跋，这还是第一次。作为外在的旁观者，我将自己对周维先剧作的一些具体想法陈列在这里，一则与剧作家商榷，二则向读者就正。在我的视野里，影视文学剧本，向来与导演握在手中指挥若定的分镜头剧本或工作脚本不一样。影视文学剧本是文学作品的一个亚类，是通过文学语言来体现影视属性的特殊的文学作品。在现象的意义上，它们统性于一种文学的表象。

作为一种文学的表象，周维先笔下爱与生的艺术世界，始终都在沿着语言艺术轨道前行。长期以来,他养成了一种美文美声的语言格局。他在使用语言进行叙述、描绘或提示时,读者们不难发现除了评议的功能和指向性得到发挥之外,作为工具本身的语言还呈现出简洁和优美的语感来。而这无疑属于成熟的文学作品语言的基本属性。作为影视文学剧本,周维先更侧重开掘的是视听艺术的特性,以及由此体现的他在影视美学方面的追求。

　　读者和观众都不会忘记在《百年梦幻》中剧作家对栀子花和玫瑰的使用。在意义的范畴里,我们从中当然可以体察到武同举对吴氏和崔氏的倾心爱慕,以及吴氏与崔氏之间情同姐妹的真情;但是,我们同时会被这种视觉效果十分华彩的场面以及它们之间必然要产生的对比所激动和心旌摇荡,为此中洋溢着的浪漫情调所迷醉。而这种效果纯粹是由视觉(或视觉的再想象)带来的。这就是熟谙了影视作为视听艺术的规律的剧作家的自觉创造。这种场面我们在《陈圆圆》中还可以见到:吴三桂在惊悉陈圆圆落入农民义军之手后号令三军为缟素。而纯粹诉诸听觉的效果我们马上可以回忆起早春失聪后在剧场的幻听以及万鹤鸣与幻觉中的亡妻对话的情景,这些都是剧作中情节的高潮或重要关目,是剧中人情感和心理波澜或郁结最为动人的所在。自然,周维先剧作的浪漫色彩和抒情性,常常不是来自某个单一的场面和关目,而是来自整部作品固有的氛围和调子,比如《当我们年轻的时光》、《早春一吻》和《夏之雨·冬之梦》,或者是浪漫和哀艳,或者是淡雅清新。

　　如果将问题再做进一步探讨的话,可以发现,通过语言自身的魅力也好,通过视觉或听觉的直观或二度想象的创造也好,周维先通过这些手段,致力于建设的是他探索的影视美学的格局,这就是一种深邃雅美并举,哀而不伤、怨而不怒的风格。他的剧作,不尚大开大合的剧烈的矛盾冲突,但却十分讲究对比、对照和重复的艺术手段的使用。在《当我们年轻的时光》和《早春一吻》中,人们所看到的艺术殿堂的草原、蓝天、白云和大海,与剧中人命运的破碎与不幸,完成的是一种反差巨大的对比;而《夏之雨·冬之梦》和《长相知》中的重复手段,给观众造成的却无疑是视觉效果的强调,它带来的是类似音乐中的三段体或回旋曲般的心理感受效果,令人荡气回肠。说到对照,我们都不会忘记吕俊华曾经细致地将它分为三类。一是外部对照,如好坏忠奸,这在沙原、沙飞与欧阳、与阿丽玛之间,湘知与男友之间,我们是不难发现的,但这不过是初级的。二是高级的对照，如两峰对峙，两种都美却不可调和，我们立刻可以回忆起桦林与荷韵来，我说过他们的冲突对于一般的道德来讲是一种超越，就是这个意思，这就是伊·戈洛夫斯基和舒克申的所谓"一切很正常，谁都没有错，可是血在流"。三是一个人内心的两种冲突，我们在苑长芬和夏耘姗的心灵世界中已经见过许多波澜了，而尤为难忘的恐怕还要数阿丽玛对欧阳逸峰和陈圆圆对吴三桂的复杂心态。这些技术性手段的使用，客观上显现的是不尚冲突的剧作形态，在主观上却反映了剧作家对美自身的一种认识，亦即柏拉图与毕达格拉斯所认定的：美是和谐。只不过在周维先看来，和谐的本质不是单纯的协调或统一，而是蕴含了对立面的相反相成的平衡。

现在，这部集结了剧作家大半生艺术思考和追求的剧作选已经呈现在读者面前了。我想，只要对中国的影视艺术发展真正关心，读者朋友一定会以欣慰的心情接受这本选集。因为，选集中所收的八部影视作品，包蕴着这位严肃的剧作家对艺术、对人生的一颗真诚的爱心。

原载《影剧月报》1993年第8期

参考文献：

[1] 陶东风. 中国文学中的死亡主题及其诸变形 [J]. 文艺争鸣, 1992（3）.

[2] 亚里士多德. 政治学 [M]// 西方美学家论美和美感. 北京：商务印书馆.1980: 41.

[3] 叔本华. 意志与表象的世界 [M]// 西方文论选：下. 上海：上海译文出版社, 1979: 333.

[4] 恩格斯. 致斐迪南·拉萨尔 [M]// 马恩列斯文艺论著. 南昌：江西人民出版社, 1981: 212.

[5] 富士谷笃子. 男性文化中的女性文化 [M]// 女性学入门. 北京：中国妇女出版社, 1986: 85.

[6] 聂海风. 于平淡中见深邃 [J]. 电影文学, 1987（9）.

当我们逃离纷杂的人世

——浅议殷俊诗集《最后的情书》

何锡联 1961年出生。中国诗歌学会、江苏省作家协会会员,连云港市诗歌学会会长。在《诗刊》《诗选刊》《扬子江诗刊》《延河》等报刊发表诗歌、小说、散文、评论七百余首(篇),著有诗集四部。

"当我们逃离纷杂的人世"是诗人殷俊的第一本诗集《最后的情书》中的一句诗。读完这本诗集像重新走过了一次生命中的情感旅程,它再一次激发起我们对生命和情感的敬畏与感激。这也是诗人在诗歌的艺术创作中给我们留下的最大收获。《最后的情书》是以诗集中的一首诗命名的。其中这样写道:

> 开头处的空白,代表我们在无知年代
> 开启一段伤感的历程
> 你坐在床前,读到某段过往中不可忘却的部分
> 拿纸的手微微颤抖
> 关于爱,我一直无法告诉你更多
> ——至今仍然不能

这样一首精神纯净、心灵温暖又胆怯谨慎、道德内省的爱情诗,其艺术气

质已近乎在"静婉"中略带一种宁静的酸楚和心疼。而这种若有所失的情感又始终让人充满向往和憧憬。"开头处的空白,代表我们在无知年代/开启一段伤感的历程",这让我们一下就回归到了清纯执着年少无知且无私又无畏的情感世界,近似冷峻的语言让我们为之感动。"继续向下:流畅的字符遭遇到冷落、焦虑、误解/被迫停下/你想起写信者欲言又止:反复敲打着某种情绪也反复删除"(《最后的情书》)。这与其说是诗人对情感有所彷徨且小心翼翼,倒不如说是诗人更加成熟之后的豁达与谨慎,是放手也是一种自信。诗人抛弃外物的纷扰,摒除内心的烦乱与驳杂,在感情上宁静行远,让我们在面对烦恼而又任性的情感问题时也能渐渐地静下心来,从而产生一种更加庄重虔诚、亲近温馨的敬畏之心。这首简短的爱情诗让我们深切地感受到了诗人的真情体验和对情爱的清纯感悟。诗人在《阴暗》中写道:

那么多的人在拥抱后流下泪水
一边腐朽,一边辽阔
我要不断承受被填满再被掏空的命运
要在这明亮的人间为你
留下一小片阴暗

我们在这些诗句中仿佛听到了生命与命运在羁绊与困惑中艰难前行的回声,而这种回声里同样蕴含着些许的伤感、忧郁与失落,回响着"被掏空的命运"之后发自心灵的呼唤,其实这才是人性中最深沉的情感。记得有人说过"若善难以让人相信,则不如让它与恶同声相求"。因此,如果仁爱与宽容的光芒让人难以认可,那还不如像诗人所说的"留下一小片阴暗",让你自己在心中感悟黑暗中的光明。诗中没有陈式的言说,也没有手指轻拂的慰藉。诗就这样让灵魂产生了莫名的渴望。也正是这种渴望成为诗人想象的灵感与创作的泉源。"不远处的工地传来敲敲打打的声音/一具铁器正拼尽全力击打另一具/……这费尽力气的生活总会带来两败俱伤的局面/你我先是利器,后来是铁屑"(《铁屑》),这本来是两个物件在同一个场景中相互作用所产生的必然结果,却引起了诗人的无限联想和抽象的顿悟。一个真切的道理或真理,一个深刻的哲思或哲理就这样诞生。这样的诗句理解不难，但不同的人在不同的境遇中定会产生不同的感憾，并且会从胸部底处深深地叹出一个冬的郁结，使人们一下子温暖并轻松下来。殷俊的诗提醒我们：生活中的恩仇爱恨、悲欢离合、吉凶祸福、荣辱得失等并不可怕，它们同样蕴藏着诗的潜质与力量的集聚，只是各自的体会不同。因此，我们不能盲目地说诗应该怎样去写；更不能盲目地给别人的诗下什么定义。"当我们逃离纷杂的人世 / 满怀喜悦地来到山野 / 并排躺在一起 / 我们知道——// 当我们退出 / 隔着一段生铁的距离用力敲打四壁 / 只能听到空空的回响 // 天空不断飘来新的云朵 / 我们待过的地方又添了一座新坟"（《我们知道》）。对生活中各种现象的敏感、细密和多虑的性格以及对人生悲悯的特殊体验和暗示；对宏观人生的关照和微观人际的独特观察，通过恰当的隐喻和转义让诗歌形成了内在的理解方向，形成具有自身特点的表现形式，这是诗人的特质和细腻光润又略带忧郁的柔美情怀所致，同样这也是一个女性诗人的聪明和才情。

以上引用的诗歌并不是这本诗集中的最佳作品。诗集中的大部分诗歌都具有不同的思索方向和不同质感的发现，因此每一首诗都显得耐人咀嚼和评味。

不难看出诗人是热爱生活的，尤其是在生活中让人心碎的、让人忧虑的那部分，同时又让人渴望和让人憧憬的轻巧细密的主题和意象。有意思的是：诗人通过各种手法的处理，在力求和满足自己心愿的同时，总是额外地为读者留下一缕浅浅缺憾和追问，或者说是诗人有意留下的"诗歌悬念"。诗集中的作品不断将得与失、取与舍的情感煎熬渐渐转化为至尊至纯的精神财富的导向是积极的，也是值得提倡的。当然，诗集中随处可见的侵袭灵魂的诗句同样让我们不得不感受到诗人生活的真实基础和对诗歌的无比敬意，这让我们在感受诗人低调的欣喜和傲慢的忧伤的同时，聆听到了别样的灵感渊源以及用文字形成的诗歌蝉鸣。

诗集《最后的情书》不仅体现了诗人积极主动的创作意识和特有的形象思维，而且更体现了一个思想者自觉的推理和机智。这可能是诗人在常年所热衷的教学工作中所形成的个人品质和习惯。而这种个人品质和习惯同样为诗人的诗歌创作和广大读者带来了意想不到的广阔视野和精神享受。当然，对一个在形式上只有几年诗歌创作经历但却已取得了惊人成就的年轻诗人来说——她的诗歌前程将有着无比的广阔原野，她的诗歌创作将有着辉煌的努力方向和巨大潜力：其广阔原野在于诗人对于自己诗歌创作的敏感、敏锐和敏捷的天赋需要进一步的呵护与倍加珍惜，要有永葆初心的纯真、纯净、纯情和孜孜不倦的精神；其努力方向和巨大潜力在于诗人须要继续扩大自己诗歌创作的立体格局，增强诗歌的厚重和力度，融入更大的情感空间，接受更加艰难与漫长的时间沉淀和考验，而不是相反。

原载 2019 年 6 月《连云港日报》

一部长诗的三个维度

——蔡骥鸣《梦醒起来见太阳》读后

刘　枫　1962年出生，江苏连云港人。江苏省作家协会会员，江苏省评论家协会会员，连云港市作家协会理事，连云港市诗歌学会副会长，有专著《门当户对》《中国情感·家书品读》等行世，在国家、省市级报刊发表诗歌、评论、散文、现代艺术批评若干。

当下文学为人所诟病的一大缺失在于形而上层面的浅薄和宗教情怀的稀薄，对于一部文学作品，我们可以有多维的考量角度，这也可以展示出作者所能传达给读者的多元信息和衍生信息的能量及其辐射的强度，就蔡骥鸣长篇诗作《梦醒起来见太阳》而言，他所提供的思考，恰给了我们之于这一话题的很好的考察样本。

一、伦理维度：不止步于有序利用

从诗歌的形式上来讲，《梦醒起来见太阳》（以下简称《梦醒》）是蔡骥鸣先生第一部古典意义上结构完整的长诗，是一部不容忽视的重要作品。在《梦醒》中，作者试图用自然科学、人文历史、环境现实和社会发展的术语与现象以文学的想象来诠释人与自然之间的关系。他以环保话题为契机在人与自然的关系层面上下求索，而值得注意的是，《梦醒》并没有停留在对环保问题的描述与探讨上,而是经由环保话题来探讨人类对自然认识的局限并通过比喻、象征、反讽、变异、荒诞等艺术手法充分探讨了生存与发展、人类需求与自然生态、自然伦理与人类天性等数对关系,贡献了作者对此做出的深切反思和生命体验。

正如霍金所言,我们只是在一个鱼缸里面观察和思考世界,并且在一步步的认识深化过程中,从地心论到日心论,再扩展到银河系乃至更广阔的宇宙空间,生有涯而知无涯,我们对待人与自然的关系,仅仅认识到利用和有计划开发这够不够?人与自然究竟是共生还是利用与被利用的关系?我们的落笔点是否仅仅局限于"自然生态文学"或"环保文学"?在当下的大背景中,作者带着深刻的悲悯,注视着被欲望主义、消费主义、物质主义所劫持的世界,用全面激活了痛点而又勃发喷涌的笔致指向了这个被贪婪攫取的凯旋进行曲所引导的世界。在这里,作者贴近了永恒的思索和大自然的坐标,拒绝追随在物欲的旗号下充作吹鼓手而曲学阿世的帮闲文学,在功利主义和实用主义的大合唱中,发出了独特的振聋发聩的天问,把对待自然的态度上升到伦理的层面与生命的感动:

洪水是从天上铺下来的 / 火焰是从山一样的乳房里喷出来的 / 这是我还没来得及的瞬间 / 来了又消失了 / 紧接着,紧接着 / 我感到自己的喉咙在颤抖 / 渴得咽不下唾沫

那么,这样的焦虑所观照的对象是什么呢?

那一方蔚蓝凝结成晶莹的盐块 / 一千万个各色鱼群 / 像琥珀中的昆虫 / 塑造出飞翔的姿态 / 沙漠的窗帘遮盖城市鳞次栉比的鸟笼 / 我们从地上转入地下 / 又从地下转入海中 / 迫不得已的后来 / 搭载鹤群飞向莫名其妙的地方

大自然的异化必然侵入人类社会生活的各个层面和角落,甚而至于侵入人的意识深处:

母亲得了强迫症……母亲不再相信任何一样看起来干净的东西 /
眼不见为净 / 眼见了更不干净 / 于是，她把苹果皮削得露出了心脏 /
长得肥胖的蔬果似乎都不怀好意地坏笑 / 这笑感染了母亲

　　毫无疑问，这样的抒写是超验的却又是剀切而生动鲜活的，这恶之花一样的诗意，惊心动魄。

　　在这里我们看到，物欲主义的步伐势不可当，一种华丽的、野蛮的凯旋抵达每一块洁净的土地和水源，无论其是一股山间清泉还是一脉心田活水，温柔敦厚、知书达理的古典情怀在环境中一并被污染并走向其反面，一种败坏从环境向人心蔓延，人文环境的沦落导致的人与人、人群与人群的互害形成新的反噬链条，人与环境的另类互害也就此呈现出来——

　　……油、菜、牛奶 / 呈现一种完全宽容和开放的 / 姿势，笑眯眯
地接受 / 改造或易容 / 明知故犯变成一种境界 / 钱是一种加速的动力 /
用利撑开一个个膨胀的日子

　　异态化为常态，麻木的我们则发掘了更低的底线并安之若素：

　　……异样成为 / 一种常态，人们乐此不疲 / 每块农田都成为毒素
的发酵地 / 每个作坊都在拼命地摸黑干活 / 每一种要进入口中的食
物 / 带着原罪，却 / 没有人挑起担子

　　作为恶的链条的末端，人们也已经半推半就地接受了当下的现实，可见，链条的每一个环节，底线都是可调的，并且拥有无限的弹性指数：

　　大快朵颐的人们，明知 / 每一口都是陷害，敌意 / 似乎无处不在
无冤无仇的人 / 在暗放冷箭，或施一剂慢性毒药 / 小心翼翼成为
一种摆设 / 像四处透风的栅栏 / 无法堵住猛兽一样的洪水
　　……一块块大石头扔进水里 / 沉重无比，却 / 杳无音信……让喉

咙 / 听从喑哑的指令

利益驱动有着另一种逻辑，在利益的各单元之间形成更加紧密的同盟关系，经济指标和快乐指数作为一种导向，迁移了原本应该自然存在的理性状态，装睡的人牵引着睡着的人并且裹挟了喑哑的不协和音，让环境问题、人类生态问题淡出了公共视野。而诗人作为天生的不自量力、自觉自为、知其不可为而为之的人，必须发出自己独有的声音。我们也看到，20世纪80年代开始，环境问题在中国文学中开始有越来越强烈或焦虑的呈现，而且思考开始越来越深入，从对迷人的大自然缅怀，到环境破坏日益严重的焦虑与反思，从人类与大自然和谐共处的传统信念，到人与自然的关系、当代文明的走向，我们可以看到思考的深化和环境哲学在形而上层面的升华。

不甘心的不是结局 / 是陷于一大片泥泞中 / 失去了挣脱的力量
……
子夜的钟声响起 / 我跨鹤奋起 / 却找不到一朵可以驻足的云

在蔡骥鸣的长诗中，城市是一片被无节制塑造和涂改修剪过的疯长的场域，而乡村则是在往昔旧梦映衬下的破败的遗迹，作者笔下的悲悯与温情强烈而深沉：

野风吹过田园 / 宁静的村庄 / 偶尔传来一声狗吠……
牛慢慢地踏步 / 不时地拉下一泡热烘烘的 / 牛屎，那是我们烧火
的原料 / 羊咩咩地叫 / 鸡儿成群，被顽劣的小孩 / 追赶得四处逃窜

《梦醒》的目光也投向了野生动物，在蔡骥鸣的诗歌中，动物在很大程度上也参与了人类的命运，诗人透过人类社会与非人类世界的关系来考察人类境况，在地球漫长历史的演进中，原本亲密相关没有截然分野的众生是地位平等、和谐共生的，它们遵循着同样的道德与生存准则，是一种生命与另一种生命的关系，动物与人一样拥有美丽、友善和优雅，共同构成这个人类生存不能

须臾脱离的生态系统，就像J.拜德·凯利科特的"生物社群"思想描述的那样："生物社群"的各个组成部分从经济角度上来说都互相依赖以便于这种系统获得自己不同于他者的特征……生态学将各种生命群落描绘并界定为沙漠、草原、湿地、苔原、林地等等，每个社群都有其特殊的"职业"、"角色"或"位置"，这种共生与依存的关系告诉我们，热爱生态整体才是真正的热爱自然。然而这种热爱众生的情境与认识，已经在物种的消亡中逐渐成为乌托邦神话：

羚羊在我们的面前倒下了 / 雪豹在我们的面前倒下了 / 东北虎在我们的面前倒下了 / 犀牛在我们面前倒下了 / 大象在我们面前倒下了 / 连过境的那些神鸟们，都挂在了 / 我们浩浩荡荡的大网中
……一切都由不得上帝了

从表象上看，毁掉大自然的暴力源头是工业化文明和商业化文明，这是以寓言性的故事传达出来的；从深层次来看，人类欲望的潘多拉盒子被打开才是非正常的恶性膨胀状态的肇始，而这一切正势不可当地向大自然进军：

一年一度的捕鱼季节 / 旗帜飞扬，无数条渔船 / 像乱箭穿心，射向海洋深处
…………
一个个族群被冲散 / 在不知所以的地方，被 / 更大的鱼或人所吞噬 / 直至一个姓氏灭绝 / 海滩也常常上演腥风血雨 / 几百头鲸鱼搁浅成 / 永恒的绝望

对于大自然的荼毒，不可避免地反噬到人类自身；被毒害的土地，也必将毒害人类自己：

在河水的源头 / 原来是我们啜饮的乳房 / 香甜的乳汁让我感受到慈爱的力量 / 等我们溯源而上的时候 / 才发现乳房被割掉 / 一排排造纸厂 / 一幢幢化工厂 / 建在未愈的疤痕上

中国传统文化提倡人类与大自然维系和谐共生的关系，历代的文学作品也发自内心饱含深情地讴歌着大自然的美丽和人类生于斯长于斯的庄严与美好，而在当下，热爱大自然的诗人，却只能执着地用寓言的手法批判人类对大自然的盘剥：

都说这是文明的时代／可这文明还不如狗皮膏药／都说人是智能动物，素质挺高／可感觉还不如……／实在想不起，还有什么／比人更低矮的东西

在奇妙的寓言式叙事中，蔡骥鸣把自己的环境信仰追溯到陶潜的境界，而对全球化的时代的经济效益和商业利益提出尖锐的质疑——人类越来越匆忙的脚步已经越来越加速地偏离了自己，甚而至于越来越趋于抛弃自己：

洁白的医院，输液管中的药液静静地流淌／温暖的纱布盖住腐烂的肌肤／疗完我们的痼疾，接下来／去感染没有风化的大地／土壤接力我们的病痛／完成一次圆满的交接

人类建造的城市文明，如同天降狂飙，裹挟着无以自控的人类走向未知的未来：

城市像一个暴君／欲望每天膨胀，肆无忌惮／甚至加以拳脚，抢夺每一寸土地
…………
一层层热烘烘的沥青／渐次铺开，无限延展／结痂的水泥层层垒积
血管似的下水道／每天排泄，流向不知所终的地方／纯朴的土地，像处女／一个个地被强奸成妓女／再也无法回归

作者冷峻的笔端，疏而不漏，甚而直接提出了更加尖锐和异见纷呈的科学

伦理问题：

  化学家们喜欢摆弄瓶子 / 把各种各样的魔鬼 / 杂交出新的魔鬼 / 或者把魔鬼列队训练 / 锻炼出素质更高的本领 / 潘多拉魔盒里充满 / 五颜六色的诱惑
  ……我们住在各种各样的 / 化合价和分子结构中 / 在这个世界上 / 谁也无法逃脱被改造的结局

《梦醒》丰富而繁复的多声部里面，混合了富有想象力的、瑰丽而诡异的、寓言式的抒情模式，它没有给出一个药方，这也不是诗人的职能，但它提出了一个医疗原则，那就是以对自然深刻而浪漫的爱为坚实基础的环境思想，而对出于可持续攫取的功利考虑和资源忧虑而生的环保策略提出了尖锐的质疑，从而达到了从环保策略升华到与大自然共生思想的形而上高度。

二、诗境维度：不裹足于悼客围观

诗境的本质在于诗歌的意义结构并为读者所认知，它与诗歌文本的其他部分存在互文性并共同构成一个有序的意义结构，《梦醒》提供的诗境，与我们在环境现状与发展历程的语境下的情感、志虑及道德实践构成了特定的共同感受，构筑了气息相通、感同身受的美学意涵。

《梦醒》一诗，时空壮阔，情理典实，汪洋恣肆而情理交融，物我交际而兴会万端，在对大自然的态度上，它承接了传统诗人对大自然的热爱，但在表达上却又超越了羚羊挂角、无迹可求、不涉理路、不落言筌、言有尽而意无穷的窠臼，直抒胸臆，直指内心，而无损妙悟，明心见性，神会于物，而能打通有我与忘我之境，充分体现出作者的精神追求和人文情操。在语言运用上，一方面努力摆脱寻常的惯用语汇，抵达更真实的语言内核，催生读者的心灵共鸣，唤醒本性和良知，让诗境超越古典意义上的"清逸""淡远""脱俗"的澄澈之境，让小我超越自我完善、淡泊宁静的局囿，呈现具有时代特性的壮阔宏大的境界、仁爱博大的胸怀。

在悠久绵延的历史长河中，不乏佯狂放诞的隐士和智者，隐士接舆给孔子唱着隐晦的劝谕之歌，唐朝诗人寒山隐居天台山的洞穴，第欧根尼自由不羁落拓癫狂，他们热爱着大自然，但却只是作为尘世的旁观者而存在，他们是自足自洽者，是隐逸者，也是悼客。然而，今天已经是隐士无处可隐的时代，丧钟为谁而鸣？毋庸置疑的是：为我们自己，为每一个人！我们应该知道，逝去的美丽河山不能只是去唐诗宋词中沉吟，去水墨丹青中觅踪。

近年来，不断有作家诗人通过他们的作品呼唤着环保的意义，倾诉、呐喊甚而至于控诉，以期唤起民众的警觉和反思，让大众认识到生态系统的破坏已经到了岌岌可危的程度，这一切不是没有前车之鉴，而是常常在走着前者的覆辙，这是个有先见的社会，却是个不管不顾的社会，生态系统的大厦吱嘎作响摇摇欲坠，却唤不起酣睡的人——

　　……我这时候就像一个罪大恶极的人／隐瞒了他们的病因／忽视了他们的病情／在他们生命的前面挖了一个陷阱
　　……没有人能够理清／最终只能不了了之／不听之任之又该怎样／医院围墙之外的事情／都堆得比医院21层的楼还高了／你得仰视它，然后俯首称臣

诗人蔡骥鸣把环境问题作为诗歌写作的重大题材，并且赋予长诗这样的形式，可以说是当代文学所绝无仅有的，文学的反思不再指向别处，而是收转外展的锋芒，直接指向人类的生存理念、生活观念、生活方式和发展模式，展示出诗人对人类责任的一种担当。有一种非常自负的说法叫作"拯救地球"，其实地球不需要人类的拯救，而亟待拯救的是人类自己，只须升高和降低几个摄氏度，我们就会迎来灭顶洪水或冰河期，而这对于人类属于灭顶之灾，对于地球来说却是在漫长的地质时代里司空见惯的往事。与人类命运紧密相关的事情，向来就是文学的重大课题，文以载道，关注和干预环境问题就是一个莫大的"道"，反映出文学的责任意识、担当意识，在这个背景下，浸淫于古典世界的缅怀与咏唱已经远远不够，甚至是一种麻木不仁的自我麻醉，沉湎于山清水秀、鸟语花香的自说自话而无视满目疮痍的环境问题不是抚慰与拯救，而是逃避和粉饰，在当下，围绕着严峻的环境问题，诗歌必须发出自己的声音并提

供自己独特的解读与思考。

   人们从历史的每个角落／从地球的每个早晨／开始，疯狂地饕餮／像蝗虫一样有计划地铺展／我们熟悉蝗虫的历史／就像熟悉我们自己的路径
   ……那么多令人眼花缭乱的／动物或植物种群，被我们／以各种精细的方式／或描绘成艺术的方式／烹调成美味佳肴

  毫无疑问，从文学史的尺度来看，文学着墨甚力的题材往往都指向那个时代的社会生活和人类处境，而环境问题的提出，则是在整个文学史上分量稍欠的课题，这是时代使然，环境问题纳入文学史的视野，必将成为这个时代的一个重要特征，这不是文学自说自话的新课题，而是文学对于时代的一个回应。

三、艺术维度：不局限于现实抒写

  蔡骥鸣先生的《梦醒》在他自己的诗歌作品中，具有独特的意义，而在当下类似题材的作品中，也同样具有鲜明的个体特色。
  《梦醒》充满着澎湃的诗情和深厚的哲蕴，浓烈而明晰，激昂而深情，诗思灵动而思考深沉，外延浩瀚，汪洋恣肆而内涵集中整一，精细缜密，把专题性的感悟、思考编织为一个个寓言故事，把一个个独立的单元围绕着一个核心思想，阐幽释微，熟思洞悟，收索于哲思而纵逸于意象，鞭辟入里金刚怒目而又回肠九曲一咏三叹，诗情充溢，厚积薄发，熔情与理于一炉。
  蔡骥鸣以赤子的纯真之眼观照世界，感悟人生，诗作中洋溢着理想主义的浪漫情调，诗与思浑然交融，情感与哲思跌宕起伏，笔走龙蛇，放怀天地人生、历史现实的广延性追思，诗情和哲蕴浑然一体，世象与感悟水乳交融，灵光闪现之处，直抵文学的生命底色，令"诗"与"真"的合力趋向人性和历史的幽暗深处。
  《梦醒》也带有魔幻现实主义的特点，但是它并不依赖于各种怪异事物的发生和演绎，只凭借活生生的事实，魔幻现实主义的运用不仅可以使故事充满

迷人的魅力，而且可以使寓言式的叙述更有说服力，而这一切却依赖于现实存在，使得魔幻现实主义的手法仅仅成为一种叙述策略，作为强化认识效果和叙事效率的手段而存在——

庞大的化工厂／遮天蔽日／每天都在朝气蓬勃地发展／汽车进进出出／把纯朴的拉进去／打造成千年不死的妖精／输送到世界各地
那些妖怪排放出来的粪便／被深埋在地下／像那个灵猴到了阎王殿里／都不曾歇一下／把一地的深水搅混／最后癌化了岩石的骨髓

蔡骥鸣对于环境思想独树一帜的表达采用了寓言、纪实、象征、叙事等综合手法，其诗歌的想象和纪实的描述，借由现代主义的艺术手法把错综复杂的现代课题与作者的诗思和情感最大限度地释放出来并把这种炙热的感悟传达给读者。在作者对于环境恶化、生态危机的描绘中，有意无意间流露出荒诞主义的语调，正常与荒诞的错位交融，真与幻勾连并置，失控、反常、幻镜、越界、拟物的自由使用又自然无痕，将非理性的心理体验和反逻辑、反理性的"荒诞"的客观事实融合并进行了高效率的艺术表达——

渣土车把城市的心掏空／鲜活的肌肉被人造皮肤代替／凸凹不平、高低冥迷／冰冷坚硬得像死去的尸体／又像一簇簇癌变的肿瘤

又如：

早晨／他被咽喉部的一把火烧起／每天的日子像走在漫无边际的沙漠……树叶无奈地老去／像标本一样挂着干瘪的躯体／叶的脉络恰如干涸的河流／记载着沧桑润泽的历史
龟甲遍地／裂变成规则的图形／河床上，一对交尾的鱼／保留着欢愉的姿势
如果夜也被渴醒／如果夜也晒干成白色……
一个老女人／胸前挂着干干的布袋／脸上，树皮纵横／这就是我

曾经水灵灵的母亲

在神游般的荒诞中最终落脚于对当下现实的关注，体现出对人类生存环境的担忧和生态破坏的哀悯，而荒诞极端的象征性描写和表述，则强化了作品感人的力量，而诗人在拆解荒诞之后将人的荒诞感受转向一种以自省、自拔、自救、自爱为特征的积极力量从而从荒诞中生发出明媚的关怀与期盼——

……无边无垠的大地上 / 数亿个流动的生灵 / 带着各自的光圈 / 互相融渗，互相汇合，互相慰藉 / 奇迹出现了 / 厚厚的地壳被照得 / 通红透亮。我们伸长颈项 / 流下激动的泪水，高喊着 /——我来了 / 我们来了 / 站在湛蓝的心之上 / 把赤子之身献给哺育的母亲

在艺术表现和意象呈现的手法上，作者也借鉴了重个性、重主观表现，用色大胆强烈乃至于扭曲变形、拼贴无序的表现主义笔法，在表现客观形态的同时传达出强烈的主观情绪，在意象设置上具有强烈的色彩表现并借此加强了文本的图像性，强化了文本的紧张感，给予读者的阅读感受以强大的冲击，展现了诗人对和谐自然的渴望——

……沙子是一种液态 / 但沙子的细小堪比水分子……沙子和水原是一对夫妻 / 他们的恩爱结出了绿油油的后代……沙子鳏居 / 把孤独和郁闷漫溢到 / 一望无际的地步……沙子的狂躁歇斯底里 / 疯人院最密的栅栏 / 最粗的铁链 / 也无济于事……两扇巨大的磨片 / 将我们推成比水分子 / 还要细腻的沙子……/ 我们正在经历 / 一场人的沙化过程

而强烈的表达范式让读者看到了现代工业社会带来的人类境况隐忧并发出强烈的警示。作者对人性的深刻理解、对社会的深切牵挂、对尘世人寰的深沉悲悯，让整部作品充满人性的和文学的柔美光辉。

《梦醒》展现的是作者对古往今来、天地人生、人心物欲的感悟、洞察和

畅想，对全球与本土、现代与传统的深沉思索，别有一种悲悯情怀。《梦醒》体现了作者对现代化的反思，但作者并不简单地排斥现代化诉求，而是集中反映出对于物质主义的盛行和对大自然无休止的无度掠夺的警惕，面对穷奢极侈、欲望泛滥的繁华都市，作者敏感地认识到声色犬马、物质追逐对文化、人性、大自然的毁灭性威胁，并始终对人与自然的和谐协调关系无限推崇。

正如同作品尾声所说的那样：

一场大梦，把一片故土汗透 / 余悸的心，刚从一片刃上走下 / 全身软绵绵的，像抽去了 / 脊梁

这个结尾，有力而又纤弱，明媚而又沉郁，就像是金圣叹腰斩《水浒》那样，把招安后的凄风苦雨化作一梦，就此终篇；也像是鲁迅的《药》，在夏瑜的坟头凭空放上了一个花环——

好在窗前已明 / 黏稠的窗棂像洗刷了一样 / 鸟儿鸣叫着炫耀飞过 / 一片落叶，做出滑翔的姿态
…………
我们等待 / 梦中醒来的太阳 / 敲响清脆的钟声 / 人和动物们自觉走来 / 围拢成一个同心圆 / 弧度无限扩张，到 / 虚无缥缈的尽处

是的，"伐木者醒来！"这回声已经盘旋了三十年，纵然是金石之声，穿云裂帛，却已然空谷足音，跫音寂寂，有多少人醒来，有多少人沉睡，甚而至于我们要追问，还有多少人在装睡？《梦醒》的横空出世，在这个特定的时期，在这个需要唤醒的时刻，相信会给我们带来一声棒喝、一份思考以及一段悠长不绝的回声。

原载《世界文学评论》2018 年第 12 辑

二月阡陌风自暖

——序韦超作品集《女儿的阡陌》

王军先 1962年出生，江苏省作家协会签约作家，连云港市作家协会秘书长。在《诗刊》《钟山》《扬子江诗刊》《雨花》《延河》等刊物发表作品，有诗歌入选《江苏文学五十年·诗歌卷》《江苏百年新诗选》等选本，著有诗集《多雨季节》、长篇叙事诗《我的爹娘我的村庄》等。

最早为我们带来春天的讯息的，是那些来自阡陌的微风，是那些积攒了一个冬天的热情和暖意。一月春寒料峭，二月和风拂面，我们总是在坚守中迎来那些迟到的幸福。韦超的这些文字就像来自乡间阡陌的二月春风，带给我们的是温暖、清新、宁静，还有惊喜和感动。

陕西这片有着深厚文化积淀的土地，已经涌现一大批文学大家，如当代作家中的翘楚路遥、陈忠实、贾平凹等等，他们已经成为中国文学史上的耀眼星座。受这片土地的浸淫，来自陕西黄土地的韦超，其作品无疑有着浑厚、厚重、饱满的特点，同时不乏清新、轻灵、雅致之美。

读韦超的作品是一种享受，文字上的享受，精神上的享受。思想的跳跃，语言的张力，灵魂的飞升，构成他作品宏大的叙事与抒情场景，能够带给读者精神上的愉悦，让读者在烦嚣的俗世中能聆听这些天籁之音，这样的作家无疑是值得我们敬重的。

韦超是一位值得我们敬重的作家。

他的作品总是能带给我们不一样的欣喜。他深刻睿智的思想、流畅蕴藉的语言、干净饱满的文字、举重若轻的表达方式，让我们耳目一新。

真实、率性，敢于解剖自己，直面自己，这是一般作家所极力回避的，而韦超却能张扬自己的个性，既把自己光鲜的一面呈现给读者，同时也把自己不够光鲜的一面展现出来，这需要足够的勇气和自信，这也是他与众不同的地方，令人钦佩。请看这段文字："我只是一个充满了缺点的求知者，一个带有善意的恶人，一个喜欢文学、宗教、艺术、哲学与演讲、辩论的战士，一个喜欢美女又善于表现的矮个子，一个具有牛脾气和惊人毅力的小瘦子。"（《我是个怎样的人》）

还有这段文字："我是一个心眼小、爱较真、不大方、太自私、好生气、常嘲讽、善夸张、懒做事、喜辩论、会偏激的复合人、独行侠。实际上缺点还不仅仅在于此，随着时间的推移，我会暴露更多的毛病给你，你也会了解我更深入、全面的丑态。我从小就是个有污点、有私密、有癖好的小人物、坏孩子。现在进入中年了，旧毛病一个没改掉，新缺点又陆续增加。"（《一个古怪的人》）

请问谁会把自己"剥光"了给读者看，尽管字里行间不乏戏谑和调侃的成分，但是谁又会让自己在众人面前"出丑"？按照惯常的思维，我们都会竭力掩饰自己、美化自己，甚至不惜拔高自己。

我在遵嘱写这类文字的时候，从不喜欢大段地摘取原文，因为那样会有"掉书袋"的嫌疑，而现在我不得不引用这些文字来佐证，这样会让读者更加一目了然。

所以，我要向韦超老弟致敬！

有人的作品以真挚的情感见长，有人的作品以缜密的说理见长，而韦超的作品却把这二者有机地结合到一起。这就需要扎实的文字功力，需要厚积薄发的历练，而非一蹴而就所能奏效。

读韦超的作品，我会想起鲁迅以及周国平的文章，集子中的许多作品都具有犀利的风格、超凡的思辨能力、卓越的哲理参悟，寓教于乐的"心灵鸡汤"，在书中俯拾即是，甚至每一篇作品都有让读者过目不忘的"金句"。

只有智者才会如此。

韦超的这部作品集，还有一个显著的特点，那就是作品不仅思想深邃、语言清新、启人心智，而且感情浓郁、激情澎湃。请看这些题目：《我有三个母亲》《老家的院子》《家乡的旧物件》《东沟——我的香格里拉》《带着父母泡温泉》《亲爱的父亲，我想你》《父亲节前的敬献》《我永远忘不了》《堂伯母与二堂哥》等等，光是每一篇作品的题目就饱蘸深情，令读者动容。

"这是我们兄妹四人出生成长的摇篮，也是父母渐渐老去的地方。虽然四十年来几变模样，但越变越好。无论宅子外貌如何变化，不变的，总是亲情暖暖、味道醇厚、芳香常在。这是生我养我的故土，更是我魂牵梦绕的精神家园。"这篇题为《老家的院子》的散文，感情丰沛，传达给读者的是对生养自己的那片故土的深深怀念之情。

书中这类文章很多，一篇《亲爱的父亲，我想你》，读之如饮纯醪，酣畅淋漓："爱一定要勇敢说出口，一定要毫不羞涩地当众大声喊出来，一定要声嘶力竭地传遍每个角落。于是，我站在距离家乡千里之外的黄海之滨，面向大海，心朝家乡，疯狂地呼喊：父亲，我亲爱的父亲，我爱您、想您！"

作家的感情喷涌而出，如决堤之江河，一泻千里。每一个词，每一句话，都发自内心，都浑然天成，没有矫揉造作，更没有为赋新词强说愁。这就是文字的力量，更是作家对父母感恩之情的宣泄。

检验一个人是否具有真性情，是否能够成为挚友，只须要看他是否热爱他的父母，如果一个人连自己的父母都不爱，你奢望他会爱他的朋友，奢望他对别人会付出真情，那无异于与虎谋皮。

陕西多才俊，陕西出真汉子，来自八百里秦川的韦超，不仅文思敏捷、才华横溢，也是一位重情重义的真男人，从他在文学圈中的口碑即可窥见端倪。文如其人，从他每篇文章里所流露出来的，不仅是睿智和文采，更弥漫着一股浓浓的人情味、烟火味和大爱之美，让人不忍释卷。

读完韦超的这部书稿，正是初秋，天气渐凉，心情愉悦，恰如来自乡间阡陌的二月春风拂面而至。逝去的是时间，是喧嚣和泪水，而那些沉淀在内心的都是最美的期待和怀想，是一位作家奉献给读者的朴素而又优美的文字。

是为序。

原载《女儿的阡陌》江苏凤凰文艺出版社 2017 版

苦难是有力的

——读颜景标长篇诗歌集《易歌》

蒯　天　1963年出生，江苏省作家协会理事，江苏省散文学会执行会长兼秘书长，连云港市作家协会副主席。中篇小说集《有魅力的不仅仅是女人》获首届连云港文学艺术奖，长篇报告文学《东方大港梦》（与他人合作）荣获江苏省"五个一工程"奖，《蓝蓝的北方》荣获"第四届全国冰心散文奖"。

颜景标先生的长篇诗歌集《易歌》（作家出版社2005年3月出版），是国内第一部以雄冠群经之首的《易经》为原创文化背景的史诗般作品。这部长诗一问世，便以其强大的说服力，阐发一个动人心弦的道理：人的创造力是无限的，其感召力和鼓舞作用之大往往超过人们自己的想象。《易歌》更能让人深入透彻审视自己，更能充分自由地表达自己对世界、对人生的想法，特别是《易歌》给他的一个史诗性的对历史、对时代、对人生、对民族文化的合适的言说空间，这也许可以说是我国当代文学的一个可喜的现象和可观的景象。这不仅因为它的诗歌内在的精神启示，泄露了对大多数读者而言可能是古老而又神秘的"天庭的语言"，尤其是诗作在《易歌》的体例中展开了对人性、对生命、对民族图腾与存在的不断追问和反思。因此《易歌》除了具有诗歌文本的审美功能之外，对当前汉语诗的西化倾向，亦有着张扬与正名华夏民族文化身

份的启迪作用。

《易经》是中华文明的源头和瑰宝，因其古老、匿名、神秘，且蕴含哲学、文学、政治学、天文学、人类学、美学等学科，堪称华夏氏族的"圣经"。构成《易》卦的两种基本符号"阴"和"阳"，以及由此三叠而成的"八卦"，最先由伏羲所创。至周代，文王将八卦两两相重，获得了六十四卦。《易歌》正是以《易经》的体例为架构，除《序歌》与《尾歌》外，主体诗篇皆以六十四卦题名，因而显示了将《易经》的精神启示与现代内涵融为一体的技巧。《序歌》的开篇呈现在读者眼前的是一幅由八卦象意叠印的原始自然画面："一方混沌而低垂的天空渐渐清廓／一声惊雷忽然荡开大地的荒寂／一片随风飘摇的雨水／一条大河与一列崇山汇合／倒流、回旋、转弯，依然向着远方奔腾／一轮丽日闪耀着瞳光。"这幅画面同样悬挂在《尾歌》的尾声里，反映了人类历史的流程和时间永恒的回归，从而巧妙地形成了生命轮回的环形布局，将读者重新带回《序歌》的开端，由此导入整部诗集的循环性。正是在历史和时间的大循环中，诗人展开了自己在认同、皈依或反叛等多向度的文化审视中，探寻生命的价值和人类存在的意义。面对这幅画面，诗人赞叹："最初的美丽是孤独的。"因为女娲造人用过的"紫藤"，"它那生殖的力量比湖水明媚"。但是"他们是我吗？"即使在现代意识观照下，诗人想象："……我的同类／倘若突然瞥见野兽们强健的目光和惊讶，我们散落着会不会仿佛／一群部落支撑的星空，在它缄默的寒冷之外／遥望一个陌生的未来。"因为"孤独"才会"陌生"，唯有美丽才附丽着希望，然而"最初的美丽"却变成了"陌生的未来"，其中流露出诗人怎样的无言之痛呢？当诗人完成了"在龙髻"上与黑夜的告别仪式，他是回归"最初的美丽"，还是"遥望一个陌生的未来"？或许我们从《易歌》的环形结构中，已经确切地感受到"最初"和"未来"是永远循环的。

龙，是华夏民族的图腾，在《易歌》中成为一个中心意象，也许是"异华的火焰"，千百年来，这一图腾已被熔铸成一具沉重的雕像，压住飞天的梦想，使人与自己的心灵背道而驰。诗人在开篇诗作《乾》中，毫不犹豫地揭下了业已异化的龙的面具："每一条龙都是狰狞的，都有被虚构的威仪，他们从田野携带着风暴／又在风暴之中翻腾着可怕的假象。"人们啊，我们究竟忠实于什么？"如果我诉求，发出悲切的呼号／他们会不会垂下龙髻／载我退避于九霄云外？哦，神才能做到。"那么，这位"神"指认了谁？诗人有意做注释："据《山海经》，黄帝采用顺其自然的办法，使三界得以大治后，遂乘龙退隐于九重天外。"紧接着，诗人继续追问："我猜不透，还能依赖谁？刚健的力量／至今仍未摧毁我们卑微的忠诚。"黄帝，作为华夏氏族的始祖，他使天国、人间、黄泉得以大治而和谐，实在值得我们后人去"依赖"和"忠诚"。接下来，诗人开始对真相进行揭示，并成为贯穿《易歌》的一条主线。"现在，你果其认为，漫天飞舞的早霞／正是你虚构的布满红鳞的龙髯？"(《离》)"每一条龙都是狰狞的，贪婪的眼睛／咀嚼我们生存的风景。但是，天哪，我仍用颂歌／一片明丽的声音为这景象注入了嘹亮。"(《益》)"因为飞翔不是真相。"(《困》)"即使我想离去，苍龙啊，你也不会／携带。……"(《丰》)直到诗篇的最后一首《未济》中，诗人不能不发出痛切的呼号："谁能够惊醒我们？哦，每一条龙／都是无用的。"因此诗人预言："几乎致命的时代深渊／从闪闪运转的星空下，为我们划出了／一道坠落的弧线。"然而这声呼号尽管痛切，却并非悲观绝望情绪的宣泄，因为接下来跳入我们眼帘的是表面平静却充满激情和希望的诗句，体现了诗人受到"神谕"启示的精神状态："苦难是有力的，这个世界依然／沉浸在悲壮的美丽中，我们内部的光辉／散发出来的刹那间，将充满每个时刻／房间、春天、憧憬和实现，一切命运／都被充满了……"这是一幅没有了龙的狰狞面具的图景，这是一幅所有命运和灵魂都沉静在"最初的美丽"中的和谐图景。显然，这幅图景应当命名为"我们内部的光辉"。请看诗人为此做的注释："六五爻辞：能够恒守贞正无邪的德行，因而吉利亨通无所悔恨；啊，这是有德君子所焕发出来的灿烂光辉。"换言之，啊，这就是人性的光辉！须要强调的是，在《易歌》中，诗人指斥的并不是民族象征物，而是对浸透毒素的文化理念的悲壮反叛。

由此看出，《易歌》正是矗立在个人、社会、民族和历史诸多苦难浇注的记忆之上，完成了一部史诗般的建构。正如诗人的坦白："苦难是有力的。"从诗篇中，我们不时捕捉到记忆的闪光，我想把它看成是人生的魅力，然而那条记忆之河的重浊与浑厚，使我不能回避深蕴其中的苦难。解读《易歌》首先不能回避诗人面对苦难的感受："仿佛你为了一切／不得不披发佯狂，仿佛我用手／扒开一股烧焦的糊味／棉花条搓出的火焰点燃一阵惊喜／然而短暂的温暖，比惊喜熄灭得更快。"(《明夷》)其次，不能回避诗人面对苦难的心境："事到如今，我只好在巨大的悲痛当中／再腾出一点空间，准备那件东西返回／它其实就在周围仔细端详我的勇气。"(《困》)再次，不能回避诗人面对苦难的超越："能留住你的悲愤吗？我把自己／交了出去，第一滴眼泪就淹死了恐惧。"(《噬嗑》)最后，不能回避诗人面对苦难的救赎："唯愿我们尽快拓宽狭隘的人性／在苍茫和巍峨之间，才有属于我们的安详／因为拯救始终是我们悲壮的动作啊！"(《大过》)诗人将人生的沧桑历程，将生命存在的意义融入了社会、民族和历史的因子，就具有苦难与拯救的普遍价值，这在心灵诗学中称为悲悯。我感到在《易歌》的每一页，在每一行诗中，那双悲悯的眼睛无处不闪烁泪光。比如写战争、非理性的杀戮："哦，迷醉矛盾的人，你们随叫喊／而喷发的本性，继续围困着缄默的生活／你们受杀戮鼓舞的快感，被使用在／远离绿荫的废墟……"在《师》中，诗人的"命运，紧跟着一阵战栗……"接着就发出振聋发聩的追问："残酷收复的，莫非是你们内心仅存的善良？"在本诗的结尾，诗人表达了刻骨铭心的人道力量："因为眼前生活只有一次，要知道／有茅屋、有绿荫、有袅袅炊烟的地方／也应该有温馨的人声散发出来。"比如写女性，战战兢兢的期待，被挤扁的人生："我清楚记得我的女邻居，她的心态／穿着贞节的裙裾，一步一步踱到门边／贴在缝隙里偷窥自己的明天，又为何／那件裙裾忐忑不安？"(《观》)从中渗透着诗人的同情与悲哀。诗人善于将日常生活的某些片段、场景加以变形，赋予心灵世界质感和理趣。在不断的追问中，诗人对人的命运、对民族的苦难给予深沉的思考。如受天启，从他的思绪中飞出神来之笔："因为人，不过是一支箭，被另一些人／置于迸发的欲望上突然射出／这支箭便在叫喊里穿行，直到／命中，或者扎进泥土，以致变为乌有。"(《族》)说的是人，而象征的对应物是箭，从射出、穿行，到消失，如同蒙太奇镜头，传达了诗人沦肌浃髓的悲凉。在诗人看来，这种生命的存在与消失都是"狭隘的人性"所致，而"狭隘的人性"又是在"龙的狰狞面具"压迫下形成的。因此，唯有"拓宽狭隘的人性"，让所有生命闪耀"内部的光辉"方能拯救；唯有"龙的坠落"，让人类的心智健全到皈依和谐、友善、相互关爱的秩序，人们才会回归"最初的美丽"。那么，就让我们倾听诗人的心灵，踏上善之途吧，那是人性的光辉："在充满诺言的黄昏里，闪烁一道纯洁的光芒"；那是生命的欢畅："唯愿我们能够听见／那种真挚的、温暖的彼此爱抚／各自命运的美妙声音／能够看到相互拥抱的端庄姿势，并且／每道纯洁的弧线永不知疲惫"；那是灵魂的和谐："即使实现一回，振奋得近乎钟声飘荡／彼此心灵的连接应当绚丽如虹"。

《易歌》将神话与破译、历史与现实、爱情与孤独、生与死融合在龙被虚构的威仪及其坠落和苦难的感知、超拔及其救赎这两条贯穿整部诗集的主线中，通过不断的追问和反思，对人性的残缺与健全做了深入探索，对善与恶的追溯做了回答，这使作品具有真实的历史意义与深沉的历史感，其现实主义精神潜存底里而具历史引力与现实精神。诗集的整个框架做到曲曲回环，主体六十四首诗在诗情诗绪的联络上一气贯之，相互啮合，直到《尾歌》的尾声，我们又重温了《序歌》的开篇，仿佛没有开始和结束，文本自身在运动中得以旋转，从而完成了《易歌》的大循环。在诗艺上，诗人亦做了有益的追求，如意象组合造就的奇妙的张力，诗句拓展出的精神空间的广阔、诗情的丰沛、抽象的思辨具象化，将复杂的情绪通过诉诸视觉、听觉、触觉等感官，建立起和谐的诗的秩序，从而，绝望与欣喜、沉默与咆哮、柔顺与刚强、温情与热烈、种种情绪的传达趋于自然天成。对此效果的指向和归宿还不止于此，在密匝的光影、色相和音响的穿梭、情绪的滞留、迁回与奔突中，诗人完成了《易歌》主题的凸现和升华。《易歌》出版是我国诗坛的一件喜事。

原载 2008 年 7 月 15 日《中国文化报》

一座必须进入而难以渗透的精神岛屿

——王成章《抗日山——一个民族的魂魄》的价值探寻

望　川　原名钱振昌，1963年出生，江苏启东人。江苏省作家协会会员，连云港市诗歌学会副会长兼秘书长。出版有诗集《微笑的湘妃竹》，并有诗歌、散文、文学评论300余篇（首）散见多种报刊。

王成章先生长篇报告文学《抗日山——一个民族的魂魄》（以下简称为《抗日山》）横空出世了。甫见书稿的一瞬间，我就感觉被一股强电流猝不及防地击中。这么说不仅仅指该书洋洋六十多万字的篇幅，更指那墨写的历史深处沉甸甸的精神分量。那一瞬间，我不知道席卷而来的是震慑，是惊叹，还是仰望一座大山的情怯？而随着阅读的深入，我就改变了说法，这是一座我必须进入但很难渗透的精神岛屿。是的，精神岛屿。抗日山是，《抗日山》也是。抗日山我去过多次，这座距我居住的城市数十公里的山，在我的印象中并不巍峨，而镌刻在纪念塔碑上的3757位烈士的英名，因为隔着时间的风尘，似乎离我们渐行渐远，能够记住的是，在辽阔的中华大地上，这是唯一一座以抗日命名的山，这就具备了血与火的特质。但是，除了这种直觉的感受，我从未也无法让自己的思想向鲜血浸泡的岩层深处渗透，对我来说，这是一座有待开发的精神岛屿，浮于表层的瞻仰无法抹去它深刻的孤独。《抗日山》的作者王成章先生是我喜欢且敬重的作家，他的沉稳、谦逊和内秀，在我的情感谱系上占

有重要的位置。此前，生性疏懒的我有很长一段时间与他疏于音问，偶尔联系，他说忙着，再问，还是忙着。因此，当他的大作的一部分在《中国作家》上以显要位置推出时，直接的感觉只能说是横空出世。再见到那完整的书稿，就不难想象我内心的感触了。而我能想象的是，作为一个负责一份报纸重要栏目的编辑与记者，他在组稿、审稿、采编之余，出入于一座时间的孤岛，戍守着一座属于一个民族也因为关切而属于他的精神岛屿，他以深情的眼光发现，以执着的意志开发，以坚韧的毅力维护，长夜孤灯下，心中翻卷怎样周而复始的潮汐，澎湃如何气象万千的激浪，唯有他能领略。现在，我们能做的是沿着他的心灵脉跳，去探寻他精神之旅的价值。

一、波澜壮阔的历史长卷，还原血与火铸就的峥嵘岁月

作为一部记录一段血与火历史的长篇报告文学，《抗日山》首先是史实的报告。作家以史家的笔致与规范，忠实于历史，以抗日山为坐标，描写了以滨海地区为背景的中国人民抗战史。《抗日山》既有全景式的扫描，又有重大历史事件与典型人物的特写。开篇即是"一座山的诞生"，把读者带入战火纷飞的苏北鲁南战场，展示了抗日英雄的群像，而在这种宏大叙事中，同时照顾了时间与空间两个维度，在时间维度上，借介绍英雄团队的历史沿革，把笔触探入时间的深处，回溯了英雄血脉之源。在更多的篇幅中，作家打破时空界限，在时光隧道中来回穿梭，穿插着老一辈革命家和老战士、战争幸存者的回忆。由此，在时间维度上，此作动用了历史的长镜头，在重大事件与典型人物的特写上，作家更不惜浓墨重彩，着力叙述平型关战役、挺进冀鲁边、滨海东北军的"第二次西安事变"、教导二旅进军滨南、1943年伟大胜利之第一击、小沙东海战、载入解放军战史的赣榆大捷。在描写正面战场的同时，作家又描写了谍战这"看不见的战线"、敌后武工队在点与线之间的迂回策应、通往延安的苏鲁交通线，不仅如此，敌后垦荒、军民大生产、抗战时期的特殊婚姻与爱情也得到生动的再现。在典型人物的特写中，有符竹庭、彭雄、田守尧、朱爱周等将星闪耀，有"钢铁战神"何万祥，有英雄孤胆的武工队战士宋继柳、齐玉发，有青口战斗中的十八勇士各自的风姿……如此，全景式的扫描与重大事件、典型人物特写镜头的相互照应，构成了波澜壮阔的抗战历史长卷。如果这

是浓墨重彩的巨幅油画,那么,透视的焦点是抗日山。这是英灵的归宿地,也是英雄魂魄远行的目的地。

值得关注的是,《抗日山》以新闻记者的敏感与细腻,以写实手法记录历史过程、还原历史场景的同时,以叙事精确到年月日的史笔的严谨,通过采访实录等口述材料、回忆录、当年的电文、便签、命令、新闻通讯稿、战地日记等大量史料的引用,使全书具备了文献价值,更增强了历史的逼真感,成为"史志性报告文学"的典范之作。

有一点必须甄别,当报告文学作为非虚构文学,以对真实事件与人物的深切关注,并且直达新闻传媒无法充分传达事实背景与理性思考的空白地带,从而引起社会公众广泛关注的时候,出于名利诉求的利益交换而产生的报道个人、单位或行业光荣史的所谓"史志性报告文学"也应运而生,以谎言与编造代替事实,撑起以阿谀奉承为初衷的观点,极大地污染了人们的阅读视野和报告文学的精神空间。而以公文手笔撰写的诸如此类的报告文学,以原始材料的随意堆砌与罗列膨胀文字空间,使报告文学的文学性丧失殆尽,消弭了报告与文学的分野。在这一报告文学的嬗变背景上,肯定《抗日山》为"史志性报告文学"的典范之作,笔者是别有滋味在心头的。报告文学的定位是文学,文学必须回归文学,这与选题的宏旨无关。坦率地说,甫见书稿,我欣喜于作家对这一重大题材的发掘,也为他在引子中力透纸背的激情所点燃,更感佩他坚忍不拔的毅力,但是,对作家是否陷入以宏大叙事为表、以堆砌罗列资料为里的习见窠臼,其实不无隐忧。而实际上,王成章先生的笔力令人惊艳。

二、慷慨悲凉的英雄史诗,呼唤人类可能抵达的精神高地

阅读往往是一种精神历险,尤其在极具挑战性的题材与风格,尤其在近乎圣地朝拜的阅读中。在刻意放慢而渐次深入的阅读中,我重温了少年时代初学游泳的高峰体验,那种载沉载浮,那种为水裹挟又竭力跳脱的感受,那种激发英雄气不敢沉沦的豪情。在《抗日山》中,我首先以感性的体验,触摸到英雄史诗的元素:英雄、叙事、节律。其实,英雄史诗可以简略为"英雄",也可以简略为"史诗",史诗即是英雄的篇章,篇章必须有英雄出场才可称为史诗,这是二而一的概念。《抗日山》中的每一个英雄的事迹都可以点燃在庸碌的生

存中逐渐冷却的豪情。这是《抗日山》描述的一个普通的阻击战：

上午10点多钟，战斗进入最激烈的阶段。敌48师是广西部队，擅长山地作战，登山动作异常迅速，拼命地争夺抗日山制高点，他们唯恐山后隐蔽着大部队，会吃掉他们，所以攻山兵力一再加强，先后攻上山的敌军足有一个团的兵力，后续部队还要多几倍。……由于敌轮番冲锋，我军阵地不断缩小，最后仅剩下山顶，十几个战士坚守着。9班一名16岁的小战士，弹尽之后，他抱着枪倚在马鞍石东侧打瞌睡。"哗啦！"一声响，把他惊醒，抬头一看，两个敌人把机枪架到马鞍石上了。于是他急中生智，把仅有的一颗手榴弹拉了弦，一伸手送到敌人机枪底下，"轰！"的一声响，两个敌人滚下山坡去了。小战士高喊："3班长！西面敌人爬上来了。"3班长王锦锋一看形势危急，即下令向后山头转移。第一组4个人刚到后山头，其中一个战士负伤了，另3个人抬着他转移。王锦锋、马支和等人奋力掩护，完成任务转移时敌人已逼上来了，刚跑了不足50米，王锦锋双腿负伤，马支和也同时重伤倒地。机枪手杨泗胜左肩扛机枪，右手拉他走，他却斩钉截铁地说："你快撤，不要管我！这是命令！"又补充了一句："我来掩护，你快撤！"说完他安然地坐在地上，端起崭新捷克式步枪继续向敌人射击。冲上山头的敌人，头戴钢盔，端着上了刺刀的步枪，嘴里呐喊着："捉活的！捉活的！"直向他扑过来，在他的面前又倒下六七个敌人。弹尽之后，他毁掉了步枪抛开去。敌人认为时机到了，两个大个子敌人三步并两步冲上来，企图夺得登山的头功。两个敌人每人抓住王锦锋一只膀子，拖着就要走，哪知道王锦锋拿出最后一颗手榴弹，用牙咬了弦，两手死死搂住两个敌人的腿，"轰"的一声，他和两个敌人同归于尽了。

何为英雄气概？何为视死如归？何为战友情深？作家通过两军对垒攻坚战中动作与对话的工笔描写做了形象的诠释。

英雄史诗在原初的意义上是对英雄业绩的叙事，有节律地叙述。《抗日山》

对英雄的叙事把握了内在的节律，对符竹庭、彭雄、田守尧等抗战高级将领的成长与献身过程的叙写，作家通过简练的概述与置于具体事件中的典型细节的描写，并间用宕笔，造成了张弛有度的叙事节律。特别是不时看似不经意的闲笔、直接抒情、细腻的心理描摹、精辟的议论等元素的介入，浴血战斗与日常生活的交替进行，客观上造成了密不可扎针、疏可以走马、舒卷自如的效果，形成特有的叙事节奏和诗性格调。若做理性的分析，不能不服膺作家的叙事笔力和对时空大跨度转换的掌控能力。或者说，胸有丘壑，笔下自会呈现旖旎的风景？

正如在诸多细节描写上，作家表现出对心灵的关切与写作的诚实，这是无法作伪的。我一向以为，文学是心灵诗学，应当关注的是人的心灵。在叙写田守尧成长过程时，写到一个细节：

> 1938年秋，徐海东因长年征战身体很差，总部批准他去延安治病学习。旅长一职就空缺了，就发生了由谁来代理旅长的问题。
> 当时黄克诚是115师344旅政委。
> 黄克诚通过权衡比较，认为田守尧原来就是红15军团的老同志，论资格、能力，由他代理旅长较为合适；在344旅检查工作的朱老总也是这样认为，并找田守尧谈了话，表示将由他代理旅长职务兼任687团团长，等候总部命令。
> ············
> 已经谈过话而且已经内部任命了，田守尧却没被批准代理旅长，八路军总部调来杨得志代理旅长。《黄克诚回忆录》里记述，田守尧有一段时间觉得面子上过不去，没能解开疙瘩。朱老总要求旅党委开会，对田守尧进行了帮助，田守尧愉快地接受了组织上的安排。

这是细节的真实。确切地说，是忠实于心灵的真实。对金野博的人生转变的叙写也因真实与细腻而具备入木三分的深刻。人的成长，往往在于对自身怯懦、虚荣、私欲乃至自私、卑劣的警惕与征服，英雄也是。作家的勇气也在于对人性的把握与对真实的展示，反之则容易把英雄描写成毫无七情六欲的变形金刚。在对符竹庭将军的刻画中，作者也展示了将军的爱欲与柔情，以及而后超越于个人情愫的对战友的大爱，读后，谁不心生喜爱与敬爱？唯其表现了心灵的真实，《抗日山》中英雄的形象才能站立且挺拔，用福斯特在《小说面面观》中的说法，即是超脱了"扁平"，成为"浑圆"的元气淋漓的形象。

　　由此联想，最初的史诗阅读经验是荷马史诗《伊利亚特》和《奥德赛》，其中的英雄阿喀琉斯和奥德修斯都是有缺陷的英雄。我当然并非做简单且可能为人误解为亵渎抗日英雄的类比，我想强调的是，作者是把抗日山当作一个英雄史诗高地来深情仰望的，他崇拜英雄史诗，也自觉地把《抗日山》打造成英雄史诗。而作为英雄史诗，如果成为经典，在文本阅读层面上，它们将能够不断接受重新诠释，荷马史诗达到了，而作为红色史诗的《抗日山》是我们应当可以寄予期待的。多么厚重的历史，多么璀璨的英雄群像啊，面对英雄，我们也许不能保持完全客观的姿态，但可以保持严肃的阅读态度，在严肃的阅读中，升华史诗题中应有之义，此其一。英雄史诗多包含悲剧的因子，由此我把《抗日山》的调子描述为"慷慨悲凉"，确然，那些英雄洒向人间的是滚烫的热血和对民族与人民炽热的爱，但我们不能不伤悼他们的英年早逝，不能不叹息他们惨烈的人生，作家在描述他们的爱情时，概括为——爱情在战火中是奢侈品，当战士蒋得胜的爱情与婚姻因伪军头目的破坏而以悲剧收场时，作者感叹"它带给人们的，是一种被撕裂的感觉"，尽管作家在审视战地的爱情时，做出如是议论："硝烟弥漫的年代，激情燃烧的岁月。男人的天堂里，唱着爱情的歌，踏过坎坷，留下记忆，永不褪色……战争年代的爱情对于一个士兵来说，确实是一个奢侈品。但战争年代的爱因此而显得格外浪漫，有着别样的优美的旋律。"我理解为这是一种浪漫主义的诗性笔调，是开放在荆棘上的花朵，此其二。荷马史诗中的那些英雄最后都超越了一些世俗的暧昧不清的概念，对什么是人性做出了深情的凝望。从《抗日山》这一英雄史诗中，我们也同样可以见识英雄们创造的人性高地，那就是恪守民族气节与精神维度，不惜抛弃安逸的生活，在血与火中淬炼自己的人格，为人类的和平、自由与正义而战。或者，退一步说，在没有英雄的时代，我们也当有德性地活着，此其三。

三、接近一座精神岛屿，展望美好的未来

在《抗日山》的引子中，作家写道："铭记历史我们才能展望未来！我在想，为什么人一旦得到了温饱，先烈、先贤的血泪就可以被淡忘，被轻描淡写一笔带过？居安思危始终是一个国家和民族强大、富强所必需的精神品质和内在推动力！与现代人急功近利的短视心态以及荒芜的精神追求相比，有些现实令人恐惧！"这是作家面对物欲横流的消费社会消解一切信仰与价值的痛切之言，同时，我们也可以把这段话当作写作《抗日山》的初衷与题意。

回到开头的说法，在对作品做了初步解读后，我以为已经走近了一座必须走近的精神岛屿，一座以世俗之心无法登临更难以渗透的纯精神岛屿。我想起，安希梦先生在英国学者格鲁内尔《历史哲学》代译者序中，转述犹太教先知的观点："历史指涉未来。未来是历史思考的内容，未来是历史的聚焦点。"《抗日山》讴歌了为民族的独立与自由而战，忘我、坚韧与牺牲的民族精神，而文本提供的精神价值不仅如此，作者对此也有一定的省察，在正文的结尾处对抗日烈士做如是评价："他们当然不是为了报答什么知遇之恩，甚至有的也不是单纯地报家国之仇、民族之恨，而完全出于人类的正义感。他们为了正义的事业，奋斗着，牺牲着。他们在与法西斯强盗顽强抗争中绽放的生命之花，比夏花更绚烂！"在正文中，作者以两章的篇幅分别刻画了"外国八路汉斯·希伯"和"抗日山上的樱花——金野博"，尤其后者，从一个日本侵略者队伍中的一员，转变为抗击侵略者的英雄战士，并最终为中国人民的解放事业献出了年轻的生命，这种精神，恐怕是难以用"民族精神"来概括的。

那么，我们是否可以如此看待历史记忆：铭记历史，并非记住仇恨，冤冤相报，而是为了让人类免于陷入军国主义、法西斯主义和狭隘的民族主义与种族主义掀起的战争与苦难中，共同维护人类的和平与发展，让人类理性、有尊严而充满爱心与幸福地活着、生活着；铭记历史，是为了感恩与救赎，有罪者学会忏悔与自我救赎，蒙恩者懂得感恩，以先烈的精神澡雪自己的精神，健全自己的人格。踏过历史的血痕，人类的未来不该总是在循环往复的历史怪圈中

徘徊、挣扎！这是《抗日山》在"史志性报告文学"范例与气势磅礴的史诗般结构等文本贡献之外，给我们的心灵启示。

原载 2011 年 6 月《连云港日报》

翻译琐谈

张亦辉 1964年出生，浙江东阳人。曾在连云港化学矿业专科学校（现名连云港化工高等专科学校）、淮海工学院任教。在《人民文学》《作家》《北京文学》《上海文化》等杂志发表作品数十篇。著有中短篇小说集《布朗运动》《人是怎样长出翅膀来的》、评论著作《小说研究》《穿越经典》《叙述之道》与文学随笔集《叙述》等。

在这篇文章里，我不想从理论的或专业的角度去谈翻译的问题（诸如"信、达、雅"啦，"直译""硬译"啦），我只想从阅读和欣赏的角度谈一些关于文学翻译的看法和想法。

现在，我们早已经对外国文学的翻译和输入给中国文学的发展所造成的巨大影响达成了共识，我们都认为，正是大量外国文学作品的译介对当代文学的兴起，尤其是对先锋文学的诞生起到了决定性的促进作用。不过，这样的认识似乎还不够具体，不够深入。

大约是20世纪80年代后半期，批评家们就已经充分意识到了欧美当代文学的作家和作品对中国先锋文学及新潮作家的普遍的启蒙和影响，并撰写了许多"对号入座"式的文章，讨论谁是受到卡夫卡的影响，谁谁是受到博尔赫斯的影响，谁谁谁又是受到了马尔克斯的影响。频繁被提到的还有福克纳、罗布·格里耶、普鲁斯特、乔伊斯、纳博科夫、萨特、昆德拉、卡尔维诺等一大批巨匠的名字。那时候，连我们的作家也大都有一种"影响的焦虑"，莫言就曾经说过，当他铺开稿纸准备写作的时候，老福克纳就像一个巨大的火炉一样烤着他。余华后来也撰文回忆过川端康成和卡夫卡对他的早期写作的启迪和影响。以上所说的内容仍然没有超出中文系课程"比较文学"的范围，我们还没有谈论并切入文学翻译的问题。

多年以前，苏童在《世界文学》上看到一个美国年青作家（好像叫沃尔夫）的两篇短篇小说之后，突然想要去翻译沃尔夫的一个长篇。我们听说后觉得既惊讶又好玩，要知道，那时候苏童的小说正写得如火如荼一发不可收。后来，苏童又在一篇文章里谈到了他在大学期间看过的一本书《当代美国短篇小说集》（这本书是"外国文艺"丛书之一种，这套丛书收录的都是欧美当代作家的新作佳作，曾带给我们很多文学的惊喜和营养），他说他很喜欢书里边的那些小说，尤其是卡森·麦卡勒斯的《伤心咖啡馆之歌》，他还特意提到了这篇小说的译者李文俊先生。因此，我的印象里，在年青作家中，既意识到外国文学作品的重要性同时又注意到了译文的质量问题，苏童是较早的一位（我想，这与他自己在写作时特别重视语言和语感一定有关）。

多年之后，那时候王小波已经去世了，我在他的那本随笔集《我的精神家园》里看到了一篇短文，名叫《我的师承》，读完后心里咯噔了一下，顿生一股同感和共鸣，仿佛遇到了知己。我觉得，在王小波之前，还没有一个人把优秀的翻译家和他的译文提升到如此的高度，他可能也是最强调译文的语言质量的一个作家。在这篇真挚的短文里，王小波谦恭地把王道乾、查良铮两位优秀的老翻译家默认为自己的文学师承，并在字里行间心怀感激地追忆和怀念了两位老先生。在文章里，王小波还认为，曾经做过诗人的翻译家是最优秀的（因为诗人都有很高的语言悟性，还有一颗文学的赤诚之心），正是在王道乾这样的做过诗人的翻译家的译文（如《情人》）里，王小波说他才认识到小说还能达到如此的文字境界。

可惜的是，王小波的这篇短文及其观点并没有引起太多人的足够的重视。《外国文艺》杂志也曾做过一件挺有意思的事情，它们刚刚开了一个好像叫"作家译坛"的新栏目，并提倡我们的年青作家应该像"五四"时候的老作家一样著译兼顾。首期推出的是须兰，她翻译了一个爱尔兰女作家的小说，明显带着些须兰自个的语言调子和语气，感觉很好，小说译得好，杂志的这个新设想更好。2001年第2期的《人民文学》刊登了周克希的一篇文章《译书故事》，读了觉得耳目一新，文中写的都是关于文学翻译的切身体会，很鲜活，也很有意思。

上面，我回忆并列举了一些与文学翻译有关的琐碎事例，不过它们只是我这篇文章的"药引子"，相当于教授上一门课程时的导论或绪论。实际上，我真正想谈的是对文学翻译（也包括文艺理论和哲学书籍的翻译）的现状的一些不怎么悦耳的看法。我一直认为，我们对文学翻译的认识和研究还很不够，我们对译文质量的重视和探讨也很欠缺，我们的翻译界还存在不少有待解决的问题，如选题不及时不准确的问题，出版发行机制不够健全的问题，翻译人才的培养问题，译文质量良莠不齐的问题等等。

几年前，我曾在一篇文章里写过这样一段与翻译有关的话："我对译文的不信任可以说已经由来已久，我常常会一边阅读着译文，一边禁不住地去想象原文的句式和语感，就像一个人会透过草莓酱去想象枝叶间的鲜草莓一样。除了像汝龙译的契诃夫、李健吾译的福楼拜、李文俊译的福克纳、王道乾译的玛格丽特·杜拉，以及最近林少华译的村上春树，除了寥寥这么几位译家的译文，平时在看那些不即不离不咸不淡的译著时总不由得会有些不踏实和不放心。这种感觉颇像是妇产科护士满不在乎地大咧咧地把你的新生儿从育儿室抱到你跟前，你看着那张模棱两可的幼嫩的面孔，心里会本能地涌出一个疑问：这真是自己的孩子吗？有没有可能会被弄错甚至被调包了呢？"我的话说得可能有些偏颇之处，但优秀的文学译文不太多见却是事实，翻译界的总体状况不太令人满意，翻译人才也有些青黄不接。不少译者只懂外文，对母语的语感、节奏和文采缺乏锤炼和把握，语言的火候还不到，写作的功底比较薄，译文的质量就可想而知了。

平心而论，改革开放后，我国的确译介了一大批重要的外国文学作品，《尤利西斯》《追忆似水年华》《喧哗与骚动》《百年孤独》《铁皮鼓》《没有个性的人》等等仅为豹之一斑；我们还陆续推出了许多世界文豪的全集或选集，如卡夫卡、博尔赫斯、海明威、略萨、王尔德、亨利·米勒、玛格丽特·杜拉、蒙田、伍尔芙、村上春树、布尔加科夫等等。在这里，特别应该提到上海译文出版社、漓江出版社、译林出版社和浙江文艺出版社，这么多年来，它们组织翻译和出版的"外国文艺丛书"、"20世纪外国文学丛书"、"获诺贝尔文学奖丛书"、"译林世界文学名著现当代系列"以及"兔子译丛"，一直是作家和读者必购、必读、必藏的文学精品。

毫无疑问，一个国家或地区的文学发展水平，既取决于作家的努力，也有赖于编辑和翻译们的汗水和心血。近年来，中文期刊的编辑工作已经越来越受到文学同仁的重视，像宗仁发、李敬泽、程永新等编辑的业务能力和对新文学发展的贡献已经受到了方家们的一致肯定。相比之下，人们对翻译及出版工作的重视仍然还不够，把关还不严，对译文的质量和语言的分析与研究几乎还付诸阙如。另外，与数量众多的文学期刊报纸相比，刊登译著和译文的杂志却少得可怜，只有《世界文学》《外国文艺》《译林》等寥寥几家，这种反差和不对称显然不利于文学翻译质量的提高和发展，应该尽快得到调整和改善。

现在走进书店，外国文学的书架倒不少，上架的书籍也挺多，但总的来看，老面孔旧版本的多，新译新作少；通俗侦探类的多，纯文学的少；粗制滥造的多，译文优异的少，让人眼睛一亮的更少。我觉得一些优秀的作品早就应该译过来了，可迟迟不见其踪影，如莫迪亚诺的作品（只译过来一部《暗铺街》和两三个中篇），如尤瑟纳尔的作品（只有一部《东方奇观》和一些长篇片段），如贝克特的长篇，如东欧一批作家的作品。还有，不少获诺贝尔奖作家的作品，在获奖之前根本没见过，这说明我们的翻译界信息还不够畅通，反应还不够快，选题还不够准，所以常常只能放"马后炮"，跟在人家后面跑……

有一阵子，我曾经心血来潮，很想做一点与外国文学翻译有关的事情，比如，去比较和分析同一作品不同译本在语言上的高低优劣（我记得《尤利西斯》的两个译本出来时就曾经引起过一些分析讨论的声音，但很快就销声匿迹了）。我发现，不同译本的质量往往相差悬殊，而一些被公认为权威版本的译著，其语言和语感也颇值得商榷。

例如，《蒙田随笔全集》是由译林出版社历经四年推出来的一项浩大工程，据说参与该书的译者都是研究和翻译法国文学富有经验的学者。我们只要来比较分析其中的一篇，就不难看出译文上的优劣和反差了。译林版把这篇文章译成《论想象力》，而半个多世纪前，诗人梁宗岱却将它译为《论想象的力量》。译林版这个标题看上去符合语言的习惯和规范，读起来也通顺熟悉，不过，它充其量只是对常见的语言概念的顺手牵羊的引用罢了；梁先生的译法则含有语言的独创性，虽然看起来似乎有些不合常规，但却更有表达的力度。接着来看一下文章开头第一句的不同译法，译林版译为"大胆的想象可以创造意外"，梁先生则译成"强劲的想象可以产生事实"，前者的译文一看就不顺畅不贴切，读起来很拗口，而语言的含义更是稀里糊涂，让人丈二和尚摸不着头脑；梁先生的译文在语言上仍然保持了他的个性，也明白流畅，有韵味，有嚼头。关键是，通观全篇，我认为梁先生的这句译文，牢牢地抓住了蒙田这篇文章的主题和神韵，一下子就切入了正题。而译林版的那一句简直就无从谈起。

印度女作家阿伦德哈蒂·罗伊那部荣获英国布克奖的长篇处女作我非常喜爱，是我近年来读到的最好的一本书。张志忠先生的译文也堪称优秀，表达出了罗伊的小说语言的那种沉重与轻盈、质实与诗意，唯一遗憾的是小说的标题没有译好。罗伊的原文标题是这样的：The God of Small Things，张先生把它译成《卑微的神灵》，显然太笨重太古板（太像一部神学或宗教图书的名字），没有小说标题的那种轻灵、平和与微妙。不久前，听说马原与朋友聊天时灵机一动，认为可以把这个标题译成《上帝的小村庄》，真不愧为作家笔法，这样的标题才灵动，才含蓄，才有那种不可或缺的"小说感"（这是我杜撰的词儿，较不得真）。

再比如，草婴译的《安娜·卡列尼娜》可谓权威版本了。可刚开篇，译文的语感就觉得有些硬。"幸福的家庭家家相似，不幸的家庭各各不同"，换行之后的第一句是"奥勃朗斯基家里一片混乱"。前一句没必要搞得那么对称，像绕口令似的，一气出现了四个"家"字，后一句，语感上仍然显得着急仓促了些，不够从容舒缓。我觉得可以斗胆把这两句改成这样：幸福的家庭都是相似的，不幸的家庭却各有各的不幸""奥勃朗斯基家里，一切都乱了"……

遗憾的是，后来我并没有把这项工作做下去，倒不是怕麻烦，或怕别人怪罪什么的，主要是因为我的外语不行。而如果不能参照外文来做这件事，哪怕花再多的心血和努力，恐怕也只能是隔靴搔痒，甚至是无的放矢。不过，我还是真心希望有更多的人来重视这件事情，并且踏实地去做这件事。我想，做这件事情肯定是有意义的，无论是对翻译，还是对文学本身。

原载《世界文学》2002年第6期

像诗穿行在诗中

——吴德欣其人其诗

蔡 勇 笔名独木舟,1964年生。二级作家。中国诗歌学会会员,江苏作家协会会员,连云港市作家协会理事,连云港市诗歌学会副会长。从事诗歌、散文创作,著有诗集《蔷薇,谁的乳名》。获首届"连云港市诗歌奖"。

天生卷发,是有福分的。何况不只是春风拂柳,俨然是秋菊怒放;不只是小溪般潺湲,而是像黄海的巨澜波涛翻滚,我们只有慨叹上天造人之不公了。再将这种头型配上连鬓络腮胡子,在圆润的脸上雕出一双冷静并且能够望穿秋水的眼睛,由一副敦实的身材支撑着,在生活的窘迫与诗意的追求之间旁若无人地穿行,不是诗人,也是诗人了。

第一次见到诗友吴德欣,我头脑里突然产生这样的想法:他应该是前世的纨绔,整日价声色犬马,狂饮烂醉,不知气走了几任塾师,双亲的肝火与清泪都在无奈中化为缕缕轻烟。这缕缕轻烟无根无由地飘着,时而浮现在今生的梦中,每每让他惊醒。这一惊,让他醒得彻头彻尾,一塌糊涂。今天的他似乎就是为了追偿前世的缺憾,通过文字、诗歌而自赎。一部小说或一首诗让一个国家为之沸腾的时代已渐行渐远,很难重现,纯文学的生存空间在四面围堵之下呼吸开始紧促,德欣君对此显然没有太多的关注,或者说这些问题根本与他无干,他只知道一如既往义无反顾地探索着,创作着。于是我们常常读到他那些平静纯洁超然物外的语言："民歌／覆盖着草垛／还有一声两声的犬吠／岸边的芦苇／多像我沉默不语的亲人／从内心喊出花开的声音"；"多么温暖／每一捧砂土都含着生命的磷／昆虫飞翔的翅膀都熠熠生辉／就这样攥紧劳动的工具／眼含秋水／大雁的影子落在地上"……这分明是一泓清泉，一剂良药，多想用它清洗、医治现代诗歌中随处可见的污垢和白翳。

都说"言为心声"，都说真情是一切文学创作的基础，正因为是基础，为诗，拥有满腔真情是远远不够的。德欣君在现代诗歌的独木桥上悠然自足独来独往，他冷静地手术刀一般注视着身边熟悉珍爱的土地亲人、农事季候，不时将眼光缓缓抬起升高，努力使自己的目光看得更远，从草长莺飞、云卷云舒上伸展开去，神游八极，又时而反顾自我，两相映照，这一切的人、事、物，便脱胎换骨自成机杼，让人耳目一新，正所谓合于自然，邻于理想。在语言的表现手法上，德欣君不事雕琢，像他的性格一样舒缓不动声色地叙述，自如地把握意象的跳跃、转承、叠加和递进，使我们在意象的不断闪现、强化过程中，嗅到了汉字原本特有的醇香。譬如"这么多年／我已不在洁白的白纸上／去写什么大字／而这方砚台／将磨去我对生活的粗糙／让我从骨子里升起一股一股的墨香"；譬如"一滴泪被掩藏起来／我们的手帕／我们的手背／总要被第二滴和第三滴湿透／继续滚下来的泪水／寻找一个和它抱头痛哭的人／从梨园找到《诗经》"……

德欣君全身心地读书、思考、创作，痴迷了，像一滴水融入水中，成绩斐然便顺理成章了。自20世纪90年代初以来，德欣君的诗作在市级以上报纸杂志频频亮相，其中省级以上刊物发表数十篇。其中《想象》入选人民文学主编的《2001年度中国诗歌精选》（长江文艺出版社），《低诉》《浇一浇菜园》入选《2003中国年度最佳诗歌》（漓江出版社）……罗列是枯燥乏味的，但当你面对一株蓬勃生长枝繁叶茂的诗歌之树时，你无法吝啬或抑制那一份感喟那一份敬佩。

秋风萧瑟，寒意渐浓，又将是一个充满诗意的季节。明天的雪还会落在雪上，明天的诗依然穿行在诗中。德欣君，红泥小火炉，能饮一杯无？

原载《连云港文学》2005年第3期

生命的徙迁

——读阿远的散文

李　明　1964年出生。中国作家协会会员。在《人民日报》《文学报》《诗刊》《雨花》等全国50多家报刊刊发新闻、文学作品800余篇，出版文集《秋天的心事》《生命的追寻》等8部。

　　创造，是人类永远的使命。创新，是我们作家永远的使命。新的时期，散文创作出现了新的面貌。这个新，不仅是作者的名字新，也说的是这些作品多为近年来非常流行的"新新散文"，即具有作者年轻化、行文诗意化、构思奇诡化、结构随意化、语言绵密化、意向空灵化、面貌陌生化等特点。如果说在21世纪初年那个时段"新新散文"还是点点星火，那么在今天的散文文坛，它已经成为燎原之势了。其中阿远就是这点星星之火。阿远是我的叔伯堂弟，出生于20世纪70年代初期，小我十来岁。他给人的印象是腼腆、谦和、好学、睿智，他毕业于南邮，现在是一家电信部门的高管。

　　如今文学贬值于市，在文学不能充饥、人心浮躁、人性缺失、精神萎靡、道义匮乏、生存艰难、社会多元化的今天，能对文学情有独钟真是难能可贵。更让我引以为荣的，是这个"70后"的弟弟，并没有忘记生他养他的那一方故土。那里有他充满亲情、爱情的亲人，是那份浓浓的乳汁让他学会了感恩。

　　今天读阿远的散文犹如在山中行走饥渴难忍时喝到了涓涓流淌的山泉水。

他以一个城市的视角来观察农村，观察乡村里的人和事，观察来到城市的农村人的生存状态和精神状态，对于回忆中的乡村的美好和憧憬，是那样的质朴无华，没有奢侈的辞章、不用语言的夸张，娓娓道来人间真情，精美、大气、深刻、隽永，在其立意、构思布局、语言运用、境界意向等方面都见功力，有的篇章一点也不比名家差。他的散文集《开始不明白》中处处彰显亲情、爱情、友情。书中充满作者对于艰苦、考验、磨炼、悲悯的思考，是作者生命精华的闪现；是在远离城市的尘嚣后寻找故土一片雅致和宁静，是一种灵魂在久别的乡村小园、在慈祥母亲的身旁的释放。从中也可见作者心灵的深刻与丰富，对于生活的真实体悟，作者的坦诚和爱意，其中有激情悲悯，又有智性的思索。正如他在文集的开头写的那样："以为自己明白，其实也许真的不明白，人的一辈子，抑或在明白和不明白之间游荡。那些明白的日子，感觉很混沌；而不明白的日子，稍好。"这本书中汇集了近年来的随笔，放逐心情、回望青春、感恩亲情、留恋爱情、思虑友情，这里是一个放逐的天地，承载着一定记忆。那些人，那些事，那些日子，虽已过去，却仍在心底挥之不去。开头篇描写的是，童年时代两小无猜的姨姐，从亲情转向爱情，最终由于血缘关系，不能成为眷属。所以"把姨姐从家送到待嫁地方，再亲手把她交给夫家。这是一场生命的仪式，没有来由去拒绝。我遂对姐夫说，姐我交给你，一生一世不得欺负，不得违背，不得让其伤心。于我心底，大丈夫行事须懂放下、珍惜，放下望尽天涯的心路，珍惜已有的生活，说不完的物是人非，数年后碾为风尘，就不多言了"（《望尽天涯》）。

  文章者，情动于衷而形成于言。生命是一个群体，祖祖辈辈生活在这块土地上的亲人，就像门前的那棵老树，再也无法像他那样实现生命的徒迁。所以他"每次回老家是要谒见二娘，可她已经什么也看不见了，总是摸索着握着我的手，说：'乖让我看看、摸摸你'"。

  "是的，生命总是那么脆弱和安静，岁月的痕迹刻在有皱痕的脸上。

  "这些年，二娘看着丈夫的去世，看着大儿子的去世，看着孙子的痴傻，看着儿媳的病危离去，看着重孙的出生，看着这村庄的生老病死。

  "而她，95岁的年纪，苟延残喘地看我三十余年的生活。

  "我是满世界地跑，满世界地走，而她却孤独蜷缩在时光的旋涡中。"（《徒然过去》)。这是一场生命的哀歌，不断流失的家园、故土、亲人，在时光的隧道里徒迁。因此，"我们真的无法回避我们见到的、体味到的、经历过的。那是一场活着。那是一段淡到死亡变成自然无望的日子。那是数辈人的悠长时光，一步一步叠着过来"。

因此，童年的梦想就像是作者夏日的期盼中那样"小时候，我的老家住在河边，离芦苇荡很近的距离，每每夜晚均可听到家禽夜宿河边的低吟，夜色的美让我拒绝一切恐惧的心理，那时候的心是那么期盼每日的清晨来临，期待新的一天，期待着清新的空气和期待着家人的相伴。岁月安稳便是如此吧，庭院的一支葡萄架上结出的果实也是每年的期盼，看成果，成熟然后摘下与家人分享"。

后来，才得出对生活的真正感悟："生活不过如此，而长大不是成熟，而是欲望的陡增，是对生活的美好规划。美好规划是要靠牺牲心的安定来实现的，可曾想到，得到的要远比失去的小很多，原来得到的是短暂的，而失去的恰恰是最真实的自己。"(《夏日期盼》)

作者远离儿时的故土，背井离乡，面对生存的压力，昔日的宁静、家乡的芦苇、家禽的低吟、美好的夜景、成熟的葡萄以及清新的空气荡然无存。目前所承受的是"到处都是喧嚣，人们不是在解决问题，就是在制造问题；还有一部分既要给自己、给别人制造问题，也要为别人、为自己解决问题"。

所以，"在城市角落的喧嚣中，谁还是真正的自己呢？"

"带着一张不属于自己的面孔生活，还要积极面对，多少显得有些疲惫的，人生感觉不到一点抚摸。多数不是真心话，而说是真心的话，多半是陷阱，抑或是陷阱。打小，就对口如悬河的人怀有芥蒂，而对那些厚重的生命怀有敬重。于我心底，人的厚度来自心底的纯净和厚道，而这是世人无法具备的。"(《虚妄之境》)

在这些充满深刻哲理的散文中，作者试图努力表现当今社会不同层次、不同境遇和不同经历的人，在努力寻找适合自己的位置，寻找适合自己的生存方式，这样的例子随处可见。他们"像天空流浪的候鸟，像深海遨游的鱼群"，都在寻找一种可以感受到的"爱的温度"、"情的宽度"和"诗的厚度"。如，"当有一天，我们老去，我要我们记得，我们是彼此用恩慈和灵魂交融的爱人。

当有一天，我们老去，很老很老的时候，当往事模糊，记忆早已把我们遗忘，你却还在我身边。我们依然深爱着彼此圣洁虔诚的心，亲爱的，我们看到了世间最美的风景。当有一天，我们老去，很老很老的时候，发齿白摇，当洗尽铅华，红颜伤逝，我们依然十指相扣，蹒跚前行，慢慢走，慢慢走，并肩观望世间风月后的花好月圆。是的，亲爱的，没有结局，这世间任何美好的平常的事情，就是如此"（《我们老去》）。

因此，作者无法对抗自己，因为他深深明白，"一切都会消失，一切都是归于岑寂，还有我们都解决不了苍老和记忆的消失，我们从无知到相望、从年轻到年老、从单纯到孤独、变老、对生活的惊恐。一旦消失，都会毫无意义的啊"。

所以，"在雨中，走在路上，想在消失前，找到那承载虚无未来的可抓住的东西。这才是最真实的，留住和证明那一段曾经"（《对抗自己》）。

文章千古事，得失寸心知。当下，文学创作已不再是作家、艺术家等少数精英的专利，"平民化""写意性"的"新新散文"散文随笔的写作已经成为一种时尚。阿远弟就是这种写作中比较突出的一个。如果他今后在散文创作上能够进一步拓宽它的社会容量的视觉，增加它思想的含金量，激发它震撼人心的情感力量、真正体现人间的大爱无疆，那么相信他在精神探索的道路上，会拥有自己的执着与努力、观察与思考，不远的将来，他的散文随笔品位会更高，文学路会越走越宽。

原载 2012 年 11 月 9 日《苍梧晚报》

当代电影中的类文化意识初探

徐家康 1965年出生。1994年任连云港教育学院中文系讲师。中国书法家协会会员，江苏省美术家协会会员，北京荣宝斋画家。在《文艺报》《电影艺术》《美术》《江苏画刊》《中国美术报》《书法报》等报刊发表书画作品多幅及艺术理论、评论数十万字。

> 贝多芬的《第九交响曲》在回响……此时，哲学家卡西尔说："我们所听到的是人类情感从最低的音调到最高的音调的全音阶，它是我们整个生命的运动和颤动。"心理学家荣格说："我们不再是个人，而是人类，全人类的声音都在我们胸中鸣响。"
>
> ——题记

一

纵观人类历史，每一场激烈重大的政治运动过后，必然伴随着各个方面的由表及里、由现象到本质的全面而深刻的反思，并逐步向意识形态的深层切入。第二次世界大战作为人类历史上涉及面最广的政治军事战争，它带给人类的灾难是空前的，因此它促使人们反思的时间最长也最深刻，而且从政治、军事、思想、文化等各个方面逐渐向人的类文化意识发展。这在世界各国的电影艺术中也有程度不同的反映，其中最有代表性的当首推美国的反战片类型，如《猎鹿人》《现代启示录》《野战排》《生逢七月四日的人》《天与地》《全金属外壳》等影片。这些影片不仅反映了战争给美国人民带来的巨大创伤，批判了美国政府的错误政策，而且从类文化的视角触及了侵略战争摧残人性、使人变为非人这一富有哲理意味的命题。但这种深刻的反思并不是一蹴而就的，它有自己的发展脉络，其源头是从直接的反法西斯主题开始的。

反法西斯主题在第二次世界大战后的相当长的一段时间里成了世界各国电影的共同主题，直到斯皮尔伯格的《辛德勒的名单》仍在阐述这一思想。甚至现代派电影大师雷乃前后拍摄的《广岛之恋》和《慕里耶尔》，也分别表达了同情广岛原子弹爆炸受害者的和平主义倾向和由于参加阿尔及利亚战争而在主人公心灵中留下的无法磨灭的创伤。此外，费里尼拍摄了《我的回忆》，伯格曼拍摄了探究纳粹思想成因的《蛇蛋》。对第二次世界大战的反思逐步由军事战争的表层向文化思想的深层发展，并最终形成了20世纪70年代新德国电影运动的高潮。

以法斯宾德为主将的新德国电影以其对纳粹德国的历史反思和批判（如《玛丽娅·布劳恩的婚姻》《莉莉·玛莲》等影片）以及对当时西德社会所面临的尖锐问题的独特表现而引起了国际电影界的广泛重视。同时法国、意大利和其他西欧国家从政治反思的角度拍摄了大量的政治片，并形成了20世纪70年代政治片繁荣的局面。以《Z》和《一个警察局长的自白》为发轫的政治片，或直接表现政治斗争中的真人真事，或间接影射尖锐的政治问题，其中许多优秀影片也深刻揭示了政治斗争中人性的被扭曲与摧残。因此从这一角度讲，政治电影也程度不同地触及了人的类文化意识，与新德国电影对人的类主体意识的反思所不同的只是角度问题：一个是政治的视角；一个是战争的视角。此外，第二次世界大战后形成的形形色色的哲学思潮的一个共同特征就是对人、人性、人的类主体的重新发现。作为"社会精神生活的晴雨表"的电影必然要受到这些哲学思潮的深刻影响。这就是电影艺术中类文化意识的实践来源。

二

从理论视野看，类文化思想来源于关于人性和人道主义的哲学思想。马克思曾经深刻地指出，"个人是社会存在物"，"人的本质是人的真正的社会联系"（《1844年经济学哲学手稿》），"人的本质并不是单个人所固有的抽象物。在其现实性上，它是一切社会关系的总和"（《关于费尔巴哈的提纲》）。"一切社会关系"就不仅仅是指阶级关系，它还应该包括个人所身处于其中的血缘的、民族的、种族的、经济的、政治的等等关系的总和。同时，马克思也并不一般地反对人性的研究。他在《资本论》中指出，"首先要研究人的一般本性，然后要研究在每个时代历史地发生了变化的人的本性"。人在完成其社会化过程之前，首先是作为自然界中的一种动物而存在的。因此，"人的一般本性"就不能完全排除其所属物种的兽性的一面，即人性中的负面价值。人性中的这种负面价值，在恶劣的社会关系的催化下极有恶性膨胀的可能，法西斯行为就是其典型表现形态。同时，"人的一般本性"中也包含着求真、向善、爱美的正面价值。这种正面价值在文明的社会关系中发展为人道主义精神。

人道主义是"一种把人和人的价值置于首位的观念，常被视为文艺复兴的主题"（《新大英百科全书》1974年第15版）。现在从广义的角度讲，人道主义泛指一切以人、人的价值、人的尊严、人的利益或幸福、人的发展或自由为主旨的观念或哲学思潮。P.爱德华主编的《哲学百科全书》（1972年美国版）中指出："人道主义是一个哲学和文学的运动，起源于14世纪下半期的意大利，并扩展到欧洲其他国家，成为现代文化的一个构成因素。人道主义也指任何承认人的价值或尊严，把人作为万事的权衡，或以某种方式把人性及其范围、利益作为课题的哲学。"

本文所说的类文化思想，就是一种以弘扬超种族、超民族、超国家、超阶级、超阶层、超血缘、超越个体生命之上的人性中的正面价值为主旨的人道主义思想。它是作为个体的人对人的类主体的终极关怀。这一终极关怀既充满了理想主义的光彩，同时也是一种业已存在的现实的运动。

类文化思想作为一种哲学和文学的运动，在人类历经两次世界大战的空前劫难和高科技通信、交通工具日益普及的今天，得到越来越多的哲学家和艺术家的关注和研究是有其充足理由的。其一，劫难使人类更多地认识到了人性中的负面价值，从而产生强烈的反思和批判意识；其二，高科技通信和交通工具的普及，从相对的意义上使地球变小了，成为"地球村"，因而全球范围内不同肤色、不同国家、不同种族、不同民族的人更加渴望互相理解，成为朋友的愿望和可能性日益增大。

如果把类文化思想落实到文艺理论领域来进行研究，我认为心理学家荣格的"集体无意识"和"集体人"思想是颇有启迪意义的。荣格认为艺术的真正本体是原始意象，原始意象是"人类远古的深层集体无意识"，是自远古人类在生活中形成的并世代遗传下来的深层心理经验，是一种亘古绵延、无所不在、四处渗透的最深、最古老和最普遍的人类思想，即人类精神本体。而艺术家要把握住那活跃于冥冥之中的、幽灵般的原始意象，就必须超越个体意识，退回或深潜入集体无意识中去。换言之，只有超个体的属于全人类的"集体人"方能瞥见它。因此，艺术主体就必然是"集体人"。荣格认为，作为艺术家的个人和作为个人的艺术家是不同的。作为个人的艺术家是艺术体验所要超越的个人，指的是日常情形的普通艺术家；作为艺术家的个人已不是通常的个人，他具有超越日常情形的个人之后的超越性人格，是普遍的人，也就是"集体人"。这个"集体人"是一个体现着整个人类集体无意识的精神生活的人。而艺术品之所以能打动人，也正因为艺术家以集体人的身份在作品中表现了人类普遍的精神和心灵——集体无意识的缘故。

三

与第二次世界大战后的德国和意大利不同，战后的日本电影界似乎没有勇气正视这场战争给全人类带来的灾难，因而只是在某些影片的局部偶有触及战争的非人道性，却没有从类文化的深层视角拍摄出优秀的反思片。这一艰巨的任务由这场战争的被侵略国——中国在20世纪80年代到90年代初完成了。以《一个和八个》《晚钟》《陕北大嫂》《清凉寺钟声》为代表的影片在探索类文化的深层次上达到了电影的国际水平。

在我国这种反思却是以对"文革"的政治性反思为滥觞的,并由此进而发展到对传统文化和日本侵华战争及整个近代史的重新回瞻。与此同时,改革开放后的中国,西方文化的蜂拥而入无疑为我们的反思提供了新的参照系。这是我们在短时间内就将反思切入类文化主题的外在动力。以刘心武的《班主任》为发轫的新时期文艺在"文革"后相当长的一段时间里还走不出人们对社会政治生活的关切之情。"伤痕文学""改革文学"以及一些切中时弊、呼唤改革的报告文学必然以其政治热情和讲真话、"闯禁区"的勇气而频频引起轰动。这在电影界也有同步性反映。《天云山传奇》《牧马人》《芙蓉镇》《乔厂长上任记》等影片就是这种反映的证明。但随着民主政治的发展,言路的畅通,作品所表现的政治内容一旦成为明日黄花,人们必然会将其渐渐忘却,只有作为类主体的人是永恒的并永远面向未来(人类消亡之时,我们也就无以侈谈艺术了)。有人类存在的地方,必然有不平,有痛苦,宗教也就有存在的充分条件。我们所讲的是广义的宗教,它不是宗教情结,而是一种文化认同。一位法国朋友说,"文学艺术家一定要有天文学知识,一定要有宗教知识,而且应当从这两种知识中升华出一种对浩瀚宇宙之无边无际的领悟,以及对人类用'上帝''真主''佛''道'等符号来努力体现对那不可知宇宙主宰力的敬畏的理解,有了这种领悟和理解,文学艺术家才能不仅超越功利羁绊,而且超越一般的人道境界,进入一种清凉静穆和大悲悯大原谅的精神状态,唯有在这种精神状态下,才有希望创造出有穿透力的不朽巨作"(转引自刘心武《你有渺小感吗?》1988年10月15日《文艺报》)。这种精神状态就是超越种族、民族、国家、阶级、阶层、血缘、个体生命之上的人的类文化意识。这也是我们特别倾心于揭示出类文化意识的电影作品的深层原因。

从广义上讲,人的类文化意识并非只能体现在战争片中(不可否认,由于战争的特殊性,战争片是揭示类文化意识的良好视角),凡是从人、人性这一角度来对人的类主体进行超越性观照,从而达到悟透人生这一审美层次的艺术片,都在不同层次上触及了人的类文化意识。同时,一种艺术思潮一旦形成就绝不会孤立地存在于某一类影片中。从战争片中发轫而来的类文化意识必然要在艺术史的进程中渗透到其他题材的影片之中。归纳起来,能够体现类文化意识的影片类型有反战片、灾难片、环境保护片、动物片、政治片、商战片、伦理片、种族民族片、宗教片等等。

我必须说明的是，这种以影片的取材内容为划分标准的分类方法是缺乏严密的科学性的，但为了研究、叙述的方便，一时还找不到更好的分类法。在实际作品中，许多复杂因素是混合在一起的。比如《人的证明》就同时涉及种族、民族、国家、阶级、个人利益以及伦理道德等许多方面，但它的归宿却是以对普遍的人类之爱的呼唤作为最高目标的；《玛丽娅·布劳恩的婚姻》是以战争为背景的伦理片，其终结点是女主人公以死来表明对独立人格和人性尊严的要求，其哲学内涵远远超越玛丽娅个人之上；《清凉寺钟声》从宗教的视角出发来探讨战争、人性与和平的关系，并得出人性具有超宗教超佛法的伟大力量的结论。

不可否认，战争作为政治斗争的最高形态，由于它具有的残酷性、复杂性以及时时刻刻将个体生命放在生与死的临界线上来进行观照的特殊性，所以战争片类型最容易深刻地揭示出人性的善与恶、美与丑和人的类文化意识。反战片以其对人性的挖掘、对人类和平的呼唤越来越赢得全人类的共鸣。本文所讲的反战片包括许多以战争为背景的影片，如《再见，孩子们》等。

灾难片通过陆难、海难、空难等突发性灾害中人与人之间的关系来批判人性中的丑恶面，歌颂超越个体生命之上的人道主义精神。比如美国影片《地震》就着力塑造了格拉夫和斯莱德警官的英雄本色。斯莱德警官由于主持正义而受到了不公正的处置，于是痛苦和矛盾使其沉溺于酒吧间的酒色之中以排遣内心的沉闷之情。当地震的灾难突然毫不留情地降落到每一个人身上时，死里逃生、爬出酒吧间的斯莱德警官却自觉地担负起了救死扶伤的重任，组织幸存者去营救处于危难中的同胞。格拉夫也不顾个人安危，奋力救出处于煤气、塌方威胁下的同事，并到处搜寻月妮母子俩，抢救被困在地下室里的伤病员。当月妮下意识地踹了即将获救的雷米一脚，致使雷米陷入地下室的洪流之中时，格拉夫完全可以自己逃生，然而他却奋不顾身向激流中的雷米游去……无情的洪水夺去了他的生命。但是这种出于"人的一般本性"而置生死于度外的人的类文化意识却得到了弘扬。

环境保护片的出发点和归宿点实际上是人类自身的生存与发展。这与"二战"后人们的反战反核情绪，以及对绿色和平主义运动的支持是紧密相连的。

《大气层消失》中所表现出来的保护环境的忧患意识绝对是具有超越性品格的类文化意识的具体再现。可惜的是类似优秀的影片并不多见。我们很希望能尽快看到一部以反核组织或绿色和平主义组织的成员为主人公的优秀影片，并希望通过对他们的生活和工作意义的深刻挖掘来进一步再现反核运动与绿色和平主义运动对全人类的重大意义。

动物片类型实际上是人的类文化意识的外化，一种由己及彼、由人及物的类主体意识的泛化。比如《蔚蓝的大海》通过充满忧郁情调的悲剧性故事，描写了潜水员与海豚的友谊。在这里，海豚已超越了动物而成为人类中的一员。《熊》描写了熊的温情、熊的同情心，而人是作为敌对力量——猎人出现的。当然，最后人被感动了并转而保护熊。《大西洋底》甚至完全以动物为角色，并赋予这些动物以浓厚的人性色彩。在人与人之间日益缺少同情、缺少沟通的现代社会中来极力讴歌人与动物之间和动物与动物之间的人性关系的寓意是不言而喻的，这类影片在西方国家越来越受到欢迎，其原因绝不仅仅在于它们满足了人们的猎奇或好奇心理。

政治片主要是通过残酷的政治斗争中，人与人之间的尔虞我诈，以及人的善良本性的失落和被扭曲来揭示人性的复杂性，并以呼唤美好人性和人道的复归为宗旨。表面上看，这类影片与类文化思想并不搭界，但实际上对政治斗争对人性的异化的批判不正是从反面渴望着人的类主体意识的复归吗？《芙蓉镇》临近片尾时，秦书田主动给疯了的王秋赦送上一碗米豆腐，不仅表现了对王秋赦个人的同情，他更怜悯更寒心的是被那场政治灾难所异化了的人性，而在现实的政治斗争中，每一个个体都存在着被异化的可能性。

本文中所列举的商战片类型不是指商业片，它主要是通过对商品关系无孔不入无时不在的现代社会中的畸形化人格的批判来呼唤人性的回归。在题旨上，商战片与政治片有共同之处，只不过一个着眼于商界，一个着眼于政坛。商战片尽管没能说明如何使人既能适应现代商品经济关系，同时又能保持人之为人的一般本性这一重大问题，但毕竟从类文化的视角给现代商品经济关系中的每一个面临着人性被异化的可能性的个体敲响了警钟。

当现代资本主义工业文明将一切人性、人情都挤扁、隔膜成互相利用的交易时，人类原本固有的脉脉温情消失了。生活中到处都充满了冷漠的眼睛，而同时受过良好教育具有独立人格的现代人又处于对人类温情和人性的更强烈的、更自觉的渴望与追求之中，也许这就是现代伦理片日益繁荣的根本原因。伦理片以其对人间温暖、人类亲情这种原本最常见最普通的感情的真诚呼唤越来越引起全世界人民的共鸣。人如果完全丧失了这些最基本的亲情就不再被称为人。因此，如《克莱默夫妇》《普通人》《金色池塘》《母女情深》《温柔的怜悯》《香魂女》等伦理片所调节的人与人的关系已经超越了小家庭之内的夫妇、父女、母子和兄弟姊妹之间的纯私人感情。它是对人际关系日益淡漠的现代人的普遍观照；它是对人之为人的"人的一般本性"。对这种最普通也最宝贵的情感的无比渴求，其目的是让人类远离非人的异化境地。

当《蔚蓝的大海》《熊》《大西洋底》等影片已将"老吾老以及人之老，幼吾幼以及人之幼"的人类友爱之情泛化到动物界之时，那么对其他民族和种族的友爱之情也必然顺理成章。《与狼共舞》已经走出早期西部片中将印第安人作为非人来加以无辜屠杀的所谓田园牧歌式的"西进运动"的情调，转而对印第安人给予了更多的同情、友爱、理解甚至赞赏，并且该片是以白人背叛自己的种族来完成主题叙述的。因此，影片对超越种族、民族、国家、阶级、阶层、血缘及个体生命的类文化意识的阐述就更加深刻。《为戴茜小姐开车》也表达了同样的主题，只不过将白人与印第安人的关系转译成了黑人与犹太人的关系。这就是本文所说的种族、民族片类型的来源。

正因为宗教在诞生之初就具备了超越国家、民族、阶级、阶层的博爱精神，所以才具有巨大的感召力。伯格曼的《第七封印》和《野草莓》与其说是探讨"上帝是否存在"这一主题，不如说是探讨"我们是什么？我们从哪里来？我们到哪里去？"这一关于人的类文化意识的问题来得更确切些。不过伯格曼在探讨这一问题时是借助宗教情结和幻想、错觉、象征、超现实主义等心理蒙太奇来完成的。

通过对上述几类影片的简略评述，我们进一步确信对人的类主体的礼赞是第二次世界大战后世界各国电影的一种共同倾向，并且阐述这类主题的影片在艺术史上已经取得了辉煌的成绩。

四

20世纪80年代以来，随着中国文艺界的政治反思、文化寻根以及对文学主体性等问题的热烈讨论，类文化反思的主题也逐渐提上了议事日程。

《一个和八个》作为中国第五代导演的开山之作，以及稍后些拍摄的《红高粱》《晚钟》都在国际上获得了普遍的好评，其原因之一，是它们都存在程度不同的反战思想（这一点与"二战"后西方人的反战反核情绪一拍即合），并以其对人性的呼唤，对人类和平的渴望赢得了不同国度人们的理解。《一个和八个》以其对王金人性力量的讴歌，以及对土匪、逃兵们内心深处尚存的善良、正直的灵魂的挖掘而获得了极大的成功。尤以瘦烟鬼打死杨芹儿那一枪分量最重。这一枪透过一件最不仁义的事———杀人，却写出了最具人性光彩的人道主义精神。《陕北大嫂》中，金大义打死哈胡子那一枪与此有异曲同工之妙。有人曾指责金大义这一枪打得不够"真实"，因为影片宣扬了一种超阶级的人性。不错，世界上没有无缘无故的爱和恨，但金大义的生命是陕北大嫂们用自己的救命粮换来的，在较长的养伤时间中，他们之间已经建立了一定的感情，作为土匪和伤俘的金大义已在心灵中确立了这些贫苦的大嫂是"好人"的概念。与瘦烟鬼等土匪一样，金大义灵魂深处尚存没有被完全泯灭的人性，在特定的环境中这种人性的曝光自有其合理之处，而这正是《陕北大嫂》所阐释的主题。

《一个和八个》的典型性、深刻性同《红高粱》的活剥人皮，炸鬼子时的血肉横飞、尸陈遍野的残酷性一样，在传达一种悲剧性的崇高感时，也传达了战争令人发指的非人道性。在这一点上，吴子牛的《晚钟》是与它们一脉相承的。

《晚钟》把日本侵华战争对两国人民灭绝人性的残害从正反两方面剖析了出来，它不是挑逗人们去继续使用暴力，而是引导人们有新的认识，把过去的敌人当作人来看待。这只有站在对人类和平、美好人性的强烈呼唤与渴求的类文化视角上，才能拍出具有如此崇高的精神美的、富有穿透力的作品。据说日本著名导演木下惠介本计划筹拍《战场上的誓约》，来发掘战争对人性的摧残这一主题。但他在看了《晚钟》之后却放弃了拍摄计划。他认为他要表现的东西已经在《晚钟》中得到了完美的体现。他的制片人在给八一厂肖穆厂长的信中说：只有真正伟大、高尚、饱具人性的作家才能写出如此崇高的精神美。作为受武士道精神熏陶的日本人也能接受这部以抗日为题材的影片，并给予如此高的评价，我想《晚钟》所具有的超国家、超民族的全人类性自然是不言而喻的了。

谢晋的《清凉寺钟声》所探讨的主题与《晚钟》等影片是一致的。但它的可贵之处在于找到了一个新的角度——宗教与人性的相辅相成及其与战争的相互对立。中国佛教代表团一到日本，山本长老就讲了这样一句话："佛教以慈悲为本，上求佛道，下化众生，回想日本佛教界未能制止侵华战争，使中国人民遭受灾难，深感愧疚。"无论是佛教，还是基督教，它们的根本宗旨都是"普度众生"，所以鉴真大师不惜生命，风涛十年东渡日本，其目的与其说是弘扬佛法，不如说是为了普度众生，同样许多虔诚的传教士，奔波于世界各地，其目的也是希望通过上帝的力量来拯救全人类。但遗憾的是佛和上帝都救不了人类，人类只有靠自己对生命的热爱去赎救自身。因此，明镜法师在日本讲演的主题就是热爱和平、热爱生命。他说："我们祈祷和平……'和平'的'和'是一种古老的乐器，它协调一切声音，使之达到和谐……'天地之大德曰生'。就是天地间最重要的事情就是生命！中国传统文化最根本的核心就是对生命的崇拜、对生命的热爱。"羊角大娘从抚养狗娃这个"日本鬼子"的后代，到送他入清凉寺都是出于这种超国家、超阶级的人性之爱。当一苇法师不肯收狗娃入佛门时，羊角大娘说："我是个接生的，这辈子我接了三百多孩子，有闺女养的，也有寡妇生的。我都给他们找条活路，关天关地一个人来到世上，能送到生路上，就别推到死路上，这不也是积阴德行善吗？"与这种超越时空的普遍的人类之爱相比，宗教显得渺小得很。

也许有人会说我是在这里极力鼓吹超阶级的人性论。我承认世界上没有无缘无故的爱，也没有无缘无故的恨，人的本质在其现实性上是"一切社会关系的总和"。但同时，我也认为人性中有超越时空的普遍的人类之爱。在人际关系越发冷漠、复杂的今天，更应该高声呼唤这种人类之爱。因为它是符合历史评价与道德评价相统一的原则的。

马克思主义者总是努力把从新事物中抽绎出来的道德观念作为历史评价的基点。那么代表当今世界历史发展方向的新的道德标准又是什么呢？答曰：对人的类主体的充分肯定与高扬。第二次世界大战后，聪明的政治家们已不再以强治武功、穷兵黩武为能事了，人们对各大强国军事实力的崇敬、惊羡之情已逐日递减。相反，裁军、反核、反战、保护环境的和平主义呼声正日益高涨。历史在呼唤普遍的人类之爱。表现在电影艺术中的是，对战争场面和气势的极力铺陈与渲染、以期引起人们肃然起敬的影片已失去了昔日的光彩。相反对战争的残酷性和非人道性进行严肃批判的反战片却日益受到人们的青睐。从本文对当代电影中的类文化意识的剖析看，对普遍的人类之爱的呼唤之情不但超越了个体生命和阶层、阶级、国家、民族、种族，甚至还超越了人类本身，扩展到了动物和环境。可以说，类文化意识是在"二战"后的新的历史条件下抽绎出来的新的道德标准，因此人性论是代表文艺创作的总的历史发展方向的。所以，我们不应该完全固守原有的阶级分析法来指责人性论。也许又有人会说：我们并不反对人性，反对的只是用人性论来掩盖阶级性。这种说法固然是正确的，但还有不尽完善之处。正如交通工具的产生与发展必然会蕴含交通事故的发生因素一样，类文化意识的高扬自然要与阶级论产生摩擦，人性中本来就包含着阶级性，不带有阶级性的人性和纯粹的阶级性都是不存在的。只不过在不同的历史环境下谁占支配地位而已。单纯地看，《晚钟》等反战片确实存在有悖历史真实之处，但"任何一部历史都是当代史"，从类文化的视角重新审视历史既是当代人的认识水准的反映，也是历史发展的需要。同时，从相对论的观点看，随着高科技时代的交通、通信工具的飞速发展，地球正变得越来越小，全人类不分肤色、种族、民族、国家和地区都将成为近邻和朋友，因此"人的一般本性"的普遍回归，人的类主体意识的高扬必然要成为世界历史的大趋势。

原载《电影艺术》1997年第6期

传奇时空的意识形态趋向

——"红色传奇"的时空叙事特征

卞永清 1966年出生,江苏灌云人,苏州大学文学博士,连云港师范高等专科学校文学院副教授。从事中国现当代文学教学与研究,发表论文多篇。

本文所谓的"红色传奇",是指在当代文学17年(1949—1966年)时期曾经在广大受众间广为流传、影响巨大的关于"革命"的传奇叙事小说,在历来的文学史著述中,又称之为"革命英雄传奇""革命通俗小说"等。代表作品有《林海雪原》《烈火金钢》《敌后武工队》《野火春风斗古城》等。

与同时期其他叙事模式相比,"红色传奇"小说叙事理念与中国传统小说(特别是明清时期的英雄传奇小说)叙事理念有着更深刻的渊源关系。对于此点,当年的"红色传奇"作者们并不讳言。《林海雪原》的作者曲波曾如此叙述他与中国传统小说的关系:"我读过《钢铁是怎样炼成的》等文学名著,其中人物高尚的共产主义道德品质和革命英雄主义的气概曾深深地教育了我,它们使我陶醉在伟大的英雄主义气概里。但叫我讲给别人听,我只能讲个大概,讲个精神,或者只能意会而不能言传,可是叫我讲《三国演义》《水浒》《说岳全传》,我就可以像说书一样地讲出来,甚至最好的章节我还可以背诵。"[1]对于这类叙事模式的艺术表征,当时的评论者也这样描述:"这样一种类型的小说","比普通的英雄传奇故事要有更多的现实性","又比一般的反映革命斗争的小说更富于传奇性,使革命英雄行为更理想化地富于英雄色彩","这种人和事随即传播开来,听者当作神奇的故事来听,传者当作神奇的故事来传,因而被赋予了传说的性质"[2]。大概正是由于"红色传奇"小说与中国传统审美理念的这种承继关系,使得它们往往一面市,便受到读者们的热情追捧,成为人们争相传阅的对象。

但在一个文学政治化欲求极为旺盛的时代里,任何文体模式的诞生、发展乃至兴盛,都必须接受意识形态标准的严格考量,文体模式的选择与推进背后总是寄寓着时代强烈的意识形态诉求。对于当代文学前期(1949—1976年)文学演变的这一特征,曾经盛极一时的"红色传奇"由盛而衰的当代命运,无疑是个较有代表性的例证。本文试图从构成的时空特征这一角度,对"红色传奇"小说之当代命运的某种必然性做出一种解读。

一

时间和空间作为人类生活中最基本的一组概念,是人类自我存在意识和一切认知意识赖以产生的最重要依据之一。康德如此解释时空对于人类认知产生的重要意义:"时间空间为先天的综合知识所能自其中引来之两大知识源流(纯粹数学乃此类知识之光辉的例证,其中尤以关于空间及空间关系者为著)。时间与空间,合而言之,为一切感性直观之纯粹方式,而使先天的综合命题所以可能者。"[3]

姑且不论康德的先验主义哲学正确与否,不可否认的是作为人类认知体系中的一分子,文学当然不可避免地在一定程度上体现出人类在特定的历史条件下的时空体验。"在人类发展的某一历史阶段,人们往往是学会把握当时所能认识到的时间和空间的一些方面;为了反映和从艺术加工已经把握的现实的某些方面,各种体裁形成了相应的方法。"[4]并且巴赫金认为:文学"时空体"(巴赫金将此概念界定为艺术地把握时间和空间关系相互间的重要联系)"是形式兼内容的一个文学范畴"。一方面,它"在文学中有着重大的体裁意义";另一方面,"时空体还(在颇大程度上)决定着文学中人的形象",小说中人的形象"总是在很大程度上时空化了的"[4]。因此,从内容的这一层面上说,小说的"时空体"形式具备了构成意识形态意义的功能。

相较于工业文明时期,人类农业文明时期的生产力水平处于欠发达阶段,它所能为人类提供的低劣的科学技术条件以及与此相应的人类生产方式、生活方式,极大地制约了人们对时空意义的认知水平,使之在很大程度上只能停滞于感性体验的层面之上。这种纯粹建立在生产与生活直观经验基础上的时间感受,使得周期性和循环性成为这一时期人类认知时间的主要特征。与现代直线形的时间观念相比,这种时间观消弭了时间中所包蕴的进化与发展的形而上意义,从而使之与现代历史观含义大相径庭。严复曾在《天演论》中明确指出了这两种时间观的不同:"故以谓天运循环,周而复始,今兹所见,于古为重规,后此复来;于今为叠矩,此则甚不然者也。自吾党观之,物变所趋,皆由简入繁,由微生著。运常然也,会乃大异。"[5]因此,在传统文化意识中,除了在涉及与生存密切相关的农业生产及生命流逝时引发的时间焦虑感之外,人们在更多时候表现出的是对时间的模糊与淡漠。

与此相反的是,在农业文明时期,空间却以其存在形式上的具体直观性赋予了人类更加深刻的感性记忆。由于交通、通信技术的落后,空间往往成为人们现世生活和认知意识中难以逾越的巨大障碍,空间也因此成为传统时空认知体系中更为突出的关注焦点。其对人类社会心理的直接影响,引发了人们对身处异地的人、事、物的强烈情感诉求,表现在文学创作中,便构成了与这些情感诉求密切相关的乡愁、闺怨、别离等在古典文学中长盛不衰的经典母题。

与之不同的是,在具备现代意识的小说中,"时空体里的主导因素是时间"[4]。时间之所以重要,在于它可以通过叙事构成"历史",产生"意义",从而参与到小说主题意义的建构中去。而循环论时间观的认知水平显然无法达到这样的高度,因此,在传统小说的叙事构成中,时间往往只能作为纯粹的情节延续的物质性载体,无法承担起现代小说中所具备的意识形态教育功能。

相反,空间却凭借其相对优越的审美潜能,成为以审美诉求为艺术旨归的中国传统小说在构建叙事时的首选因素。众所周知,中国明清时期的传奇小说脱胎于唐宋以来的说话艺术。雏形期的职业化出身催生了中国传统小说对于叙事审美功能的高度重视,体现在操作层面上便是首先须把一切都演绎成可供欣赏娱乐的"故事",然后用讲"故事"的方式来完成整个叙事的构建。这种以

"故事"演绎为核心追求的叙事模式,并不刻意关注人物性格的发展及其所蕴含的意识形态意义,其中的时间是纯粹的"故事"时间,只要完成对核心"故事"的支持作用,时间甚至可以断裂。这样,便为空间在整个叙事的构建过程中大显身手提供了广阔的想象空间。

在传统小说中,由于人物性格往往是静止不变的,这便使得他们在面对固定的人物关系和环境氛围时很难维持叙事长时间的延续不断。要确保叙事的持续发展,要么改变核心行为人物,在结构上则形成中国传统小说中常见的"集锦式"结构;要么变换人物的行为空间,结构上则表现为"串珠式"。空间作为负载人物关系与行为环境的核心载体,它的变化意味着人物之间以及与周围环境之间的关系也随之发生变化,新的人物关系、新的矛盾冲突、新的行为动机、新的行动方式……这一切变化,至少可以引起故事在外部特征上的差异性与多样性,从而可以保证叙事的持续性。正因如此,在传统小说中,空间具有远较时间更重要的叙事价值。

纵观中国传统小说,其中的英雄形象,多是能够在空间世界中纵横驰骋的人物,为了使叙事能够持续发展,他们必须具备行走功能。在不停歇地游走世界的过程中,他们不断地变换自己所处的空间位置,又在不同的空间场所中一遍又一遍地上演着大体类似的英雄故事。中国古典小说中的三大英雄传奇——《三国演义》、《水浒传》和《西游记》的叙事构架都是如此。

二

与古典英雄传奇小说相比,"红色传奇"小说在叙事表征上表现了一定的差异性,如叙事空间的相对缩窄、中心人物的较为集中单一等等。但这些差异更多只是体现在量的层面上,并不带来本质意义上的改变,难以构成类的区别。

曲波在谈到《林海雪原》的创作时,曾如是说:"我一共打了七十二仗,我概括了四仗,四个各有特色的战斗,提炼的功夫不能等闲视之,没有提炼就容易冗杂。我的提炼,在讲述中完成,怎么生动,就怎么提炼。"[6]作为"红色传奇"中最具典型意义的范例,《林海雪原》的这一创作过程其实在一定程度上可以被视作日常生活故事化的过程。《林海雪原》以讲故事的方式，以剿匪小分队所经历的四次战斗为基本叙事脉络，通过空间（奶头山、威虎山、夹皮沟和绥芬大甸子）的转换，演示了小分队在林海雪原中追剿土匪的战斗历程中四种情态各异、相对独立的战斗模式（奇袭、智取、将计就计与千里大周旋）。这种叙事设计满足了"讲故事"的基本美学要求，利用空间特性的变化改变战斗过程的面貌表征，从而使故事系列本身体现出灵动多变的美学特征。但时间在这个叙事过程中所能起到的作用却微乎其微，在这几个故事之间出现的时间没有内在连贯的规律关系，构成故事之间连接的往往是一些偶然性因素。从这一点上说，叙事中的时间处于一种无序状态，叙事者可以根据自己的喜好随意调动它们在叙事中所处的位置而不会对叙事的整体性质产生重大影响，孰先孰后，并无定则。

此外，我们还可以看到，在这类叙事中，如果作者愿意，可以凭借空间变化的无穷选择，不受任何限制地任意拉长叙事时间，为读者讲述更多的在不同场域内发生的貌似不同的传奇故事。叙事时间的决定者，不在叙事本身，而是叙事者的审美嗜好。这种时间由于缺乏形而上意义上的内在连贯性，只能流于"故事内时间"。故事内时间与其相对应的空间配合，在某一空间内发生的故事在时间上均保持着鲜明的连续性，序列化与连贯性的特征很明晰，但这些特性只有在故事内才表现出来，它只对与其相配合的空间负责，而很少顾及整个的叙事时间。所以，这种故事内时间与其所承载的故事一样，也是相对孤立的，一旦脱离了故事单元，并不与其他时间单元构成必然的相互关联。这种因设定空间叙事主轴而引发的叙事时间特性的变异，无疑使之与现代时间认知理念中的"历史"意识判若云泥。无序且无限的时间充当故事时间尚可谓差强人意，如果希望它承担起解释历史的重任，则实在是勉为其难。

"红色传奇"小说选择这种传统模式来结构叙事，使得文本在叙事构成的时空取向上，呈现出与巴赫金对大部分传统小说的叙事分析相类似的情形：

> 大部分小说（以及小说的各种变体）只掌握定型的主人公形象。长篇小说的整个运行，它所描述的全部事件及奇遇，全在于主人公在空间中位移，在等级的阶梯上活动：他从乞丐变成富翁，从四处漂泊

的流浪汉变成名门贵族；主人公距离自己的目标——未婚妻、胜利、财富等等，时而偏远，时而偏近。事件改变着他的生活状况和社会地位，但他本人在这种情况下则一成不变、依然故我。[7]

从现代小说叙事理念来看，人物性格的静止不变，是以空间为轴心建构叙事的最大弊病。以意识形态诉求为旨归的艺术作品，不仅强调其艺术审美价值，更重视其社会教育价值。要实现这一目标，对于现代小说来说，重要的叙事策略之一便是将时间历史化。海登·怀特这样解释历史叙事的形成策略："没有诸如一般叙事这样的东西，只有不同种类的故事或故事类型，而且历史故事的解释效果来自于它赋予事件的连贯性，而这种连贯性是通过将特别的情节结构强加给故事而实现的。这就是说，可以认为叙事性陈述是通过将时间再现为具有一般情节类型——史诗、喜剧、悲剧、闹剧等——的连贯性来解释事件的。"[8] 由此看来，实现叙事时间的连贯性和序列化，是时间进入历史的唯一路径。

> 小说以人物形象解释历史，人物经历作为历史进程的具象表征，是历史的缩影，承担着以小见大、演说历史含义的重大职责。没有人物的成长，历史的演变意义便无从附着；反之，如果不能作为解释历史含义的载体，人物也就失去了价值。这是现代宏大叙事构成的基本法则之一。巴赫金把具备这种特征的小说称作"教育小说"或"成长小说"：（在这类小说中）未来所起的作用是巨大的，而且这个未来当然不是私人传记的未来，而是历史的未来。发生变化的恰恰是世界的基石，于是人就不能不跟着一起变化。……成长中的人物形象开始克服自身的私人性质（当然只是在一定的范围内），并进入完全另一种十分广阔的历史存在的领域。[7]

所以，"人的成长带有另一种性质"，"这已不是他的私事。他与世界一同成长，他自身反映着世界本身的历史成长"。通过叙事，将个人的经历、成长与历史、社会的变化发展联系起来，把历史意义植入个人的人生历程之中，这是现代现实主义小说追求的终极艺术目标之一:"人在历史中成长这种成分几乎存在于一切伟大的现实主义小说中;因而,凡是出色地把握了真实的历史时间的地方,都存在着这种成分。"[7]

唯其如此,个人对于世界才显得如此重要,叙事所包蕴的意识形态含义也才可以上升到"规律""本质"等历史哲学的重要层面上去。因此,在当代17年小说中,备受关注和推崇的是《红旗谱》、《青春之歌》以及《欧阳海之歌》这类具有鲜明历史意识的"成长小说"。比较而言,这种叙事模式无疑更好地切合了现代历史意识的需求,从而在言说意识形态意义的深度和广度上达到了一种全新的高度。正如梁斌对于《红旗谱》的主题构想的那样:

> 从锁井镇农民的革命斗争方式,可以明显看出一代比一代进步,朱老巩是赤膊上阵,拿起铡刀拼命。朱老明他们采取所谓的对簿公堂,和地主打官司,这注定要失败的……到了朱老忠和江涛,他们接触了党,党教导他们要团结群众,走群众路线的道路。于是所发起的反割头税的斗争,就取得了很大的胜利。这说明中国农民只有在共产党的领导下,才能更好地团结起来,战胜阶级敌人,解放自己。[8]

反观"红色传奇"小说,由于以空间为中心建构叙事,时间在叙事时空体中只能处于次要地位,其结果是人物性格处于相对静止状态,时间的延续只意味着"故事"的变化与延伸,从而大大地削弱了其意识形态的教育效应。

三

由此看来,作为政治意识形态言说的一种选择,虽然不能断然否定"红色传奇"小说的意识形态取向,但这种重空间而忽视时间的叙事思维方式,却使之无法在叙事中从历史的角度为革命做出深刻的规律层面上的定性阐释。缺乏历史意识与历史精神内质成为"红色传奇"小说在演绎意识形态过程中的一个足以致命的巨大"软肋"。不过,滋生这种种"缺憾"的温床只能是叙事模式本身,只要选择了这种模式,其与生俱来的这些意识形态"弊端"便无可避免。从这一点看,"红色传奇"小说由盛而衰的当代命运也便可谓理所当然。

当年的"红色传奇"作者们或许多少意识到了此点,在其后的创作中,其中的一部分作家也努力试图实现自己创作的转型,如曲波继《林海雪原》之后发表的《山呼海啸》《萼戎碑》等,但还是没有意识到最终这是一个艺术思维方式问题,所以只能流于失败。

原载《苏州大学学报(哲学社会科学版)》2010年第6期

参考文献:

[1] 曲波.关于《林海雪原》[N].北京日报,1957-11-09.

[2] 王燎荧.我的印象和感想[J].文学研究,1958(2).

[3] 康德.纯粹理性批判[M].蓝公武,译.北京:商务印书馆,2004.

[4] 巴赫金.小说的时间形式和时空体形式[M]//巴赫金全集(3).石家庄:河北教育出版社,1988.

[5] 李扬.50~70年代中国文学经典再解读[M].济南:山东教育出版社,2003.

[6] 曲波.我是怎样写《林海雪原》的[J].山东文学,1981(10).

[7] 巴赫金.教育小说及其在现实主义历史中的意义[M]//巴赫金全集(3).石家庄:河北教育出版社,1998.

[8] 海登·怀特.后现代历史叙事[M].陈永国,张万娟,译.北京:中国社会科学出版社,2003.

[9] 梁斌.漫谈《红旗谱》的创作[J].人民文学,1959(6).

唤醒人类的迷梦，迎接觉醒的阳光

——蔡骥鸣长诗新作《梦中醒来见太阳》简评

张景兰 1965年出生，安徽和县人，淮海工学院文学院教授，文学博士、博士后，硕士生导师。2007年被评为教授，2010年被评为江苏省"青蓝工程"中青年学术带头人。主要从事中国现当代文学研究，发表学术论文40余篇，专著1部。

近日，由连云港市作家协会主席蔡骥鸣历时三年创作而成、江苏凤凰文艺出版社出版的长诗《梦中醒来见太阳》，以其深刻反思当下人类生存环境的主题和宏大而严密的体制结构，引起了广泛的关注和普遍的肯定。说实话，作为一名长期从事中国现当代文学研究的业界人士，我却好久不读诗了，更何况这么长的诗！然而，我几乎是一口气读完了这首长诗的电子稿，整体的感受是震撼和过瘾！宏大的构思，深刻的反省，对当下中国乃至人类的病症做了全面而具体的呈现，读之不能不动容深思。其结构形式的独创性，意象纷呈而精警深沉的诗句，神思跨越而酣畅淋漓的节奏，等等，给读者带来强大的阅读快感和审美享受，是真正的诗。以下将从三个方面稍做展开：

一、题材的开拓性和主题的深刻性

我们知道，当代诗歌在20世纪90年代以后，遭遇到前所未有的冷遇，诗歌成为个人深层世界的自白与呓语,在这个越来越物化,节奏越来越快,精神同质化、荒漠化的社会中,诗歌几乎成了遥远而陌生的历史名词,也因许多诗人陷入语词游戏与形式操练中、远离现实而被现实冷淡。21世纪以来,随着工业化、消费化带来的生态破坏、资源枯竭,环境保护、关注人类生存环境和长远利益的呼声日益高涨,也出现了一些关注生态环境问题的诗作,但在诗歌当中用如此长的篇幅来反映当下面临的极为严峻的生存环境和人类命运困境这一重大主题,还是十分罕见的,也是须要具有极大的创作勇气和艺术魄力的。

《梦中醒来见太阳》作为中国第一部全面思考人类生存环境的长诗,它直面社会现实,关注重大问题,表现出鲜明的批判性和深沉的忧患意识,体现了作者强烈的社会责任感,对人的欲望膨胀、疯狂索取、科技对人类贪欲的助纣为虐等当下中国乃至人类的行径进行了全面的描述和深刻的反思。

面对当下现实生活中充满毒素的饮食、空气、土壤、河流,怪病丛生的医院风景,失去节奏的气候病症,以及濒临灭绝的物种,日渐消融的冰川,等等,诗人用具象而又概括性的诗句,呈现出一个又一个环境病相,发出痛心疾首的呼喊,由对人类的无限攫取的反思上升为对整个地球生命的忧患,引发了读者的神思和自省:这是中国病,也是人类病,人类真的应该好好反省,应该从无限膨胀的欲望泥潭中拔脚止步,至少放慢脚步,否则天地倾覆洪水滔滔绝不是痴人说梦,再也没有挪亚方舟可渡,只落得一片白茫茫大地好干净。

诗歌不仅描绘了大量的环境病态,还有许多深沉内省性的诗句,促使人们不仅关注日常生活的环境问题,还应当反思整个现代文明走向歧途的文化根源,那就是人类中心主义、发展至上、消费主义等等过去被我们奉为圭臬的思想观念,将我们这些物质的囚徒、命运的瞎子、异化的生命从欲望迷失的大梦中惊醒,呼唤人类灵魂的洁净与思想的阳光。

二、宏大而严密的构思,完整而独特的结构

这部长诗不仅篇幅巨大,而且构思完整,形成了独特的结构。总体上,以"错乱的梦"开始,最后是从噩梦中醒来。除序诗和尾声外,主体部分共有10章,每一章有小引、主体与诗化的故事形式,三部分有总有分,有总体性议论、批判性抒情,又将每一种现象和问题通过具体的社会人群的口吻叙述传达

出来，如：

> 父亲在饭里吃出沙子
> 在奶里喝出三聚氰胺
> 在大米里吃出重金属
> 在锻炼身体时吸入墨汁一样的雾霾
> 母亲得了强迫症
> 蔬菜洗了一遍又一遍
> 吃的时候还像怀孕一样恶心
> 原来炒菜时都闻着特别香
> 后来才知道那是地沟油散发的诱惑
> ……
> 打开窗子，外面是一层一层厚厚的布幔
> 白天的剧情一直不肯开演
> 垃圾尸横遍野
> 像极了被翻出来的内脏

这样的"故事"使诗歌内容更加贴近生活，贴近当下，而不再只是高蹈的议论与纯粹的抒情。

最令人感到耳目一新的是这10个"故事"：处女座家族、肺癌患者、环卫工人、医院风景、失地农民、农民工、捕鲸、大头儿子、北极熊、沸腾的日子，从我们日常生活中的饮食、空气、城市垃圾、癌症患者等具体现象，到乡村被抛弃、河流被污染、土地被毒化、工业排放、核威胁等大环境，以及生物的灭绝、冰山消融等人类整体环境，等等，将人类面临的种种环境问题与命运困境几乎都涉及，全面而具体地再现了当下中国社会环境病态的方方面面。

值得一提的是，在这10个故事中，诗歌以交通警察、环卫工人、失去家园的农民、在高高的塔吊上作业的农民工、医生、狩猎者等各种普通人群乃至下层劳动者的命运自白形式，道出了在这个疯狂攫取、环境恶化的过程中普通人的苦难与无奈，真正体现了作者的社会关切和底层关怀，接续了中国现代诗歌的现实主义优秀传统。

三、丰富的想象、意象纷呈的语言和跳跃的节奏

在艺术表现上，全诗既贴近现实，又有超越性的想象，大量运用隐喻、反讽、象征等现代诗歌技巧，以打破感官界限的活泼而耐人寻味的意象化语言，具象而又概括性地展示出我们每一人身在其中的这个或许已经习以为常、或许早已无可奈何的世界，许多富有新颖独到的想象力和语言张力的诗句令人耳目一新：

如"词语越来越快／嘴唇在一连串的抽搐中／偏瘫"，以放大生活细节的形式，凸显了急速运转的现代社会中快速而空洞的语言病态，让人想起"中国好声音"的主持人华少的主持词。

又如：

  一个老女人
  胸前挂着干干的布袋
  脸上，树皮纵横
  这就是我曾经水灵灵的母亲

从"水灵灵的母亲"到衰老枯竭的老女人意象的巨大对比，将人类对地球母亲的榨取与伤害表达得淋漓尽致，触目惊心，和"五四"时期郭沫若笔下的《地球，我的母亲》中那个要做地球母亲孝子的时代精神构成了巨大的反讽性对话。

诗中还有很多富有警醒性和哲思性的诗句，将一个又一个社会问题高度概括而形象地提炼出来：

  几千年来，我们被掩埋
  我们从垃圾堆里爬出来的
  目的就是要制造出新的垃圾
  然后把我们的后代埋进去

>   ……
>   每块农田都成为毒素的发酵地
>   每个作坊都在拼命地摸黑干活
>   每一种要进入口中的食物
>   带着原罪,却
>   没有人挑起担子
>   ……
>   这个世界上,和我们一样
>   每个人都是狩猎者
>   每个人都在向整个世界索取

　　诗人在社会批判中还清醒地看到每一个个体的责任,既看到社会问题,也从自我反思开始,如同鲁迅在《狂人日记》中表达的"我也是吃人者",这样的反思和批判是真诚的、彻底的。

　　总的来说,这是中国第一部全面思考人类生存环境的长诗,这样的重大主题和宏大构思,在诗歌领域还是第一次,相信一定会载入现代诗歌史中的。

　　最后提一点建议:若能对"见太阳"部分再有些展开,则更加贴合题目所带来的阅读期待。有些地方将当下生活中的粗鄙话语直接用在诗中,个人观感不是太好,尽管可以反讽、审丑,但还要进行艺术转换,毕竟诗歌是语言的皇冠。

原载《连云港文学》2017年第5期

因为爱，所以爱

——读《周维先自选集·别来沧桑事》

李建军 1965年出生，江苏连云港人。二级作家。江苏省作家协会签约作家，连云港市作家协会副主席。曾在《北京文学》《长江文艺》《四川文学》《雨花》等刊物发表作品。著有中短篇小说集《随风飘去》《亲爱人间》《寻访记忆》、散文集《一路走来》、长篇纪实文学《血花红染胜男儿》、报告文学集《爱的风景》等。

《周维先自选集》十卷本是周维先六十年的创作精华，近日由中国书籍出版社出版发行，已在新华书店和京东、淘宝、当当、亚马逊等各大网站热销。

《别来沧桑事》是这十卷自选集中的一部散文集。捧读之时，我被深深地吸引，时而为文中人物命运的沧桑坎坷所牵挂，时而为先生真诚挚热的情怀所感动，为这优美典雅堪称天籁之音的文字而赞叹。可以说，阅读此书，心灵为之震撼，犹如经历了一次爱的洗礼。

先生在自选集总序里有这么一段话："我是爱的儿子。我因爱来到人间，也将为爱绝尘而去。……于是，我用爱，用生命，用灵魂，用一个又一个白天和黑夜，把一篇又一篇关于爱的故事写在了流水之上……"

是的，爱，贯穿了周老的人生；

爱，贯穿了这十卷本皇皇巨著；

爱，也是这本《别来沧桑事》的灵魂！

一

"苍茫之爱"一章，是追忆那些远逝的亲人。

父亲，周鸿宾，曾经的二哥。那是一个在辛亥革命烽火中横刀跃马、冲锋陷阵的英雄。从他在那个包办婚姻的新婚之夜为追求自由离家出走、轰动整个宜兴开始，就注定了他一生的传奇，也是爱的传奇！

若干年后，在松花江畔的哈尔滨，由朱庆澜将军做媒，已是辛亥革命英雄的周鸿宾迎娶冰城教育局长的五姑娘。一时万人空巷，争睹英雄与美人的婚礼。当十七岁的何美珠听到司仪报出生辰八字，原来她被嫁给了一个比自己年龄大一倍的男人，她一口气上不来，昏厥过去。周鸿宾不愧是个军人，立即实施口对口呼吸急救。何美珠醒来后，只看了他一眼，就无可救药地爱上了他。

这是爱的传奇。尽管以后的岁月历经沧桑巨变，颠沛流离，悲欢离合，二哥和五姑娘携手人生，相亲相爱。1937年，他们爱的结晶，也是老小的三儿子周维先呱呱落地。

爱在延续。父子之爱、母子之爱、手足之爱、血亲之爱……这浓浓的爱滋养了周维先，伴随他成长。从东台到苏州，到上海，到本溪，到长春，再到鄂尔多斯，最后到连云港。

当然，也有悲伤苦痛，也有家国情仇。

20世纪30年代，汉口大水，银行倒闭，母亲积攒下的一点钱一股脑儿泡了汤。但母亲没有落泪。

十年后，客居东台的家院被日本飞机炸平，全家变成难民，落荒而逃。母亲也没有流泪。

又一个十年后，一家人落魄于本溪，在冷气煤烟混杂的狭小空间里，母亲落下哮喘的病根。她还是没有流泪。

20世纪60年代，父亲罹患绝症，一年后去世，母亲硬是没有在晚辈面前掉一滴泪。一年中，她日渐消瘦，直至骨瘦如柴，也从不见她哭泣。

那么，母亲是在什么时候流泪的呢？

直至父亲去世的第二年,当周维先将母亲送到杭州,与他的大姑三姑相见,母亲才跟父亲的妹妹们痛痛快快地大哭一场。

在苦难面前,母亲是周维先永远的老师。

所以,当周维先成了"文革小将"的阶下囚,遭遇"飞机式"批斗,被投进黑屋子劈头盖脸地毒打,直至被折磨得脖子终日痉挛抽搐,他仍然横下一条心:不管怎么着,要活!不管谁自杀了,我也不能自杀!母亲健在,我能轻生吗?刚刚出生的儿子还没见到,我能只身远去吗?

爱,让周维先挺立起来。

爱,让周维先熬过漫漫长夜。

爱,给予了周维先后半生的辉煌!

二

"致有为"是写给同学一年、相知一生的少年好友王有为的九封信。以这种书信形式写作,更适合追忆、倾诉和表达情怀。

大约在七八年前的一个冬日,我在《连云港日报》副刊上读到其中的《寻找往日》这一篇。记得读完之后,我禁不住潸然泪下,默坐良久。我被先生优美的文字打动了,被他对亲人深深思念的温馨回忆打动了,被他对童年、对故土的绵绵情思打动了。我后来把这篇美文转载到自己的博客上,在前面写了这么一段话:周先生是我敬重的长辈和老师,此文读后让我感叹良久。大家,真正的大家风范!先生还有一些忆旧散文发表在《雨花》杂志上,只要看到,我也都是细细仰读。

多年之后的今天,把这九篇书信体美文读后,我依旧心潮澎湃。

跟随先生的追忆,仿佛走进了被岁月浓缩的姑苏古城,凤凰街、船舫巷、沧浪亭、定慧寺……让人浮想联翩,对先生的童年有了更多更深的了解。

接着,从水巷纵横、粉墙黛瓦的优雅之地,走进被重重大山团团包围的钢城本溪,聆听少年周维先吟唱《共青团之歌》和苏联歌曲《再见吧,妈妈》,看到英俊少年把平生第一首情诗《女神》夹在书页里,悄悄送给了住在溪湖半山腰上的同窗女生任素斌,看到了他们近一甲子的相爱相守。

再接着，在书香浓郁的东北师范大学文学院，在长春南湖，在净月潭，在自由大街，我们看到那个风流倜傥的青年学子是何等的意气风发，也看到那个书声琅琅百花如云的黄金时代如何在一夕风雨之后繁华落尽黯然收场。

还接着，那个二十一岁的后生毕业去了内蒙古，本意是流放发配，但满目荒凉的鄂尔多斯成了他的疗伤之地。虽然被隔离被批斗，甚至受尽羞辱，但那些质朴的学生、明澈的眼睛、忧伤的长调、燃情的舞蹈、浊浪排空的黄河、善良剽悍的牧人……成了他一剂又一剂良药。他居然在异乡找到了故乡的感觉。多后以后，那乡愁竟还浓得像酒，醇厚而悠长。

哦，这是一种无以言表的大爱呀！

因为这大爱，才会有三十年后的六十万言长篇电视小说《鄂尔多斯之恋》。这就是爱的回馈。

三

"逝水墨痕"一章，就是写爱的回馈、命运的馈赠。

年轻时光一路蹒跚走过，头顶上那穹庐像一口大锅扣得死死的，可先生顽强地活了下来。几十年坎坎坷坷，让他学会爱，珍惜爱，却无法让他学会恨！这个世界上有没有坏人呢？季羡林先生的"坏人定律"有云，坏人是有的，是天生的，坏人是不会改好的。周维先出身名门，父母遗传给他高贵的基因，爱抚育他成长，他的善良天性永远不会改变。他又把爱的种子、爱的启蒙、爱的信息、爱的艺术传播人间。

四十不惑，他激情喷发，创作了江苏省粉碎"四人帮"后第一部大型歌剧《月亮花》。为了"月亮花"的开放，他至今深深感念那些爱他和他所爱的人。

紧接着，电影剧本《长相知》历经一场艰难跋涉，在《电影新作》上发表，并由上海电影制片厂辗转至安徽电影制片厂搬上屏幕。那个相知故园、如兄如父的王士桢主编，可否听见周维先由衷的感佩？

连云港，山海相拥的东胜神洲，先生将父亲的衣冠和母亲的遗骨合葬在青龙山上，这里因此成了他的家乡、他的福地。在这片古老的土地上，他生了两个儿子，儿子又生出两个儿子；他创作了一部歌剧、三部电影、十余部电视剧，都是关于爱的作品。《夏之雨·冬之梦》是为老人，《早春一吻》《小萝卜头》是为了孩子，《花开有声》则是为残疾人。

花落无言，人淡如菊。逝水之上，先生留下了重重的墨痕。

《小萝卜头》让先生捧回了金鹰和飞天奖杯。

《早春一吻》入围第14届中国电影金鸡奖，获评委会特别奖。

《梅园往事》《花开有声》在央视黄金强档热播，好评如潮！并因此获得江苏省劳动模范、江苏省十佳电视艺术家、中国百佳老电视艺术工作者、江苏省文联60周年艺术贡献奖、连云港市文联30周年终身成就奖等殊荣。

先生的影视作品在此不敢妄论，谨就这部散文集而言，其文字呈现了难以企及的高贵品质，可谓高山仰止！

多年以前，我的挚友张亦辉说：他，是行走在大地上的上帝！

这个人，就是周维先。

原载2017年6月5日《连云港日报》，2017年8月26日《解放日报》

青春的芬芳格外香

李建军

一

我与何尤之相识于20世纪最后那两年。

尤之原名何正坤，1984年从家乡阜宁县农村考上大学，跳出农门，四年后毕业于河北地质学院财会专业，是那个年代被分配到港城寥寥无几的财会专业本科生之一。

新世纪的曙光里，尤之辞别妻女，到深圳求职。凭他的学历和资历，先后成为台资和日资企业的财务主管乃至行政副总。远离家乡和亲人的孤寂，让他在业余时间拿起了笔，先是诗歌散文，接着是一个个打工故事，陆续在南方的一些报纸和打工杂志上发表。2004年，他的打工故事集《让我走在你的外侧》出版，《南方都市报》记者采访了他，并以《写作杀死了我的孤独》隆重介绍了这位初涉文坛的打工作者。

从2005年开始，尤之不再满足于写故事，转向打工题材的短篇小说创作。当时的打工文学品牌杂志《江门文艺》每年都要发表他的六七篇小说。

2007年下半年，尤之从深圳回连云港，他的小说创作向更加广阔的领域拓展，当然，打工题材还是他的强项。次年一月，他迎来了开门红，一下子发表了三个短篇小说：湖北《都市小说》发表了《寻找灵感的房间》；深圳《特区文学》发表了《通天的路》和《献给母亲的礼物》，该刊总编宫瑞华说："在同一期《特区文学》上发同一个作者的两个（篇）小说实属少有。"编者称赞尤之的作品中"有一种温情在轻轻地流淌"，"作者的切入角度和关注点是目前打工文学中所缺少的"。

2009年，尤之加入了江苏省作家协会，不久，中国国土资源作家协会也同意他加入。近年来，尤之已在《雨花》《滇池》《绿洲》《阳光》《芳草》《福建文学》《山东文学》《安徽文学》《创作与评论》《西北军事文学》等刊物上发表中短篇小说百余篇，达一百五十万字，可谓大江南北遍地开花。2015年5月，他的短篇小说集《真水无香》由中国书籍出版社出版发行。这一组饱含温暖和挚情的短篇佳构，以幽默风趣的笔触，描绘了处于社会底层小人物的种种生存场景，展现了他们的喜怒哀乐以及平凡生活本真的一面。

尤之从深圳回来后，我们差不多每月都要聚几次。在尤之身上，我看到了一个作家勤奋、敏锐、真诚博爱、内心柔韧的特质。我以为，在文学创作这条道路上，尤之一定会走得更远。

二

2012年前后，何尤之受友人之邀，到南京一家连锁金店任总经理。这一特别的机缘，催生了十二个"金店"系列中短篇小说，也为文学画廊增添了十二个婀娜多姿、性格丰富、独具人格魅力的金店女工形象。尤之已将这十二篇小说结成集子，取名《金店十二钗》，嘱我为集子写个序。

《最高境界》是"金店"系列最先发表的小说。在这篇小说里，作家把作为罗兰金店老总的"我"与十二位美女店员之间进行了情感定位，即小说女主人公紫夕所言："男女交往的最高境界，是心贴得很近，身体离得很远。"在作家笔下，"我"和紫夕之间的关系是微妙的，"既贴不到一块，又不能分开。贴近了，紫夕给我降温；分开了，紫夕给我升温"。作家的内敛和"我"的克制在这里达成了一致，也把整个系列小说的格调以及人物的道德层面定位在一个理想的境界。在第一个出场的紫夕身上，已然看出作家塑造人物用心用力的方向：真实的人性之美和小人物独具芬芳的人格魅力。

两年前，我刚读到《沁园春》这篇小说时，就被弥漫其中的一种神秘氛围感染了。雾笼烟罩的山腰间，有块四五亩大的田园，昔日村姑、如今的金店营业员若影三天两头就要到这离城市七八十里的地方种菜。这块菜地是财大气粗的徐老板通过不正当手段花了大价钱弄到手的，被他视为可以旺子旺孙的风水宝地。而原本应该得到这块地的村民莫丢因此丢了媳妇，老母亲也深受刺激精神失常。在与莫丢的交往中，若影了解到这块地的真相，并跟莫丢产生了爱情。当然，这就意味着她要拒绝"富二代"徐唱的追求，随之失去一个重要的客户资源。在关键时刻，若影凸现了本真的心灵之美，而疯母恍如天意的"泼农药"之举与道德力量的绝地反击，最终让这块田园得以回归原主。

店长雨落的故事一开始就让人眼花缭乱：为了一单钻戒生意，她破例跟顾客皇小地回家取钱，哪知皇小地见色心迷，把雨落诓到刚买的新房里图谋不轨，岂料他们又在新房里撞见了皇小地的妻子小冯以及与之纠缠不清的初恋情人杨默。四个人搅和到一起，好家伙，这台戏不要乱成一锅粥啊！

作家给《雨落》这部中篇小说设置了一个高难度的开头。小说的主人公雨落不愧是个具备优秀素养的一店之长，她临危不乱处变不惊，在乱局中施展自己特有的魅力。在她的调解、安抚、撮合之下，皇小地和小冯重归于好。《雨落》展示了现实社会光怪陆离的时空场景，涉及再婚、婚外情、办公室恋情、客商潜规则等热点问题，对现代人的情感婚姻生活进行了深层次的思考。

《谁的江山，不是马蹄狂乱》也是一部中篇小说。年轻漂亮的花奴，要嫁给六十岁的亿万富翁徐老板；不为钱，只为自己的事业——做罗兰金店的销售冠军，她需要徐老板的扶持。实际上，徐老板公司的经济命脉并不由他把控，而是掌握在他的妻子和女儿手里。妻女的强烈反对，令曾经信誓旦旦要离婚娶花奴的徐老板成了缩头乌龟，因为一旦离婚，他就要被扫地出门净身出户，那么他"历尽沧桑、纵马驰骋而创建的伟业"以及"跻身名流"的荣光也将付之东流。花奴被抛弃了，妙龄女郎被六旬老汉抛弃，从高空跌落到平地，这落差太大，太伤自尊了。但在"我"和店长雨落的劝慰下，花奴最终恢复了自信，重新燃起了对未来的憧憬。

《浓雾》和《雪微》分别写的是店员风云和雪微的故事。看得出，作家写得很自信也很放松，匠心独具，从容不迫。总经理"我"在这两篇小说里参与和介入较多，与《最高境界》的路数接近，但结构更紧凑，文字更洗练。

《浓雾》中，"我"和风云从省城进货连夜开车返回，高速公路上忽然浓雾弥漫，车速一再放慢。一路上，风云讲述她的情感故事为"我"提神：她没有老公，和儿子一起生活，但她有个情人，是个有家室的警察，对她和儿子都很好。后来，消失了十三年的儿子生父出现了，这个当年玩弄她又抛弃她的有妇之夫，在老婆死后，竟跑来找她，要"收编"她和儿子，并举报了警察和她的婚外情。善良的风云为了不牵扯警察，只好忍气吞声地顺从了恶棍。讲到这里，车子到家了，但风云的故事并没有结束。十三岁的儿子因为早已把那警察当父亲，所以仇恨生父，在一次钓鱼时把生父推下南河溺亡，自己也失踪了。生活就像浓雾一样，让人难以预料。这样的悲剧结局在尤之的小说里并不多见，令人揪心而沉重，也发人深省。

雪微是罗兰金店最文静的女孩，她的为人如她的名字一样素雅纯洁、谦和低调。但是，这一次，她竟违反店规，将顾客看中的一款项链留下不卖，说是已被朋友预订了。雪微被罚款，自己垫资将项链买下，但朋友却迟迟没有取走项链，她因此陷入了"经济危机"。后来金价暴跌，朋友竟不要那根项链了。原来，她的"朋友"是金店门前扫大街的尹姨，老人想送一根项链给未来的儿媳，结果钱攒够了，原先看好这款项链的准儿媳却又变卦不要了，善良的雪微默默地承担了项链贬值的损失。雪微有一颗金子一般的心，她的善良她的品质她的思想境界，比金子比钻石更珍贵。

《的黎波里的硝烟》是一篇具有大视野大格局的小说。"汶川大地震"让远在南方的喜丹经受住了爱情的考验；美国"次贷危机"致使工厂倒闭，喜丹失业，爱情的鸟儿随之飞走了；朝鲜炮击延坪岛，把"国际贸易公司"的生意搅黄了，喜丹再次失业；喜丹到了罗兰金店，正值利比亚首都的黎波里硝烟弥漫，金店老板玩黄金期货，误判形势，被美国人抑或卡扎菲坑了，金店巨亏，喜丹又面临被裁员的窘境。这个世界够大，这个世界够乱，这世界的波谲云诡折射到一个人身上，这个人就是整个世界！

三

《投石冲开水底天》以传说中苏小妹与秦少游合作的一副名联之下联作为篇名，勾起人们探寻究竟的阅读欲望。而纵观文章的结构，也确实是先投石问路，设置悬念，再抽丝剥茧，步步深入，直至事件的诡异真相。

与"金店"系列的其他篇什一样，罗兰金店的总经理"我"仍是这部小说的重要角色。"我"既是旁观者，又是参与者。文章开头，"我"在小酒馆"天街小雨"里静候失联一个月的信彤"浮出水面"。美女店员信彤是在金店里被挟持走的，可一个月后，她竟然安全而平静地回来了。这不禁让人浮想联翩，疑窦丛生。接着，我们得知，那个劫匪已经到派出所自首了，信彤居然很关心他，不想让他蹲监狱，并托"我"去找警察说情。

真相就在"水底"。当"我"和信彤又一次相约到"天街小雨"，她道出了事情的真相：福海是受邓老板的指使，来到信彤负责的柜台行窃的。金店规定，丢一赔三，福海只要得手，信彤就要受到老板的责难，就要受到经济处罚。——邓老板为何出此损招呢？原来有一次他在办公室对美女信彤图谋不轨，信彤奋力反抗还吐了他一脸口水，他便恼羞成怒，想到了被他抓过把柄的小偷福海……事情就是这么诡异，并非石破天惊，却也令人惋叹，令人沉思。

这部中篇小说有个显著的特点，就是用对话承担叙事的功能。这种写法在传统小说的写作中，是一种难度系数极高的方式，也是类似于古典戏剧的方式。把对话写得闻其声如见其人，已属不易，再以对话构筑全文，更是难上加难。但尤之运用得如行云流水、轻松自如，而且妙趣横生。你看"我"和信彤的对话，虽然开始时有些拘谨，但渐渐变得融洽、真诚、友善、温暖，切合人物的性格特征；"我"和天街小雨女老板，因为是陌生偶遇的关系，又处在小酒馆这一特定场合，他们的对话活泼、逗笑，甚至掺杂着暧昧和轻佻；"我"和警察老季的对话，双方都显得机智、谨慎，却又不失幽默。但这种叙事方式的不足之处也显而易见，因为缺少人物特征的刻画和人物内心的描写，信彤和福海等人物形象显得不够丰满，某些人物行为细节的合理性也有待商榷。

何尤之的"金店"系列小说还有《圆缺》《窥乳》《序幕》《珠宝的传说》

等，我虽未全部阅读，但已读的篇什称得上精彩纷呈，足以展现他的才华和创作实力。作家是在为小人物立传，笔致是那样的幽静风趣，情感是那样的炙热温馨，情怀是那样的悲天悯人。作家笔下的人物，虽然处于社会底层，但活出了尊严，活出了精彩，无不闪现青春魅力和人性光华，他们的悲欢离合谱写了时代的旋律。当然，物欲之下人们心灵的迷惘困惑、感情的倾斜塌陷、价值的嬗变、道德的沦丧，也被揭示得淋漓尽致，显示了作家应有的善良本质和责任意识。尤之的小说语言干净，文字流畅，幽默诙谐，节奏明快，而且结构巧妙，布局合理，故事性强，给读者带来阅读的快感和美的享受。

原载 2015 年 11 月 18 日《连云港日报》，《厦门文学》2015 年第 11 期

李洁冰的小说场域与价值指涉

刘方冰 1966年出生,江苏灌南人,吉林大学法律硕士,南京大学作家班毕业。作家,副研究员,文化研究学者,江苏省监狱管理局理论研究首席专家。在《文艺报》《扬子江评论》等共发表作品100多万字。出版长篇小说《寇风烈》、专著《文化治理与监禁生态》等。

近年来,面对社会与文化转型,阐释他者或反观自身,走进历史深处或置身当下世态,作家都在特定文化场域中进行文学的意义建构,用符号与文本深描文学帝国的欲望版图与权力边界。江苏女作家李洁冰从《乡村戏子》到《青花灿烂》等系列文本所建构的小说场域与价值指涉,正是这样的文学生态的经典表征,也是作家心灵游牧的生动表达。[1]如果说李洁冰小说书写分前、后期的话,长篇《青花灿烂》应该是这个前、后期的边界。前期的小说主要集中在小说集《乡村戏子》里,可以读出文本的纯粹、实验、急切倾诉、多维探索的感觉,题材与场域上偏重故土、年少记忆的再现和都市体验的写意,透过女性身份与命运观照沧桑流变;后期(也是近期)的创作主要是以《渔鼓殇》《天堂入口》等为代表的一批中篇,以及长篇《刑警马车》(与孪生姐姐合著)等,明显给人渐趋从容、犀利、机巧、深藏波澜、思想性与艺术性渐入佳境的印象,题材与场域上在意乡土与都市底层的心灵触摸,前现代与现代的价值交锋,在吹去文化浮尘、解读人性结构中体现价值指向。而《青花灿烂》则是深

具承前启后意义的一个成果，在城与乡的中间地带叩问民生，以一个"青花"意象的形塑完成了一次文本与历史的回望与转身前行。而作家以女性知识分子身份，把女性生态作为文学叙事焦点进行持续关注，则表征了作家前后一贯的意识。

一、地方性知识与立场

洁冰的小说，与其说是在审视地域文化，不如说是在展示地方性立场。因为她是在"参与"中表达"地方性知识"。地方性知识，并非指特定的、具有地方特征的知识，而是一种新型的知识观；地方性/地域性也不仅是就特定的地域意义而言，还牵涉到在知识的生成与自洽中所形成的特定的语境，包括在特定的历史条件下所形成的共同体的价值观、立场与视域等文化秉性。因而，对知识的考察不能仅仅停滞在普遍准则上，而应该关注知识生成的具体情境条件。人类学家通过田野考察，研究"他者"个案，认识"他者"文化的特质；作家则仰仗亲身经验，通过形塑意象来阐释文化的差异。两者都没有用普遍知识的视角来书写，给了地方性知识与普遍性知识以同等地位。这一知识观与方法论对知识的一体化格局具有反抗与解构意义，尤其对文学知识场域中的地域主义立场构成了挑战。

用传统的地域主义立场观照洁冰的写作，很容易提炼出相关文本的地域色彩。这里所说的地域色彩，是指当地自然生态、村居民风、俚语歌谣、审美趣味、服饰行头、信仰图腾等符号构成的地域文化特色。"谈地域色彩或地域主义小说，其实是指相铺相承、辩证结合的关系，即如没有这个地域，就没有这些作品的特色；而假如没有这位地方作家的出现，没有他去成功捕捉这些特色，也就没有这些地域色彩的流传；当然，要是没有这些地域特色，也不可能孕育出这些作品。"[2]这样的立场自然有其文学传统的承继意义，但却未必能深度解读作家的立场与价值指涉。也就是说，作为一种传统的小说理论，地域主义的所谓的地域、作家与作品之间的辩证性，不过是"外来者"用"外来者"的视角与普遍性知识，强加给被观察者的想象性的"色彩"，而不是被审视者的自然生成的"色彩"，这样的视角不能反映作家对地域共同体"参与"其中、"体验"其中、将自身置于"族内人"立场的良苦用心。

地方性知识不是简单的走访、采风就可获得的，必须有本身就是"土著"或融入"土著"中的鲜活的生活与历史经验，方可能展示"土著"的地方性立场。洁冰曾经作为苏北乡村的"土著"，在那片土地上扎根了整个青少年时期。她笔下的地域性不是采来的，而是生活来的。这使她拥有了自然天成的地方性知识，不须要刻意去表现、再现、呈现什么，只须把衣袋里、头发间的泥土、草叶、花瓣、麦粒什么的抖出来即可。她中短篇小说集《乡村戏子》和长篇小说《青花灿烂》，以及近期的中篇《天堂入口》《渔鼓殇》《三山巷》等，就是这样的地方性知识文本。

洁冰的地方性文本展示的是戏子与乡民等底层民众的文化立场。这样的展示的意义不在于要批判底层的愚昧、丑恶、阴暗与狡黠，或颂扬他们的智慧、善良、阳光与淳朴，而在于要解读现象背后深藏的文化机理，尤其是底层的生存之道。不过，无论是人类学者，还是作家，都在很大程度上并不能感知一个当地人天然生成的感知，只能尽可能地获得近似的感知。这意味着要不得不把地方性的知识非地方化。成熟的作家都会有这样的体验，就是既不能以局外人的身份自困手脚，又不能想象性地自视为当地人；而是要执着搜寻、攫取、分析、验证当地的语言、想象、制度、行为、习俗等各类有象征意味的形式，从中把握一个共同体中人们如何在自己人之间呈现自己，以及如何在外人面前展示自己。这种自觉的、适度的距离感，绝不类同于用已有的普遍知识去考察非我共同体那样的先入为主，其目的在于防止把要表现的"土著"写成就如"土著"自己写出的"土著"，削平了文学"土著"与生活中"土著"的差异。这对作家冷静地捕捉地方性特质具有重要意义。洁冰所书写的戏子、青花、牧鹅女、凤、棠、红琴等意象就是一种保持与生活适度距离感的文学"土著"和地方性知识，她们和作家一同生活在"晚近四十年"中的一座村庄、一条河边、一个街巷、一片桑林，她们能携她绣花纳鞋底，她也能领她们戏水弄清波。

作家的宏阔、悲悯、宽容胸怀，不是在普遍知识语境中观赏他者不堪的一面，进而在矫情与俯视中生成；而是在地方性立场中抚摸、品读非我共同体"活着"的空间，进而在反思自身的偏执与盲点中表征。他者乃是镜鉴。无论是知识分子作家，还是草根作家，都应有这样的体悟。作家在《有人敲门》中将外在描述与内心独白技巧灵活糅为一体,在"惊悚"的艺术氛围中,推出了一个"轻轻敲门的人"和"我与旅伴"。"那个月明星稀的晚上,在某江南古镇欧家大院的子夜时分","带有迟疑、犹豫不决,抑或某种探询的味道"的敲门声响起了,"咚,咚咚,停了一下,声音又起来了,咚,咚咚"。"她从嗓子眼里挤出两个字:有人!……我对'人'这个概念产生了从未有过的惊骇。在这里,人已经不是作为同类,而是作为一个世界上最凶险的概念存在的。"[3]这样的地方性知识建构起一对人的镜鉴,"我"在"敲门的人"这个镜中看到"人"——"我",竟然如此可怖;"敲门的人"在"我"这个镜中看到"我"——"人",竟然如此脆弱无助。《一拳抡空》中的小公务员方有为"半辈子一忍再忍",好不容易凝聚起半生的勇气,在异乡为争一个公交车座位用目光"打胜"了一场意志之战时,却发现"败方"是一名腿部残疾的人。"一拳抡空"。本以为自此找回了自信,却空前受伤,连立起身的勇气都没了。异地的公共汽车型构了一个飘浮的"乘员身份"与"竞争共同体",将残酷的社会争权夺利浓缩成一场争夺座位的"目光格斗":残疾人凭借"残疾"这一弱势资本占据道德高地,审视与猛刺对手的良知;方有为将日常所遭受的万般挤兑转换成强大的精神能量,要在异乡打一场尊严的翻身仗。几分错位,几分滑稽,只有战斗随公交车真实地游荡在街巷里。战斗结束时,残疾人眼里恐怕会多出一声世人道德沦丧的慨叹;方有为则看到了"无处突围"的绝境。地方性立场的价值由此可见一斑。

坚持地方性知识与立场,洁冰才会有写不尽的美人图、牧鹅女、煤油灯、打谷场、桑树林、草台班、麦田、柳青河;才会有槐林玉米花生地,香瓜蜻蜓喇叭花,柳筐毛窝秸秆笼,乡女沐浴芦苇荡;红瓦房,书声朗;教书匠,水音腔;还有随时准备咚地钻进河里的夕阳——道不尽的田园风光,品不完的乡村梦想。读着这样的文本,你没有理由不拍案叫绝。比如,"被问的是女孩,她没有回答。因为她的兴趣在口袋里的钢球上。那个圆圆的溜溜球,是她从另一个比她更小些的孩子那里抢来的。她现在正在手里把玩着,思忖着如何把它拿出来,试着滚一下,然后赶快回家。"[4]一个村童如此微妙心理都让作家捕获了,不是身在其中断不会有此观察与感悟。相信有乡村童年生活经验的人读到这里都会会心一笑,说不定还会在心里悄悄说:"我当年就这样干的。"对瘫子的刻画也是入木三分,寥寥数语即成一幅人物速写:"他只能坐着。因为他是瘫子。这个人正用一种奇怪的目光盯着我。让我想起爬到水塘边的蛇,信子一吐一吐的,想把什么东西攫为己有。"[5]为突出乡女青花的独一无二的美,作家则将青花置于出浴瞬间:"那种唯苏北女人特有的,是秋天正午堆在阳光下熟透的山芋,泛着迷人光泽的时令水果,壮硕里透着阳光,健康,原生态,一切都不着修饰,恰到好处。"青花的黑发则是"娘胎里带出来的,泼泼辣辣黑,理直气壮的黑";"那眼睛,嘴唇,那身段,横竖没加工过的,是刚从藕塘里拎出来的,依旧带着毛刺的那种美"。这样的美,自然要比"恨不得把什么都端给你看"的"银城女人"宝贵,是"埋在石头里的玉";也自然要把整天在胭脂堆里滚爬的"潘五常"之流引得失魂落魄。[6]一些短语更是巧夺天工,比如"你看我头上的花"[7]——乡村怀春少女明明想叫意中人看自己俊美的相貌,却偏不说"你看我脸"之类,而偏要说"你看我头上的花",道尽了少女的羞涩与机巧。"白米粥的味道还在舌头上"[8]则委婉而酸楚地道出了一个随大人逃难的村童在星夜下对身后的温暖的家的不舍。这些乡村生活与人物的全景展现,使洁冰小说文本跳荡着渴望幸福、间或灿烂的笑脸与倩影丽魂,以及童话般或寓言般的田园记忆。不过贯穿洁冰"乡土小说"的更多的是故乡人物艰辛的外表、扭曲的精神,甚至是一些可怜的、可怕的、不停轮回的命运之"场"。能建构这样的命运之"场",不仅是因为她参透了一时一地的风土人情,更在于她写出了人物在历史阴影中的纠缠与挣扎,并能唤起拥有过乡土历史的读者的类似经验。也正因为坚持地方性立场,她才会超越地域而使文本中乡村戏子和青花们熠熠生辉,成为"晚近四十年"中国乡村妇女的典型表征。

二、游牧空间与块茎

文学有足够空间供文学主体书写、阅读与游牧心灵,同时文学主体的书写、阅读与心灵游牧又生产文学空间。象征、想象、意指、隐喻等文学元素犹如块茎般在文学空间中肆意蔓延,建构文学的"千高原"。

洁冰小说在传统意义上涉及了多种空间,乡土与都市、外在与内在、荒诞与写实都有所涉及。属于田园牧歌的有《乡村戏子》《美人图》《桑园旧事》

《牧鹅记》《巧女朵儿》《乡里人》《棠》《明兴轶（逸）事》；属于心灵叩问的有《是谁在深夜里歌唱》《你为什么不哭》《关于一只鸟或其他》《驿路断简》；属于荒诞人生的有《晚宴烛光》《结局之一种》《袭击》《有人敲门》《一拳抡空》《你的规则我永远不懂》《天堂入口》《我拿什么奉献给你》；属于忧患长歌的有《青花灿烂》《渔鼓殇》《三山巷》《刑警马车》等。[9] 比如《拿什么奉献给你》就是卡夫卡式的现实主义的奇幻荒诞小说，在处理人的异化、疏离感、命运之无法控制等方面体现存在主义色彩，演绎灵魂的追诉。小说以都市底层民众的生存现实来框架荒诞，重新思考现实生活的本质与生命现象的意义，在奇幻的背后批判当下社会人伦荒谬与现代性对人性的异化。小说将现实与幻想相糅合，以写实的笔触来处理荒诞的构思，在心理刻画与荒诞境域建构上显示了作家深厚的文本驾驭功底。《你的规则我永远不懂》则是都市题材的新写实小说，讲述了"市民青花"孜然在消费社会诱惑前的彷徨与挣扎，揭示了新社会结构中阶层之间的鸿沟，是一篇略带几声叹息的都市底层叙事文本。《驿路断简》则是纯粹的心理小说、散文化小说。通过大量内心独白和自由联想，来叙述"我"的心灵史，探讨"我"的身份，映射城乡之间的历史意义的流变。文本中火车、女孩哭喊、蜂拥人流等意象交替呈现，通过六岁的"我"的眼睛展示动荡岁月中人的无助与恐惧。《是谁在深夜里歌唱》以写实手法展示了柏庄、栖花涧、大蒲、郁州、蒲林等空间的转换与轮回，诉说了民间说书人卢胜文的悲情遭遇，不啻是一个七岁女孩的"文革"记忆，一个民间艺人的人类学田野考察，一曲"夜深沉"挽歌。《你为什么不哭》展现了一种无奈的身份错位，抑或身份幻象。我在演着"我"。"我"明明不是我，别人为什么非要说成是我，我还不得不努力去成为"我"。这个社会上人们看到的"我"其实都不是我。难怪"柳屯"的村长和乡亲们要说"真好，能看到你们，这回村里有景看了"。而虚假的"我"在再现这个世界，真实的人类去了哪里？这个问题无解，尽管"我有一千条理由流泪"，可我又怎能哭得出来？《牧鹅记》犹如一篇美丽的童话，让充满诗意的牧鹅承载了一个村童上学求知的希望；一个少女对说话带"好听的水音"的"林各义"的一种朦胧的情感。但鼓手的死，张婆的殒，给美丽的童年添进了一丝淡淡的忧伤，反衬得色彩斑斓的牧鹅求学故事更为纯美。《桑园旧事》则是作家前期非常重要的一部写实中篇。小说描写了贤惠、勤劳、灵巧、善良，如母亲一般照看妹妹的凤，一个绝美的乡间女子——因凤平日总把胸"裹"得平平的，直到死后她的绝美才向人们展现："凤的乳依然高耸，美艳得令所有在场的人动容。"[10]小说还刻画了妩媚而命运悲惨的棠，虚伪的戏子贵生，怪诞的根生，猥琐、自私的王石山，瘟神般的媒婆，族长般的刘伯，给棠剃阴阳头的老女人，暴虐棠的男人等乡民群像——他们共同毁了棠，让读者在凄婉而略带愤怒的境域中质疑那个时代乡村扭曲的文明传统。长篇小说《青花灿烂》不仅形塑了"青花"这个苏北广袤平原上庄稼一般的乡女，还揭示了"被压迫—出人头地—压迫别人"这样令人扼腕的生命轨迹。葛建成之类的土财主、暴发户，经济地位翻身了，政治地位却仍然翻身无日，上层权贵、知识分子等精英阶层还是从骨子里瞧不起他们，他们只能到曾经所属的阶层去寻找感觉，享受着被底层人"求"、仰视的快感。中国千百年未曾改变的财主压榨穷苦人的故事还是要继续讲下去。只是没有了狂飙突进的"革命"语境，后革命时代的被压迫者的反抗也许只能是这般无力又无望。

洁冰的小说文本犹如块茎般助力文学空间的生产。在生物学的意义上，块茎在地下匍匐衍生，既不同于树根，也与簇根有异，在多元性中排除唯一性。哲学与文学意义上的块茎具有开放性、联盟性、异质性、多元性、非等级制、反中心、反意义的裂变，尤其是总是具有多元的入口，一切在块茎中都可以生成。尽管我们之前对洁冰小说文本有过归类，那不过是出于分析的需要，实际上她的文本是拒斥类型化的，初步具有了块茎的相关特质。这些文本肆意伸展进乡民、市民、知识分子、戏子、商人、官员、学生、乞丐、农民工、包工头、残疾人等社会各个阶层的生存空间，指涉有爱情、亲情、道德、伦理、精神、习俗、戏与人生、压迫与反抗、堕落与奋进等多元价值境域。尤其是近期的创作，如《渔鼓殇》《天堂入口》等中篇，更具有块茎特质。《渔鼓殇》不仅描写了渔鼓艺术的多舛命运与新老民间艺术家对传统艺术的拼死拯救，戏子红琴对鸾生的生死爱恋，还泼墨般地描绘了三十年来乡村的生活与文化变迁，是作家心灵的一次深情游牧。《天堂入口》[11]选择天堂与地狱的边界处作为入口，进入乡村乞丐与护士天使建构的欲望空间，在善良、肮脏、困顿、无奈、焦躁、怜悯、体贴、折磨、肉欲、罪恶等纷乱的意象中纠缠、徘徊,最终以地狱的扑面而来收住文本。这样的文本不是一个悲剧结论,或一声叹息,或心怀沉重等可以轻易了结的。

徐贲先生认为:"文学是人的思想和创造的结果,是作家个人在具体的社会环境和公共群体中与他人共同拥有生存世界的方式。作家选择了文学这种与他人交往的方式,不只是出于审美或艺术的理由,而且也是因为,文学创作本身体现了人的公共生活和行动特征。文学创作本身就是一种积极生活、介入与他人共同生活世界的方式。"[12]作为小说家,洁冰自然也会有类似体验,但更多的考虑可能是自己的小说空间如何块茎般地生长,继而在不久的将来呈现出缤纷叠变、气象万千的美学意趣,形塑出李洁冰式的"文学千高原",以供作家与读者的思想驰骋或游牧。

原载《扬子江评论》2016年第1期

参考文献:

[1] 近十多年来,李洁冰的中短篇《乡村戏子》、《美人图》、《渔鼓殇》、《天堂入口》和长篇《青花灿烂》等小说文本被《十月》《钟山》等名刊推出后,其中的部分作品相继被《新华文摘》《小说选刊》《文学报》《作家文摘》等报刊转载。

[2] 郑树森.小说地图[M].南京:江苏教育出版社,2006:63.

[3] 李洁冰.有人敲门[G]//乡村戏子.南京:江苏文艺出版社,2003:195-196.

[4] 李洁冰.是谁在深夜里歌唱[G]//乡村戏子.南京:江苏文艺出版社,2003:117.

[5] 李洁冰.桑园旧事[G]//乡村戏子.南京:江苏文艺出版社,2003:29.

[6] 李洁冰.青花灿烂[M].北京:作家出版社,2009:135-136;原载于《钟山》2006年长篇B卷.

[7] 李洁冰.渔鼓殇[J].十月,2010(2).

[8] 李洁冰.是谁在深夜里歌唱[C]//乡村戏子.南京:江苏文艺出版社,2003:115.

[9] 短篇《棠》载于《青年文学》1998年第4期;短篇《明兴轶事》载于《雨花》1998年第6期;短篇《乡村戏子》《美人图》载于《十月》2001年第4期《小说新干线》,后《新华文摘》2002年第2期选刊《乡村戏子》;中篇《三山巷》载于《创作》2009年第5期;中篇小说《天堂入口》载于《钟山》2010年第6期《小说选刊》

2011年第2期。其余载于江苏文艺出版社 2003 年出版的小说集《乡村戏子》等。

[10] 李洁冰. 桑园旧事 [G].// 乡村戏子. 南京: 江苏文艺出版社, 2003:47.

[11] 李洁冰. 天堂入口 [J].//《小说选刊》, 2011（2）.

[12] 徐贲. 在傻子和英雄之间：群众社会的两张面孔 [M]. 广州：花城出版社, 2010:223.

与历史人物对话（外一篇）

——读张文宝散文集《寂寞千年》

蔡骥鸣 1966年出生，河南固始人。中国作家协会会员，中国文艺评论家协会会员，江苏省作家协会理事，江苏省文艺评论家协会常务理事，连云港市作家协会主席。在国内外发表诗歌、散文、文艺评论百余篇，著有《行云飞雪》《梦醒起来见太阳》等。

在中国大大小小的上千个城市中，连云港无疑是众所周知的城市之一。她的名气主要来自于新亚欧大陆桥的东桥头堡和孙悟空的老家花果山，却鲜有人去了解她的历史、她的内涵、她的厚重、她的人文情怀。实际上，她所蕴含的丰富人文矿藏，她神奇浪漫的韵味，她所拥有的中华民族文化的母性气质等等，都会让人深深震撼，让人无限感慨，让人心驰神往。

一直深深扎根在地域文化之中，一直把心泪都寄托给母亲和故乡，一直喜欢追思和探寻的作家张文宝，向我们展示了他多年来对古代东夷民族以及她的后裔们在连云港那块土地上所留下的遗迹和精魂的记述、思考和叹惋。这便是《寂寞千年》的由来。

寂寞了千年的英雄和历史人物们，无论他们曾经如何辉煌，如何谈笑风生，如何运筹帷幄，如何风流快意，其实早就灰飞烟灭，其实他们的精气魂早就消失殆尽。有谁还能记住他们呢？当今天，我们到一个个旅游景点去，听导游唾沫横飞、巧舌如簧地侃、聊的时候，你所听到的也许只是夸张的、上了色的一段历史、一个故事、一个传说、一个传奇而已。而且有越说越听越假的感觉。有时候我就在想，历史肯定不是这样的，历史的人物肯定不是这样想的，历史的精气神肯定不是这样凝聚的。

所以，才有了张文宝的《寂寞千年》，有了张文宝与古人的对话。

都说作家是最有历史责任感的人，都说作家是人类灵魂的工程师。所以，当作家面对着一个个历史人物、一个个历史陈迹、一篇篇历史记述的时候，作家一定是不能沉默的，一定要发古今之感慨，就像当年陈子昂在幽州台怀古时"念天地之悠悠，独怆然而涕下"，就像范仲淹面对岳阳楼时所生发的"先天下之忧而忧，后天下之乐而乐"的感慨，就像今天的张文宝面对着连云港众多的历史人物和遗存所发出的感喟和长吁短叹。我相信，此时的古人倘若灵魂有知的话，他们也应该感到快慰。因为虽然跨越了千年的时空，历史早已漫漶不清，但终于有了可以对话和心灵交融的人。而因了这个寂寞千年之后的几声感叹，又再次惊动了一世或几世人的围观，又再次引发人们对他们的思考、对他们的认定，对他们精神的弘扬和传承。

这也许正是作家的力量，正是《寂寞千年》无意间流露出的历史责任感和社会功用。

我们现在就来看看连云港这个地方，看看张文宝笔下所记述的连云港地方的这些历史人物是不是能够担当起我之前所说的能够代表中华民族母性文化的一些质地和特点。

书之开篇写的第一个人物是东夷民族的祖先、三皇五帝之"少昊"。中华民族向来有东夷西戎北狄南蛮之说。东夷之少昊族缔造了中华民族文化的一部分。张文宝由少昊想到了鸟图腾，想到了三皇五帝们的创世纪，想到了《山海经》，想到了《淮南子》，想到了"苍苍茫茫、神奇美丽的七千年的故事"，想到了神话与现实、神性与人性。这就是散文，这就是一个作家的古今对话与心智交融，这就是当代作家用他的灵魂去感知那些虽然作古但其实深深烙印在中华民族基因里的精神和魂魄。

后来，张文宝在那个现在叫东磊、《山海经》里名旸谷的地方与射日的后羿聊天，在羽山与治水失败后在羽山被殛的鲧探讨人生之悲剧，在孔望山、夹谷山上探究中国最伟大的思想家孔子的孤独一世与两千多年的辉煌，在马陵古道笑谈孙膑与庞涓的杀伐争斗，在田横岗为蹈海的五百义士悲歌……就这样，东渡日本的徐福、项羽手下的大将钟离昧、为刘备倾家献身的麋竺大将军，走进《水浒传》的宋江义军和他的好汉兄弟们，江苏按察史的林则徐，力主修建陇海铁路的清末大实业家，如此等等，一个个地走进我们的视野，一个个地被张文宝放到历史的长河中去看他们是如何日升日落的，看他们是如何悲剧感伤的。谁都没有想到，这些在历史上声名显赫的人物，这些直接影响中国历史进程，这些对中华民族文化有着母性孕育之功的伟大人物，会与一个地方有如此深的关联，他们或生于此，或长于斯，或把人生和心血洒在这方土地上。

当然，今天作为文人的张文宝不可能忘记那些历史上与他跨越千年时空而惺惺相惜的文人。南北朝诗人鲍照，归隐南山下梦见桃源的陶渊明，浪迹天涯的诗仙李白，将东海孝妇化为窦娥的关汉卿，数度遭贬的苏东坡，隐居在石棚山上读书的石曼卿，把古海州和花果山培育成唐僧和齐天大圣老家的吴承恩，随嗣父旅居于此的吴敬梓，入赘侨居一生的李汝珍，诞生于此的朱自清。若干年后，张文宝带领我们与这些人对话时，作为文人的他或作为喜欢他们作品的你，能不心生怜惜，心生悲凉，心生哀婉吗？

历史可以重现，但重现方式是多种多样的。电影的重现是故事，教科书重现的是历史的经络。而作家在重构历史的时候，他所再现的是历史的精神，他所探寻的是所有人物和事件透露出来的悲剧美、崇高美、史诗美，他所要表达的是我们每一代人、每一个不同区域的人对历史人物和事件独特的认识、感受、理解和传承。所以，张文宝每一篇追思的精神都是独到的、排他的、异于前人、别于他人的。这也正是《寂寞千年》不同于他者之处。

原载 2001 年 12 月 7 日《文艺报》

在海风里诗意栖居
——读王绪年散文集《海边纪事》

如果从自然科学的角度来看，地球上所有的生物都是来自于海洋，人类也不能例外。人类的历史其实就是一部从海洋中诞生、与大海共生共荣的历史。人类的活动踪迹就是从大海走向陆地，又从陆地走向海洋。古往今来，有多少人类的历史，就有多少曲折生动的人与海的传说与故事，就有多少绘声绘色的人与海的情境与状态。海成了人类文学艺术的宝藏，人为自然之海增添了更为动人心魄的因子。

濒临黄海的连云港，因为有海的依托，她的土地愈发显得神奇和浪漫，她的子民生活才变得如此多姿多彩，她的文学艺术就具有了独特的滋味和魅力。两千年前，生在这块土地上的徐福带领海边的上千名弄潮儿首开华夏民族的海上探险之旅；几百年前，吴承恩和李汝珍又把《西游记》和《镜花缘》与这块土地紧密地联结起来；新世纪的今天，无数人还在这块曾经被海水浸透着的土地探险着，追求着，记录着，感悟着。王绪年就是其中之一，《海边纪事》就是他在几十年海边生活体验中随手掬起的一朵海上浪花，捧起的一块晒海结晶的盐巴，拾起的一条咸腥但浸透了渔民汗水的海鱼。

在中国的沿海城市中，连云港具有异常鲜明的海洋文化特征，渔民、盐民构成了其历史人物的主体，他们的生活情境和故事绚丽多彩、趣味横生而又丰富深邃。它既是连云港特有的文化沉淀，又是人类海洋文化的特质和共性。须要我们去走近她，了解她，咀嚼她，体味她，表现她。遗憾的是在中国乃至世界文学的宝库中，去全面地展示，去深入地探访，去深情地回忆，去系列地记录这一特殊区域、特殊人群的特殊生活的作品还很少很少，以至于让我们很难去知晓人类在与大海相濡以沫的过程是多么的精彩纷呈、惊心动魄和耐人寻味。

《海边纪事》为我们提供了一个承载的样本。海猫、海狗、海虾、海蟹、海葵、海潮、海鱼、海菜、海螺，无论是动物、植物，还是自然现象，都有别具一格的风姿和韵味，都是与渔民、盐民生活相关联、相情牵的物象，都有一段令人难忘的故事，都有一种化解不开的情结。那些极富动感的语汇，如推、钓、拣、挑、拉、打、扳、放、粘、拾、追、掏、逮、甩、抓、爬、张、退、养、过、捞、踩、消、撩、织、扒、烤、捕，更是把他们劳作的方式白描似的勾勒出来，惟妙惟肖，异趣横生；而那些特殊的生产工具可能也是其他地方所很难见到的，如小罾、兜子、旋网、提网、扒网、地笼、矮网、小簖、小幡等，可以想见在他们的生产方式中凝聚了多少人的心智和汗水，遗下了多少可资我们回味的醇厚民俗民风民情。在人类的发展历程中，人们的生产方式构成了生产关系的基础之一，生产方式的复杂性决定了生活关系样态的复杂性。祖祖辈辈生活在海边的渔民、盐民们的生活方式既是单调的又是复杂的。一望无际的大海，看不见一棵树的百里盐滩有时会让人的生活枯寂得百无聊赖。但海又是这个世界上最诡谲多变的，与海打交道的人们自然会想到与大海搏斗和嬉戏的百变方式，自然会从这种简单的生活区域寻找更加丰富的生活灵性和艺术灵感。《海边纪事》为我们记录了这一漫长的历史序列中所逐渐沉积下来的人们对于海、对于盐、对于自然、对于生活的体验和记忆。

这些年来，关于对渔民盐民生活的记载，我也看到不少有关民俗学的著作，看到不少对于民风民情的叙述，但大多文字枯淡而了无趣味，像考古学家或社会学家的采风记录。事实上，无论在哪一块区域和土地上，人们的生活都不可能是单色的，它必定色彩丰富，它必定情矿富藏。王绪年写《海边纪事》的时候，表面上看，他可能要着意为我们留下一部渔民和盐民的生活史和民风史，但他是作家，他不会如前所述的单调采写，他融入了自己生活的印迹和影像，融进了自己的情感和思考，所以才使他的《海边纪事》包含了民俗学的丰厚，具备了散文家的情景交融和事理合一，有了民俗、历史、社会、文化、文学的多重意义和价值。

读王绪年的散文，或读《海边纪事》，他的从容恬淡和深情厚谊，他的俯拾即是和涉笔成趣，都给人留下非常深刻的印象。在散文的创作中，我历来反对雕琢粉饰，反对矫揉造作，反对以文人之心去揣度和模拟。好在王绪年本身就是来自于海边的人，他所记载的正是他所经历的，他难以忘怀的正是他曾经情牵的，他所提炼的正是他从复杂的生活中长期思考的结果。所以他的文章才好读，他的性情才真挚，他的故事才感人，他对风情的叙述才那么自然天成。可以说，他是在海风里诗意地栖居。

　　随着社会的发展，本该随着进步的文学却总是不能如意，文人越来越脱离生活，许多文学都是在象牙塔里向壁虚造的结果。近几年来，反映生活本真和原汁原味的东西越来越受到人们的青睐，这既是文学的回归，也是人们关心生活、关心自然的人文精神的回归。《海边纪事》就是这样一本让你可读而难以割舍的书。通过这本书，也许你会了解到很多你想知道而你曾经不知道的趣事和风情。

原载 2008 年 8 月 28 日《光明日报》

困境突围中的心灵之殇

——读李惊涛长篇小说《兄弟故事》

蔡骥鸣

近日,北京十月文艺出版社推出李惊涛的长篇小说《兄弟故事》,以"千里江陵一日还"的流畅文风和气势,以大板块结构相碰撞所激起的矛盾和冲突,向我们展示了文家五兄弟曲折跌宕的命运走势和在困境突围中的心灵之殇。这是一曲为命运壮行的悲歌,也是一炉为心灵淬火的烈焰。

《兄弟故事》以扑朔迷离的文翰真伪发端,向读者预设了一个曾有着古典门风、书香濡染的文家五兄弟难猜难解、波诡云谲、复杂难料的命数迷局。老大文翰迷失于婚姻,老二文雄战败于商场,老三文峰恪守于官道,老四文思隐忍于文坛,老五文达获罪于冒险。在他们的人生中,每个人都带着桀骜的血性和气质,每个人都有着不同凡响甚至是惊世骇俗的创造才情,每个人都有着常人难以理喻的乖张行为。在他们相同的遗传精神内核下,从同一屋檐下走出的五兄弟,向我们扇形般地铺开五条道路,这五条道路像五根利刃般的扇骨,被世俗、社会那薄薄的纸鞘套住,吞锋纳锐,以致芒气暗息。

老大文翰对待婚姻的方式是先忠后弃,先纯后乱,先迷后失。他毫不顾及家人对那个像一泓清水般纯净、高贵而典雅的奚洁留下的美好印象,而执意选择那个在艺术上知音、像麦子一样平实而很难为人所接受的甄琪。而后又意欲抛却了无生气的婚姻,以致远走他乡,不知所终。文翰的选择表现了知识分子偏执的个性因子、我行我素的自我精神以及终将迷失的悲剧定势。老二文雄以恃才逞强的脾性和行为在商场里有时潇洒从容、游刃有余，有时败走麦城、悲壮激烈，充分彰显了在杀伐重重的商场中人性的残酷和社会销金蚀银的力度。文达的冒险求索展示了人在与社会不规则的游戏中必将得到不规则的回应。他的失败并不是命中注定的，却是在社会轨道上运行的一个必然结果。换位来看，他其实是某一特定社会历史时期社会经济探索的实验品和牺牲品。老三文峰和老四文思虽然一个在官场，一个在文坛，但苟且偏安、委曲求全的本质却是相同的。只是在官场的自然就沾染上一丝冷酷的官气，在文坛的就多一丝柔弱的善心。两兄弟个性的折服和变异是在对生活的渴望和重负的相互挤压下所呈现出来的正常态势。文思漂泊寻觅文翰的尾声与其说没有给读者的期待画一个圆满的句号，毋宁说至终也没有让文家五兄弟疲惫和漂浮的身心找到一个安身之所。这正是兄弟故事的悲情所在：已经有了开始，却仍然难以结束。

我始终认为，长篇小说的成功与否，关键在于叙事和结构。叙事的语言影响着人物的刻画和环境的描摹，叙事的速度影响着小说的节奏和韵律，叙事的张力是风格和魅力的成因所在。《兄弟故事》的成功还在于他运用了一种新颖的叙事模式。他的叙事语言简练如三秋之树，绝少矫情的渲染和细致的拟写，更接近于一种急迫的、粗粝的述说，他似乎想尽快带领读者更直接地接近事物的本体，让我们无须廓清枝叶的障眼而直击故事发展的主干。快速的叙事节奏让我们始终围绕人物的命运而绷紧神经，没有留下张弛的余地和调匀呼吸的机会。故事的张力即来源于这种还原故事、人物与命运的本真样态和情景的讲述方式，从而在不长的尺寸里拉扯开那么一个绵长的话题。在结构上，《兄弟故事》采取了板块似的拼接结构，每个部分都在相对独立地叙写某一命运的主体，板块之间的联结并不靠边缘的接壤，而是利用父亲的寿宴、我的叙说和感受作为河流般的贯穿，使五兄弟的故事互相呼应，成为一个互相交织、彼此关照的整体。

《兄弟故事》是一股潜藏着阳刚之气的落叶秋风，也是一曲为个性和命运而拨断琴弦的悲情绝唱。你我他，咱的兄弟们，都曾经或将会感同身受这一命运的棋局。

原载《江苏作家》2007年第5期

甘将赤子心　献给连云港

——读陈圣余《海客谈瀛洲》

马永娟　笔名娟子。二级作家。江苏省作家协会会员，连云港市散文学会副会长。著有散文集《为自己点支烟》《如是藤花落》《旗袍女人》《林间物语》等。《水韵深处一座城》《岸上的老船》《开镰》《舌尖上的潜伏》等多篇（首）散文、诗歌、杂文获奖。

本土诗人陈圣余先生在《云台山一百年》《听雨楼诗稿》《连云港方言俗语》《墟沟概览》《陈圣余诗词选》即将结集刊印为《海客谈瀛洲》之际，嘱我写点文字，我内心惶恐。先生学养深厚，从文化的视角发掘、追踪、探寻本土文化的起源以及发展过程，将家乡的山海地理、历史文化、风土人情等尽收笔端，传递出浓浓的人文精神、家国情怀和故土情结。赤子之心，至真至诚。从大处说，可以提炼连云港城市文化传承基因和文化符号；从小处说，可以提升我以及如我一样的港城人对家乡历史的认知、诗词歌赋的熏陶以及对人生哲学性的思考。学识浅陋如我，实在不敢置喙。

好在之前有三位专家做了专业解读，让我若有所悟。一位是王君敏先生。他说，陈先生的诗歌，有一种鲜嫩嫩、活泼泼赏心悦目的感觉。就《听雨楼诗稿》而言，题材广泛，意象独特，体裁多样，不拘形式。如风俗画，有山水田园，有乡土民俗，有社情民意；如历史画卷，有个人成长史，有家乡变化史，有社会发展史；如功夫片，有生活功法，有艺术功法，有修心功法。陈先生善于从现实生活中汲取新鲜题材，巧妙地熔铸口语俗语，让人耳目一新。"人逢义重多相许，语透机深勿与谋""虽然爱领导，更要爱人民""朽木不知天下计，至今犹自惜康梁""休将热脸抚凉腚，只怕人心碰马蹄""休夸政绩呈佳句，且为寒民献赤心"等等，词句清新自然，既质朴真诚，又高蹈清扬。

另两位是李德深教授和陈凤桐先生。他们说，陈先生系列丛书第一部《云台山一百年》诗集（及其所附《听雨楼诗稿》），赓续清末明初本市朝阳乡诗人张百川的《云台导游诗钞》，成为本土诗人以平生主要精力描写咏赞云台山的双璧之作，有不可否认的文史价值。《云台山一百年》按张百川先生当年游历的顺序，以旧体诗为主要形式，间以白话文简述，介绍了云台山的历史和百年间的变化及其传说掌故。加之以亲身的游历、实地的考察和史实的研究，使得全书不仅可以充当当前云台山全景导游图，还能激发读者爱乡、赞乡乃至引起离乡游子无比恋乡的乡愁。140余个村庄，250多个景点全部赋以时代新貌，字里行间流淌着赤子真情。一本在手，山海幽奇跃然纸上，古往今来了然于胸。诗作合辙押韵，形象生动，韵味绵长。读来仿佛穿越在过去、现在与未来之间，特别是对港城改革开放四十年来取得的新成就以及新气象有了更加直观、更加深切的感受。

方言俗语是一个地方的人文密码，深藏着当地的水土风物人情。陈先生的《连云港方言俗语》收集了6000多条连云港方言、俗语，"早起三光，迟起三慌""大棒糊冻绿豆打，老咸菜就蟹渣""好底好帮纳好鞋，好爷好娘生好孩"等等，或言简意赅，寓意深刻；或比喻形象，幽默风趣；或雅意俚说，感染力强，充满浓郁的连云港地方气息，既为研究本土方言学做出贡献，又为研究《西游记》《镜花缘》等涉及本土方言的文学名著提供了资料，引发多角度深入探讨的方向。

《墟沟概览》专门研究本土文化，其历史渊源、地理沿革、文化传播、人文信息等方面的学术价值显得更高，既开辟了连云港市乡镇研究的先河，又触发了港城学者热爱故乡、悉心研究探讨的激情，是一部富有特色、功底深厚而又具有现实意义的专著。

《陈圣余诗词选》分旧体诗词选、现代诗选和灯盏岩草谈三个部分，皆言之有物，有感而发。或如春花弄月，摇曳生姿；或如大江东去，一泻千里。咀嚼玩味，余韵悠悠。

在复述的过程中，我不敢说百分百还原、理解了他们的表述，但透过他们的表述，再回首《海客谈瀛洲》，我感受到陈先生与诗人艾青一样的"为什么我的眼里常含泪水？因为我对这土地爱得深沉"的爱家乡爱祖国的情感。家乡故土是生活的根，是我们心灵的源头和情感的活水。陈先生是土生土长的连云港人，连云港是他诗意栖居地。这里素有"东海名郡""淮海东来第一城"之称，独特的山海风貌，深厚的文化底蕴滋养着这方水土这方人。精卫填海、女娲补天、鲧殛羽山、舜葬苍梧等古代神话流传久远；将军崖岩画、孔望山摩崖石刻留下了先民生活的足迹；孔子登山望海、二疏辞官归乡、石曼卿饮酒读书；还有李白、苏轼、李清照、辛弃疾等诗词大家都与连云港这片神奇的土地有着不解之缘。《镜花缘》《西游记》名闻遐迩，《红楼梦》《金瓶梅》等名著也与这里有着千丝万缕的联系。东夷文化、海洋文化、徐福文化、西游文化、淮盐文化、陆桥文化，文脉相承，交会交融。山海文化滋养出的港城人既有山的沉稳、敦厚，也有海的博大、包容，"云台十八村，村村出贤人"，古往今来，乡贤赓续，人才辈出。从小生活在这样环境里的陈圣余，深受传统文化浸淫，以修齐治平为人生理想。他做过土木建筑、企业管理、企业管理咨询诊断、机械制图、金属切削工艺、技术测量、古典榫卯家具制作、房地产业等行业。无论工作多么繁忙，爱学习善思考的他，每天都坚持读书。经史子集，野史杂谈，无不涉猎。特别是对自幼喜爱的古诗词，读读写写从未间断。作为一名有着强烈家国情怀、人文精神的乡土诗人、学者，家事国事天下事事事关心，民生民意民情件件关注。他以朴实细腻的诗心，勾勒生活点滴，倾诉人生境遇，讲述家乡文史，记录时代变迁，挖掘传统文化的时代价值，抒发作为连云港人的乡愁。读他的诗词，或如沐山野清风，或如观大潮涌动，每每唤起人广阔而丰饶的记忆与联想。

"望得见山水，记得住乡愁"是一个城市发展的新标志。乡愁是中国人自古就有的一种对生我养我的那土那人的知恩、感恩、报恩的情怀，是五千年文明得以传承的根本载体。记住乡愁离不开对传统文化的自觉和自省，而自觉自省的前提是对传统文化的认知和积累。陈先生博览群书，甘守寂寞，淡泊名利，一边读书，一边访游考证，走遍了家乡的山山水水，且笔耕不辍，完成皇皇巨著。洋洋洒洒二百万言的背后，是他心血的凝结，更是一个心系乡梓的乡土文人学者的文化自觉和责任担当。他在《云台山一百年》自序中说，他写诗无功利之心，只有两个心愿：一是为传承古典诗词做块垫脚砖；二是记载家乡变化，为宣传家乡做点小事。这是他自谦。拥有潜能无限的地方文化的连云港，有陈圣余这样一些致力地方文化研究与传播的人，文化的发展与繁荣便有了期待。作为"50后"，陈先生不管是为人为文，都带有明显的传统知识分子特征，有独善其身的定力，也有兼济天下的胸襟。有书卷气，又勤于思考，往往能从日常生活的普通经验中，得出某种具有一定高度的抽象，而这种来自具体的抽象，又从高处汲取天光云影，重新返回，与低处的生活再次遇合，生成新的理念。

一部《海客谈瀛洲》，上千首诗词，有写实，有浪漫，有豪放，有婉约，有唐风，有宋韵，有微观，有宏观，有俯视，有仰视，有入世，有出世……字里行间，不但透露出浓烈的乡愁，更展现了诗人对人生的思考和对理想的追求。一部《海客谈瀛洲》，从家乡出发，向家乡的山水人文汲取养分，然后回归家乡，反哺家乡文化。当再次出发时，因为家乡给予的滋养，会更好地传承地方文化和文化精神，唤起并进一步激发人们对家乡、对家乡优秀乡土文化的热爱、继承和发扬光大的热情。

一个诗人最好的诗学证明就是其诗歌本身。或许陈先生"瘦骨犹能响，浮名安可讲。甘将赤子心，献给连云港"的诗句，是对《海客谈瀛洲》系列丛书最好的注解。

原载 2019 年 6 月 3 日《连云港日报》

生活无处不飞歌

——读庞涛新诗集《逝水流年》

徐学鸿 1968年出生，盐城阜宁人，文学博士，江苏省作家协会会员，江苏省文艺评论家协会会员。在《中国小说研究》《电影文学》《求索》《作家》《兰州学刊》等杂志发表评论多篇。

翻阅着散发油墨清香的诗集《逝水流年》，我深深地被赣榆籍诗人庞涛纯真的诗情所感染。一首首诗歌犹如一朵朵含苞欲放的蓓蕾，令人神清气爽，赏心悦目。诗集由江苏凤凰文艺出版社出版，分为"思想的讴歌""自然的踏歌""生活的赞歌""工作的颂歌""古典的雅歌"五辑，共收录他历年来创作的诗歌一百四十余首。

初识庞涛，是在两年前连云港市美学协会的筹备会议上。微胖的身材，中等的个儿，浑身透露着干练和阳光。随着连云港市美学协会的成立和相关活动的开展，我对他的了解也逐渐加深，他在银行工作，为人热忱，才华横溢，业余时间爱好写作。

提起银行，我想到的是响个不停的点钞机，形形式式的存取单据，枯燥无味的金融报表……庞涛的工作性质似乎与诗不相关，但是在这种看似忙忙碌碌、刻板单调的工作背后，庞涛却发现了银行工作之美，并用诗歌将银行工作之美淋漓尽致地表现了出来。诗集《逝水流年》中很多篇幅展示出银行人为国理财、为民服务的高洁情怀和博大爱心。他感觉与他一样的银行基层主管，敬业成为习惯，奉献也是家常便饭，但对事业执着的融入和投入，让他们这些主管们充实着每一天，收获着每一天，快乐着每一天。他在诗歌《每一天——一个银行基层主管的履职感悟》中写道："每一天／您用紧张和繁忙把黎明和夕阳丈量／只有深夜回家的夜露／才知道您那日复一日追求和梦想。"该诗荣获中国银行总行诗歌征文大赛二等奖。面对金融业的信用扩张，虚拟经济膨胀，互联网金融的异军突起，物联网、云计算、大数据、人工智能和区块链等技术在金融领域的应用拓宽，银行必须与时俱进地进行战略调整，才能适应时代发展的步伐。庞涛认为"观念不变原地转，观念一变天地宽"，作为金融单位只有推进实现转型，才能迈上发展的新平台。在《说转型》一诗中，庞涛写道："不再重现你昔日的容颜／一切似乎都在改变／用春的眼神／看不到冬的火焰／不再重复你历史的经验／一切似乎都在改变／用后面的脚印／量不出未来的长远／创新萌生在否定的土壤里／进步在创新中演变。"银行基层网点的员工工作十分辛苦，但是她们任劳任怨，以其高效、优质的服务誉满全球，庞涛情不自禁地用诗为她们点赞，在《一个女孩——写给一位全国文优服务标兵》中写道："嗨／女孩／踩着时尚的浪尖走来／灿烂的笑容能把一切冷漠掩埋／风一样的节奏／火一样的胸怀／花一样的可爱／美的感觉说不明白／难忘才是你服务的风采。"面对十多家银行参加太阳雨上市21.5亿募集资金托管竞标，他所在的中行连云港分行营业部争揽成功，把不可能变为可能，把同样的事情做得与别人不一样，庞涛激情创作了《我们就应当这样》："我们就应当这样／让寂寞的心儿歌唱／让平凡的日子发亮／让前进的步履铿锵／让激情燃烧起来／同样的事情可以做得与别人不一样／我们就应当这样。"

  银行业可谓是最先感受时代发展脉搏或者说领跑时代发展的朝阳行业。长期在银行工作的庞涛有着比常人对新生事物更敏锐的感知，大量的新生事物出现在他的诗歌里，不少诗歌十分的前卫和现代，如前言《心中的"@"》《江南style》《刷屏》等等。从这一意义上说，庞涛的诗歌具有十分鲜明的时代印迹，这也从一个侧面反映出庞涛具有驾驭诗歌语言的能力和水平。

  明末清初的文学家王夫之在《唐诗评选》说"身之所历，目之所见，是铁门限"，认为诗人的亲身经历是诗歌创作的根基。庞涛生于20世纪60年代后期，吃过苦，当过师范老师，在20世纪90年代初期从事于金融行业，历任中国银行连云港支行、苏州银行连云港分行办公室主任、部门总经理、支行行长等职，现任苏州分行零售银行连云港区域总裁。丰富的人生阅历，敬业的工作精神，加之深厚的传统教育学养，使得庞涛的诗歌弥漫着浓浓的家国情怀。这在《宝岛情歌》《云台山抒怀》《美丽中国》等诗中都有所体现。

在市场经济的巨大冲击下，在商业利润的无情碾压下，传统神圣的文学殿堂逐渐地坍塌，诗歌与其他文学一样也日益式微，但庞涛仍默默地坚守着诗歌创作，且将工作的激情化为炙热的诗行，而一行行流露着心声的诗行又锻造着他对事业的坚守与忠实，工作与诗歌创作成了他生活中相互支撑的两个重要方面，正如他在诗集的后记中所说："可以说每一首诗都是我生活、工作中的一个部分，或者一个故事，大都是对我人生深度体验的一次升华和总结。每一首诗都是我发自心灵的自由歌唱。它有时间的刻度、情感的温度、思想的深度、追求的高度和拼搏的强度。"

又翻看一遍庞涛新诗集《逝水流年》，我的心突然一动，真的，生活不只是眼前的苟且，还有诗和远方。

向诗意盎然的银行人致敬！

原载2019年4月15日《连云港日报》

以英雄之名，铭记英雄

——评吕剧现代戏《英雄之铭》

孔 灏 1968年出生，中国作家协会会员，江苏省评论家协会理事，连云港市评协主席、作协副主席。著有诗歌和随笔集六部，作品入选高中语文教辅书和多省市高考模拟试卷作文材料。参加诗刊社第22届青春诗会，获华文青年诗人奖、紫金山文学奖等。

2018年8月，习总书记在全国宣传思想工作会议上强调指出："要广泛开展先进模范学习宣传活动，营造崇尚英雄、学习英雄、捍卫英雄、关爱英雄的浓厚氛围。"但是，何为英雄？当某些国人把登上美国《时代周刊》封面人物作为"成功"的唯一标准时，"英雄"的内涵，注定受到了严峻的挑战。因此，为"英雄"正名，唱响新时代的英雄赞歌，培塑新时代的英雄形象，为实现中华民族伟大复兴凝聚精气神、传播正能量，是新时代广大文艺工作者的神圣职责和光荣使命。2018年江苏紫金文化艺术节期间，由孙灯、李利宏编剧，李利宏导演，盖勇、吕淑娥、许素平、陈阵等主演，王铁作曲的吕剧现代戏《英雄之铭》在南京成功首演，这无疑是一部以"英雄"之名来歌颂英雄、铭记英雄的优秀剧目。

该剧以我国当代著名版画家彦涵在抗日战争、解放战争和中华人民共和国成立三个重要节点的革命经历为背景，以剧中人物的思想和情感变化以及主人公在革命和艺术之路上的追求作为描述事件，刻画了英雄的群像，再现了英雄的成长，记录了英雄的心路，展示了英雄的力量，谱写了一出感人至深的时代大戏，塑造了一群形象鲜活的人民英雄，主题突出，特色鲜明。

一、"大""小"互文，讲好英雄故事

真实的彦涵，22岁时即徒步十一天投奔延安参加革命。他抗战时期的代表作、16幅经典木刻《狼牙山五壮士》，经周恩来同志交给美国友人由美国《生活》杂志社出版，在远东战场上的美国士兵人手一册。画作中表现中国军人誓死抗战的精神，对全世界反法西斯战场都起到了极大的鼓舞作用。他解放战争时期的代表作品《胜利渡长江》，即是"人民英雄纪念碑"底座上八幅大型浮雕中的最后一幅。这样一位革命画家，与他所处的那个时代成千上万的英雄们，都有着相似的革命经历。那么，如何在严谨的"三一律"规范中讲好他的英雄故事？这，对于这一剧目的主创人员而言，无疑是一种挑战，同时也是一种机遇。

（一）"大"处着眼，在历史中叙事，再现英雄的成长

全剧共七场，分别讲述了彦涵摔碗、"小太行"牺牲、为马大娘画"小太行"、彦涵自责、拜别马大娘、雕刻《狼牙山五壮士》和创作《胜利渡长江》七个故事，这些，也正是在中国革命重要节点的大背景下，讲述了彦涵在人民军队里的成长历程：刚到部队里来的青年画家彦涵，认为群众不懂他的"高雅艺术"，气得他无心吃饭；战士"小太行"为了保护他而壮烈牺牲，让他在血与火的考验中明白了真正的艺术从来都须要有生命、有灵魂；当他为马大娘画"小太行"时，他唱："我看见满脸稚气真善美，他是咱八路军中小精灵！猛然间阳光洒满画纸上，长夜里革命者渴望光明。画出这鲜活的年轻生命，画出我心中的抗日英雄！"此时，画家彦涵正在成长；彦涵自责的一场戏，是英雄成长的关键时刻："小战士牺牲英勇悲壮，我心中留下了一块伤！总想起他为我把炮弹挡，总想起白发苍苍的老大娘。虽说我为他画出一幅肖像，心中的苦涩只有自己品尝。我画不出他的倔强，我画不出他的阳光。我画不出他一声声叫我首长，我画不出他为我端来的饭菜香。无尽的愧疚悔恨难言讲，心头悲也只能深深埋藏！"关于人民、关于英雄、关于革命、关于艺术，他有了更加清醒

而正确的认识；雕刻《狼牙山五壮士》和创作《胜利渡长江》时的彦涵，则完全成长为一名铭记英雄的革命画家，同时，也是一位铭记历史的革命英雄。通过上述七个故事，《英雄之铭》以宏大叙事的角度完成了下面的结论：人民培养了英雄，激励了英雄；革命锻造了英雄，成就了英雄；历史铭记了英雄，英雄铭记了历史。

（二）"小"处入手，用细节来刻画，还原英雄的日常

现代美学家朱光潜先生指出："敬贤向上是人类心灵中最宝贵的一点光焰，个人能上进，社会能改良，文化能进展，都全靠有它的烛照，常提醒我们人性尊严的意识，将我们提升到高贵境界。崇拜英雄，就是崇拜他所持有的道德价值。"如果去除了道德价值和英雄行为，英雄在日常中，同样也是有血有肉有情感的平常人。吕剧现代戏《英雄之铭》中，注重用细节来刻画人物，既还原了英雄的日常，又使该剧更加真实感人。在第一场中，彦涵因为群众不懂他的"高雅艺术"而气得无心吃饭，在与送饭的"小太行"推挡时，把"小太行"手里的饭菜打翻在地，碗也摔得碎粉。这时，彦涵的妻子白炎过去蹲下身，把撒在地上的饭菜仔细地捡起来放在盘子里。于是，彦涵也蹲下身跟着一起捡地上的粮食：两个人同时看见一块碎饼，同时伸出手去捡，彦涵先捡到了，两人对视一笑。彦涵拿起一看，碎饼上沾了脏东西，他抬手要扔，却被白炎一把抓住了，把碎饼从他手里拿过来，小心地用指甲抠了抠上面的脏东西，对着彦涵莞尔一笑，然后放进嘴里吃了。这个场景的安排，既反映了彦涵的夫妻恩爱，也让观众看到了一个可信的"有缺点的英雄"。

实际上，剧中细节的刻画不仅仅还原了英雄的日常，而且还以其深刻的象征意义进一步推动了剧情的发展，描写了人物的心路历程。仍以前述第一场戏为例彦涵赌气不吃饭这个情节，可以视为这是一种象征，象征了彼时的他，拒绝从人民和生活的精神食粮里汲取营养来丰富自己创作。正因如此，所以，同场剧中才会有这样一幕：

　　小太行：我哥说了，这回，我要亲自看着彦涵老师把饭菜吃完，才能回去。

　　彦涵：你——你们——！把我当饭桶了？故意嘲笑我的是不是？

这一路上，我被老百姓嘲笑得还不够吗？

白炎急忙上前劝解：彦涵，你误会了，大家是怕你不吃饭，身体受不了，特意叫小太行把饭菜给你端过来，都是关心你啊！

彦涵：我不用谁来关心！我是一个画家，我只需要关心我的作品！

白炎：大家也关心你的作品啊。

一句"大家也关心你的作品啊"，同样也是一种象征：既象征了人民和生活，都需要艺术；也象征了只有人民和生活，才能够培养出革命的艺术家。这是《英雄之铭》的创作美学，也是人民和生活的创作美学！

二、"虚""实"共见，树好英雄形象

传统戏曲的形式如何表现主旋律的革命题材？如何既让舞台呈现完整又让英雄形象显得高大？《英雄之铭》在"虚""实"共见，树好英雄形象方面，做出了有益的探索。

（一）实写英雄的战斗与生活，虚写英雄的情怀与境界

"一个有希望的民族不能没有英雄，一个有前途的国家不能没有先锋。"《英雄之铭》成功地刻画了一系列的英雄形象：有战士英雄，百姓英雄，革命的画家英雄……他们有的为掩护战友光荣牺牲；有的为坚守阵地不惜与敌人同归于尽；有的为革命军队送了长子送次子，送完了孩子自己上前线为子弟兵运送物资；有的在血与火的考验中得到了锻炼，终于走出了所谓艺术的象牙塔而成长为英雄的革命画家。这一切，《英雄之铭》或者用强烈的戏剧冲突予以表现，或者用个性化、形象化的语言来准确地表达人物的思想特征，让观众闻其声而知其人，明其心。如战士"小太行"问："彦涵老师，这箱子里不都是你的画吗？怎么你把它看得比自己的命还金贵啊？"彦涵回答说："我的这些木刻作品啊，就像你手里的枪，它是我手里的枪！明白吗？"这些场景和对话的设置看似实写英雄的战斗与生活，但是，英雄的情怀与境界，却在这些舞台呈现中都得到了充分的体现。

（二）正面表现，树立英雄高大形象；多种手段，更为英雄追根溯源

吕剧作为国家级非物质文化遗产，是中国八大戏曲剧种之一、山东最具代表性的地方剧种，扎根东海已近60年。东海吕剧团是全国除山东以外唯一的吕剧专业表演团体，并被授予江苏省省级吕剧传承基地称号。而《英雄之铭》的主人公彦涵，正是在东海县土生土长、长大之后参加革命而成长起来的英雄画家。本土的吕剧表演艺术家表演本土剧种，传唱本土英雄，唱戏的人和被唱的人加上所唱的曲目，这种组合本身就是一出"好戏"。这样，一方面，正面表现，树立英雄高大形象；另一方面，以多种手段，更为英雄追根溯源，自然也是这出"好戏"的题中应有之义。

首先，在戏曲的表现形式上，剧中主要人物的身段和表演借鉴了话剧的直观性、综合性、对话性等表现手法和革命样板戏的身段特点。如"彦涵"在表达苦闷、痛楚、内疚、顿悟、激扬、豪迈等情绪时的肢体语言，既有话剧表演中所谓的生活化、合理化，又有超越传统戏曲表演程式的奔放和洒脱。

其次，此剧注重借助灯光及屏幕，配合剧情，将彦涵不同时期的代表作展现在观众面前，让观众去品味画中人、画中事和画中思想，实现了在演出现场的情画交融、情景交融，完成了演出人员与观众在心灵上的双向互动。这种多媒体与实景图画相结合的手法，烘托了现场的气氛，突显了时代感和"在场感"，使观众在完美的互动和强烈的律动中，不断地产生震撼，从而也不断地为观众带来视觉上的审美享受。同时，《英雄之铭》在舞美设计上，更多地吸收东海版画的艺术元素，大胆借助版画的色彩来处理本剧中的太行山脉、老区茅屋、人民英雄纪念碑浮雕等背景，彰显了刀刻版画在板块和线条勾勒上的主要特点，为本剧增添了大量的视觉亮点。这种大写意的舞台风格，既有利于呈现人物的内心世界和情感抒发，提升《英雄之铭》的美学理念；又为革命画家彦涵在革命和艺术上的成长史理清了源流，追溯了根本。

三、"明""暗"相谐，唱好英雄赞歌

戏剧由于受到舞台空间和舞台时间的严格限制，所以，必须通过对情节的合理安排和有机组织来组织戏剧结构，才能解决好有限的舞台时空与无限的生活之间的矛盾。明代戏曲理论家王骥德论戏曲结构，强调"贵剪裁，贵锻炼"，

而对于情节的剪裁和锻炼，关键在于"审轻重"，即"传中紧要处，须重著精神，极力发挥使透""若无紧要处，只管敷演，又多惹人厌憎"。为此，《英雄之铭》在表现的内容和方式上注重"明""暗"相谐，唱好英雄赞歌。

一是表现内容上的"明"与"暗"。

《英雄之铭》在表现内容上之"明"，即故事的"明"线：是一个参加革命队伍的青年画家，如何在革命中成长起来，以手中的画笔和刻刀来成功地铭记英雄；其"暗"线，则是一个手持画笔和刻刀的画家，如何在铭记英雄的过程中，成长为被人铭记的英雄。而这一"明"一"暗"两条线所揭示出来的英雄成长历程，其中贯穿着的，正是一曲曲英雄赞歌。马大娘关于"小太行"的唱段是："看我儿身长高来体强健，杀鬼子必定是冲锋在前！我的儿不会丢你爹娘的脸，若不然对娘笑得这样的甜！回家去娘给儿做你爱吃的饭，娘对儿儿对娘有多少话儿说不完。从今后娘把我儿天天看，梦里头娘也定会笑开颜。"这，是母亲对儿子的英雄赞歌。彦涵关于马大娘的唱段是："是人民的乳汁把革命滋养，能做您的儿女是我们的无上荣光！"这，是画家对人民的英雄赞歌；彦涵关于马大玉的唱段是："远望群山入云层，狼牙山是那座最高的山峰！壮士们弹尽粮绝站着死，粉身碎骨也绝不会跪着求生！"这，是战士对战士的英雄赞歌。彦涵在长江岸边的唱段是："我哭我民族解放路途艰险，我哭我共产党无数牺牲艰苦卓绝几十年！这幅画是一张张熟悉的脸，每一笔都饱含着革命历程的苦辣酸甜！忍住悲痛我把泪擦干，我要用手中刻刀画江山！这一段革命历史不容背叛，这幅画要见证革命的尊严！"这，是伟大的人民和人民子弟兵对于伟大的中国共产党和中国革命的英雄赞歌！

二是表现方式上的"明"与"暗"。

表现方式之"明"，在于继承。《英雄之铭》作为吕剧现代戏，其唱腔自然仍以板腔体为主，兼唱曲牌。四平、慢四平、快四平、反四平等主要板式和娃娃腔、莲花落等常用曲牌的声腔、旋律，优美朴实，自然流畅。

表现方式之"暗"，在于创新。此剧在音乐创作上，以传统为根基，根据不同人物的情感适用不同的音乐，来表达主人公的情绪，歌颂那个时期的英雄人物。比如，此剧中，以国歌为素材做主题音乐。开幕曲在变奏的国歌声中拉开序幕，把观众带到那个遥远而又激动人心的年代。比如，曾以一曲《二月里来》的变奏把舞蹈带入剧中，把彦涵从欢乐的音乐中带到剧中；比如，紧紧围绕着讴歌英雄人物永远向前的英勇气质，利用传统的旋法和现在的音乐旋律形成一个鲜明的对比，使彦涵的唱腔中跌宕起伏的旋法呈现出在抗日战争和解放战争中的英雄气概；又比如，马大娘和白炎的唱腔运用了吕剧的起承转合，使唱腔强弱分明，并围绕着主题音乐进行渲染，形成了"一腔多用"，无论节奏快与慢都是围绕主题音乐发展；再比如，狼牙山五壮士的背景音乐，使用了各种乐器的变奏，都是紧紧围绕音乐主题渲染，特别是第七场彦涵唱的一段"反四平"，直接利用国歌的变奏在唱腔中久久回荡，很好地阐释了全剧都在紧紧围绕着主题音乐这一主线的音乐创作思想。

  全剧最后，当激昂的音乐中响起了大合唱时，在"历史绝不容背叛，流血牺牲是尊严！英雄之铭英雄传，手中刻刀画江山"的唱段中，我们好像看到：该剧的主创者们，正集体站在观众的面前陈述着——"以英雄之名，铭记英雄；以英雄之名铭记英雄的人，最终，成为英雄！更重要的是，我们永远都需要：以英雄之名，永远铭记伟大的人民！"我们，更好像听到，习总书记那语重心长的讲话——"中华民族是崇尚英雄、成就英雄、英雄辈出的民族，和平年代同样需要英雄情怀""祖国是人民最坚实的依靠，英雄是民族最闪亮的坐标。歌唱祖国、礼赞英雄从来都是文艺创作的永恒主题，也是最动人的篇章"……

原载 2018 年《繁荣》（江苏省文联报刊）

风乎舞雩咏而归（外一篇）

——论白水先生山水诗

孔 灏

登高而赋，是文化传统，也是诗家性情。故南朝梁时刘勰的《文心雕龙·神思》有谓："登山则情满于山，观海则意溢于海；我才之多少，将与风云而并驱矣。"连云港市70后诗人白水先生（先生生于1943年，今年七十有六，乃自号"70后"也），工作之外唯以诗词创作和寄情山水自娱，足迹行遍了祖国的名山大川：曾携酒独走于铁马秋风之冀北，曾伴友同游于杏花春雨之江南，曾三上黄山，更曾五登泰山，至七十又五之年仍仅以一己之体力爬上了华山主峰，其逸兴遄飞之际，还创作出大量优美的山水诗词，终至集天下美景为皇皇巨册，汇人生阅历于字里行间，令读者一阅之下，顿生遗世之情，乃"不知有汉，无论魏晋"矣！

一、主题超拔，视野雄阔而境界全出

王国维先生《人间词话》开篇即道："词以境界为最上。有境界则自成高格，自有名句。五代、北宋之词所以独绝者在此。"然则，"有造境"，"有写境"，有"有我之境"，有"无我之境"，"故能写真景物、真感情者，谓之有境界。否则谓之无境界"。所以，对于某一首具体的诗词而言，有无"境界"，端在诗词的主题和视野。比如白水先生《清平乐·关东万里行》写："人生易老 /

莫让心衰老／踏遍青山精神好／万里风云凭眺／／老汉白发苍苍／只身北上关东／笑看长白山峰／经霜枫叶正红。"此"有我之境"也！但是，从"踏遍青山精神好，万里风云凭眺"，到"笑看长白山峰，经霜枫叶正红"，恰好是由内省，而外观，一方面是白发苍苍、目视天下，一方面却又枫叶正红、英气勃发，顿使全词之格调为之提振，动人心旌。比如其《北岳恒山》诗："百岭千峰立太行，石阶栈道浸寒霜。青松古柏烟霞里，几片闲云抱夕阳。"此"无我之境"也！但是，万千峰岭也罢，古柏烟霞也罢，因了"几片闲云"对于"夕阳"之一"抱"，顿时使无情之山河亦如有情之众生，"此间有真意，欲辨已忘言"。再如其《七十五岁登西岳华山》诗："巅峰峭壁入云端，古柏奇松浸月寒。皓首石阶登万步，苍龙岭上独凭栏。"不论是"入云端"，还是"浸月寒"，又或者"登万步"，又或者"独凭栏"，其实都是说的一句"七十五岁登华山"。但是，诗词唯如此写，才能使审美主体在与审美客体的互动之中，打通两者之间的隔膜，让"真情"成为"真景"，让"真景"成为"真情"。如此，也才能突出主题，"境界"全出。

二、意出象外，张弛有度而情怀尽现

《易传》在中国美学史上首次提出了"意""象"之说："圣人有以见天下之颐，而拟诸其形容，象其物宜，是故谓之象""象也者，像此者也""圣人立象以尽意"等等。"象"，指具体可感的形象；"意"，指思想、情意。"象生于意，故可寻象以观意"（王弼《周易略例·明象》。但是，观白水先生山水诗，却往往可见其"意"出"象"外，充分展示了汉语诗歌的诗意思维之美、诗意情怀之美。诗人写《天下第一关·剑门关》："雾黯秋深月色残，巉岩峭壁剑门寒。飞梁缘阁依天险，到此方知蜀道难。"不是"月""残"，而是"月色残"；不是"剑""寒"，而是"剑门寒"。读者自可做"炼字""炼句"看，然而说到底，却还是诗人"炼意"的功夫。诗人写《关中之关·武胜关》："鸡公山下锁咽喉，镇鄂雄关筑战楼。乱世风云烟尽处，飞驰高铁越中州。"在鸡公山下，古战楼前，那乱世云烟散尽之处，则见一列高铁飞驰而过！于是，历史的慢，时代的快，人世的沧桑，尽在短短的四行诗中。诗人写《九塞之首·雁门关》："千秋关隘立嵯峨，故道荒台战事多。雁月楼头青石板，条条垒起旧山河。"起句有如宏大叙事，二句继续正面铺陈，然到了三句，仅仅重点突出"雁月楼头"之"青石板"，为的是：正是它们，"条条垒起旧山河"！在意料之外，又在情理之中，发人深思，令人警醒。

三、思接万里，直指当下而见地真切

"诗中有画，画中有诗"是中国古代优秀山水诗的特点之一。但是，山水诗中的画意如果缺少了思想和情感的支撑，那么往往是苍白和没有感染力的。当代美学家叶朗先生说："中国古代山水画家喜欢画'远'，高远，深远，平远……同样，中国古代诗人也都喜欢登高望远，屈原、阮籍、左思、李白、杜甫都写过登高望远的诗。登高远望是为了从有限的时间空间进到无限的时间空间，从而引发一种人生感和历史感。"在洞庭湖上，诗人坦言："苍茫云梦接天河，往返渔舟锦上梭。远影君山临薄暮，夕阳轻拨洞庭波。"以地上的云梦与天上的银河相汇合，让人间的渔舟在天女的锦绣上来往穿梭，而此时，傍晚的君山正在薄暮中投下自己的倒影，那夕阳西下，也好像正在轻拨洞庭湖的清波……在峨眉山上，诗人坦言："重上峨眉赏月光，清风缕缕入松房。只缘碌碌修行少，愧对名山一炷香。"面对松间之清风，面对峨眉之佛光，诗人把自己一生的修行放在佛菩萨的慈悲智慧面前，深深地惭愧于在名山之上自己的一炷心香……在黄鹤楼上，诗人坦言："黄鹤楼台话九州，楚天纵览越千秋。历朝权贵尘埃尽，当代名人竞出头。岂任贪官财敌国，难为百姓稻粱谋。河山无限烟云里，风雨连江向晚舟。""岂任"一句，固然义正词严；可是"难为"一句，偏又义愤难当……湖上、山上、楼上，方位各有不同，可是其思接万里的情感却内在相通，同时，均能关照现实，并且见地真切，各有非常清晰的明暗之喻。

两千五百年前，大思想家、教育家孔子听几个学生谈志向，有说志在治理国政的，有说志在代表国家办理外交的，孔子听了，均不以为然。最后，他的学生曾点说，我的志向，和刚才几位同学有所不同。那就是："暮春者，春服既成，冠者五六人，童子六七人，浴乎沂，风乎舞雩，咏而归。"在那暮春时节，穿上春衣，约上五六个成人，带上六七个小孩，在沂水中游泳，在舞雩台上吹风，最后，一路唱着歌回家——这是讲，即使是非常短暂的山水游历之中，也需要有一座舞雩台，供你极目四野，供你迎风振衣。最后才能，"咏而归"。

对于白水先生而言，他的"舞雩"台可能是一座山，可能是一片海，或者可能是一幢楼，可能是一条江……但那"舞雩"台的高度却只能是他的思想、情感以及对天地人生的哲学思考和深刻感悟！如此，当生活的长风、岁月的长风或者喜怒哀乐的长风吹来时，诗人自可以"手挥五弦，目送飞鸿"，以一种永葆青春的节奏"咏而归"……

原载 2019 年 5 月《苍梧晚报》

格桑格桑，把心跳和吟唱紧贴在大地的额上
——浅说何锡联先生近作《雪域诗篇》

在藏语中，"格桑"是"幸福"的意思，"梅朵"是"花"的意思。"格桑梅朵"，是一种生长在高原上的普通花朵，茎细瓣小，看上去弱不禁风，可风愈狂，它身愈挺；雨愈打，它叶愈翠；它喜爱高原的阳光，也耐得住雪域的风寒。随着季节变换，格桑花的颜色还会转变，甚至，在藏人眼里，一般叫不出名字的野花都可以称为"格桑梅朵"……

或者，正是基于上述原因，诗人何锡联先生才会以《格桑花》作为组诗《雪域诗篇》的开篇之作？请看"你红色的花朵燃烧成八千里信仰 / 抵御着朝拜者足下的悲凉 / 你白色的花朵挽成九千条哈达 / 护佑着大山草原与河流"，在如此情境之下，"触摸你的手指我感到你在颤抖 / 走进你的怀抱我听到了你的心跳"，自然就不仅仅是一种简单的诗意的共鸣，而更是一次审美主体与审美客体之间的生命交融和心灵互通。这样，也就使得整个《雪域诗篇》意象开阔、气韵沉郁的特点鲜明地呈现出来，于是，我们仿佛已经置身于雪域高原，眼前那一大片一大片的格桑花，如一次又一次真实的心跳和一首又一首优美的吟唱，它们紧贴在大地的额头之上，用自己的坚持，抵御着尘世的沧桑。

曾有人说，西藏，是最靠近天堂的地方。那么，如何用诗歌的方式构筑自

己诗意的天堂？对于何锡联先生而言，组诗《雪域诗篇》既是一次成功的创作实践，同时也为认识和研究何先生的诗歌提供了一个全新的视角。一是"大"。这个"大"，不是某些自我感觉良好的所谓诗人故作高深玄妙，实则言之无物、大而无当之"大"，而是大气象、大境界之"大"。"当神明围坐天堂茶叙高原／当鹰在天空静静地滑翔／你还在眷念着千里之外／一路长拜的藏民"，这是悲天悯人之"大"；"它们始终用古拙低矮的身躯／抵御着高原上最强劲的暴风雪／它们弯曲瘦弱的枝条／常常是举向太阳最近的手臂"，这是胸怀朝阳之"大"；"就像那两个藏族老人／在破碎的阳光下／与我们相遇与我们合影／但在离开时没有把地址留下／没有告诉各自所去的方向"，这是在无法预知的命运面前生命和信仰的价值之"大"……凡此种种，不一而足。二是"巧"。这个"巧"，也绝非小模小样的匠气之"巧"，而是借力打力、不着痕迹的四两拨千斤之"巧"。"什么是遥远／其实就是一种向往／一种美丽与遗憾"，这样美丽而又有张力的诗句是勘破了世出世间法之后的智慧之"巧"；"如果把我的灵魂／提升到4718米的高度／提升到与你等高的湖面／你湛蓝的眼睛里／每一滴圣洁的泪珠／都会一直渗透到我的心里"，这是一个深刻自省的诗人在自然面前宛若赤子的心灵之"巧"；"今夜如果你的光芒能让我圣洁脱尘／我必将把一轮吐蕃王朝的明月／挂在雪山的峰腰／并将夜空中所有的星星／都捧到一代公主文成的眼前"，这样亦风亦雅的造境之巧还须要说得更多吗？三是"真"。诗贵情真，何先生的诗尤其如此。如果说，他的早期诗集《三月草》中体现出来的是纯洁之"真"，而他中年时期的代表作《中国男人》（组诗）体现出来是成熟之"真"，那么他近期作品《雪域诗篇》体现出来的就应该是真正洞悉了世情的本色之"真"。"他的嘴唇已干裂出一道道血痕／他的脸庞脱落着一层一层的黑皮／他的身体凝固着一块一块的瘀血／他的双腿一步比一步沉重／他手上的木屐已经磨穿／他腰上的那块兽皮已经破烂"，这是物象之"真"；"他三步磕一个长头／全身紧贴着苍凉的大地／他尽力匍匐伸展／好像要用自己的身躯／去架设通往天堂的桥梁"，这是意象之"真"；"能把明亮的阳光涂抹得那么暗淡／能把圣洁的天空变得那么忧伤／能改变鹰的姿势以及它飞行的方向／能把冰凉的雨水洒向我／并流进我的眼眶的／也只有这——高原上的暴风雨了"，这种一切景语皆情语、一切情语作景语的诗意之"真"，又何尝不是一种尘世之

"真"、俗雅兼备之"真"？

与何先生因诗结缘，相识相知多年，酒酣时也曾有过男人之间的生死之约。但是，总是各有各的工作，各忙各的生计，偶有小聚，也绝少谈诗。日前，有幸得到何兄《雪域诗篇》诗稿，一读之下，大喜过望，因以无知无畏、不避浅陋地胡扯几句。好比是在月明之夜独行，突然想起老哥来，就打个电话去问候一下，至于是不是打扰了别人的美梦或者好事，那可顾不上那么多了，愿何兄谅之。

原载2015年《连云港日报》

心灵的呼唤

——评吴德欣诗集《我的赣榆》

莫延安 1970年出生。江苏省作家协会会员,连云港市作家协会理事、赣榆区作家协会主席。在《诗刊》《中国文化报》等省级以上报刊发表文学作品400余篇(首),合著"人文赣榆"丛书《诗文荟萃》卷。

位于江苏"北大门"的赣榆,秦时置县,北纳齐鲁文礼之学,南融江淮歌赋之韵,悠久的历史传承,深厚的文化积淀,历练了勤劳朴实的赣榆人民,也濡染了文人墨客的画意诗情。纵观新世纪以来的赣榆文坛,可谓百花齐放,争奇斗艳,诗歌创作成绩斐然,令人刮目相看。吴德欣,无疑是赣榆诗歌创作的领军人物。

吴德欣,笔名吴鍱,土生土长的赣榆人。许多熟悉他的人都说他天生该是个诗人,他仿佛就是为诗歌而生的,他本身就是一首诗。的确,天生卷发垂肩、连鬓络腮胡子、望断秋水的眼神,使他具有十足的诗人气质。仿佛诗歌时刻都在磨砺他,让他饱尝生活的艰辛,俯瞰常人难以企及的风景。德欣早年随地质勘探队跋山涉水,返城后在一家国企上班,年近不惑却和妻子双双下岗。为自食其力,他先后做过北漂一族,开过打印社,搞过装潢,养过猪,创业之路坎坎坷坷,流了不少汗,吃了不少苦,收入微薄,甚至入不敷出。或许,他率真、浪漫的个性根本就不适于经营;或许,他更痴迷在诗歌的伊甸园里过自给自足的生活，以自己的诗纳凉、取暖、下酒……商海失意，诗坛得意，德欣的诗作接连在《人民文学》《诗刊》《星星》《扬子江》《北京文学》《飞天》等文学刊物发表，四度入选中国年度诗歌，获江苏文化系统新诗创作一等奖等众多奖项，被中国作家协会吸纳为会员，获评文学创作二级职称……德欣不断给人们带来惊喜，用一首首诗作把自己码起来，长成一种高度。他的纯粹、他的执着、他的坚韧，让生活的窘迫也多了几分诗意，世界，在他的眼里愈发明朗、多情、亲切起来。

"为什么我的眼里常含泪水？因为我对这土地爱得深沉……"对家乡的无比热爱、深切关注，长期以来贯穿吴德欣的文学创作。生养他的赣榆大地和赣榆人民，赋予他浓郁的诗情，也一直是他创作的主要源泉。2007年春天，怀着深深的感恩，诗情澎湃的吴德欣开始了他的百首诗篇吟咏赣榆的创作之旅。每写一首诗，他都要身临其境，深切体味。正如他所言：骑车到野外闻一闻泥土和庄稼的气息，不这样，我就不能写出一首乡土诗来。他骑着自行车遍访赣榆的山山水水，深入临港产业区等火热的建设现场采风，与各行各业的先进人物促膝谈心……披星戴月，风餐露宿。他迷过路、中过暑，时常还要面对不解者的冷嘲热讽……但他怀着对家乡的无比眷恋、对诗歌创作的不懈追求，以赤子情怀、强烈的使命感，义无反顾地风雨兼程，且行且吟，讴歌时代，歌颂人民，抒发心声！心作良田获自丰，伴着赣榆改革发展一浪高过一浪的滚滚春潮，诗集《我的赣榆》应运而生。

粗略地看，收录在这本诗集的诗作大致可分为三个部分：

一是对家园建设的诗意开掘和尽情讴歌。文学艺术来源于生活，但高于生活。这本诗集，诗人以大半的诗篇来抒写钟灵毓秀的家园和热火朝天的建设场面，关注时代精神和建设成就，关注个人深沉的情思。诗的题材，似无多少诗意，可它是沸腾的生活，是活生生的人，是真实而高贵的感情，那些诗人发掘出来的细节，包含着丰富的诗意。因此，村庄、学校、谢湖樱桃、养牛基地、新城区、经济开发区、烟草公司送货车……这些我们寻常所见的物象赫然进入了他的诗行，甚至成为一首首诗作的标题。德欣的诗视野较开阔，语言具有鲜明的特色，意境生动而纯净，字里行间饱含着对生活的深切体验和独特感悟，表现出对生活的热爱和对美好人生的强烈追求。"每棵树下／都站过劳动者的身影……每棵树都在绽放，花开有声……"(《谢湖樱桃园》)赣榆大地上的一草一木、一步一景、一人一物，那浓浓的乡情丝丝缕缕，无不自然而然地流淌于他的笔端。既不拘泥于对生活矫情的歌唱，又不沉迷于对风花雪月的低吟，更多的则是源于对生活的感触，以及对赣榆这片热土无比忠诚的热爱。如"建设篇"《柘汪临港产业区印象》："城堡一样，或者童话一般的海边，雄壮的塔吊像尊神，在与看不见的对手作战。岚山已不再神气，之间的距离似乎触手可及。"透过文字，诗人对故乡的眷恋、祈望之情跃然纸上，叩击读者的心灵。可以看出在他的眼中，现实的世界不仅有其产生的历史过程，而且还蕴藏着一种指向未来生活的力量。当然，透过字里行间，也能感觉到他似乎也在冷静地察看着身边的这片热土。在这物质与欲望汇聚之所，他也在用笔触梳理出当代文明的种种胎记。

二是对平民生活的人文关怀和心灵审视。近年来，德欣的诗歌创作愈来愈包容、愈来愈平民化，他将诗性的触角延伸到社会生活的方方面面，关注平民百姓，体察民情，为这个辞旧迎新的时代号脉。他的诗是他与赣榆大地血脉相连的脐带，他知道大地的疼痛和喜悦，许多篇什就是写亲人、朋友和自己的生活体验。比如他在"人物篇"的开篇语中所写的："从这个夜晚开始／做一个真正的诗人／靠干净的文字来养活自己／并且也养活一家老小／有种的，有骨气的／有灵气的／还有那个非常有才气的／即使卑微，也要靠勇气活出自尊"……分明就是他的自画像。再比如写赣榆乡土诗人王家宝的《钢瓶协奏曲》："我们常把话题从家宝的过去扯到他的现在／谈着他从水产公司的部门会计下岗之后／替下口村养殖户收海鲜／去湖北帮人养长江河绒蟹／去黄岛码头工地拎瓦刀／在海州湾卖煎饼，在青口附近送煤气／谈着他从坎坷里摸出了正路／谈着他写的那种诗歌走进了死胡同"……他把"心灵的自由抒写"与对人们生活、生存的深切关怀联系起来，凸显了一位平民诗人的痛切感悟和博大沉思。我们从诗行间，分明能听到他的真诚呼唤，感到他诗情澎湃的心跳，他以真挚的笔触，抒写了一种超脱和纯净的人生，营造出超脱和纯净的诗韵之美。

三是对历史人文的诗性观照和反思诘问。"诗为心声"，德欣的诗表达的不单是常规的情感，还有饱满的、非常的激情。这从他"山水篇"中的《在抗日山之巅》可见一斑："在我们的前头英勇牺牲的人／那年冬天／我和他们头挨着头睡在了一起……眼睁睁看着那些鲜红的字迹/伟大的狂草/让计较得失的人丢掉杂念";"春风拂面，梯田一层一层/抬高了我的目光/那是我们手中的麦子啊/我的乡亲们再也不用虎口夺粮了";"就看见了那面风吹雨打的战旗/被一个铁人紧紧地握着/握成了一个铁打的江山"。这是对国家、民族、历史文化和社会生活做出深刻审视后的情感喷发，是积极昂扬的精神坚守和心灵耕耘。他对社会历史展开了深入的理性思考，读来睿智清醒而又激情澎湃。而他的《在孔子相鲁会齐侯遗址处》则立足于中华文化深厚的土壤，既有"审美之维对生活的个性化观照"，又表现出了一种精神守护者承载着社会责任感的诗性开掘。"我们倚着石碑拍照/坐在一根歪倒的朴树上聊天/谈于丹和《论语》/说一些读书人的治学和抱负。"他审视社会生活历史，诘问历史与反思现实，从中开掘出不屈不挠的精神韧性和苍凉悲壮的审美意境。

橘生淮南则为橘，生于淮北则为枳，一方水土养育一方人。德欣的诗最大特点是质朴、自然，不卖弄文字技巧，没有一点脂粉气。他关注平民原生态，重写实，少抒发，让抒写的人和事与读者默然交流，产生共鸣。他让诗歌回归自然，贴近民众，关心民生，关注社会，观照历史，温暖心灵……他从来都在用眼睛、用心灵、用血和泪吟唱，总是怀着一份责任感，下意识地从文化关怀的角度去关照自然和人生，触摸生活的底蕴，歌咏真性情，诉说土地上人们对于梦想的追求、对故乡的苦恋和对生命的追问。他把自己的理想、人格、痛苦、欢乐、激情和惆怅，都和盘托出，万缕情丝交织成真善美的和声，怎能不让人怦然心动？

"情感的独白""灵魂与情感的双重拷问"等等对诗意、诗性、诗美的理解，是"从文化的源头喷涌而来，从哲学的峰峦喷涌而来"，形成了吴德欣的精神诉求与审美流向的基本因由，应该说是诗人艺术风格渐臻成熟的表现。当然还有着诸多问题须要我们共同探讨，比如在诗歌更具包容性和倡导"心灵自由"的同时，能不能更多注意对历史与现实内容的深刻观照，推出历史和心灵、情感和责任融为一体的力作？诗歌，能不能将自我性灵的视野拓展开来，以其冷峻、严厉的目光去烛照现实生活的诸多表象，给社会和人们提供正义与良知的情感批判？

有人说，诗歌是属于农耕文明的，属于田园牧歌、晨钟暮鼓。而今，数字化时代的现代生存方式将会使诗歌失去美丽的背景幕布。诗只是一种指向，一种高度，这些哲学的释言穿越世俗的烟尘温暖人间，这些纯粹的感觉帮助我们脱离烦琐与困顿，迎接生命中被迷失已久的感动。我们须要用诗来抚慰心灵，透过表层深入内里感受生活的美好；须要用诗的智慧来感受历史，鼓舞力量，放飞梦想。

如此，诗人吴德欣，也让我们情不自禁地从心底涌起更多的期待！

原载《江苏作家》2018 年第 5 期

人间烟火里的爱与暖

——邵世新散文集《生命中那些柔软的慰藉》读后

徐　凝　1973年出生，江苏赣榆人，自由职业者，江苏省作家协会会员。有诗文见于《诗歌月刊》《散文诗》《绿风》《黄河文学》《短篇小说》《都市》等。

　　与邵世新相识缘于一本杂志。二十二年前一个深秋的下午，我还是本地一所商业类学校的学生，看到县报上刊有一本杂志的目录，里面有一篇是我的朋友写的，于是专门跑到报社打听哪儿能看到这本杂志。杂志没有找到，编辑却引荐了来投稿的邵世新。他为人热情，当即邀请我到他家坐坐，说好像家里就有我要找的那本杂志。在他家里，真的找到了那本杂志，并赠我留存，我们也从此开始交往至今。

　　那时，我对于文学还只是爱好，极少进行实质性的创作，但是对于本地经常在报刊发表作品的作者名字都很熟悉，邵世新是较为熟悉的一位。这么多年来，他的文章我也读了很多，所以，当他前几日把新近出版的散文集《生命中那些柔软的慰藉》送于我时，展卷读来，每一篇每一句，竟是那么的亲切，里面有一些较早的篇章，让我有一种故友重逢般的感觉，那是属于邵世新文章的特有的味道，是我熟悉的味道，这种味道，虽经岁月变换，却是历久弥新。

　　散文的写法多种多样，邵世新多从生活记事类入手，极少纯抒情性的描写。收入这本集子里的文章分五辑，共有160余篇，虽是他整个创作历程之中的一小部分，但是足以代表他的写作风格和文学成就。

邵世新的散文篇幅都不长，每篇千字左右，这就避免了冗长拖沓的叙述，使得他的文字干净利落，读者阅读起来也感觉很畅快。篇幅的短小并没有造成他选取题材的难度，反而是更加的广泛。他的文字以关注身边生活、平凡人物为主，给较大范围内的社会底层中所谓的弱势群体以一种悲悯的情怀。如修车的老人、做沙发套的小刘、坐在楼梯上的老太太、打井的人、男祥林嫂、收废品的老程、长相像父亲的人、矿井司机、搬迁的民工……他们走进了作者的视野，一举一动、一言一行被作者捕捉到了，然后被写成了文字。在这些文字中，作者没有刻意地"挖掘"太多，甚至就是白描式的描写，读来却那么的感人至深。

做到这一点的原因是一个"情"字，作者有真情，一字一句、一段一篇都是用真情在写作，而非毫无内容的歌咏和感叹。贾平凹曾说："散文在有了最真挚的感情作为最起码的要求之后，它是再无要求的，不要企图自己的作品要改变世界，也不要企图自己的作品要塑造出自己是作家的形象。"（《黄宏地散文集·序》）是的，作者没有以居高临下、超然物外的姿态去描写，他的真情是发自内心而又融入现实的互通式的接触和理解，作者没有让他笔下的人物成为孤立的"他"，而一直是"我们"。

真情实感，是邵世新散文创作获得人们认可和好评的地方，这种写作态度对于作者是必需的，让读者也心生钦敬。孙犁说过："散文短小，当然也有所谓布局谋篇，但我以为，作者如确有深刻感触，不言不快，直抒胸臆即可，是不用过多的构思设想的。……散文之作，一触即发。真情实感，是构思不来的。"（《关于散文创作的答问》）作者在撷取生活中点滴场景的时候，不是刻意的，即抛开了"摆拍"式的苍白，这些写进他文字的生活的人与事是有温度的。

在诸多的篇章中，我们当然会很容易感受到邵世新文字里的真情，从而被感动，心生一种暖意。如《坐在楼梯上的老太太》一文，作者在讲述完这个生活小场景之后，末尾一句写道："我知道，妈妈要是活着，也该是这个年纪了。"又如《收废品的老程》最后写道："结完账，老程临走，向我连连致谢。看他的手势，本来是想和我握一下手的，可他看到自己满手的灰尘，不好意思地又缩了回去,只冲我点了点头。"全文便戛然而止,再无别的废话。再如《给岳母找"活"干》最后说:"岳母这次在我家过的时间最长,到现在都没有要回去的意思。"每每读到诸如此类的句子,都觉得韵味无穷,意蕴悠长。

在平凡的生活中感受不一样的人生,在人生的历程中体现生命的力量,无论是相识相遇的他人,还是同沐风雨的亲人,每一份真情都来自于一个"爱"字。拥有一颗对生活、对人生的爱心,拥有一份自然流露出来的真情,对于一个作家很是重要,他的文字因此也就有了真正意义上的生命力。

邵世新的散文在不经意间透出生活的哲理和生命的体悟,彰显了他文字的力度。篇幅的短小、题材主体的片段式选取,迥异于史诗般的宏大叙事,没有波澜壮阔的背景讲述,他写的只是身边人物和平凡小事,文字看似疏淡简略,却又点染得当,颇有意趣。他的"理"和"悟"不是矫情的表白和硬性的说教,而是来自心灵深处、生命内核和生活底层的声音,都是最真实的冷暖歌哭、悲欢离合。

他在《回家的路》里说道:"回家的路,无论多么遥远,对于游子来讲,都不是距离。——只为了那里有一双双守望的眼睛。"又如《与民工同车》中:"我不知如何是好。说真话,到了午餐时间,肚子也一直在叫唤。但在他面前,我实在下不去口。我偷偷咽了下口水,把拿出来的好吃的又放回到包里……"还有《发广告的小伙子》末尾说:"看着小伙子上楼的背影,那一瞬间,我突然有些嫉妒这个小伙子。每个人的家庭背景不同,造就了不同的人生。小伙子所经历和感受的,是别的孩子所体会不到的,也是无法体会的。相信他将来,一定会有一个丰富多彩的人生。我怔怔地站在自家门前,第一次听到上楼的声音竟然是这么响,这么有力。"

读者读到这里,或者是会心一笑,或者是若有所思,文字传达出来的是一种积极乐观的暖意,读者感知到了作者创作时的情感涌动,引起了共鸣,增强了生活的信心。这样的结果,才不至于背离作者作为一个文学创作者的本初用心。邵世新散文的着眼点似乎很小,落笔似乎很轻,但是这些源于现实、接通地气的生活哲理和生命体悟有一种无形的力量,使读者在阅读的时候,如春风化雨,润物而无声。

邵世新在这本散文集的《后记》中说:"这些我用业余时间敲出来的小文,

时间跨度竟长达二十余年,面对它们,心里真是五味杂陈。都说时间是一把杀猪刀,让我们慢慢走向衰老。可文字却把光阴像摄影一样定格下来。字里行间,我仿佛一下子回到了从前。"是啊,无论他写平凡人物的嬉笑怒骂,还是花鸟虫鱼的枝叶形态,都是在写人生,写生活,写生命的本真,岁月如白驹过隙,世事会瞬息万变,不变的是作者的初心。他的文字是从现实生活中来的,充满了浓郁的生活气息,他用他的真情实感,写出了真正意义上人间烟火里的爱与暖,我们为他的这份人文情怀而感动,并向他致以祝福和感谢!

原载 2017 年 11 月 5 日《连云港日报》

福克纳与吕新小说比较论

张永义 1976年出生，连云港海州人，连云港师范高等专科学校文学院副教授，连云港市文艺评论家协会副主席，主要从事文学创作及20世纪西方文学教学与研究。有《夜无虚席》《生死欲念》《沉睡之书》等著述多种。

一、先锋作家的立场和境遇

1986年对于中国当代文学而言，无疑是一个值得纪念的年份，残雪的《苍老的浮云》、莫言的《红高粱》、马原的《虚构》和孙甘露的《访问梦境》纷纷发表。回首往昔，细心的读者不难从这些具有经典意义的中短篇小说背后发现西方现代派小说家弗兰茨·卡夫卡、威廉·福克纳、加西亚·马尔克斯和豪尔赫·路易斯·博尔赫斯的身影和面孔。这一年，来自东北的洪峰发表了中篇小说《奔丧》和《湮没》，来自福建的北村发表了小说处女作《黑马群》，而另一位从雁北大山里走出的青年作家吕新则在《山西文学》第2期的"希望之星"栏目中以短篇小说《那是个幽幽的湖》初露峥嵘，并且引起了广泛的反响。多年以后，李锐在为吕新的中篇小说集《夜晚的顺序》所写的代跋《纯净的眼睛，纯粹的语言》里回忆了这个眼睛又黑又大的小伙子被请到编辑部来时坐立不安的情形。在那一期刊物的主编者李锐看来，"没有理论和口号，只有梦想和语言"[1]的吕新非但没有沾染先锋小说"实验室操作般的机械和生硬"

的流弊，反而获得了充分的创作自由和一种"难以被人模仿或淹没的独特的文体"[1]。

1993年，广州的花城出版社推出了"先锋长篇小说丛书"，相继收入了格非的《敌人》、苏童的《我的帝王生涯》、余华的《在细雨中呼喊》、孙甘露的《呼吸》、吕新的《抚摸》、北村的《施洗的河》等长篇小说，如果就其前驱的推动作用而论，再把上文提及的残雪、马原和洪峰等人包括在内，这几乎就是一份相对完整的中国先锋派作家的名单。在《抚摸》的跋语里，"正在愉快地向三十岁大门渐渐滑进"的吕新谈到了他的"耽于幻想而忽略现实"的性格及其小说语言"强烈的装饰效果"[2]。这个将文学视为白日梦的先锋作家毫不隐瞒他的阅读偏好："我喜欢读那些充满想象力的作品，但这种想象力必须建筑在一种充满灵性的语言之上。"[2]

2001年，吕新的长篇小说《草青》出版，没有了序和跋，倒是作品最后一章出场的电影放映员阿肛发出了这样的感慨："人生就是一次又一次痛苦的放映和糟糕的演出！""痛苦不堪，走投无路。"[3] 这年夏天，在与采访者林舟的通信当中，吕新对于《黑手高悬》《抚摸》《光线》这些20世纪90年代发表的长篇小说避而不谈，说得较多的是雁北的童年故乡、对于朋友的感念和逝去亲人的回忆，以及经典作品对人产生的影响。"什么是影响？我觉得那是一种十分慢性的循环，就像每天呼吸空气一样，是一种无形的堆积和循环。"[4] 对于创作的严格要求，对于个人的文学史地位的漠视，使得并不擅长言谈的吕新给采访者留下了坦率、虚无和愤世嫉俗的印象。在这篇访谈录的结尾，吕新的大胆直白令人吃惊："我不知道中国文学的现状是什么，我只知道它和全世界的文学一样，几十年没有伟大的小说，没有杰出的作家。另外还略知道一点：认真写作的永远在认真写作，不要脸的仍在一如既往地继续不要脸。最后我要说一句，我对这个世界上所有人的鉴赏力都表示极大的怀疑。"[4]

2002年和2007年，吕新分别在《钟山》和《花城》杂志上发表了长篇小说《成为往事》和《阮郎归》，与1996—1997年在《大家》杂志上分期连载的长篇小说《梅雨》一样，众声喧哗的评论界异乎寻常地选择了忽略或遗忘，陷入了一种集体失语的尴尬。只有吴义勤先生在论述《草青》的叙事艺术时断言吕新是一个能够呈现文学史意义的作家，是一个真正具有先锋品格的作家。

"他的语言,他的想象,他对形式的敏感都使他在先锋作家中独树一帜。"[5] 在对福克纳和吕新的小说进行比较之前,简单回顾吕新过去的创作生涯,在我看来是必需的。一个作家影响了另一个作家的写作立场和叙事风格,这在文学史上并不鲜见,耐人寻味的是他们多少有些相似的境遇,一个来自美国南方小镇,一个来自中国雁北山区,从偏远落后的地域走出的这两位作家都没有能够接受良好的大学教育,都对乡土怀着很深的眷恋,一直以其构筑小说的精神版图。福克纳在获得1949年诺贝尔文学奖之前,其大部分作品在美国本土绝版多年,罕有读者关注;吕新虽然先后获得过台湾的联合报小说奖、庄重文文学奖和赵树理文学奖,但是评论界对其关注更多的还是停留在其早期创作。例如,樊星在《苍凉如诗——吕新小说论(1989—1991)》的开篇就追溯了山西现代文学的传统,继而将吕新的早期小说纳入地域文化小说画廊,认为"他也许是第一个让世界知道晋北山区的作家"[6]。然而,最受诺贝尔文学奖评委马悦然推重的三位中国当代小说家分别是莫言、李锐和曹乃谦,吕新不在其列。同样是来自雁北山区的作家,曹乃谦的长篇小说《到黑夜想你没办法》和两部中、短篇小说集都在近两年凭借着诺贝尔文学奖的巨大声势得以出版,而吕新的七部长篇小说当中竟然有四部之多未曾出版,只在文学杂志上刊载过,如果再考虑到吕新还有总计超过百万字的数十部中篇小说未曾结集出版,这不能不说是一种遗珠之憾,急功近利的中国文坛因为它的浮躁和目光短浅,误解和错过了吕新,就像当年因为某些政治或历史原因使得沈从文、鹿桥等一大批优秀的小说家遭到遮蔽曲解甚至错误的批判。

二、《喧哗与骚动》和《梅雨》

福克纳的长篇小说《喧哗与骚动》(1929)、《押沙龙,押沙龙!》(1936)作为"约克纳帕塔法世系"的代表作,分别叙述了康普生和萨德本这两个分崩离析的南方大家族的衰亡。吕新的长篇小说《梅雨》(1997)和《草青》(2001)同样沿袭了家族小说的故事模式。《梅雨》和吕新此前发表的长篇小说《光线》(1995)一样,都采用了多声部的叙述方式,故事的叙述者除了起到穿针引线作用的中学校长周策田和女教师薛隐之外,主要落在王尔荡家的四个儿子身上,小名五味、生性敏感的中学生王家陵,以及他那患有暗疾、双目失明的大哥祖宾、满脸粉刺、雇给别人干活的二哥冲绳，曾经打算过继给魏马舅舅的弟弟小杯子。兄弟四人，年龄有别，性格迥异，或充满忧虑，或沉湎肉欲，或耽于幻想，或天真无知。吕新试图贴近人物的身份特征，倾听他们的内心，发出真实的声音。正如福克纳在讲述白痴班吉及其因精神崩溃而投水自尽的大哥昆丁、人性扭曲性格变态的二哥杰生时所采用的意识流手法，《梅雨》也仿佛被一种阴霾潮湿的景物氛围所笼罩，故事的背景地点是作家所虚构的一个风雨晦暗、光线不足的镇子，出现在读者视线里的是那种江南水乡寻常可见的窄巷、庭院、竹笠、炊烟、黑瓦、白墙。"窗含烟水。远山衔黛。雨中的房舍只是一些模糊的轮廓。"[7] 阅读这样的小说，读者更多感受到的是眼前的风景和人物的内心，淡化了的故事情节只还剩下一些"模糊的轮廓"。《喧哗与骚动》里的白痴班吉能够嗅到冰冷的铁的气味、听到黑夜的声音，《梅雨》也经常出现类似的笔墨。绰号小杯子的弟弟对于色彩和声音无比的敏感："红花。绿树。紫藤。黄梅。白烟。黑铁门。湿漉漉的狗。电线上挂满了无数明亮的水珠。我听到一阵琴声，不知道是从哪个方向飘过来的。雨中还传来一阵婴儿的哭声。"[8] 作家甚至借助这个不停奔跑的孩子的眼睛来描述想象中的死亡场景：开在高墙上的窗户、垂下来的绳索和筐，头发雪白的老者和一张鲜艳的女人脸影。最为精彩的莫过于走在雾里满身湿气的孩子的特殊感受："雾粘在我们的脸上，附在我们的手上，像一种看不见的肠衣，无论用什么办法都不能将它们从身上剥下去。肠衣是一种容易分离的东西，而雾却越来越浓越来越密……"[8]

《喧哗与骚动》的结尾，黑人女佣发出了"他们在苦熬"的叹息，小说的书名则来自莎士比亚悲剧《麦克白》的精彩台词，分章节的标题日期又与基督受难日紧密关联，福克纳对于神话与宗教典故的运用，给小说涂抹上了一层鲜明的反讽和预言色彩。《梅雨》的副题"四车的异象"则典出《旧约·先知书·撒迦利亚书》，小说篇首的引言分为两节，第一节所呈现的正是马车的异象："套着黑马的车往北方去，白马跟随在后；有斑点的马往南方去。"不少读者对于撒迦利亚书中的诸多预言感到困惑难解，往往忽略跳过，其实这些预言对于混乱的现世仍然适用，四车象征着上帝的福音传道，北方代表巴比伦，南方指埃及，"往南方去"就是走向堕落，走向世俗，也有论者将四车阐释为神的审判工具,与"四车的异象"遥相对应的则是福音、战争、饥荒与死亡。《梅雨》的第一章就写到了沦为守夜人的昔日的神职人员康牧师,并且对信仰和生活发了一番感慨。但是纵观全篇,"四车的异象"更像是对貌合神离的王尔荡家的四兄弟的一种隐喻。作家不断地借王家陵之口发出感慨:"以前,人们都说王尔荡是一个乐观者,不消说,我们就都是乐观者的儿子了,可生活中的实际情形却从来不允许我们乐观,我们反而常常被挤压得哭不出生来,到处都是流血的伤口,黑手,肮脏的池塘和丑陋的脸,世界如一台犬牙交错的机器,油腻,沉重,铁面无情。我们吃力地活着,机器一转,就把我们挤死了。"[7] "兄弟犹如树藤,在一起的时候盘根错节,互相传递着水分和血脉,传递着生机和活着的信息,当一根被强行拽离地面以后,剩下的几根都会跟着晃动、战栗,或者先后死去……那是一种不祥的预言,说的是手足之情,伤筋折骨,唇亡齿寒……"[8]《梅雨》的另一段引言"众水流过我头"则出自《旧约·先知书·耶利米哀歌》的"惩罚和希望"部分的第 54 小节:"众水流过我头,我说:'我命断绝了!'"在小说中似乎影射的是那位患有暗疾、卧病在床的大哥祖宾。虽然祖宾只有短暂的两次出场,作为第一人称的叙述者来展示其内心世界,但是围绕着他的病情和活动,小说的主要叙述者王家陵和周策田不停地对这位神秘的大哥和戴黑眼罩的朋友进行观察描写。《梅雨》以一个离别的场景收尾,又一次意味深长地直接借用了《撒迦利亚书》里的"准绳的异象":"我又举目观望,见一人手拿准绳。"[9]而熟悉《旧约·先知书》的读者不难记得被作家故意隐去的下一句经文:"你往哪里去?"

三、《我弥留之际》和《光线》

在阅读随笔《八位作家和二十四本书》里,吕新将《喧哗与骚动》《我弥留之际》与《百年孤独》《魔山》等一起并称为小说史上"不朽的峰峦",而令他满怀崇敬之情的八位作家既有伟大的曹雪芹,也有 19 世纪欧洲四位写实风格的大师——巴尔扎克、狄更斯、托尔斯泰和陀思妥耶夫斯基,还包括了 20 世纪的三位现代派作家:福克纳、博尔赫斯和加西亚·马尔克斯。以上三人对于新时期中国文学的影响至深,在我看来,对于福克纳小说借鉴最多的并非莫言的高密东北乡、苏童的香椿树街和枫杨树故乡,或北村笔下的南方小城樟坂，而是两位山西作家：李锐的"行走的群山"系列的长篇小说《无风之树》和《万里无云》，还有就是吕新的《光线》和《梅雨》。对于这种影响，吕新并不否认，甚至主动地将福克纳作为阅读和写作的参照系。"我认真地研究过他们，因为我想知道他们为什么能够影响我。有些人至今仍然像强烈的光线一样辐射着。"[10]

《光线》虽然是对吕新的第一部长篇小说《黑手高悬》的一次成功的改写，上一部作品中的主要人物和一些细节场景甚至比喻都得以继续保留，但是作家大胆抛弃了全知视角，采用更具有挑战性和内心深度的第一人称的多声部叙述方式，从而赋予了每一个底层人物最真实的声音。小说以人性扭曲的十年"文革"作为故事的背景，这个渐渐显得遥远模糊的时代背景在吕新早期和近期小说当中却反复出现，贯穿始终，例如《瓦楞上的青草》(1988)、《带有五个头像的夏天》(1989)、《残阳如血》(1992)、《阴谋》(1993)……《瓦蓝》(2001)、《我把十八年前的那场鹅毛大雪想出来了》(2004)、《尖蚂蚁》(2006)等。"我的写作对象是留下了无数童年记忆的雁北山区……我认为一个人的童年，才是他真正的唯一的故乡。"[4]在"文革"期间度过童年和少年岁月的吕新如是说。《光线》所着力表现的正在那段严酷荒诞的历史背景下生活在雁北山区的一群乡村教师、小学生及其家庭邻里之间的情感命运，他们就像"天地间的光线在不断地变幻着"[11]，轮番演出着各自的喜怒哀乐，又构成了青纱帐般"一个荒凉的整体"[11]。

对于《我弥留之际》，吕新认为这部讲述美国南方山区贫穷白人家庭为死去的亲人送葬长途跋涉历险的伟大小说里的每个家庭成员，从本德仑到他的堕胎未成的女儿杜威·达尔、被送进疯人院的"畸零人"达尔、作为私生子的朱厄尔和作为白痴的小儿子瓦德曼，"无一不在用各自的生命印证着陀思妥耶夫斯基的一个痛苦：被侮辱与被损害的"[10]。痛苦受难的主题同样弥漫于《光线》的字里行间，矿难、车祸、肺病、殴打、强暴、偷情、发疯、自缢……作家描绘了一幅堕入黑暗之中的人间地狱般的画卷，令人触目惊心，既有为非作歹的村支书胡大、治保主任赵明和民兵连长大元，也有醉生梦死的乡村教师周红颜和丧子绝育的女教师马薇薇，还有愚昧无知大摆"百鸡宴"的兽医，风流的中年寡妇吴树枝，可怜的小媳妇陈红，以及惊恐不安的女孩小燕。稍做统计，《光线》共有 65 个叙述片段，15 个第一人称叙述者。这与《我弥留之际》全书的 59 个章节和 15 个叙述者大致相当。《光线》中出场次数最多的人物有两个，一个是梳着小辫爱看小人书、性无能的傻子天宝，另一个是家庭破碎、耽于幻想的小学生三元。换言之，作家选用的并非是思想正常的成年人叙述视角，再加上作品人物众多，头绪纷繁，这就使得一般读者的理解产生了障碍。"每个人都有一个密室，别人谁也进不去……因为，你们缺少的是途径。"[11] 要想真正进入吕新以文字砌成的密室无疑是困难重重的，20 世纪 90 年代中期，与《光线》前后一起问世的中篇小说《中国屏风》《游园惊梦》《我们的谷仓》《荒书》《砒霜》《芬芳》既为吕新赢得了广泛的声誉，也拉开了他与传统读者心理接受的距离。值得一提的是"畸零人"的特殊视角，甚至傻瓜视角在吕新的小说里时有出现，例如中篇小说《五里一徘徊》（1993）和《鱼鳞天：轻轻地说》（2004）。而以凶杀作为题材，具有阴暗诡秘的语言氛围的中篇小说《阴沉》（1996）和《米黄色的朱红》（2000）则不禁使人联想起福克纳的那些哥特式小说杰作，例如《献给爱米丽的一朵玫瑰花》。限于篇幅这里就不再展开细致探讨了。

美国诗人、小说家和批评家罗伯特·潘·沃伦精心地分析了威廉·福克纳笔下的自然、幽默、穷白人和黑人以及高超的写作技巧，对这位一意孤行、永不休止的试验家给予了这样的肯定："他的作品数量、材料的范围、旨趣的幅度、报道的正确和象征的微妙、哲学的分量，都可以同我们自己过去的文学大师并列。"[12] 年过不惑的吕新仍然保持着旺盛的创作热情，此时下结论可能还为时尚早，但是与福克纳有着惊人的相似，吕新过去的文学成就"几乎是在评论界的隔离和沉默之中取得的"，作家本人处之泰然："一个人活着，能有饭吃，有衣穿，有房子住，能用自己的手认真地写作，度过每一天，这难道不是一个人最幸福的时光吗？"[4] 然而，正如当年沃伦在这篇有关福克纳的评论结尾所言：他能等待。但我们能等待吗？

原载《连云港师范高等专科学校学报》2008 年第 1 期

参考文献：

[1] 李锐. 纯净的眼睛，纯粹的语言（代跋）[C]// 吕新. 夜晚的顺序. 武汉：长江文艺出版社，1995.

[2] 吕新. 抚摸 [M]. 广州：花城出版社，1997.

[3] 吕新. 草青 [M]. 武汉：长江文艺出版社，2001.

[4] 林舟."靠小说来呈现"——对吕新的书面访谈 [J]. 花城，2001（6）.

[5] 吴义勤."民间"的诗性建构 [J]. 当代作家评论，2002（4）.

[6] 樊星. 苍凉如诗——吕新小说论（1989—1991）[J]. 当代作家评论，1992（2）.

[7] 吕新. 梅雨 [J]. 大家，1996（6）.

[8] 吕新. 梅雨 [J]. 大家，1997（2）.

[9] 吕新. 梅雨 [J]. 大家，1997（3）.

[10] 吕新. 八位作家和二十四本书 [J]. 花城，1998（3）.

[11] 吕新. 光线 [M]. 北京：中国青年出版社，1995.

[12] 罗伯特·潘·沃伦. 威廉·福克纳 [C]// 福克纳评论集. 北京：中国社会科学出版社，1980.

魏晋款文人的魏晋款文字

——匡民散文集《日喀则额头的月亮》序

徐则臣 1978年出生,江苏东海人。毕业于北京大学中文系,文学硕士。现任《人民文学》杂志副主编。《如果大雪封门》荣获第六届鲁迅文学奖短篇小说奖。

世界一热闹,花红柳绿的,就会忘掉魏晋是什么。在我们漫长的历史里,魏晋处在公元220年到公元420年,那时候有枭雄和战乱,也有最热爱美好生活的老百姓和梁上的燕子,当然,那时候更有一帮貌似无所事事、实则自由高洁的文人。这些文人可能比篡改历史的枭雄和战乱名声更大,他们甩着两只大袖子,端着酒壶到山水、野地和竹林里玄谈唱和,鼓瑟吹笙,决意过一种不知有汉的生活。这种文人的范儿,如果放在当下,可以称之为魏晋款文人。但我们的世界红尘滚滚,没有闲人,只有更忙的人,只有交通堵塞、废气污染,连呼伦贝尔都快没有一块像样的草原,想找块环保的大自然晃晃悠悠地喝酒说话,相当困难,所以想找一找魏晋的感觉难度比较大。但事也正因难能,所以可贵,所以我要在花花世界里重申一下魏晋。

这个魏晋,不是桩气势汹汹的历史事件,而是个悠然可见南山的精神事件,在今天甚至堪称精神事变。我知道我所理解的魏晋款文人失之偏颇,务请理解,就算在偏颇的意义上符合该款的文人已殊为难得。

匡民兄基本符合我的狭隘规范。在我接触到的文人里,能够在文化的意义上吃喝玩乐、不思立功进取、不利欲熏心的,匡民兄是屈指可数者之一。几年前我第一次见到他,他说,走,喝酒去,找个好玩的地方谈文学。几年后我再见他,他还说,走,喝酒去,喝酒谈文学,这次加了一条,找个球台切磋一下乒乓球。因为他知道了我也有能力经常把球打到台面上。

喜欢打乒乓球的文化人很多,打得好的人也很多,但把球拍装帆布包里像影子一样随身携带的人,我只见过匡民兄一个——对其他人来说,有无数件比打乒乓球更重要的事要做,包里装的应该是显示品位的大师之作、随时准备送人的自己的签名巨著、见到大人和老爷们才奉上的名烟与纪念品、抓住机会就合影宣传的相机、以备题字后留款的印章,以及安慰文学女青年的安全套,等等。匡民兄也不谈政治,不在酒桌和茶座上作忧患状抽烟,不喜欢为中南海操心,不预测十八大高层名单,不谈房价、官位和工龄,不打听同行们的隐私,不传播关于某某文学奖的小道消息;他只说酒、文学和乒乓球;偶尔地,他希望能向我硬性传授一点纸上谈兵的泡妞之术,对此,我还在矜持地考虑是否让他有机会为人师表。

这是他的散文集,嘱我切勿因有高攀之嫌而羞于作一个小序。我的确有此顾忌,也忸怩再三,但他是兄长和老乡,差点是一个村上的,还有一脸丛生的大胡子,脾气不好的时候应该挺吓人,为了回老家有酒喝,有海鲜吃,有文学谈,有乒乓球打,我就冒险高攀一下,决定从了。

这的确是一个爱玩的人、好玩的人,像闲云野鹤;好玩的闲云野鹤在今天是多么稀罕,数量不比大熊猫多多少,也应该划为国家一级保护动物。匡民兄还是个弃机心、少俗虑、爽心性的人,四十好几的大老爷们,每次别人提及一个举世皆惊的八卦,他都像刚睡醒的婴儿似的,欣欣然睁开了眼,说,什么时候?当然他也有很多毛病,有些毛病不便向全世界广播,在此按下不表,但是,我以为就那一条心无挂碍的优点,也足够我等更俗的人学上好一阵子的。水至清则无鱼,非要把一个人逼成圣贤我们也会过意不去。

集子里收录了匡民兄近年来的散文佳作。有很多我喜欢,有些我也能提出三五条文学上的意见,不过,我更看重这些文字里的真性情。许多篇什的文字和架构总让人联想起林语堂、周作人、朱自清这些散文名家的遗韵。当然,抒情可以空旷一点,写景的焦距可以散光一点,墨可以枯一点,笔可以快一点,活生生的人在，文字的生命就在。如果你认同一个不完美的人，你也会认同他的不完美的文字，因为不完美恰恰证明了他的修辞立其诚，也确证了文学之至道：文学即人学。

　　好，现在放在你面前的，是一个魏晋款文人的魏晋款文字。信不信由你，我是这么认为的。

原载《日喀则额头的月亮》大众文艺出版社 2012 版

灌河惊涛　意蕴丰厚

相　玲　1981年出生。江苏省作家协会会员、灌南县作家协会副主席。有多篇作品发表于省市级报纸杂志。著有小说集《天香》、散文集《缤纷的心情》等。

美酒要慢饮，佳茗宜细品。古典雅音，你只有静下心来，闭目倾听，才能深刻体会悠远的琴声里所包含的丰厚内涵。好书绝不是快餐食品。速读、浮光掠影地浏览，你几乎得不到什么收获。只有慢读、细品，沉溺其中，才能获得心灵的享受。

以上是我读了韩克波散文集《灌河惊涛》之后的感想。韩克波是我的良师，更是我的益友。他是一位有才华、有追求、想象丰富、学养厚实的作者。现任灌南县住建局宣教处主任，灌南县作家协会主席，连云港市杂文学会副会长。散文写作是他在工作之余坚持不懈的一件事。

任何作家、艺术家都离不开他出生、成长的家乡。家乡是作家精神的根，是他学习语言、认知世界的初始地，是他父辈流血、流汗的场所，因而也是他写作最丰富、最熟悉的资源。家乡的一切，永远像太阳一样，照耀着、温暖着写作者的心路历程。读了《灌河惊涛》，我真切地感受到了灌南这座城市的历史和今天。通过这本书，通过书中文字的描写，我对灌南这个港城的南大门有了新的认识。它不仅是一座正在崛起的经济重县，同时还是人文积淀深厚的地方。我在阅读了《灌河惊涛》之后，这种认识更深刻了。

韩克波笔下流淌的文字是源于对生活细致观察和更深层次的热爱。他的散文，读了以后，会让人重新燃起对生活的激情之火。在那些阅读时分，文字构架起美妙的心灵殿堂，字符编织着动情乐章。我想，也只有这样一位热爱生活的人才能写出如此深刻智慧的文字，与大家共同分享。家乡的一草一木，一人一景，都在他的笔下丰满起来。他见证了我们这个城市几十年的发展变化，在《满天星斗落人间》里，他说："我不禁感叹道：西湖街啊，你曾历经黯淡岁月，人间沧桑，也只有今天才以蓬勃的英气焕发出青春活力……"如果没有一颗诚挚的热爱生活、热爱家乡的心，是无法写出这么发自肺腑的话语的。

韩克波的散文，如同他的人一样，质朴、厚道、善良。如同一杯陈年的老酒，越品越醇香，让人久久不能释怀。他的豁达、乐观的情怀，使他的文字充满大爱与温暖，让人在他的字里行间寻觅历史的足音，感受生活的美好。

韩克波的散文，包罗万象，谈古论今，娓娓道来，从各个角度多个侧面抒写人性的真善美。即使是一些带有批判性质的幽默小杂文，也能让人在咀嚼之余获得美的享受，净化自己的灵魂，提高自己的审美品位。在《小人在哪里？》一文最后一句写道：为此，愿大人们常温诸葛亮的《出师表》，领悟"亲贤臣，远小人"的深意，并拥有一双慧眼。

朋友，如果你忙碌了一天的脚步终于踏进家的门槛，如果你的枕畔还有温柔的细语等候呢喃。那么，这本《灌河惊涛》散文集就是你贴心的知己，就是你闲暇之余的一顿精神美餐，就是你不停息的生命长河中那可以偶尔休憩的堤岸！

原载 2012 年《苍梧晚报》

曹延标儿童文学创作艺术探

金　刚　1984年出生，高级教师，连云港市作家协会会员。在《江苏教育》《江苏教育报》《小学语文教学》《语文周报》等报刊发表文章十余篇。

　　曹延标是一位从田野里走出来的儿童文学作家，他的作品散发出浓郁的乡土气息，坚持以儿童为本位，密切关注农村儿童生活状态和内心动态，以一个个真实、感人的形象和生动曲折的故事，创造了属于自己、更属于孩子们的儿童文学天地。世界上没有铺满鲜花的道路，数十年来他凭着一股不抛弃不放弃的韧劲，多篇作品入《2000中国年度最佳儿童文学》《2006中国年度童话》《2007中国年度儿童文学》《2008中国最佳儿童小说》等年度选。《撸刺槐叶的孩子》《家住海底》等几十篇文章入《小学生读品悟感动系列》《中国最美的童话》等书。累计在100多家刊物发表文章1000多篇，在吉林人民出版社、天津人民出版社、安徽少儿出版社、贵州人民出版社出版了童话集《领奖台上的风波》《小鼹鼠找太阳》《一年级的小壮壮》《辣丫头小铃铛》等18本作品集，近300万字。他的作品写实与幻想并茂，思考寓于笑语之中，轻灵中蕴含着凝重。在引发孩子思考、感动的同时，他还能多元化、多种风格、多种追求并存，给孩子以心灵的滋养，为儿童文学注入了新的时代精神和新的社会信息。

一、创作体裁多样,全面展现儿童文学魅力

儿童文学从20世纪90年代开始,"像患了偏食症,他们被某类体裁捆住了手脚,小说、童话迅猛发展,其他体裁如儿歌、童诗则严重滞后"。实际上,儿歌和童诗以其简洁、通俗、明朗的语言给儿童以听觉上的冲击力,易记易读,十分有利于培养儿童的幻想力。

曹延标从1985年开始进行儿童文学创作,力图打破这种不正常的现象。人物通讯、诗歌、散文、寓言、童话、童话剧、相声、少儿故事等,涉及文学体裁的各个领域,全面开花。如相声《上行下效》,用诙谐生动的语言讲了做事马虎的危害,让读者在会心的微笑中获得教育。童话剧《懒病》,将动物拟人化,用浅显、明白的语言对小朋友进行养成良好习惯的教育,让小朋友在愉悦的阅读中得到教化。童诗《走在乡间的小路上》,其中第二、三节是"走在乡间的小路上,看看路边的小草,闻闻野花的清香。走在乡间的小路上,蜻蜓与我们同行,蝴蝶在身边起舞"。节奏明快,刻画细腻,散发出芳香的泥土气息,读起来朗朗上口。末节"走在乡间的小路上,小脚亲吻着小路,小路弯弯向远方",给人以无穷的想象。寓言《树叶的故事》,短短四百来字,叙述了叶娃娃、树妈妈、风阿姨、小鸟、小蚂蚁以及小蟋蟀的故事,他们互相关心,互相帮助,一股浓浓的温馨的爱意在流动。

他的童话作品又可分为语文知识童话、科普童话、动植物童话、科幻童话、校园童话、幽默荒诞童话以及幼儿童话等。故事主要写科普故事、幼儿故事、小学生故事、中学生故事、童年趣事。

他笔下的儿童文学无论哪种体裁,都直接面向农村孩子,直接面向校园生活,反映农村孩子的生活、心理,有力地揭示出农村生活中一些令人深思的问题和值得记取的教训,自觉追踪时代精神。

二、创作角度独特,描写广大农村少年儿童生活

儿童文学好比一个生态园林,里面应该有山有水,鸟语花香,有阳光,有雨露,有参天古树,有稚嫩小草。现今的儿童文学作家可能由于受自身所处环境的制约,写都市题材的多,写农村孩子的少;写强势群体的多,写弱势群体

的少。打工子弟没人写，农村单亲家庭、贫困家庭写得好的也少。曹延标则独辟蹊径，关注这些弱势群体，写这种弱势儿童。当然，写弱势儿童，还要有阳光，从多种角度来写。

写普通农村少年儿童。在农村，有一些孩子父母都在家，为区别于留守儿童，姑且将他们称之为普通农村少年儿童。曹延标的《两个人的学校》参加了《儿童文学》"第五届擂台赛"，并入选《2008中国最佳小说》，主人公伍苇是这一类儿童的典型代表。伍苇的家靠海边，学校叫五百弓小学，离大海很近，屋后是偌大的苇塘。学校里只有伍苇一个学生，只有邢老师一位老师。伍苇从一个"鼻尖上还带着泥浆"的天真孩童到二年级时的"语数总分全镇第六名"，与邢老师在这个充满诗意的五百弓小学一起生活了两年。伍苇在这里学会了整理书包，学会了唱国歌，与老师采苇叶到菜市场吆喝，和老师一起吃青椒鱼干。伍苇也曾想将苇塘里的水鸡蛋拿回家炒青椒，被邢老师制止了："一个水鸡蛋就是一个鲜活的生命。这里是鸟的天堂，我们不能破坏它。"伍苇知道了热爱生命，关爱自然。芦苇花开了，"像雪花一样在风中飘起来"，由于一年级没有招到一个新生，五百弓小学关闭了。小说用这种孙犁荷花淀式的唯美散文形式给读者展现了部分当下农村少年儿童的生活情境。

写留守儿童。随着改革开放的进一步推进，大量的农民工涌向城市。他们为城市建设添砖加瓦，毫不夸张地说，现在的城市正常运转一日也离不开农民工。可是这些打工仔为了挣钱养家而背井离乡，却无暇顾及乡下那些年迈的老人和年幼的孩子。《留守同学》通过对滕亚、杨雪、李铁等留守同学的表现，反映了留守儿童的生活、教育状况。

滕亚是个"假小子"，看杨雪与父母分别时哭得稀里哗啦，她觉得好笑；作业马虎被老师批评，居然去怪同学"告密"，还动手打人；当杨雪遇到威胁时，她想法帮助。她看似什么都不在乎，好抬杠，跟奶奶吵嘴，在老师面前撒谎……其实她非常在乎别人的看法，父母不在身边，什么都得靠自己，这是她坚强的一面；同时她也很自卑，觉得乡下人低人一等，是"土老冒儿"。没有父母的关爱，她只能处处"武装"自己。她这样做或许只是想引起别人的关注罢了，这种复杂的心理导致了她性格的多样性。杨雪与滕亚截然不同，她文静，内向，懂事。她知道父母打工不易，就拼命学习，帮爷爷奶奶做家务，即使遇到胖墩儿的威胁，也是一忍再忍。她心地善良，关心他人，课上递纸条给李铁，只是希望李铁改正错误，成为真正的"大侠"，希望所有的留守儿童不要自暴自弃，要努力成才，在她的身上也体现留守儿童不怕困难、自强不息的精神。而李铁、胖墩儿是问题留守儿童的代表。没有父母的管束、引导，爷爷奶奶年迈，或管不了，或纵容其行为，他们认为"再苦也不能苦孩子"，过分的溺爱导致孩子"懒""横"，他们骗老师骗家长，进网吧，不学习，在校内拉帮结派，挑起事端，还自以为是。

《留守同学》这篇小说，顺应时代，关注农村热点话题。小说独辟蹊径，用白描的手法，选取典型事例再现了留守儿童的生活、教育情况，为广大读者打开一扇窗，通过这个窗口，走进留守儿童的心灵深处，更多地认识并关注留守儿童，让这些孩子们不再被"爱"遗忘。

写农村单亲家庭、贫困家庭儿童的生活状况和精神世界。曹延标有不少作品是反映苦难儿童形象的，如《山娃》《黄金辉和他的爸爸》等。《山娃》里的山娃大名叫李小山。文章开头就描述了在一个十字街头，面向路人行乞的一位"瘦瘦的，穿着破烂衣"，一双"聪慧的眼睛里含着羞怯"的少年，他自幼失去了妈妈，被已经走下坡路的爸爸以交学费的名义骗来县城行乞。当山娃准备将这昧着良心讨来的钱用来交学费时，却被沉迷于赌博的爸爸在当天晚上输个精光。山娃后来依靠上山采草药赚来的钱继续读书，山娃由于想自力更生，从而拒绝了一位好心人的资助，再次将昏了头的爸爸激怒了。"啪——"，"一记响亮的耳光"打在山娃稚嫩的小脸上，山娃掉头冲出家门，趴在后山妈妈的坟上痛哭。良心发现的山娃爸找到山娃后摸着他的头说："好好念书，争取走出大山。"山道弯弯，山路遥遥，山娃坚强。作品《黄金辉和他的爸爸》取材于一个真实的故事，黄金辉的爸爸因为意外事故成了残疾人，无情的妈妈以打工为名，头也不回地走了。黄金辉和他的爸爸由于没有劳动能力，就住进了乡福利院。老师和同学都关心黄金辉，送给他衣服、笔记本，更重要的是人间的真爱。爸爸时常教导他要知恩图报，小金辉也特别懂事。屋漏偏逢连雨天，寒霜全打苦根草。他的爸爸在一次帮福利院里的老人洗衣服时摔倒了，他的肚子里有一根管子，医生曾叮嘱千万不能摔倒。急救车将他的爸爸送到了县医院，无奈医生回天无力，"黄金辉放声痛哭，哭声撕心裂肺，催人泪下"。曹延标用长者、作家、老师的笔触记录下了当下一些农村苦难儿童的形象，用文学的形式呼吁社会各界来关心、关注、关爱这些祖国稚嫩的已受到风刀霜剑打击的花朵。

曹延标数十年如一日，踏踏实实地观察、描写农村少年儿童的生活现实、心理现实，着力于帮助孩子解决在成长过程中遇到的各种问题和困惑，注重探索孩子们的感受、感觉、感情，渐次打开孩子的心灵之门。

三、创作风格以儿童为本位，符合少年儿童的心理特点和审美情趣

诞生于20世纪初的中国现代儿童文学，一直以关注现实、直面人生为个性特点，强调作家和作品的社会责任意识与教育功能，在培养少年儿童的文学修养、审美情趣，教育引导少年儿童形成积极向上的人生观、道德观、价值观上起到了独特的作用。曹延标坚持以"儿童为本位"进行倾情创作，用少年儿童的眼睛去看，用少年儿童的耳朵去听，用少年儿童的心灵去感受，尽量摆脱"成人意识"的束缚，自觉抵制过于幼稚、浮浅、迎合市场的低俗搞笑创作现象，让我们看到了一个色彩斑斓的儿童文学世界。

（一）寓教育于故事中

儿童文学是人生中最早接受的文学滋养，他通过儿童文学作品以"润物细无声"的方式陶冶少年儿童的情操，滋润着少年儿童的心灵，培养着少年儿童的审美情趣。儿童文学的教育作用是广义的而不是单一的，优秀的儿童文学作品能有效地激发少年儿童的天性，给少年儿童的心灵以自由和创造力，儿童文学积极向上的内容和主题有助于培养少年儿童健康向上的价值观，帮助青少年更自主地建构自身的道德体系。让少年儿童在故事中接受教育是曹延标作品的一个重要特色。他始终关注孩子们的学校生活和家庭生活，《我们班的金豆同学》《后悔药》《鼓掌公司》《留守同学》《对手》《爱像什么》等写的都是孩子们熟悉的生活，曹延标通过这些作品反映人性中如善良、积极、刻苦、爱等积极因素。曹延标主观上反对在儿童文学作品中进行空洞的说教，因而，其作品在突出教育作用的同时，也非常注重儿童文学的故事性。

现在的孩子生在甜水里，对幸福理解得不深，对于爸爸妈妈、爷爷奶奶讲的童年生活，他们感受不到。为了教育孩子们，让孩子们了解上辈人的童年生活。于是，曹延标到记忆深处打捞那些沉睡的往事，把它写成故事，让孩子们阅读、品味，感受上辈人童年时的酸甜苦辣咸。曹延标写的童年故事《一碗稀粥》《打牛草》《挖野菜》等深深地感动了青少年。曹延标观察到课间时，有的调皮孩子在桌凳上到处乱跑，踩坏了桌凳，曹老师批评他，他竟然一副无所谓的样子。曹延标不禁想起自己童年时，所谓的课桌就是两头用砖块垒起，中间用一长木板一搭。到三年级时，用的是泥课桌、泥凳子，个别同学不小心弄坏了，从家中带来的凳子不是太高就是太矮，最后只能跪着听课。于是曹延标老师创作了《跪着听课的孩子》发表在《小学生导读》上，并被《读品悟感动小学生》一书转载。

当前，少年儿童成长的文化环境日趋复杂，电视、网络、动漫等新媒体、新艺术载体的出现，一方面扩大了孩子们的视野，另一方面也对孩子们心智的健康发展造成了相当的危害。曹延标用优秀的儿童文学作品，巧妙地将教育性和故事性结合在一起，给孩子们带来心灵的启迪、审美的愉悦，引导儿童形成积极向上的人生观、道德观、价值观。

（二）寓知识于趣味中

曹延标的儿童文学作品注意两点，一个是意，一个是趣。在"意"的方面是对少年儿童的教育考虑，"用健康向上的理想道德情操""来引导青少年成长为'四有'新人"，这是一个儿童文学作家义不容辞的社会责任。"趣"指有趣，要能够吸引少儿读者的兴趣。面对当今社会多媒体的挑战，如果不在"趣"的方面下功夫，就会造成少儿读者的分流，艺术影响力也必然降低。

曹延标大胆地把一些语文知识编成童话，让学生在轻松愉快的童话中认识了《乜小姐和也妈妈》《义义两位功臣》《栽花与摘花》。他还在《少年儿童故事报》《小学语文报》上连载语文知识童话《小马虎取经记》《小雨点漫游语文王国》。为了把深奥的科普知识讲得浅显一点，曹延标又把科普知识编成童话，如发表在《聪明泉》等刊物上的《没有耳朵的听众》《声纹破案》《小海参智救小隐鱼》等科普童话激发了学生热爱科学的兴趣。《青蛙自卫战》《小花鸡智斗大灰狼》《聪明狐卖点子》等作品具有弥漫全篇的幽默感，这种幽默感体现在故事的大小情节之中，在作品的各种人物形象之中，在作品独特语言的只言片语之中。幽默是艺术高超的表现，他自觉地向这一点靠近。曹文轩的

《草房子》和秦文君的《男生贾里》《女生贾梅》受到孩子们欢迎的重要因素就是——有趣。

曹延标通过幽默的情节、诙谐的人物和风趣的语言，将一些知识趣味化，从而乐于为少年儿童所接受。

（三）寓感动于真实中

直面现实，直面少年儿童的现实生存状态，紧贴中国土地，这是百年现代中国儿童文学的重要传统。曹延标在创作中还注意"不务胜人，而务感人"，用感情来打动人。著名儿童文学作家金波曾指出，现今的中国儿童文学已经够快乐的了，这时不仅需要快乐，还需要感动，感动是最重要的。短暂的快感跟长久的感动是不一样的，短暂的快感是即时，不能保存在记忆里；长久的感动可以有情感的熏陶，可以长久保存在记忆里。

只有生活真实的作品，才有可能达到艺术真实的层面。《女孩新海》采用纪实的手法，叙述了一位品学兼优的超龄农村女孩差点辍学的故事。新海父母重男轻女，她16岁才念五年级，因家中盖楼房缺钱，母亲便要新海退学，后来由于奶奶的干预才又背起了书包。作品中女孩新海对于知识的渴望，对于上学的期待，对于想通过跳级尽早迈入同龄人队伍的心愿让人感动，引起了读者的共鸣。作家就要真诚地面对生活。没有生活的不断积累，就不会有诗意的创作。

童心永远。

芦花永远。

村路永远。

追求永远。

曹延标关注少年儿童，情系儿童文学。他给了自己一个芦花一样纯白的信念：不追逐奖杯和名利，杜绝市场的诱惑，杜绝编辑发表的诱惑，根据自身的特质写，为孩子写，为他们的生存、困惑、问题写，着力给他们希望和力量，争取为中国儿童文学奉献更多的精品力作。

原载2013年5月26日江苏作家网

琐谈《镜花缘》与明清六大小说的关系

李德身 1937年出生，江苏连云港人，1960年毕业于北京大学中文系，连云港师范高等专科学校中文系教授。著有《王安石诗文系年》《宋代文学史话》《历代名人题咏连云港》《马致远集评注》等。获国务院颁发的贡献突出专家荣誉证书，享受政府特殊津贴。

《镜花缘》这部实属奇书的作者李汝珍，是位"于学无所不窥"的学者型作家。他不仅"枕经史，子秀集华，兼贯九流，旁涉百戏"，而且"穷探野史，尝有所见"。他在书中，不厌其详地列举出他所引用的神话传说、笔记小说、经史子集以及元人杂剧、明人小说的书名和作者，甚至把《西厢记》中的"赖柬"（第六十五回）和"长亭送别"（第八十二回）、《西游记》中的"火焰山"和"女儿国"都明示出来，以体现他那"以文为戏""涉笔成趣""论学说艺，数典谈经"，充溢书卷秀气的美学风貌。但是，对于明代"四大奇书"的另外三部和清代两大顶峰小说，他却一字未提，这就难怪令人做出"李汝珍可能没有读过《儒林外史》和《红楼梦》"的推论。问题在于，从文学发展的继承、创新角度看，若无明清之际这几部大书烛照于前，又岂能有我们今天见到的这样一部《镜花缘》！何况《镜花缘》与这几部大书之间确有不少疑似、发人联想的地方，那又该做何解释？因此，探索一下它们之间的关系，看来还是颇有必要的。

李汝珍曾在全书结束语中自豪地说:"镜光能照真才子,花样全翻旧稗官。"可以认为,这正是他有意向艺术高峰攀登的宣言。度以常理,他连那些"旧稗官"之作都没有看过的话,又何谈花样"全"翻?不过,我们要是处身设地为他着想一下,如果他将自己曾经从中受到启发的前人小说逐一点出,是否会让人生出他也在"借人旧套"之嫌?当然,他要是觉得比之前人小说显然有某种"新奇独造"之处,他又何乐而不点出来?这也许就是他在书中仅点明前人一部小说的秘密。

要说以博学著称的李汝珍,既想写小说,却又不看那几部脍炙人口的大书,实在于理难通。因为他的妻兄许乔林藏书极富,他尽可遍览,何况这几部大书风行于世,并不难找。其实,我们即使只从《镜花缘》书中的某些描述,也可窥见他广读小说书的蛛丝马迹。例如,第六回有这么一段对"心血来潮"进行随机调侃的话:

> 红孩儿说:"我见下界说部书上往往有此一说,其实我也不知怎样潮法。大仙要问来历,你只问那做书的就明白了。"玉女儿道:"下界说部原有几种好的。但如'心血来潮'旧套满篇的也就不少。你若追他来历,连他也是套来的,何能知道怎样潮法。"

这里所指的"说部书",是李汝珍对"四库全书"四部之外的明清长篇章回体小说的幽默称谓。他在此借人之口,明确说他"见"过这些说部书,而且进行评论,判明其中"原有几种好的"(即是说,"好的"不多,仅有"几种"而已),更多的则是"旧套满篇"之作。由此可见,他眼界甚高,字里行间流露出他这本书绝非"套来"之作而属"好的"一类的无比自信和自豪。

这"几种好的"究竟是指哪几部说部书,他没有明说。但是,明代"四大奇书"和清代两大顶峰小说均是独创一类的开山之作,并无"套来"之嫌,他当能只认定一部,其余都排除在外?它们在李汝珍心目中究竟占何等位置,还是让我们考察一下《镜花缘》与那几部大书之间的关系吧。

我们首先看看距离《镜花缘》写作时间最近的《红楼梦》第一回中,曹雪芹即借"石头"之口说:"历来野史,皆蹈一辙,莫如我这不借此套者,反倒新奇别致。"

我们只要对照一下前面所引李汝珍借玉女儿之口所说的话，便可发现，两者语意一致，用语相承，都鄙弃"旧套满篇"，追求"新奇别致"。不同的是，曹雪芹概言"历来野史，皆蹈一辙"，一笔抹倒，自视极高；李汝珍则谓"原有几种好的"，把握分寸，留有余地。不过，李汝珍所云实从曹雪芹所云点化而来，这一点该是没有疑义的。

更有甚者，两书开篇在表述闺阁女子的观点时，不仅语意一致，而且用语还有全同之处。

《镜花缘》云：

"盖此书所载，虽闺阁琐事，儿女闲情，然如大家所谓四行者，历历有人。……岂可因事涉杳渺，人有妍媸，一并使之泯灭？"

《红楼梦》云：

"闺阁中本自历历有人，万不可因我之不肖，自护己短，一并使其泯灭也。"

两相对照，彼此又何其相似乃尔！要说"李汝珍可能没有读过《红楼梦》"，谁能信服？从这里我们可以看出，李汝珍不仅读过《红楼梦》，而且读之甚熟。否则，他怎么可能在创作过程中，竟然在不知不觉间留下因袭《红楼梦》词句的印迹，授人以《镜花缘》可能从《红楼梦》"套来"的话柄呢？

统览两书，相近之处还多。例如《镜花缘》从开篇所云"其中奇奇幻幻，悉由群芳被贬，以发其端"引出百花仙子贬世的锦绣文字，与《红楼梦》从开篇所云"你道此书从何而来？说起根由虽近荒唐，细按则深有趣味"引出石头幻形入世的奇妙构想，奇幻的内容虽异，奇幻的手法则一；《镜花缘》写仙猿将泣红亭碑记托付给自称为"老子的后裔"的李汝珍编撰，与《红楼梦》写空空道人将《石头记》托付给曹雪芹增删，二者又如出一辙。如此等等，可以看出，《红楼梦》必为李汝珍读过的"几种好的"说部书中给他启示较多的一种。

应该指出，如果凭借以上所述就说《镜花缘》出于《红楼梦》，甚至说《镜花缘》是从《红楼梦》那里"套来"的，则大谬不然。因为《镜花缘》的整体构思和具体写法都与《红楼梦》迥不相犯，确有"花样全翻""异境天开"之妙。主旨的多元化（包括妇女之走向社会化）、形式的杂体化，题材之神奇海味，风格之机智幽默，情节出奇，着意讽刺，无不显示出李汝珍摆脱《红楼梦》巨大光影之笼罩而"新奇独造"的匠心。前人早已挑明："《镜花缘》是欲于《石头记》外另树一帜者。"实际就在强调李汝珍虽然"见"过《红楼梦》（如未"见"过，"欲"从何来？）但却"不借此套"、另辟蹊径的艺术追求。李汝珍既然有所得益于《红楼梦》，却又不肯点出其名，他的难言之隐恐怕正在于担心后人误以为"追他来历，连他也是套来的"吧。

李汝珍是否读过清代另一部说部大书《儒林外史》呢？书中既未点明，又无明显因袭之处，似乎难以确认。不过，吴敬梓的朋友程晋芳还在吴敬梓生前就已写诗说："外史纪儒林，刻画何工妍。吾为斯人悲，竟以稗说传！"（《怀人诗》）在吴敬梓去世六七十年间，李汝珍的妻兄许乔林岂能不购置这部风行于世之书？博学多闻的李汝珍又焉有不读之理？特别是《镜花缘》的讽世思想和某些写法，与《儒林外史》时有暗合之处，岂能贸然做出"李汝珍可能没有读过《儒林外史》"的推论？例如，《儒林外史》在全书开首就说：

> 人生富贵功名，是身外之物；但世人一见了功名，便舍着性命去求他，乃至到手之后，味同嚼蜡。自古及古，那一个是看得破的？

《镜花缘》第十六回写唐敖、多九公、林之洋三人议论，"把名利看破"的一番对话，竟与《儒林外史》这段话不谋而合，只是略微发挥得详尽些罢了。其中林之洋说："那名利二字，原是假的。……无奈到了争名夺利关头，心里不由就觉发迷，倒像自己永世不死，一味朝前奔命。"唐敖说："世上名利场中，原是一座'迷魂阵'。此人正在阵中吐气扬眉，扬扬得意，那个还能把他拗得过！……一经把眼闭了，这才晓得从前各事都是枉用心机，不过做了一场春梦。"

两相对照，语意一致，表述相近，个别词句十分相似，这岂能完全出于偶然？

　　某些场面描写，两书也有神似之处。例如《镜花缘》第六十七回描写小春、婉如听到考中消息之前以及之后的情景，令人不禁想到了《儒林外史》写范进中举那一段绝妙文字。特别是看到小春、婉如得知考中后，"二人却立在净桶旁边，你望着我，我望着你，倒像疯癫一般，只管大笑"，恐怕谁都会被唤起对于范进得知中举时喜得发了疯、连声大叫"噫！好了！我中了！"那段传神描写的联想吧。虽说李汝珍是另起炉灶，并不因袭，但是在喜极欲疯的具体构想上，不能不说是受到了《儒林外史》的启发。

　　在其他某些细节描写上，我们也能看到这种情形。《儒林外史》写胡三公子买板鸭，拔下簪子来刺一刺鸭子的胸脯，看它肥不肥，吃完之后又把骨头骨脑全拿走；《镜花缘》写淑士国一个"姓儒的老者"把吃剩的盐豆尽数包了，揣在怀中，还顺手拿走旁边残桌上放着的一根秃牙签。两相对照，又何等神似。虽说是各出机杼，异曲同工，后者毕竟还有受到前者启示的痕迹。

　　两书在揭露社会弊病、抨击科举制度、嘲笑儒林丑相，乃至愤恨为富不仁、鄙弃追名逐利、反对风水迷信、斥责买妾厚葬等方面意旨一致，在某些喜剧性的描写、借人物之口以发议论、运用机趣幽默的语言进行讽刺等表现手法上，也有相承之处。尽管从整体来看，两书各走各道，绝不相交，但是《镜花缘》确实存在着受到《儒林外史》某些影响的迹象。我们与其说李汝珍可能没有读过《儒林外史》，倒不如说李汝珍极有可能读过《儒林外史》，因为只有这样推论，才能解释《镜花缘》为何会有不少与《儒林外史》暗合的地方。

　　至于《镜花缘》之爱发议论，讽意浅露，无法与《儒林外史》"戚而能谐，婉而多讽"的上乘讽刺手法相提并论，那并不能说明李汝珍没有见过《儒林外史》，相反倒可看出他刻意追求"花样翻新"的大胆尝试。只是这种尝试并不成功，无意之间开了晚清谴责小说浅露通病的先河，这当是他始料所不及的吧。

　　明代"四大奇书"中的《三国演义》和《水浒传》当时流传天下，家喻户晓。清人顾家相《五余读书廛随笔》中说："盖自《三国演义》盛行，又复演为戏剧，而妇人孺子、牧竖贩夫，无不知曹操之为奸。"而《水浒传》当时已"几于家置一编，人怀一箧"，连儿童都熟知梁山好汉的姓名、绰号，封建统治者禁毁不止，以至封建卫道士俞万春就在道光六年（1826年）撰成了抵制《水浒传》的《荡寇志》，当时《镜花缘》也才问世不久。因此，要说李汝珍没有读过妇孺皆知的《三国演义》和《水浒传》，岂非笑话？

问题在于，《镜花缘》"所载"乃"闺阁琐事，儿女闲情"，与写三国战争的历史题材和逼上梁山的英雄传奇相距甚远，所以少有与《三国演义》和《水浒传》相关的写法、相承的文字，也不点出这两部书，则是可以理解的。

不过，李汝珍既然着力于"花样全翻归稗官"，也就必然会在可能情况下"翻"及这两部书。我们看他特地将故事背景放在武则天当朝的时期，并且写了武后与上官婉儿赏花赋诗，徐敬业讨武失败，徐氏余党逃奔海外，终至余党后代重又讨武，攻打酒、色、财、气四关，而以中宗复位、武后仍开女试做结。其间三分史实，七分虚构，不难看出历史小说《三国演义》给予的启示。书中还写有强盗劫舟叫留"买路钱"，徐丽蓉发弹救众人（二十六回），侠女颜紫绡飞身入堂（六十回）之类，似又像从《水浒传》中强盗剪径、鲁智深野猪林救林冲、时迁飞檐走壁之类化来的随机发挥。

如果说《三国演义》和《水浒传》对《镜花缘》影响不大的话，作为明代"四大奇书"之一兰陵笑笑生的《金瓶梅》，影响更是微乎其微了。

尽管《镜花缘》与《金瓶梅》都同样大写妇女，但是，前者写的都是"不惟金玉其质，亦且冰雪为心"的巾帼才女，后者写的却是些淫妇荡婢。两书主旨相忤，趣味相背，描写的对象亦水火不容，恐怕李汝珍即使认为《金瓶梅》并非"旧套满篇"之作，也不会把它放入"几种好的"说部书之列吧。

我们试看《镜花缘》开篇自道作书要旨的话："所叙虽近琐细，而曲终之奏，要归于正，淫词秽语，概所不录。"

这与《红楼梦》开篇借"石头"之口评论"历来野史"时所云："更有一种风月笔墨，其淫秽污臭，屠毒笔墨，坏人子弟，又不可胜数。"比较一下，可以看出两者都对"淫秽"之类的叙写表示厌弃。脂砚斋指明《红楼梦》这段话是在影射《金瓶梅》，那么，《镜花缘》这段话也当是在影射《金瓶梅》。

如此看来，李汝珍该是"见"过《金瓶梅》的。

脂砚斋曾谓《红楼梦》"深得《金瓶》壶奥"。《镜花缘》又如何呢？李汝珍虽然说他扬弃"淫词秽语"（即兰陵笑笑生的"风月笔墨"），着力做到"曲终之奏,要归于正",但在"所叙虽近琐细"的词句后面,却也暗含着并不排斥《金瓶梅》所叙琐细这种写法的意蕴。试看《镜花缘》后半部大写百名才女饮宴游戏、行令猜谜等情景,而与《金瓶梅》中大写妻妾帮闲们吃酒戏耍、唱曲玩棋等情景相较,便知李汝珍说的正是老实话。

在明代"四大奇书"中,李汝珍对于《西游记》似乎情有独钟。他在《镜花缘》中,仅只点出这一部明清"说部书",而且一而再,再而三地述及其中的情节,毫不害怕别人说他是从《西游记》那里"套来的"。例如,第二十七回借林之洋之口说:

《西游记》有个火焰山,这里又有炎火山,原来海外竟有两座火山。"

再如,第七十一回写掌红珠道及"无论古今正史、野史,以及说部之类"都查不出"姐妹百人相聚的",终由蒋春辉反驳说:

> 如何没凭据!我们本朝那部《西游记》可是有的?《西游记》上女儿国可是有的?你到女儿国酒楼戏馆去看,只怕异姓姐妹聚在一起的,还成千论万呢。

这里所说的"本朝那部《西游记》",当然只是"游戏笔墨",实指明朝吴承恩撰著的《西游记》。因为唐朝不仅无人撰写《西游记》,甚至连长篇说部书都还没有出世呢。

李汝珍为什么对那几部明清说部大书一概地加以回避,而唯独对于《西游记》没有顾忌?若从《镜花缘》所写主要内容来看,唐敖、唐小山先后两次浮舟东游海外世界,历经数十个海外国家,饱览海外各国的奇人异事、奇花异兽、奇风异俗、奇遇异境,真堪谓一部充满神奇色彩的"东游记",令人无法不去联想那部誉满天下、妇孺皆知的《西游记》。李汝珍是否由于无法回避《西游记》而大点其名呢?这个问题,我们还是看看《镜花缘》所给的回答吧。他在三十二回写道:

> 唐敖因闻得太宗命唐三藏西天取经,路过女儿国,几乎被国王留住,不得出来,所以不敢登岸。多九公笑道:"唐兄虑的固是。但这

女儿国非那女儿国可比。"

好一个"这女儿国非那女儿国可比"！巧妙双关，一语中的。他特意将他独创的女儿国与《西游记》的女儿国相比，而且显露出他这女儿国更加高明的意蕴，表明他那"花样全翻旧稗官"的豪言绝非虚妄无稽之谈。这恐怕才是他一再点出《西游记》女儿国的用心。

事实也确乎如此。两个女儿国，除了两个国王都很好色，一个国王要招唐三藏为夫、一个国王要招林之洋为后相似之外，其余写法全不相同。李汝珍用了六回大书，"新奇独造"地营构了一个自家笔下的女儿国，其中描写林之洋被封王妃，备受裹足、穿耳之苦，不仅令人捧腹喷饭，喜剧效果达于极致，而且机锋四出，寓意甚深，直刺现实，促人反思，以至胡适誉之为"永远不朽的文学"，鲁迅也特地把它推荐给日本学者增田涉。《西游记》中的女儿国虽也令人读了发笑，但徒有谐趣，别无深意，与《镜花缘》的女儿国相比，确实是相形见绌。

看来李汝珍是够聪明的，他只拿他最为得意的这段翻案文章做比，以显其"异境天开"的奇妙，却不从两书整体论高低。只此亦足以说明，他不仅熟读《西游记》，而且有意翻新。我们从中也可看出他确有"不借旧套"的独创性和"花样全新"的艺术追求。说来也巧，《西游记》以东胜神州傲来国海中名山花果山作为猴王发祥地，《镜花缘》以海外仙岛小蓬莱作为唐敖归宿地，表现出吴承恩和李汝珍同对海境风光的无比赞美和神往。这也许是李汝珍独点《西游记》的又一诱因吧。

原载《连云港师范高等专科学校学报》2006年第3期

从"惟善为宝"的标榜看李汝珍思想的局限

许卫全 1962年出生,江苏张家港人。连云港师范高等专科学校文学院副教授。中国红楼梦学会会员,中国俗文学学会理事,江苏省明清小说研究会常务理事。在《苏州大学学报》《艺术百家》《明清小说研究》《名作欣赏》《中国俗文学》等刊物上发表论文30篇,参编或主编图书5种,独立完成《镜花缘》新校注本。

李昌华 1940年出生,原连云港教育学院副教授,从事中国现当代文学研究,发表论文多篇。

一

李汝珍创作《镜花缘》的主要意图,在小说第二十三回(注:本文所引《镜花缘》原文均见上海古籍出版社2000年5月版傅成校点本)借林之洋之口谈论子虚乌有的《少子》一书时已做了夫子自道,一言以蔽之,是要以游戏的笔墨,在学识纷陈中阐扬善道。可以说,善是李汝珍的思想核心,而儒家复古主义的善的观念又是他所怀抱的善道的最重要部分。这种善的观念乃是在复古形态下对早期儒家伦理的理想化,它是在人们对后世儒家伦理——理学及其社会规范的不满中产生的。在李汝珍看来,儒家复古主义的善,是建构合理社会最重要的基石。在《镜花缘》的海外诸国部分，突出表现的就是儒家复古主义的善的重要。

二

《镜花缘》第十回写唐敖等人游历海外伊始，作者便迫不及待地将他们送入了一个理想国——君子国。而这君子国的城门上高高地标示出"惟善为宝"四个大字。这高标的四字可以说是君子国的四字宪章或四字建国纲领，而这号称唯一之宝的"善"主要是儒家复古主义的善，这可以从作者对君子国的描述中找到佐证。书中写道，这个国度没有尔虞我诈，而是"好让不争"，就连商品贸易时也是买卖双方各执一端，买方要多给钱，卖方则要少拿钱。这个国度，首辅吴氏兄弟身上全无"一人之下，万人之上"的形影，谦和如道旁时逢的老人，所居亦不过柴扉篱墙而已。作者以相当的篇幅描述了吴氏兄弟对唐敖、多九公就"天朝"（即现实社会）的问题的质询，多达十一条。在质询中，他们指陈了"天朝"的各种陋俗、弊端，也提出了自己的主张，而这些主张亦即君子国的施政规范。在质询的同时，吴氏兄弟不时申述儒家经典，作为对"天朝"的批判及自己的施政依据。吴氏兄弟反复强调的是去繁就简、芟杂尚宽、至俭至朴。这里的国王又如何？如有军国大事，国王就亲到吴氏门下相商。"且国王向有严谕：'臣民如将珠宝进献，除将本物烧毁，并问典刑。'国门大书'惟善为宝'，就是此意。"据此可见，君子国所显示的理想社会是将伦理道德推崇至极点，并为此不惜压制物质生产、物质需求的社会，分明带有远古社会的质朴性。显然，关于君子国的种种描述主要乃是儒家复古主义的善的观念的图演，而如此图演则又是为了阐扬儒家复古主义的善的观念。其后，李汝珍又对其他一些国家做了或肯定或否定的描述，而臧否的标准则仍然主要是这种善，目的也仍然是将这种善作为建构理想社会的最重要根基。

接下来作者写了大人国、黑齿国，对这二国都做了较为详尽的肯定性描述。作者特意点明这二国作为君子国近邻，或"风俗言谈及其土产，都与君子国相仿"，或"为君子国教化所感"。因此，关于此二国的描述实际上是对君子国的描述的扩展和补充。这三个国家集纳在一起，更完整地体现了作者以儒家复古主义的善构筑成的理想社会的面貌。这个社会除了君子国已描述的景况外，还有这样一些特点：人们的尊卑不是以地位的高低和财富的多寡判别的，而是由品性的好坏和才学的有无决定的。全社会读书蔚然成风，女子也有受教育的权利，女子才学出众还能得到表彰。至于做否定性描述的各国情景，如小人国之诡诈、淑士国之穷酸假斯文、两面国浩然巾下所藏之狰狞、厌火国之强行勒索、无肠国之为富不仁等等，既是前述理想社会的反衬，亦是前述理想社会的补充，只不过这种补充采取了特殊方式而已。这种排除方式下的补充，显示的是在君子国那样的理想社会里，是无诡诈、穷酸假斯文、伪装正人君子实质狰狞、强行勒索、好吃懒做、为富不仁等等道德堕落的状况的。作者是以排除法令上述的理想社会更加完整，也令儒家复古主义的善更加显出可贵，更加显出重要。

海外诸国的描述以轩辕国做结，这样处理可说是意味深长。在作者笔下，这个国度氤氲着浓郁、绚丽的神话氛围。这里的人民是至古至尊的黄帝轩辕氏的后裔，人首蛇身而秀雅，下年亦寿比彭祖。这里凤鸟自舞，鸾鸟自歌，人人自适，熙熙融融，一派升平吉祥。这里的国王寿已千岁，圣德远播，众邦咸服。海外诸国部分行将结束，作者竟抑制不住将"惟善为宝"的理想社会完全神话化了。于此可见，作者对儒家复古主义的善钟情之深，是无法用言语一一道明的。

总观海外诸国的前前后后，正正反反，李汝珍着力宣扬的是儒家复古主义的善，他以为这种善是建构理想社会的最重要的根基。他以这种善去构筑的社会，具有相当的民主性、平等性、人道性，却又是一个纯空想的、根本不可能实现的社会。因为，他孜孜以求的理想社会根本就不具有科学的合理性。任何形态的社会都是建立在一定的生产力及与之相应的生产关系的基础上的，而作为社会意识形态的伦理道德亦即善，也必须以其为基础而绝不可能成为社会的基础。在基础问题上，他分明地本末倒置了。此外，任何社会的进步，向理想境地的发展，包括伦理道德的进步，都必须以生产力的发展为基本前提，而他的理想社会和推崇的伦理道德却是以抑制生产力的发展为基本前提的。这又是严重的倒错。将儒家复古主义的善看作是建构理想社会的最重要的根基，空想性非但极明显，而且这种空想还分明不是前瞻性的而是后顾性的。李汝珍主观美化了早期儒家的伦理道德，并无限夸大了它的功能，进而又主观美化了古代社会，以之为理想社会，从根本上讲，是对历史的反动，是与历史发展的方向相悖逆的。

李汝珍以儒家复古主义的善构筑的理想社会与其说是昭示未来，倒不如说是对行将就亡的中国封建社会现实的批判。他确实也是出于对当时现实社会的不满，才钟情并寄希望于儒家复古主义的善，并热衷于以它建构合理社会。事实上，海外诸国的描述也确实具有相当强烈的现实批判性。小说中对许多国度陋风恶俗的讽刺性描述固然具有这种批判性，就是君子国一类国家也是针对时弊而赋予其理想品性的。从这种角度看，整个海外诸国部分又可视作纯粹针对现实弊端的批判讽刺之作。应该特别指出，作者所取的视角虽然只是伦理的，具体说来则主要是儒家复古主义的善，但投射出的视野却颇为开阔，将政治、经济、文化、教育等众多方面都纳入其中，因而对现实社会的批判与否定相当广泛。这种广泛性本身就包含着相当的深刻性，因为这已经远非对现实社会有限范围的批判和否定了，而是颇具整体意义的批判与否定。它很大程度上揭示了当时现实社会整体的不合理性，应该为另一种社会所取代。作者构筑的那个意欲取而代之的合理社会虽然只是空想，而且分明还是后顾性的空想，但其较深广的社会批判价值却不可漠视。这在那个年代，无疑是难能可贵的了。

儒家复古主义的善虽然是在对现实社会的反拨中产生的，但毕竟是对早期儒家伦理的主观美化，所以它既有令李汝珍与现实相联系的一面，又有令李汝珍与现实相分隔的一面。后者造成了海外诸国部分的某些描述的矫伪与迂拘。不过，从海外诸国部分整体看，尚未构成致命的大病。

三

《镜花缘》海外诸国部分以外的大半部分，主要写了才女群的活动。写百位才女如何聚集，如何参加女科考试，如何中第后欢会，以及她们的结局。这余下的大半部，思想性和艺术性较之海外诸国部分都有明显的倒退。在这一部分里，李汝珍不再能如前那样执着于颇具社会批判功能的儒家复古主义的善对现实社会进行针砭，而一些全然迂腐一无价值的观念却活跃了起来，这就造成了思想、艺术的严重滑坡。这骤然的大滑坡似乎不太好理解，其实海外诸国部分早已蕴蓄着这大滑坡的危机，而且主要也潜藏在李汝珍在这部分所执着的儒家复古主义的善里。这种善的空想性质不能不导致他最终对它的无可奈何的放弃。往深处看，他在海外诸国部分的末了轩辕国部分奏起的理想社会的形如神话的华彩乐章，实际上是为他以儒家复古主义的善建构的理想社会奏起安魂曲。他意识到这不过是不能实现的空想，而又无比留恋，割断之时便奏起了以"最后的颂歌"面目出现的安魂葬曲。正是在这种心态下，他让他最珍视最肯定的人物唐敖在轩辕国无比熙和吉祥的景象中发出了看破红尘的感喟："倘主意拿定，心如死灰，何处不可去？又何必持其龙须以为依附？"作者没有让唐敖在轩辕国停留，也没有让他回到君子国、大人国或黑齿国，而是用"一连刮了三日"的大风，将他送入了远离一切国度的小蓬莱。小蓬莱是一个以清寂的仙境为表，以道家虚无主义为质的世界。在这个世界里视一切都是镜花水月，这个世界本身亦即镜花水月！作者笔下最珍视、最肯定的人物的归入虚无，无疑也是作者的欲归虚无。

儒道历来互补，李汝珍由执着于儒家复古主义的善而堕入道家的虚无自是顺理成章的事。不过，让笔下的人物堕入虚无是容易的，因为那毕竟是虚构的形象，而身处现实中的作者要真正虚无却很难，从根本上讲则是不可能的，因为铁一样存在的现实总要对他做这样那样的牵制的。其实，在唐敖得道成仙后的描述中，现实就已暗中与作者开玩笑了，它令作者让唐敖藕断丝连，仍心怀唐室，将女儿易名为唐闺臣。这只不过是玩笑伊始罢了。现实将进一步揶揄作者。现实会令人由迂阔不切实际的理想追求堕入虚无，而这之后，往往还会令人走向反极，即趋于琐屑的"务实"。由于作者关于善的思想中本就存在着一些毫无价值的陈腐观念，诸如理学教条、阴骘果报之类，趋于琐屑的"务实"，就更不足为奇了。历来有不少研究者认为这部分因集中表现了作者进步的妇女观而大加肯定。作者确实是比较关心妇女问题的，这一部分确实也集中写了妇女，但很难说表现了多么进步的妇女观。

我们不妨看一下作者在书中为武则天拟就的关于妇女的二道"恩诏"，它们可以说是作者确定妇女社会地位的坐标。先看那道十二条的恩诏，其中有一定积极意义的主张不过是对贫寒妇女生老病死予以照顾而已，而且这也是被限定在封建纲常那狭窄的框架内的。十二条恩诏起首的三条是对妇女孝、悌、贞洁的要求，而末二条又再度强调了孝和贞洁，真可谓"开章明义，首尾呼应"了。如违背了这些封建纲常，怕是连有限的抚恤、照顾也不可得的吧。至于女科恩诏，也只是对女子受教育权利的肯定和女子才华的肯定，其中全无女子可以像男子一样广泛参与社会生活的指向。女科恩诏说得明明白白，女子殿试获中后可得"女学士""女博士""女儒士"一类荣衔，可半支俸禄，仅此而已。这就是女科欲令女子的"鹏飞"，即可在稍宽大些的笼子里抖抖翅膀。而就连这抖动抖动翅膀的权利，也只有中上层女子方可享受。恩诏明文规定："出身微贱者，俱不准入考。"二道恩诏对妇女的权利空间是有严格限定的，应该看到这些严格的限定，不应无视而一味称许。

在这一部分里也确实写到妇女的参政、主政，一为武则天，为阴若花、枝兰音、黎红薇、卢紫萱四人。但武则天是作为乱政者出现的。作者虽不得不依靠这个中国历史上唯一的女主展开女科的描写，让众才女略抖翅膀，但还是将她视作一个天道令亡的角色的。至于阴若花等四人，作者则是让她们到一个特殊社会——女尊男卑的女儿国去主政、参政的，往深处看，却正反映了作者思想终究跨越不了的那条男子中心社会制定的铁限——男女绝不可以平等。男女平等，以作者所执封建纲常视之，社会不是要失却"大防"了吗？那还有什么礼教可言？哪里还谈得上什么"非礼勿视，非礼勿听，非礼勿言，非礼勿动"？现实社会绝不可如此。然而作者又认为女子是具有才能的，并欲表现她们的才能。于是他就将阴若花等送进幻想出的虽然女尊男卑但依然是尊卑有序、不失"大防"的女儿国了。这正暴露了作者思想深处男女不可平等的观念，而且我们还应看到女尊男卑的女儿国根本就不具实践品性，所以作者质疑男权社会的力度也就十分有限了。

李汝珍笔下也有个别才女并非唐闺臣们那种了无生气的形象，尤其是魏紫芝的形象，相当鲜活可爱。作者描述她时虽然也有所抑制，不让她去犯那些所谓的大规矩，然而笔端分明带着爱怜的温情。作者写她的诙谐，写她的活泼，写她的机敏，写她的锋芒，表现出了对人欲、人性、人情和个性一定的赞赏和向往。然而这只不过是无关大局的吉光片羽罢了。

李汝珍的求助于虚无，实际上是无法了结诸多矛盾，而只能让诸多矛盾犹自存在。于是《镜花缘》也就成了一部儒家复古主义的善、理学陈腐教条、阴骘果报的迷信和道家的虚无主义层出叠现的书，一部充满矛盾的书，一部瑕瑜互见、欲伸还屈的书，一部驳杂、颇费人揣想的书。

四

李汝珍生当鸦片战争前夜，闭关锁国的中国封建社会末世。其时，传统的中国社会虽已腐败不堪，但内部尚未出现新的阶级力量及其思想，资本主义国家侵略性的坚船利舰也没有到来，西方新思潮也仅存于域外。这样的时代为不满社会现实者所提供的抨击病态社会、构想合理社会的思想武器也就只能是极其有限的了。这些思想武器可能对抨击现实尚有一定力量，而于昭示理想则更显局限。在这时代空荡荡的思想武库中，儒家复古主义的善虽也有诸多的不足，但已经算是一件较好的思想武器了。我们应该看到这种时代限定，而予李汝珍以理解，不能要求他使用时代根本就无法提供的思想武器。然而局限了他的不仅是时代，还有他自己，而且他个人的局限也还是相当严重的。

李汝珍使用了儒家复古主义的善这一思想武器，但并未将它磨砺到它所能够达到的锐利程度。先于他的乾嘉学派皖派宗师戴震，在儒家复古主义的旗帜下，痛斥了理学的"去人欲，存天理"的主张，指出了理学"以理杀人"的实质，针锋相对地提出了"理存于欲"的深刻命题。这种对人欲根本的肯定里，活跃着丰富的人性、人情和个性的因子。而戴震的深刻命题对当时的现实社会是具有强烈的批判力的。如果以它为指针去建构合理社会，虽不能完全摆脱儒家复古主义的局限，但也比君子国一类的设想切实得多。因为理想的社会就其善的域限而言，应该是以人性、人欲、人情和个性的舒张为根本的，其余皆不足为本。而且，如果能够执着于人欲、人性、人情和个性的舒张，那是断然不会陷入抑制社会生产力和社会物质需求的泥淖的，是断然不会以物质生产的倒退作为理想社会的牺牲的。退而言之，即使不以它构建理想社会而专事现实批判的话，那也不仅极具批判力度，而且客观上还会产生相当强的理想社会的驱向力。同样是早于李汝珍的曹雪芹、吴敬梓，分别经由自己的路径也取得了类似戴震深刻命题的认识，他们的创作实践所产生的客观效果就是明证，尤其是曹雪芹的《红楼梦》。

　　正因为李汝珍未能将儒家复古主义的善磨砺到应该达到的锐利程度，因此，它对一些陈腐、落后观念的杀伤力、排斥力也就有限了，相反倒颇具包容性，一些陈腐落后观念，诸如唐敖、多九公的某些说教即为这种情况的反映。这样，当他由儒家复古主义的善堕入虚无，虚无又复难成的时候，一些陈腐、落后观念的蜂起就更属势所必然了。可以说，李汝珍非但未将儒家复古主义的善磨砺锐利，反而还以理学教条、阴骘果报等锈蚀了它。究其根本，李汝珍思想的重大缺陷皆出于其对人欲、人情、人性和个性的漠视和压抑，这是不容置疑的；而这些又与其个人的局限性深有关系，因为从某种意义上而言，时代的局限性是命定的，而个人的局限性则显示了作家个人的思想深度，因此更值得我们去思考、探索。

原载《中国典籍与文化》2003年第3期

郭小川抒情诗的艺术追求

夏春豪 1942年出生,江苏建湖人,淮海工学院中文系教授,曾任淮海工学院中文系主任,主要从事中国古代文学和诗歌理论方面的研究。

且让我们对郭小川抒情诗做一番概略的检视。他的创作大致可分为三个时期。20世纪50年代中期(1954—1956)为爆发期,他这时期所写《投入火热的斗争》《向困难进军》《闪耀吧,青春的火光》等,豪情扑面,胜概灼人,以凌厉激越的鲜明特色,引得当代诗坛注目。但总的来说,他此时的诗热烈有余而渊涵不足,墨沛淋漓而情韵无多;艺术形式上留着明显的借鉴与尝试的痕迹。此后他不懈地苦吟不倦地求索,至20世纪60年代前期(1960—1963),便进入创作的旺盛期,亦黄金阶段。1961年12月写就的《三门峡》,标志他的诗作已较为成熟,其后出现了《厦门风姿》《甘蔗林—青纱帐》《茫茫大海中的一个小岛》《刻在北大荒的土地上》《林区三唱》等一系列精美篇章,从而使他有资格占据了当代诗坛的突出地位。以后,由于众所周知的原因,诗人歌喉禁锁,再也无法倾吐他的积愫和心声。虽然20世纪60年代后期到他辞世的1976年,正值年华鼎盛之际,但我们却不幸地看到,1966—1969乃是他创作上的一段空白,我们又不得不惋惜地称1970年以后为他创作的晚期。而现在保留下来的他的晚期诗作仅有20余首。其中一些遗作又未经诗人生前推敲掂掇,显得粗率,有的甚至是轮廓略具的"初稿的初稿"。但像"江南林区三唱

之一"的《楠竹歌》《团泊洼的秋天》诸首,在诗人全部诗作中仍属上品。

以上便是郭小川抒情诗创作收获的梗概。那么,从他三个时期的创作实践之中,从他的佳篇名什之中,我们能发现他在抒情诗的艺术美上做了哪些追求呢?他的抒情诗有哪些诗学上的美质留给了当代的诗坛呢?——这就是本文所要述及的内容。

首先,郭小川追求诗歌抒情的强烈美。他是一个热血诗人,生而至死,从未稍减赤子之诚。他对党、对领袖和人民、对社会主义革命和建设的讴歌,从来不遗余力,即使沧海横流,冰凌压顶,他的豪壮歌声也从未疲弱。他善于以饱满的政治热情锤炼出对重大政治事件的敏锐思考,对人生哲理的警策表述。如中华人民共和国成立初期,国内外敌人妄图扼杀我们新生的祖国,诗人将他高扬的视角扫向田间、城市、苍茫的海域、遥远的边陲,提醒人们:我们伟大祖国的每一秒钟都过得极不平静,它的土地上的每一块沙石都在跃动,从而召唤人们"投入火热的斗争",用斗争去保证和平、幸福的劳动。(《投入火热的斗争》)诗人或直接抒写"斗争/这就是/生命,/这就是/最富有的人生",或借诗中人物之口唱出:"不勇敢的/在斗争中学会勇敢,怕困难的/去顽强地熟悉困难。"(《向困难进军》)总是这样沉洪激壮,鼓动人心。针对社会主义建设高潮中人们的步伐不齐,诗人黾勉"一切都变了/生活是这样美好!/哎哎/什么个人的痛苦/什么失意的烦恼……在伟大的事业面前/这些/显得何等渺小!/去吧/什么神经衰弱/什么肠胃失调……/跋涉在时代风雨里/能使你/百病全消!"(《在社会主义高潮中》)在《闪耀吧,青春的火光》里,诗人反复铺陈,层层设喻,倾吐的是对生活"永世不渝的爱恋"。诗人告诫人们,青春不只是在高山麓溪水旁谈情话看流云,真正的青春,是"大胆的想望/不倦的思索/一往直前的行进"。类似上面引述的火热的诗行,在郭诗中俯拾皆是。它们以充实而强烈的思想力量,使读者产生庄严的历史感、时代感、人生责任感,它引动人们出离个人天地的温馨,而向往那万里云天中的鼓翼。

郭小川是那样严肃,从不津津于个人琐屑。他抓住一个重大主题,就充分强调,论列是非,鞭挞灵魂,熔冶出生活的哲理,读来陶育人心,催人奋击。著名的《甘蔗林—青纱帐》,对昔日青纱帐中艰苦卓绝的斗争,对如今新生活像甘蔗一样的香甜,做了反复渲染、比照,然后提醒人们"往后,生活不管甜苦／永远也不忘记昨天和明天"，激励人们在任何情况下，都"有能力驾驭任何险恶的风云""有勇气唤回自己战斗的青春"。诗写在1962年上半年，正当国内外阶级斗争形势险恶之时，足见诗人对国事的忧心和警世的峻切。

然而这种思想力量的强烈性，与艺术表达却往往不能悉称。他的多数诗构思与语言均一般化，缺乏形象感、画面感，缺乏诗的情致，有标语口号式倾向。读多了，令人厌其冗累。但他探索着，尝试着，逐渐找到了以渲染情绪来强化思想的这一有效途径，他要把内容的强烈与情绪的强烈结合起来，不靠大言豪语、热切的形容、急促的叙述取胜，而是靠技巧地制造波澜，使思想的浪涛迭起层翻，以作者的不能自已之情，去引动读者的一咏三叹。《团泊洼的秋天》，写了诗人再次受迫害受审查的艰难日子，表现了一个革命者操守不移的正气。篇中一连用五节十行诗，表达战士性格、抱负、胆识和爱情，是对处于逆境中的革命者的赞誉，也是对自己气节不衰的自许和自励：面对"四人帮"布谷澜翻、波诱云诡，诗人是不怕污蔑，不怕恫吓，不信流言，不受欺诈，歌声永不沙哑，眼睛永不昏瞎；对祖国的爱是忠贞不渝，对自己的要求是从零出发。经过这样层层推进，篇末，诗人顽强地歌吟道："是的，团泊洼是静静的，但那里时时刻刻都会轰轰爆炸！／不，团泊洼是喧腾的，这首诗篇里就充满着嘈杂／／不管怎样，且把这矛盾重重的诗篇埋在坝下／它也许不合你秋天的季节，但到明春准会生根发芽。……"这四行诗多么深沉而强烈，像一包炸药，隐藏着掀天塌地的爆破威力。《夜进塔里木》，抒写诗人到新疆生产建设兵团，访问三五九旅老战友的情怀。跋涉万里长途，就要会见一别二十寒暑的同志了，诗人渲染茫茫云雾，沙飞石舞，以烘托兵团所处的艰苦环境；描绘巍然的防风林，庞大的农机具，高耸的办公楼，强固的牲口棚，粮棉堆就的金山银垛，以盛赞兵团战士战天斗地的业绩。由此，诗人进一步吐露了对战友的深情："风啊，莫敲我的心鼓：只要你吹来一缕炉烟，我就能闻出战友们的甘苦，只要你带来一点鼾声，我就能觉察故人们的思路。""星星啊，睁睁你的眼目：只要你放出一线微光，我就能窥见战友们的肺腑，只要你拨开一片黑云，我就能发现故人们的雄图。"如此便把诗人，也是把所有的革命者对屯垦战士们的了解、信赖和崇敬的情绪写得波卷浪啸、裂岸崩云。结末两节，一问一答，一反一正，写足了诗人因战友们的贡献而觉得宽舒和幸福的心情，全力赞颂了战士们为祖国安全和富足、战志弥天、青春如故的高尚精神,将全诗情绪逼上了峰巅。

《茫茫大海中的一个小岛》,堪称郭小川以浓情咏怀抱的一个精品。全诗九章,每章五节、十行,篇幅大而思路脉络清晰,情绪饱满酣畅,意蕴富厚而深沉。诗开头写,这个海岛在地图上无法找出,极力渲染它的小而无特色。接着写即使到了南海边也难以捉摸它的形体,它只似一抹云烟、一片风帆、一支火焰。往下则写,逼近海岛身边也难究其虚实。为什么要写它神秘莫测?诗人制造了疑窦而且不点明,接着又写"即使在它的岸边停泊,只怕也未必能把它摸透",极写其荒漠阒寂,直如一叶孤舟。到第五章,守卫海岛的战士跳了出来,读者这才大吃一惊,然而这是既在意外又在意中的,你不得不佩服诗人的巧妙。第六章,诗人又宕一笔,略写岛上的山峰,透露山丛岩缝中有战士警惕的神经。七、八两章,写岛上的地下营寨,写坑道观察所,渲染了地下世界的活跃和战士胸怀的广袤:"这个岛啊,地下世界并不比天空狭窄/那里的岩洞里,装满了伟大的理想和英雄的气概。""这个岛啊,有着何等宽阔的胸怀!/万吨的仇恨,无边的怒火,都在坑道里深埋"。这两章是全诗的抒情中心,诗人激越地歌唱:"这个岛啊,平时用千万只眼睛把大海守望/到了紧要关头,它身上的枯草都是锋利的刀枪。"以物写人,传达出守岛战士的满腔报国之情。第九章,作为全诗抒情的结束,既回应前诗又深点主旨:"哦,同志,你已经把这个小岛内外看透/回答我吧:我们纵有地图万卷,可能容下它的幅员?//……这个岛啊,为什么如此无际无边?/只因为:整个祖国的心血目光,在这里掀动得海浪滔天//这个岛啊,为什么如此高大不凡?/只因为:亿万亲人的深情厚谊,在这里流连忘返……"尾段结得酣畅热烈而又韵致悠然。要而言之,此诗前半不惜用四十行,以一系列形象图景做铺垫和蓄势,极力写海岛小得无人知晓,形体难辨,空虚沉寂,荒漠孤零,从而巧妙地导引出下文,反衬出守岛战士忠于祖国的火热情感,逐层地表现出诗人对前哨战士的崇敬,对祖国海疆巩固的自豪,对人民与战士心心相印的珍重,全诗便显得内容富厚,主旨鲜明。这首诗比较集中地显示出郭小川诗作的奥秘:抒情诗绝不可匆忙地叙述生活,繁杂地罗列现象,而必须围绕抒情中心,层波迭涌、一唱三叹地抒发倾吐,方能摧折人心。

郭小川曾说:"诗必须是强烈的,无产阶级的诗必须是强烈的,我们的文艺无一例外地有一个统一的战斗风格,就是强烈。"这一见解,自然不无偏颇。但是作为诗人个人的艺术追求,特别偏重强烈,则又完全是允许的。而且如前述,郭小川在强烈的艺术美的追求上有所成功,他以高度政治热情歌颂他认为正确的事物,歌颂祖国各条战线上火热的斗争生活。他从不把纯属个人的欢乐或哀愁向读者兜售,其强烈感情的基本实质是高尚的。他始终坚守着文学高度思想性的藩篱,而将诗的命运与阶级的脉搏紧紧拴结在一起。因而我们首先指出和肯定他诗美的强烈性这样一个特点。

然而,郭小川抒情诗中,像《茫茫大海中的一个小岛》这样的佳构并不多见。他的多数诗,在题旨上太显露,往往未能将思想与形象轻霜溶水般地交融起来,于是在匆忙叙述、空泛议论中,使诗失去了情韵和神采。当然,这与时代有关。这是一时政治上的偏激风尚加于诗歌(文学)的不幸,郭小川未能脱出彀中。因而,我们在这里顺便说及,郭小川迅风疾雨、豪情倾泻式的篇章,对诗歌习作者来说,容易造成贻误。假如你不能悉心体会出他诗作的抒情奥秘,假如你只受其《向困难进军》《祝酒歌》之类畅直无碍的写法的影响,只能得其皮毛而流于直白肤浅,只在带韵的叙述上滑行,而难以用饱满的情绪去摇撼人心。因而,只有把他的《茫茫大海中的一个小岛》《厦门风姿》《乡村大道》《甘蔗林—青纱帐》《团泊洼的秋天》等强烈而又含蕴的篇章读明白,有所体味,有所发现,才能领悟他的诗作的真髓。

其次,郭小川注重追求抒情诗语言的富丽美。他说过:"要尽量运用和改造那些明朗的、富丽的、有表现力的、为群众所喜闻乐见的语言,使人感到非常新鲜、朴素而又华丽(二者要统一,有人反对华丽,不对,问题要解决华丽和朴素的矛盾统一)。千万不要上当,怕美、怕华丽。"(郭小川《谈诗·谈诗书简·六》)又说:"诗,应当是由一个个最准确表现内容的、新鲜的、富丽的句子所组成。"(郭小川《谈诗·谈诗书简》)在诗歌理论中毫不讳饰地标榜华丽是不多见的,但华丽与豪放有着不解的姻缘,属于豪放派的郭小川,在语言运用上取这种主张,也就不令人奇怪了。

郭小川有一定的语言库存,有较高的驱遣语言的能力,他的诗写来富丽多姿,而又并无镂金错彩、宝气珠光的俗媚之形。他有特殊的铺排手段,一些寻常词语，一经其排迭联用，便显得丰赡雅俊，气势夺人。《青松歌》有句道："而青松啊，决不与野草闲花为伍！一派正气，一副洁骨，一片忠贞，一身英武。"同结构词组排比而下，表达了不可遏抑的赞叹，借物咏人，使人生无限联想。他有精确的描绘本领，一些特殊景象，一经摄入诗中，诗人传神地绘影绘形，便显得万态殊芳。《刻在北大荒的土地上》有句道：

> 这片土地哟，头枕边山、面向国门，
> 风急路又远啊，连古代的旅行家都难以问津；
> 这片土地哟，背靠林海、脚踏湖心，
> 水深雪又厚啊，连驿站的千里马都不便扬尘。
> 这片土地哟，一直如大梦沉沉！
> 几百里没有人声，但听狼嚎、熊吼、猛虎长吟；
> 这片土地哟，一直是荒草森林！
> 几十天没有人影，但见蓝天、绿水、红日如轮。

短短八行诗中，山湖林草、熊狼虎马、人天水日，万象俱来；枕、靠、踏、嚎、吼，百态纷至；白、黄、蓝、绿、红，五色杂陈，然而这一切并不堆垛臃肿，而是匀净有序地渲染了北大荒开发前的荒芜寥寂，突现出北大荒的个性特征。诗人的观察力、语言积累、表现能力，在这里均显示了作用。

他有高明的语言择配功夫。读一读他《厦门风姿》中的一节吧：

> 分明来到了厦门城——却好像看不见战斗的行踪，
> 但见那——满树繁花、一街灯火、四海长风……
> 分明来到了厦门岛——却好像看不见战场的面容，
> 但见那——百样仙姿、千般奇景、万种柔情……

这是一连串数词、量词的选用及其与名词中心语的搭配，神妙而令人应接不暇。前人词有句道："风乍暖，日初长，袅垂杨。一双舞燕，万点飞花，满地斜阳。"（明·陈子龙：《诉衷情·春游》。）曾为论者推重。而郭小川诗句与之相较,则更为繁富明艳,使人对威武庄严而又丰实欢腾的厦门城起不胜向往之情。郭小川曾有感于自己前期诗作的平淡粗糙,因而决心在构思、抒情手法诸方面做一番探求,《厦门风姿》等便是潜心结撰、数易其稿的突破性作品。

此外,他还能熔富丽与朴素于一炉,给人以新鲜爽净之感。从他的诗篇中,我们确实难以找到过往文人习用的陈词滥调。著名的"林区三唱",精彩地提炼了泼辣爽脆的口语,完全适合诗中抒情对象的粗豪雄健之情。"三伏天下雨哟,雷对雷;朱仙镇交战哟,锤对锤;今儿晚上哟,咱们杯对杯!"(《祝酒歌》)"三个牧童,必讲牛犊;三个妇女,必谈丈夫;三个林业工人,必夸长青的松树。"(《青松歌》)"老北风/——风中的霸;腊月雪/——雪中的砂;整整一夜哟/前呼后拥闹天下!"这分别是林区三唱的三个开头,它使用的全是丰富多彩的群众语汇,而一无僵死的书本语言,因而确乎把华丽和朴素统一了起来。《雪兆丰年》《雪满天山路》《楠竹歌》等篇章都有这个特色。

繁复的语言应是为了表现生动的景象、特定的情境、深刻的思想、浓烈的意绪,否则,语词臃肿而意蕴枯瘦,仍为下格。郭小川的一些好诗,能以繁复的诗句铸出深宏的意绪。像《团泊洼的秋天》,要抒发诗人对"四人帮"黑暗政治的反抗,欲隐不甘,欲吐不能,于曲曲折折、汪洋恣肆中藏血泪孕深衷。但郭小川早期的诗,未能将语言的华丽与思想感情的深沉蕴藉结合起来,有平浅粗率之弊。它往往只是一般地叙述生活,老实地遵守着语法修辞的常规,有时连虚词也不省俭,语词也纷繁。但无论单个还是组合,都缺乏弹性和多解。即使是初期的一些名篇,也往往缺少寄微情妙旨于毫端之外的意趣,韵致不足,诗情窄隘。诗人在1959年3月所作《月下集·权当序言》中,对此曾有过实事求是的认识。

最后,郭小川追求力创抒情的形式美。为了建立诗歌的民族形式,对楼梯式、民歌体、新格律型的半自由体、自由体等形式,他都做过尝试,付出过巨大的劳动。他终于成功地创造了两种形式:一是新格律型半自由体的"郭小川体",一是民歌型半自由体。前者主要特征是:篇无定节而节有定行(多数四行,亦有三行、二行),诗行较长而行中分逗,行无定字而大体匀齐,奇行偶行各自音顿相近,韵脚位置有定规而多押随韵。后者的主要特征是:篇无定节而节有定行(多为六行),诗行较短而长短参差,韵脚位置有定规而多押偶体韵，合辙处多为单音节词，使全诗带上明显的民歌风味。前者的代表作有《三门峡》《厦门风姿》《乡村大道》《甘蔗林—青纱帐》《茫茫大海中的一个小岛》《刻在北大荒的土地上》《团泊洼的秋天》《秋歌》等；后者的代表作有《祝酒歌》《大风雪歌》《青松歌》《西出阳关》《夜进塔里木》《雪满天山路》《楠竹歌》等。这十数首诗差不多是郭小川抒情诗中精品的全部了。作者曾经说过："《祝酒歌》整整写了一个月，《厦门风姿》甚至用了几个月的时间（当然不是天天写）。"（郭小川《谈诗·谈诗书简·十一》）那么在诗人苦心经营的这些诗篇里，包含着诗的形式上的何种美质呢？——主要是诗人创造了诗节建行、诗篇建节的匀齐美、对称美。

> 这到底是什么所在呀——离厦门城只有咫尺，
> 竟有如此的雄风、如此的骇浪、如此的急雨！
> 这到底是什么所在呀——就在厦门岛的高地，
> 竟有如此的春天、如此的白云、如此的红日！

这是《厦门风姿》中的一节，诗的奇行偶行形式一致，匀齐整饬。凡"郭小川体"的诗篇，其诗行长短、奇偶行句法结构，均是这样大体相等。这种整齐不仅有视觉上的美感，而且因音顿的大体一致，也带来了听觉上的美感，读听之时，舒徐有节，富于音乐性。不仅节的建行有匀齐美，而且篇的建节也有匀齐美。如《祝酒歌》每节六行，通体一律；行之长短排列每做有规则的变化交替，前六节中一、三、五节建节近似，二、四、六节建节近似。如《楠竹歌》，第二、三节，第四、五、六、七节，第九、十节，各为一组，建节相似，第八节与第十一节则遥相对应。这种行与节的组建、排列，在错综中见整齐，于挥洒横态中见苦心，给郭诗带来了特有的形式上的美感。

为了显现诗的形体的对称美，诗人十分注意运用字数、顿数有规则的变化和语词的反复、对偶。如《楠竹歌》中：

> 在我们的时代里，
> 少女也有英雄志；

不爱红装，

爱绿色军衣；

不爱孤独，

爱投身于群体。

她的忠贞本性，

世世代代不变易；

一身光洁，

不教尘土染青枝，

一派青香，

不许妖风留邪气。

  每节的三行与五、六行，对偶而有反复部分，两节间又对称相似，匀齐而灵动，匠心独运而不见斧凿之痕。为了显现诗的形体的对称均齐，诗人习惯于运用铺排手法，并在铺排中借重重叠的修辞格，把相同诗句、诗行置于诗节中相同位置。《茫茫大海中的一个小岛》有一段这样写：

这个岛啊，恍惚不在天海之间，

当暮霭苍茫时，它甚至不如一抹云烟。

这个岛啊，好似虚无缥缈的仙山；

在风雨依稀中，它简直不留下痕迹一点。

这个岛啊，你纵然看见也不好分辨；

在明亮的阳光下，它犹如一面褐色的风帆。

这个岛啊，你纵然发现也不可轻下判断；

在玫瑰色的霞光里，它不过是一支火焰。

  这里诗情单纯而饱满，用"这个岛啊""在……""你纵然……"，"它……"做间隔重叠，节律婉转回环，又取"中""下""里"的变化，"恍惚""好似"等变化，风姿绰约，情韵谐合。《厦门风姿》等篇与此类似，都是借助于重叠、排比、对偶的综合运用，造成气势雄浑的大铺排，也造成了诗行诗节的对称均齐美。可以设想，假如把如此匀整的诗行，改为散漫的没有重叠铺排的自由体，诗便不会显得如此雄健深秀，富于美感。诗人这种形式营造上的苦心孤诣，在当代诗坛上是并不多见的。

郭小川不仅在诗的形体的匀齐美、对称美上有着上述的建树，他还十分重视诗歌的音乐性，建立了自己的音韵美——那种明快的节奏美与流畅而回环的韵律美。这是郭小川在抒情诗艺术美方面的第四个追求。

在诗歌中，音节的重读轻读、平仄的配置，造成力度强弱的变化；而音韵的疏密安排，又造成时间长短的顿息，这二者的协调便构成高低有度、急徐分明的节奏美。《青松歌》有这样两节：

> 风来了，
> 杨花乱舞；
> 雨来了，
> 柳眉紧撼。
> 只有青松啊，根深叶固！
> 霜降了，
> 桦树叶儿黄枯；
> 雪落了，
> 榆树顶儿光秃。
> 只有青松啊，
> 春天永驻！

这两节诗，奇行字顿一致，偶行字有多寡而顿数一致，它的音顿的有规则的划分与平仄的间隔协作，造成了明显的节奏感，读来有一种流利畅达的音乐美。即使是诗行较长的"郭小川体"，一行之中也没有数字平仄一顺边的单调感，一般都能做到音顿划分整齐，轻读音节散布均衡。如《乡村大道》中的一节：

> 乡村大道呵，好像一座座无始无终的长桥！

>　　从我们的脚下，通向遥远又遥远的天地之交；
>　　那两边长城般的高树呀，排开了绿野上的万顷波涛。

　　短句处平仄交错，一长句处对应分明，读来抗坠得谐。
　　郭小川的诗不仅在平仄、音顿调协调和谐上创造了明快的节奏美，而且他还善于以思路畅适、语言朗净、旋律轻徐的结合，形成一种流走的气韵。我们读他的好诗，绝无别扭生隔之嫌，其情绪疾徐缓促的层次感，推向峰巅的高潮感，均十分鲜明，由此产生出一种流走无碍的音乐美。他的诗，正如他所说，是"叮当作响的流水"。如《夜进塔里木》，先写就要会见战友的急切心情，接着展示战友们青春如故、战志弥天的高尚情怀，诗人的向往、感佩和信赖之意，由急切而昂奋而沉挚，变化极富层次，而一种倾心的爱慕则荡漾表里，浸润全诗，读时奔流直下，让人心折神驰。《厦门风姿》是别一格调，其诗行长，造句舒曼，但在旋律的流走上，在气韵的畅达上，依旧有如流水。感情亦有层次地表达得勃郁醇浓。厦门集温柔与威武、庄严与活泼于一体，融欢腾与警惕、战斗与建设于一身，诗人用火热而缠绵的意绪，向她也是向祖国献上了一瓣心香。像烟雾笼罩厦门一样，全诗也萦绕着一种流丽缠绵的韵味，造成了一种流畅的音乐美的极致。
　　郭小川有高强的押韵本领。一首《祝酒歌》，共27节162行，押韵基本为"ABCBDB"的偶体式，在85个韵位上用了57个不同的韵字和14个重韵字，重韵字间隔远、重复率低。在"灰堆"辙这个窄辙中，共选取了71个韵字，费尽了诗人的斟酌。而前七节每节韵位上三个韵字或皆平或皆仄；第七节以下则换为平仄对应协调；至最后三节又均押仄声韵；在感情高峰处的倒数第三节与第二节，每节增一韵位。如此，从开头的急音峻响，陡起豪情；转入中间的顿挫有致，做畅适的抒发；再以繁音促节和斩截的声情推感情向高潮而收束全篇。全诗声韵与诗情谐和，遒劲洪亮，铿锵悦耳。这首诗酝酿两月，动笔又费时一月，呕心沥血，这才成为诗人作品中音韵美的一个典型。
　　在理论上，郭小川异常重视诗歌的音乐性。他说："音乐性是诗的形式的主要特征。在语言艺术中，诗的音乐性应当是最强的。……因为诗是表现感情的，而音乐性则大有助于表现感情。"而在音乐性中，他又首先重视音韵美：

"音乐性表现在哪里呢？押韵是一个方面，我是主张押韵的，无韵的诗，也有可以成立的，但它放弃了一种手段——押韵，终究是不利的。"他还强调："音乐性在诗中有许多方面，其中最起码的也是最重要的，要算韵脚。"（郭小川《谈诗·谈诗书简·二》）正因为这样，他在思索内容、倾诉感情、选炼词语的同时，竭力将韵脚安排得尽善尽美。上举《祝酒歌》，绝非仅有的例证。他的举凡民歌型半自由体诗，大率如此。《大风雪歌》《青松歌》《夜进塔里木》，其体式一如《祝酒歌》：节有定句（六句），韵有定位（基本偶行押尾韵），平仄通押，一韵到底。前者用响亮的"发花"辙，在 102 行 54 个韵位（按偶体应 51 个韵位，感情激越处增密）上，只用了 8 个重辙字，全诗新鲜浏亮，俊丽可喜。次者 96 行 55 个韵位（高潮处增 7 个韵位），用"姑苏"辙，重辙字亦甚少，全诗豪情涌溢，妙语如珠。后者 102 行，在 54 个韵位（束笔处增 3 个韵位）上，只有"还是咱们手建的碉堡"（堡应读 bǎo，误押做 bú 或 pù）这一处出辙，全诗啮齿细语，流泻而下，寻寻觅觅，一往情深。这种全篇一韵到底的押韵法，有效地抒发了诗人对林业工人、对屯垦战士的崇敬钦仰之情，抒发了新时代革命者的满腔热慨，在音韵上造成了一种与情绪一致的流畅美，使音韵真正成了抒情的一种有效的艺术手段。

　　当诗人采用他的半自由的"郭小川体"来抒情时，为了适应较长的诗行和缓慢的律动，在音韵上则又一般选用响度柔和或细微的"阴"辙，押随韵（每行都押尾韵），虽多数仍取一韵到底的办法，但对一辙之中韵母中主要元音不相同的韵字做了区分，安排得回环勾连，形成了音韵的回环美，造成了一种荡气回肠、深情绵渺的艺术效果。如：

　　　　继承下去吧，我们后代的子孙！
　　　　这是一笔永恒的财产——千秋万古长新，
　　　　耕耘下去吧，未来世界的主人！
　　　　这是一片神奇的土地——人间天上难寻。
　　　　这片土地哟，头枕边山、面向国门，
　　　　风急路又远啊，连古代的旅行家都难以问津；
　　　　这片土地哟，背靠林海、脚踏湖心，

>　　水深雪又厚啊，连驿站的千里马都不便扬尘。

　　这是《刻在北大荒的土地上》的开头二节，它押"人辰"辙。但人辰辙四类韵母唯收音"n"相同，而主要元音 e、I、u、ü 只是近似，如果 en、in、un（uen）、ün 任意相押，不会很流畅协调，若分 en、un 和 in、ün 两组，给诗行尾韵以错综回环的安置——如上举二节，则读来勾连递接，深窈缠绵。

　　"格律不过是相当于跳舞的步伐上的规矩而已。不熟悉那些步伐的人是会感到困难的，但熟悉的舞蹈者并不为它们所束缚，他能够跳得那样优美，那样酣畅。"（何其芳《诗歌欣赏》）郭小川通过艰苦的实践，创造了新格律型的半自由诗体，成了"熟练的舞蹈者"。但在音乐性、音韵美的追求上，应该说，他既有其长也有其短。他说："我写短诗或较短的诗，喜欢一韵到底，比较长的，也不爱每段换韵，总是随着情绪的变化和层次，至少两段以上才换韵。一首诗也尽可能不用三个以上的韵。"（郭小川《谈诗·谈诗》）他认为，"换韵"，"对音乐性有不利影响。"（郭小川《谈诗·谈诗书简·二》）这种喜欢一韵到底的个人偏好，本无可厚非，他也往往能凭此造成长江大河、一泻千里之势；但当诗人的一册诗选置于读者之前时，读者便会发现它在韵律上的单调缺乏变化。

　　诗人1976年1月间的一封书札讲过："我觉得，抒情诗最难写，靠硬功夫，所以，我过去本来可以写更多的叙事诗，都一个个放弃了，曾集中精力攻抒情诗。"（郭小川《谈诗·谈诗书简·十五》）在二十年的抒情诗写作实践中，诗人付出了大量的创造性劳动。他完全称得上是当代一位优秀的抒情诗人。

　　然而郭小川不属于那种诗才横溢型的作者，他在抒情品格、用语、用韵等诗学理论和实践上，又有着偏废，这就造成了他抒情诗创造上的缺憾。这种缺憾的重要表现就是直、浅、尽。"'诗'和'歌'，本来用不着分得那么清楚。"（郭小川《谈诗·兴起一个规模巨大的诗歌朗诵运动》）这似乎是郭小川在诗学理论上的一个误解，这个误解又左右了他的实践。他往往把诗当歌来写，偏重于讽诵的需要，追求美听，而忽略语言含蕴，缺乏诗情，缺乏深致，缺乏"象外之旨"。在这个问题上，还是艾青说得对："所有文学样式，和诗最容易混淆的是歌""歌是比诗更属于听觉的""诗是比歌容量更大，也更深沉"。是的，诗较其他文学样式应更凝练，更有艺术强度。它重暗示，重包孕，重弹性，它重间接性，重启迪性，重引起读者的想象、联想而创造出意境——"一首诗不仅使人从那里感触了它所包含的，同时还可以由它而想起些更深更远的东西"（艾青《诗论》）。

郭小川的诗，尤其是前期的诗，有不少失之于直白平浅，把话说尽。如写于 1956 年的《在社会主义高潮中》，开头四句，我们若拉平每句中的两级阶梯，它就变成了散文，不过是合乎文法和修辞的句子，一副报纸时论的腔调，严格地讲，它不足以称诗。诗人创作爆发期的不少作品，均有这种不足。20 世纪 50 年代末，诗人针对弊端，表示"非得深寻新的出路"（郭小川《谈诗·权当序言》），从而迎来了 20 世纪 60 年代前期那个创作上的峰巅时期。《厦门风姿》《茫茫大海中的一个小岛》等半自由体的"郭小川体"的诞生，宣告了诗人探寻的成功。在这些成功的诗作中，诗人注意到不急于去直接地说明什么，它渲染着描绘着此，却在抒发着、歌唱着彼，显得深宏而有情韵。但是诗人毕竟不习惯于隐藏，不习惯于省俭，不习惯于造成一种"骄马弄衔而欲行，集女窥帘而未出"（沈去矜《填词杂说》）的境界，而总是爱由自己把题旨点明，把话说满。像《三门峡》末节："请看吧，三门峡水库就是我们的证件／拦河大坝高过天，也不及中国人民的信念；／相信吧，三门峡做出最公正的判断／水库容量大如海，也不及中国人民的心田。"诗人无情地斩断了读者联想生发的丝缕，没有在诗行之外留下那"无可估计的富饶"，直使人感到辞繁韵少，添足于蛇。那些融冶民歌与自由诗的特征而形成的"林区三唱"等，一方面语言生动活泼，一方面也一律伴随着直白浮浅的不足。后来的《昆仑行》、晚期的《祝诗》《登九山》等，这种弱点同样明显。

缺憾掩盖不了成功。在郭小川遗世的二百余首抒情诗中，如本文中所列举，有近二十首作品足可传世；诗人在抒情诗艺术美追求上的成败，将为新诗繁荣提供宝贵的借鉴。

原载《当代作家评论》1985 年第 3 期

《镜花缘》价值的重新认识

龚际平 1957年出生,江苏宜兴人,淮海工学院中国语言文学系副教授,主要从事明清小说、新闻传播学等方面的研究。

清人李汝珍的《镜花缘》问世以来,人们对其评价颇有分歧。从创作角度来说,作者花费30年心血,要通过《镜花缘》表达何种意图?从读者阅读的角度来看,按陈寅恪先生的话,"盖古人著书立说,皆有所为而发。故其所处之环境,所受之背景,非完全明了,则其学说不易评论,……所谓真了解者,必神游冥想,与立说之古人,处于同一境界,而对于其持论所以不得不如是之苦心孤诣,表一种之同情,始能批评其学说之是非得失,而无隔阂肤廓之论。"[1]即是说今人之眼光不可强加于古人。

一、对《镜花缘》的文学史地位的认识

(一) 对《镜花缘》评价的简略回顾

人们对《镜花缘》的评价可分为两大阶段,即从该书问世到近代、胡适发表《〈镜花缘〉的引论》到当代。胡适之前的评论,大都为直觉式的,褒贬都缺乏逻辑性,故以胡适为界。

1.清代到近代在为《镜花缘》所作的序中,可见与李汝珍的审美趣味相投者给予之溢美之词,然亦有微词者在。或言为稗官野史中别具匠心者;或谓诙谐幽默令人喷饭;或赞书里巾帼美女才调绝伦;或语温柔敦厚可以正风俗人

伦。更有《镜花缘》题诗，评价尤甚。如孙吉昌的两首长诗说："造物之奇巧，斯人尽得之。""恬退如老子，幽怨如楚词。"并以李汝珍的字"松石"做比兴，极尽赞美。其中有女子所题的诗，因书里写才女之事，与题诗者志趣吻合，也不乏溢美之词。如朱玫诗："自是君家多谪仙，人间哪得有斯编。十年未醒红楼梦，又结花飞镜里缘。"这是最早将《镜花缘》与《红楼梦》相提并论的文字。徐玉如诗："百花都向笔端开，谁识青莲八斗才。"暗示书里才女是李汝珍才气的化身。[2]

值得注意的是清人石文《李氏音鉴序》说："松石先生抗爽遇物，肝胆照人。平生工篆隶，猎图史，旁及星卜弈戏诸事，靡不触手成趣。花间月下，对酒征歌，兴至则一饮百觥，挥霍如志。"余集《李氏音鉴序》也说："大兴李子松石少而颖异，读书不屑章句帖括之学。以其暇旁及杂流，如壬遁、星卜、象纬、篆隶之类，靡不日涉以博其趣。而与音韵之学，尤能穷源索隐，心领神悟。"可做李汝珍生平事迹之参考，对作品理解颇多帮助。

吴沃尧《说小说·杂说》中将《镜花缘》称为"理想小说"或"科学小说"，但并未说出多少道理。定一《小说丛话》亦将《镜花缘》称"科学小说"，但理由为小说中有医方，似不妥。陆以《冷庐杂识》则发现书里有能疗烫伤的药方，不谈思想和艺术。

值得指出的是，清末文人阅读《镜花缘》时大都认识到了书中倡导女权的重要价值，非自胡适始。如吴沃尧、定一、浴血生等人都肯定了《镜花缘》的男女平等、为女子"吐郁勃"的进步思想主题。《负暄絮语》中，除说《镜花缘》文笔不如《红楼梦》《水浒传》外，将它与达尔文进化论、培根文集相提并论，认为近代国民教育、西方政治文明、飞艇航空科技等，书里都有暗合。评价不可谓不高，惜无逻辑论证展开。

清末民初受西方文学观念影响，有些文人认识到了小说的意义，突破了中国古代沿袭下来的轻视小说或与西方对小说理解不一致的传统观念，如梁启超在《论小说与群治之关系》一文中就将小说作为文学之最上乘。不过当时更多的是在小说的思想主题上，搜寻与自己社会理想主张相契合的东西。《镜花缘》里描写一百个才女之事，与近代某些进步思潮是一致的，是得到某些评价赞誉较高之原因。

有趣的是有一位叫裕瑞的人,他在《枣窗闲笔·镜花书后》一文里,将《镜花缘》骂得狗血淋头,仅仅肯定了"写游各国事,借题骂人当有新趣,不必拘责其事理所必无者"。看遍有关《镜花缘》的所有序或评论文章,皆寥寥数语或数百字,而这篇文章长达三千字左右,较为罕见。裕瑞为何要对《镜花缘》如此"大动干戈"呢?文学趣味不同所致,而成诟病之集大成者。裕瑞不具备近代思想,也未从艺术整体上评价《镜花缘》。他总是从零碎处攻击一点不及其余,然亦有不幸而言中者,小说瑕疵使然,炫学内容杂陈也多有把柄。另有王之春者,讨厌李汝珍"卖弄稗贩,刺刺不休"。有论者认为王之春《椒生随笔》里说《镜花缘》"欲于《石头记》外别树一帜者"是一语中的,非也。王之春在《镜花缘》全书里仅看到女儿国主婿归迎母亲表里这样一句:"指白水而重耳归来,犹是山河无恙;誓黄泉而瘠生重见,遂为母子如初。"是"工雅浑成,几似宋人佳制",岂不眼光太浅。

2. 胡适《〈镜花缘〉的引论》到当代。胡适《〈镜花缘〉的引论》里有关评价,皆有所本于清朝末年民国初年人之论。但胡文与以前的只言片语顿悟式文字不同,而是系统地有逻辑性地阐述了《镜花缘》"是一部讨论妇女问题的书",宗旨是"男女应该受平等的待遇,平等的教育,平等的选举制度"[3]。所以可把胡文看作《镜花缘》研究的分水岭。郑振铎对《镜花缘》评价似最高,认为其是"一部反对封建制度、讽刺性很强的小说,……比《儒林外史》更有现实意义",可与《红楼梦》《儒林外史》一道,"代表十八世纪中国文学的最大成就",秦瘦鸥认为"失之过誉"。[4] 评价较低的有鲁迅的"盖以为学术之汇流,文艺之列肆,然亦与《万宝全书》为邻比矣"之说。[5] 近有何满子先生认为"不能算是成功之作",是"传统的中国文化的分野之一的小说艺术,已经走到了它的尽头,不再有多少腾挪余地"之产物。[6] 国外还有学者,对其评价比郑振铎更高,如意大利人 P. 史罗华曾谈及《儒林外史》与《镜花缘》是两部"伟大的清代小说"。[7] 不过没有展开论述,依据不详。

(二)对《镜花缘》的文学地位应有的认识

1. 要破除今人以现当代纯文学的思维定式误读《镜花缘》

我国直到清代,传统文人的"文学"概念还比较宽泛,相当于"文章"一词。近现代以来,逐渐剔除了其中的应用文、论说文、杂记文等内容,将"文学"狭义化。认识到这一点很重要，因为今人编写古代文学史时，所选作者与作品用的是古人的"文学"概念，而评价他们时却使用今人纯文学观念与标准。而古代的"小说"又不在正统文人的"文学"视野里，《庄子》《荀子》里较早出现"小说"一词，是与"大达"或"道"相对称的。孔子不语怪力乱神，这些东西都归入"稗官野史""说部"。这与今人狭义文学观念里的小说概念又不相同。所以古代文学史分析与归纳"小说"时，实际上来源各不相同，或神话传说，或搜神志怪，或稗官野史，或敦煌变文，或新闻说书，或文人笔记，或章回长篇等等，可以寻找历时性演变，但共时性的东西也无可否认。所以清代既有《红楼梦》式典型化小说，也有《镜花缘》这种杂糅各类神话传说、稗官野史、酒席笑话、各类游戏、音韵训诂、医术药方等内容，而集古人"小说"观念之大成。这是李汝珍的小说创作观念，不必苛求于他。

2.《镜花缘》是一个独特的叙事文本

《镜花缘》里的故事原型来源于《山海经》《博物记》《酉阳杂俎》等书，这对研究作品的内在人类学深层结构、社会集体无意识积淀、作品的叙事功能等，都有一定的有利条件。前有冯沅君对《镜花缘》与中国神话关系的研究，后有孙佳讯等人的文章，但只是平面化地做了对应来源的爬梳，今天理应更加深入一步。小说里的"语境"，应属中国传统文化的话语体系，今天人们读出的进步思维，是如何在这样的语境边缘地带渗透出来的，将会有一个全新的答案。人们常说《镜花缘》前后风格、内容、素材等不统一，其实是沿用"现实主义"写实风格的"讲故事"观念演绎出来的平面化结论。若以叙事学角度分析，可见其内在结构的统一性。许多学者也注意到了作品的"结构"，实为小说铺叙成文的构架板块问题，比较易于解决。但此结构非"叙事学"之彼结构，不易解决作品的深层次问题。所以说，《镜花缘》是明清小说中最值得叙事学研究的独特的叙事文本。

由于《镜花缘》创作观念、创作方法的独特性，特别是书中才学综艺问题，至今无人敢公然将它归入最优秀小说之列（郑振铎是一个例外）。有论者温和地承认，其才学内容是创作意图所需，是时尚所致，故情有可原。评价较高的，是从作品的社会思想意义下判断的；反之，则是创作观念方法的评判，即主题和形式两大分水岭。《镜花缘》问世180多年来，人们对其认识是和读者的文学审美趣味、评论者的社会环境、时代的思想需求等相联系的。如李汝珍的一帮朋友，认为他能花样翻新旧稗官，对其写作手法无条件地赞赏，是文学上同气相求的结果。清末的某些文人激赏书里的女权思想，甚至有人从中看到科技内容，是与当时的中西文化碰撞分不开的。"五四"前后新的文化思潮涌现，胡适系统地阐述《镜花缘》里的女权、民主主题，更是不足为奇了。

二、《镜花缘》的主题学意义

（一）以才学为主干表达主题需要的叙事策略

许多人对《镜花缘》诟病的主因，是作者似乎总是情不自禁地炫学而游离主题。按今天流行的小说创作理论，无论是"讲故事"以情节见长，还是"意识流"手法以心理描写为主，抑或用"典型化"手段来塑造性格，主题、题材、素材应该是统一的。但是，《镜花缘》十分特别。前半部分超现实的成分较重，后半部分才女们登榜题名日日狂欢写实色彩较浓；似乎一半是《西游记》，一半是《红楼梦》，让人殊觉别扭。除君子国、女儿国、怕老婆的强盗等处故事情节色彩浓，其他地方则充分展示了作者的小学功夫、博弈百戏的知识等等，这是一个旧时代文人雅士在当时认为应该具备的所有知识修养。问题是：李氏的小学功夫、博弈知识在《李氏音鉴》《受子谱》专著里做了专业性的研究，为何还要到《镜花缘》里热闹一番？他真是想通过小说来炫耀自己的学问吗？

纯粹从叙事学理论分析，全书主线唐敖赴试不爽，再游历海外列国，后遁入小蓬莱誓不复出，虽有出世的主观因素，实为小说叙事结构功能的需要；武则天赏花，天上仙女下凡尘，各自投胎于各个国家，到武则天开女科，各路仙女转换为一百位才女，直至武后卸政，虽有入世的主观因素，也是叙事结构功能的需要。将这两条线索作为研究《镜花缘》主题的主要的立论依据，也许是本末倒置。然而书中这两条线索，虽是为了叙事结构功能的需要，却符合现代小说创作理论的口味，反倒引起研究者的注意；而真正表现主题的部分，却被斥之为万宝全书式的炫学，比之前者又相对乏味，这是产生分歧的症结所在。

书里的各类知识学问都是通过每个才女表现出来的。才女自然有才学，作者可能认为这样处理是正确的，这是《镜花缘》的一种叙事策略所致。作者意在结构上通过对每一个事件功能性的精心连缀安排，顺理成章地显露出比之形象化故事情节较为抽象的才学内容。并从这些才学内容里，抒发个人的审美情趣、伦理道德、社会理想。在才学的抒发过程中，通过表层结构安排，逐步将抒发推向高潮极致。这种叙事策略，从社会的原因看，是清中叶以后统治者强化了对江浙文人的控制。雍乾两朝所有文字狱案中涉及江浙的有20多件，或有牵涉，或须该地区有关官员参与处理的，约占总案子的1/3。其中有两宗案子，就出现在离作者生活的海州板浦很近的淮安府山阳县和海州府赣榆县。所幸《镜花缘》出书时值嘉庆朝，文字狱高潮已过，但荒诞不经的伪装还是要的。另从当时的学术风气看，乾嘉文人提倡"盖学问之道，求于虚，不如求于实，议论褒贬皆虚文耳"[8]。章太炎说清儒"不以经术明治乱，故短于讽议；不以阴阳断人事，故长于求是"[9]。这与政治因素有关，不过时间一长也就养成自觉的行为，李汝珍应当顾及此点。所以，作者理想的抒发必须涂一层厚厚的保护色，这正是作者无奈之中的机智和策略。

以才学内容表现的主题基本是阐发人生理想境界。胡适和鲁迅的评论，虽把侧重点各自放在妇女问题和万宝全书方面，却同时注意到了作者的人生境界主旨。胡适说："李汝珍是一个留心社会问题的人""君子国的一大段，……提出了十二个社会问题""女儿国唐敖统治一大段，也是寓言，含有社会的、政治的意义"[3]。鲁迅说："其于社会制度，亦有不平，每设事端，以寓理想。"[5]作者的主题是建立在几个由低到高的层次上的，每一层面叠加，就形成了人生理想境界的金字塔。

我们透过小说文本在李汝珍人生理想的"金字塔"，体验到了作者中国式的人文理想。在貌似书生气十足的"掉书袋"里，作者在感性游戏的基础上，完成了理性思考的主题创作历程。赞美黑齿国的"书卷秀气"，认为风流儒雅并不在脂粉之流的外表；赞扬君子国宰辅"谦恭和蔼，可谓尽脱仕途习气"，都是作者一生追求的东西。他认为人性的美好，就在于追求知识渊博、和平交往、见义忘利、男女平等，鄙薄无知无识的蝇营狗苟之徒。他体现了一种类似席勒式的审美理想，企图通过人生理想的化身——100位才女形象，描绘出自己设计的未来"乌托邦"蓝图：社会礼让不争，人人满面书卷秀气，尽脱尘世的丑恶。

有学者以为作者主张弃圣绝智，谬也。诚然，我们并不否认普遍存在于清人作品中淡淡的感伤情绪，但是作者在书里以才学铺陈的典型中国式的赋法表达，有时几近西方酒神式的狂欢，何曾厌世过？

他反对追求恶俗的功名利禄，欲在自己理想的"乌托邦"里实现人生和升华人性。这种追求自由的人性，表现在政治上，就有"君子国"的出现；表现在妇女问题上，就有对男人裹足的恶作剧；表现在宗教观上，就有超凡脱俗的"小蓬莱"；表现在历史观上，就有武则天这位被正统文化所忌讳的女人，在统治国家，让花事错开和女子开科；表现在社会伦理上，就对现实的世俗行为大加贬抑，并初步在女儿国里体现民权意识；表现在美学观上，就表现为以书卷秀气为美；表现在学术上，便是不拘一格，世事洞明处处留心皆成学问；表现在博弈百戏里，便借游戏来完成游戏中自由人性的发扬。上述这些情况，就形成了类似交响乐"和声"效果的理想境界。

（二）与《神曲》的主题学比较

首先，但丁的《神曲》创作，是由于作者对死去的恋人贝亚德的思恋，以及政治抱负无法实现，想把自己的精神追求和中世纪学问在《神曲》里表现出来。而李汝珍的《镜花缘》也是企图通过小说来表达政治主张和社会理想，并将个人的学问倾注其间。

其次，但丁根据基督教神学系统，构建了自己的"地狱"、"净界"和"天堂"，完成了自己的人文精神的历程；李汝珍则通过中国古代传统的昆仑、蓬莱神话系统，完成了古代中国式的人文主义（明代中后期开始到龚自珍以后）创作。他将真善美与假丑恶，分别安排在类似但丁《神曲》式的不同境界里。

最后，两书都有浓厚的超现实象征性质，是沟通古代和近代的一个"寓言"。但丁《神曲》记叙的是作者的一次"神游"，这种"精神流浪"母题在欧洲文学中是比较常见的。通过精神的游历，来释放自己的主题创作冲动。在《镜花缘》里，可以看到这类中国式的"精神流浪汉"心路历程。他们都是在当时社会的中心形成"边缘化"叛逆，进行自我放逐，追求精神上的自由放任。中国思想史一般将龚自珍、林则徐、魏源、王韬等人，看作是近代史前夜具有进步思想的人物，尤其是龚自珍被看作是站在近代门槛上的人，龚自珍是后来戊戌变法的先声。19世纪进步民主思想和改革社会理想，是时代巨变时期的必然。而李汝珍生活的时期，尚处在清代相对繁盛的阶段，要求变革的呼声还十分微弱，文字狱的高潮刚过，领海也无西方国家的炮舰。但他作品里的思想，并不比龚自珍逊色，而且更加难能可贵。龚自珍宣扬民主主义的启蒙思想，借重新阐释儒学经典，倡导朦胧的社会改革主张，这在乾隆、嘉庆时的李汝珍在《镜花缘》里早就有不同程度的体现。从文学史的角度来看，他能在传统的"母题"里，产生新鲜的主题，这不能不说是作者在创作过程中，以艺术思维的窗口观察世界的一大胜利成果。在超现实的"寓言"文本里，预示着作者理解的未来社会"乌托邦"蓝图，甚至后来的龚自珍等人亦有所不逮。按今天新的思想史观念，思想史不能仅仅是一部过去的经典的连缀，或历史上有过的天才及其作品的流水账，思想史还有着更广阔的视野空间。遗憾的是，即便如此，李汝珍和他的《镜花缘》恐怕尚未被思想史家们纳入视野。

原载《淮海工学院学报》2004年第2期

参考文献：

[1] 陈寅恪.冯友兰中国哲学史上册审查报告[A].//金明馆丛稿二编.北京:生活•读书•新知三联书店,2001.

[2] 李汝珍.绘图镜花缘（上）[M].北京:中国书店,1987.

[3] 胡适.镜花缘的引论[A].//胡适文存二集（卷四）.上海：亚东图书馆,1924.

[4] 李汝珍.镜花缘（上）[M].上海：上海古籍出版社,1990.

[5] 鲁迅.中国小说史略[A].//鲁迅全集（卷八）.北京：人民文学出版社,1957.

[6] 何满子.古代小说退潮期的别格"杂家小说"——镜花缘肤说[J].镜花缘研究,1987（3）.

[7] [意] P.史华罗.明清文学作品中的情感、心境词语研究[M].北京：中国大百科全书出版社,2000.

[8] 王鸣盛.十七史商榷•自序[C]//郑天挺.明清史资料（下）.天津：天津人民出版社,1981.

[9] 章太炎.检论（卷四）[C]//郑天挺.明清史资料（下）.天津：天津人民出版社,1981.

论曹禺早期剧作的浪漫主义特质

陈留生 1960年出生，文学博士，教授，长期致力于现代文学研究。曾任连云港师范高等专科学校教务处处长、宣传部部长、副校长和党委副书记。中国现代文学学会会员，江苏省现代文学研究会常务理事。著有《传统伦理与五四作家的人格及其文学创作》等。

曹禺作为现实主义戏剧大师，已成文学史常识，其主要依凭就是《雷雨》《日出》《原野》《北京人》等早期剧作所显示的艺术造诣。然而，当笔者潜心研习这些剧作时，却分明感到其间流荡着一股浪漫主义气息，把曹禺当作浪漫主义戏剧大师比将之誉为现实主义大师似乎更切合其早期剧作的本然风貌，更能解开曹禺研究中的一些谜团，更能显现出曹禺在文学史上的独特地位。

一

与现实主义相比，浪漫主义的显著特质就是主观性。艾布拉姆斯曾用"镜"与"灯"做比来揭示现实主义与浪漫主义的分野。他认定浪漫主义"诗人所反映的世界，业已沐浴在他自己所放射出的情感光芒之中""诗的光线不仅直射，而且折射"，并借用柯勒律治的话说："诗歌纯粹是属于人类的；它的全部素材都来自心灵，它的全部产品也都是为了心灵而创造的。"以此标尺来衡量曹禺的早期剧作,它们显然是属于"灯",是其心灵创造物。在曹禺研究中,有一个重要的意象至今没引起人们的重视,那就是"狭的笼"或"狭之笼":

> 我念起人类是怎样可怜的动物,带着踌躇满志的心情,仿佛是自己来主宰自己的命运,而时常不是自己来主宰着。受着自己——情感的或者理智的——捉弄;生活在狭之笼里而徉徉地骄傲着,以为徜徉在自由的天地里,称为万物之灵的人物不是做着最愚蠢的事么?

在周萍出场时也涉及它:

> ……在未打开这个狭之笼之先,四凤不了解也不能安慰他的疲伤的时候,便不自主地纵于酒,……

在《日出》里,他认定陈白露的困境在于:

> 习惯,自己所习惯的种种生活方式,是最狠心桎梏,使你即使怎样羡慕着自由,怎样憧憬在情爱里伟大的牺牲,也难以飞出自己的狭之笼。

曹禺心目中的"狭之笼"显然是一个比喻;他认定人类犹如被关在小笼子里的鸟儿,任你如何挣脱,都无法飞出其间,而到广阔天地里去自由自在地翱翔。它只是曹禺基于种种人生感受而产生的一种直觉型体验而非人类生存实况的客观写照。对它之所以不可漠视,是因为它是曹禺创作早期剧作的始发动力,也是解析这些作品内在意蕴的关键所在。

曹禺因痛感于人类都是"狭之笼"里"可怜的动物"这一悲剧性处境而痛苦不已。这使他的情绪常处于激奋状态之中,使他"更烦躁不安,积郁时而激动起来",使他"不能自制地做了多少只图一时快意的幼稚的事情"。因此,他的创作完全是主观情绪的外泄。在谈及《雷雨》时,他告白:

我起初有了《雷雨》一个模糊的影像的时候，逗起我的兴趣的，只是一两段情节，几个人物，一种复杂而又原始的情绪。总之，一种急迫的情感的积郁，使我执笔写了《雷雨》。

在谈及《日出》时，他说道：

……我要写一点东西；宣泄这一腔愤懑。……然而情感的活动，终究按捺不住了，怀着一腔愤怒，我还是把它写出来。

对《原野》与《北京人》，虽没做明确交代，但其间更流荡着曹禺强烈的主观情绪。这一特性完全符合浪漫主义关于"诗歌是强烈情感的自然流溢"的界定。

曹禺虽因人类身陷"狭之笼"中还不自知而痛苦不已，但并没有就此气馁，他在努力寻找挣脱的良方。他有一个意念十分引人注目——"蛮性的遗留"：

《雷雨》对我是个诱惑。与《雷雨》俱来的情绪蕴成我对宇宙间许多神秘的事物一种不可言喻的憧憬。《雷雨》可以说是我蛮性的遗留，我如原始的祖先们对那些不可理解的现象睁大的惊奇的眼。

与此语义相近的还有"原始的情绪""神秘的吸引"，这虽只在论及《雷雨》时提出，但"蛮性"却贯穿在他早期创作心灵及绝大多数剧作的文本中。这"蛮性"的特征具体寄寓在"北京人"形象之中：

这是人类的祖先，这也是人类的希望。那时候的人要爱就爱，要恨就恨，要哭就哭，要喊就喊，不怕死，也不怕生。他们整年尽自己的性情，自由地活着，没有礼教来拘束，没有文明来捆绑，没有虚伪，没有欺诈，没有阴险，没有矛盾，也没有苦恼；吃生肉，喝鲜血，太阳晒着，风吹着，雨淋着，没有现在这么多吃人的文明，而他们是非常快活的。

这是一幅多么诱人的图画啊！它显然不是历史上北京人真实生活图景的描绘，而只是创作者理想的寄寓，是他冲决"狭之笼"的力量之源、希望所在，曹禺正是在他的人物诸如蘩漪、鲁大海、仇虎、金子、"北京人"等身上注入了这种"蛮性"。甚至在周朴园、周萍、曾文清等身上也有明显的"蛮性"因子。当然，这"蛮性"又与"文明"产生了激烈的冲突，但在"北京人"显示神威之前总是文明战胜"蛮性"，使人物及曹禺的挣脱成为徒然。不同之处在于：蘩漪们在文明的压抑面前毫不退缩，坚持抗争到底，明明知道不是对手，仍做"困兽的斗"，因而成为曹禺最为激赏的人物系列；而周朴园们也曾敢爱敢恨过，可在强大的文明压抑面前，终于退却下来，成为"阉鸡似的男人们"了。笔者以为，只有把"狭之笼"的意念与"蛮性的遗留"以及与此紧密相关的"北京人"意象结合起来，才能对曹禺的早期剧作做出恰如其分的诠释。

这"蛮性的遗留"及"北京人"意象，正是曹禺理想的寄寓。它完全符合浪漫主义抒写理想的规律。席勒说："现实总是落后于理想，凡是存在的东西总是有界限的，只有思想才是没有界限的。素朴诗人要遭受一切感性东西所必须受到的限制，相反地，观念的自由力量必然要帮助感伤诗人。诚然，素朴诗人可以彻底完成他的任务，但是这个任务是有限的，感伤诗人固然不能彻底完成他的任务，但是他的任务却是无限的。"

曹禺正是这样一位"感伤诗人"。而且，按朱光潜的概括，浪漫主义除了其主观性等特征之外，"还有一个'回到自然'的口号，这个口号是卢梭早已提出的。卢梭的'回到自然'有回到原始社会'自然状态'的含义，也有回到大自然的含义"。曹禺的"蛮性的遗留"及"北京人"意念则完全可以当作是对这种"回归自然"口号的响应。

当然，与现代中国其他浪漫主义作家一样，曹禺的浪漫主义也是一个开放的体系，其中融会了被称为"新浪漫主义"的现代主义的一些成分，如表现主义、象征主义等。本来，现代主义本身就是浪漫主义的延伸与发展，二者的"姻亲"关系十分密切。但曹禺早期剧作的主导倾向仍与浪漫主义特质更为切近。

二

只有从浪漫主义视域来解析曹禺早期剧作，才能对人们一直纷争不已的问题做出合乎情理的解释。

首先，关于曹禺早期剧作的人物评价问题。对这些作品中人物的评价，历来歧义纷呈。而曹禺塑造人物的出发点是痛感于人类都是"狭之笼"中"可怜的动物"及其对它的挣脱。在他看来，挣脱的途径就是要有"蛮性"——就是要像"北京人"那样"敢爱敢恨"。曹禺对人物是否激赏就是以此为标准。因此他才认定蘩漪是最"雷雨"的人：

> ……她是一个最"雷雨"的（这是我杜撰的，因为一时找不到适当的形容词）性格，她的生命交织着最残酷的爱和最不忍的恨，她拥有行为上的许多矛盾，但没有一个矛盾不是极端的。
>
> ……在遭遇这样的不幸的女人里，蘩漪自然是值得赞美的。她有火炽的热情、一颗强悍的心，她敢冲破一切的桎梏，做一次困兽的斗。虽然依旧落在火坑里，情热烧疯了她的心，然而不是更值得人的怜悯与尊敬么？

蘩漪"敢爱敢恨"的动力从何而来？这就是"蛮性"，且看作品文本的介绍：

> ……她有更原始的一点野性：在她的心，她的胆量，她的狂热的思想，在她莫名其妙的决断时忽然来的力量。

但文明的力量十分巨大，它造成的"狭之笼"十分牢固，使蘩漪身受其苦，使她的本性总遭压抑，她虽靠"蛮性"而取得过局部胜利——其最明显的成果就是冲决文明中的乱伦禁忌而获得了爱情。值得注意的是，曹禺对她的乱伦举动并无明显非难，他甚至认定这也"动人怜悯"：

周萍悔改了"以往的罪恶"。他抓住四凤不放手……

繁漪是个最动人怜悯的女人，她不悔改，她如一匹执拗的马，毫不犹豫地踏着艰难的老道，她抓住了周萍不放手，想重新拾起一堆破碎的梦……

周萍的悔改就是要结束乱伦生活，而她"不悔改"则仍要继续乱伦下去，可曹禺对周萍此举并不满意，而对她则看不出丝毫责备之意。这只能用她的"蛮性"来解释：在人类祖先那儿是没有乱伦禁忌的。但她一生总是失败多于成功，最终也走向了毁灭。文明对其本性的压抑以及她对文明的冲决，使她总处于激烈的矛盾、冲突、痛苦、绝望之中。但她的可贵之处就在于敢做"困兽的斗"。

笔者以为，对繁漪这个形象的评价必须以凭借其蛮力而对"狭之笼"做挣脱为基点，在这个基点上，该形象身上的一切不可解之处均可解开。而且，繁漪形象还是其他人物的参照坐标。在她的参照下，鲁大海同样有着与繁漪一样的特性，只不过他更偏侧于"敢恨"而已。周朴园、周萍则要复杂得多，他俩也曾"敢爱"过：一个爱上下人的女儿，冲决过文明设定的门第观念；一个爱上自己的后母，冲破了文明设定的乱伦禁忌。可他们又都在文明的压力下，抛弃了"敢爱"特性，悔改了"以往的罪恶"而成为"阉鸡似的男子们"了。因此，在曹禺早期剧作中，有两类人物引人注目：一类是以繁漪为代表，包括鲁大海、仇虎、金子、袁圆等，属于曹禺激赏的"敢爱敢恨"系列，但他们也都无力挣脱"狭之笼"的束缚。二是以周朴园为代表，包括周萍、陈白露、曾文清、焦大星等人，他们曾"敢爱"或"敢恨"过，但后来都慑于文明的压力而放弃了。

但曹禺笔下所有的人物都是"狭之笼"中"可怜的动物"，都是悲剧人物，都值得悲悯。就连周朴园、周萍、潘月亭、焦母等也值得人们同情。对周朴园，曹禺在后来的《我的生活和创作道路》中所做的"自我批判"中说，"旧本《雷雨》的序幕和尾声"中的"周朴园衰老了，后悔了，挺可怜的，进了天主教堂了"。其实，从作品文本来看，周朴园岂止是在"序幕"与"尾声"里值得悲悯？固然，他在这场大悲剧中已成为文明的代码，给他人带来了巨大痛苦；但文明同样使他丧失了曼妙的恋情，断了子断了孙，妻子与过去的恋人都发了疯，这些不也令人悲悯么？对周萍，曹禺明知"他的行为，不易获得一般观众的同情"，可仍要求"演他的人要设法替他找同情"。对于潘月亭之流，他说："《日出》里这些坏蛋，我深深地憎恶他们，却又不自主地怜悯他们的那许多聪明（如李石清、潘月亭之类）。奇怪的是两种情绪并行不悖，憎恨的情绪愈高，怜悯他们的心也愈重，究竟他们是玩弄人，还是为人所玩弄呢？写起来，无意中便流露出这种偏袒的态度。"

其次，关于曹禺早期剧作的主题问题。

历来人们都从社会问题剧的视角来诠释这些作品的主题，这与曹禺的本意与剧作文本的本然面目并不相符。就《雷雨》的创作他抗辩道：

> 我写的是一首诗，一首叙事诗……这固然有些实际的东西在内（如罢工……），但绝非一个社会问题剧……
>
> 有些人已经替我下了注释，这些注释有的我可以追——譬如"暴露大家庭的罪恶"——但是很怪，现在回忆起三年前提笔的光景，我以为我不应该用欺骗来炫耀自己的见地，我并没有明显地意识到我是要匡正讽刺或攻击什么。

关于《原野》，在1983年的私人通信中，有一段话不可忽视：

> 《原野》是讲人与人的极爱和极恨的感情，它是抒发了一个青年作者情感的一首诗（当时我才26岁，十分幼稚！）。它没有那样多的政治思想，尽管我写时是有许多历史事实与今人一些经历、见闻作根据才写的。不要用今日的许多尺度来限制这个戏。它受不了，它要闷死的……

可见，对曹禺的早期剧作主题一直存在着误读现象，曹禺的本意要写的是诗——一个青年诗人对整个人类悲剧性命运的悲悯与抗争及其这种抗争的徒然无益。在其中，当然会涉及一些具体的社会问题，但已远不止这些具体问题，而是飞升到整个人类的悲剧性命运这一形而上层面了。

最后，关于曹禺早期剧作的真实性问题。

长期以来，我们一直用现实主义真实观来衡量这些剧作，在此基础上，对其题材、人物等都出现了评价上的歧义：在题材上，褒扬者认定这些作品真实地反映了当时的社会现实，并且还十分全面、深刻；贬抑者则认为这些作品的许多地方不够真实，像《原野》就是失败之作；有的甚至认定曹禺的剧作是外国文学名著的简单拼凑与抄袭。在人物塑造上，褒扬者认定曹禺塑造了一批成功的艺术典型，贬抑者则指出其人物形象的许多失真之处。其实，这些评价都与这些作品的本然面目有明显距离。只有用浪漫主义的真实观才能准确把握曹禺这些剧作的真实性问题。浪漫主义认定：文学"严格说来就是想象的语言"，并且，"这种语言并不因为与事实不尽吻合而更不忠实于自然，正因如此，它更加忠于自然，只要它传达出事物在激情影响下对心灵所造成的印象"。曹禺正是立足于自己的主体心灵，在想象的基点上，围绕对"狭之笼"的挣脱来摄取与之总体感受相一致的素材，其中有现实生活中的一些影子、碎片，也有意无意地抽取了外国文学的"金丝"，更有自己的想象（包括幻想），生活的影子与外国文学的"金丝"只是作品中的"零部件"，即使把这些全部累加起来也不等于曹禺作品的整体，这些作品有其独特的精神内核，是其心灵创造物，其最大真实在于曹禺创作时主体心灵的真实！

三

令人惊异之处在于：在曹禺开始创作的年代，创造社与浪漫主义已"分手"多年，中国浪漫主义文学也早已由中心走向边缘，由主流退向支流，而他的创作为何还会显示出鲜明的浪漫倾向？个中答案只能从他的性格特质中去找寻。

关于曹禺的性格特征，先看他人的回忆与陈述：

（曹禺）有时心不在焉，爱走神，性格内在，还有点罗曼蒂克。

曹禺的性格，本来就是罗曼蒂克型的，他那耽于遐想的习性，在恋爱上也表现出来……

　　他从来不是冷静的人，而是一个情绪十分敏感的人。

　　曹禺热起来叫人受不了，冷起来也叫人受不了。

再看他本人的陈述：

　　我这个人，你说性格内向，那也是真的。有点事痛苦极了。……你说是浪漫型，也有点吧！

　　我不知道怎样来表白我自己，我素来有些忧郁而暗涩；纵然在人前我有时显露着欢娱；在孤独时，却是许多精神总是不甘于凝固的人，自己不断地来苦恼着自己。

　　我是一个不能冷静的人……

　　我应该告罪的是我还年轻，我有着一般年轻人按捺不住的习性……

　　我说过我不能忍耐，最近我更烦躁不安、积郁时而激动起来使我不能自制地做了图一时快意的幼稚的事情。

从上面的引述一看便知，曹禺是一个典型的浪漫主义艺术家，浪漫主义是他性格的底色，是他接触、看待外界人物与事件的先导，更是他创作的情绪基调。从其人生与心灵历程上，我们分明可以找寻到其浪漫主义特质铸成的轨迹。

（一）痛苦的人生体验

在孩提时代，曹禺就十分痛苦，究其因，主要有以下三方面：第一，沉闷的家庭环境。他常说："整个家沉静得像坟墓，十分可怕。"第二，知晓生母早逝使他感到孤单无依。他出生三天生母就辞世了，他常说："我从小失去了自己的母亲，心灵上是十分孤单而寂寞的。"第三，众多生灵的死亡让他感到人生的无常。在孩提时代及少年、青年时期，他耳闻目睹了一个个鲜活生命的消逝：这里有他的生母、姐姐、父亲、哥哥，有他所钟爱的段妈一家人，还有文学作品中一个个死于非命的文学形象。他感到了人生的无常，为此而困惑不解、痛苦不已；这一切都使他感觉到了"天地间的残忍"。正是这些因素在他心灵内种下了忧郁、感伤的种子，为他的性格定下了内向、脆弱、善感、好冲动的基调。

（二）对文学与宗教的心灵共振

曹禺阅读了大量的文学名著，特别是古希腊神话中的"命运"观念，使他终于找到了人生悲剧的根由："这种种宇宙间斗争的'残忍'和'冷酷'的背后，或有一个主宰来使用它的管辖。"同时还受到现代主义文学思潮的濡染：现代主义认定人类被自身所创造的文化所束缚，在创造世界的同时也为自己设置了牢笼，使它的作家陷入沉重的痛苦与困惑之中，并使其文学弥漫着绝望的情绪。这种情绪与曹禺的感受是相通的，不但印证而且还加剧了他对人生的痛苦感受。同时，创造社作家，特别是郁达夫感伤情绪强烈的作品，也会使他在心灵上引为同调，他曾多次陈述自己对郁达夫的敬重便是明证，基督教也对曹禺影响明显：它的"原罪"思想、"末日"观念，都曾使曹禺引为同调。

以上个人遭逢与文化影响综合作用，就很容易产生人类都是"狭的笼"中"可怜的动物"的感受。他认定，人类都在"怎样盲目地争执着，泥鳅似的在情感的火坑里打着昏迷的滚，用尽心力来拯救自己，而不知千万仞的深渊在眼前张着巨大的口。他们正如一匹跌在泽沼里的羸马，愈挣扎，愈深沉地陷落在死亡的泥沼里"。而且，像他这样具有浪漫性格的人，易受情绪支配，往往会把一切都推向极端，并自然而然地夸大自己的主观感受，使他由一己的遭逢、见闻夸大到整个人类，这正是作为一个浪漫主义作家的固有特色。

（三）寄望于"蛮性的遗留"与"北京人"

曹禺感到，靠常人是无力挣脱"狭之笼"的束缚了，必须有一股强力，才可以做一下"困兽的斗"。当时有两件事应该对曹禺有明显的影响：一是美国文化人类学家摩尔的小册子《蛮性的遗留》于1924年由李小峰译出，并于1925年由北新书局公开出版，周作人、孙伏园同时作序。这本书在当时产生过一定影响，曹禺"蛮性的遗留"也许正是借用了摩尔的书名，他早期剧作中一些令人费解的问题，用该书中的一些观点就能得到解释。但光靠在人体内注入"蛮性"还不足以让人冲开"狭之笼"。二是北京人头骨于1929年在北京周口店出土，为人们提供了史前人类的模型，这是考古学的一大发现，曹禺正是在《北京人》里赋予了"北京人"以非凡的力量，是他用拳头砸开了"狭的笼"之门。

总之，在早期，曹禺一直生活在自己的内心世界里，历史的车轮虽已进入20世纪30年代，可他心灵的日历仍停留在那个世纪的20年代，从感伤的浪漫主义倾向来看，曹禺与郁达夫具有很多相通、相似之点；就其文学特性而言，把他列入"五四"作家行列也是贴切的。

四

确立曹禺早期剧作的浪漫主义解读视角具有独特的人学意义与文学价值：首先，具有形而上层面的人学意义。认定人类是"狭的笼"里"可怜的动物"，只是曹禺的主观创造物，但却是人类所受到的各种内、外制约的形象化表达。自文艺复兴以来，人是万物的灵长的观念早已深入人心，科技的发展也使人类似乎越来越能掌握自己的命运了。可实际上人类仍受到各种制约，生活并不像预期的那么酣畅淋漓，而是充溢着焦虑与痛苦。这种制约主要源自于自然界、人类文明以及人自身三方面。面对自然，现在人类遇到了两难困境：一方面，自然仍作为一种力量（尽管比以前小得多、少得多）在制约着人类；另一方面，还没有"改造"好的自然已对人类的改造不耐烦，在开始实施它因人类的"改造"过分而起的惩罚。至于文明对人的压抑问题，曹禺剧作中的"狭之笼"多半由此而产生，因这个问题太复杂，应做专文论述。必须指出的有两点：一是这里所指涉的文明的压抑既包含了人们通常所说的社会问题，但又远远不止这些问题；二是这种压抑带有永久性特点，只要人类及其文明存在，该问题就不可避免。而人的自身限制包括生理的、情感的、欲望的诸方面，这些也将一直伴随人类到永远。因此，曹禺的感受就具有了超越个体、超越时空的普遍意义，广大读者都会自觉不自觉地与之产生共鸣。

其次，具有丰富的美学意蕴。人们都注意到曹禺后来创作的剧作（其实也不到"后来"，其《蜕变》《全民总动员》等就与早期几个名剧同时创作而成）已失却了《雷雨》等剧作的魅力，许多论者都做了有说服力的论证，但其根本原因就在于作者舍弃了自己的特长——从浪漫主义视域对人类命运进行思虑与表现。其实，人们所津津乐道的曹禺剧作的艺术成就就是以浪漫主义做其内核，而《蜕变》等作品所欠缺的也正是这内核。对《雷雨》等剧作的美学意蕴，笔者将重申人们已有所涉及但还没有完全说到位的三个方面。一是塑造了奇异的人物形象。对蘩漪、仇虎、金子等形象，人们研究虽多，但却忽略了他们身上的"蛮性"，这就使其论述总让人产生与人物本身意蕴有所游离之感，其实，正是曹禺在他们身上注入了"蛮性"，才使他们奇异，并充满了个性的活力与张力，显得格外有生气而让人惊奇不已，并为文学史画廊增加了新的人物形象。试想，若从他们身上抽掉了"蛮性"，他们将不仅失去了特色，而且也必然难作为人的形象而昂然挺立。二是力之美，正是由于曹禺在其主要人物身上注入了"蛮性"，把他们的一切推向了极端，才使这些作品具有一种内在的张力，具有一种力之美，有让人着魔一样的魅惑力。而且，还是阴柔之美与阳刚之气的奇妙遇合：曹禺把自己充满感伤的情感渗透于这些作品的骨髓里，使之有一种"凄凄惨惨戚戚"的婉约美；但他注入的"蛮性"又使蘩漪、仇虎等形象身上具有一种强悍的力量、不屈的意志，进而显示出了阳刚之气。三是浓郁的悲剧色彩。这也已被人论述过，笔者要补充说明的是：由于这些作品属于曹禺"强烈情绪的自然流溢"，因而其悲剧色彩就格外浓郁；又相关整个人类的悲剧性的处境，能使人更容易产生心灵的共鸣；而且，因其理想人物都做了勇猛的挣脱，尽管只是"困兽的斗"，还以失败告终，但仍使之具有摄人心魄的悲壮美。

最后，浪漫主义基质中包孕了现实主义因素。由于曹禺有关"狭之笼"意念的形成主要萌发于现实的人生感受，在创作中又从生活中摄取了大量的"零部件"，因而在这些作品中必然蕴含着许多现实主义因素，用现实主义作为标尺来衡量、研究这些早期剧作，也能得出一些合乎作品实际的结论，这与过去我们用现实主义来研究那些浪漫主义文学道理相通。可问题在于，若仅从现实主义视域来观照曹禺这些作品，就会把它们的主要创作倾向忽略掉，进而使其研究出现了许多盲区、误区，难以完整地把握这些作品的整体意蕴。如前所述，曹禺早期剧作的整体意蕴是浪漫主义的，因此，说浪漫主义基质中包孕了现实主义因子则更为切合这些作品的原貌。

原载《文学评论》2003年第4期

参考文献：

[1] ［美］M.H.艾布拉姆斯.镜与灯 [M].北京：北京大学出版社,1989.

[2] 中国社会科学院外国文学研究所等编.欧美古典作家论现实主义和浪漫主义 [M].北京：中国社会科学出版社,1981.

[3] 朱光潜.朱光潜全集 [M].合肥：安徽教育出版社,1991.

[4] 田本相,等主编.曹禺全集 [M].石家庄：花山文艺出版社,1996.

[5] 田本相.曹禺传 [M].北京：北京出版社,1995.

[6] 田本相,等编.苦闷的灵魂 [M].南京：江苏教育出版社,2001.

从《过客》等篇什看鲁迅创作的荒诞意识

张宜春 笔名百刃（百韧），1962出生，江苏连云港人。中国作家协会会员。在《人民日报》《光明日报》《钟山》《雨花》《山花》《长城》《小说月报》《广州文艺》《滇池》等报刊发表长中短篇小说、报告文学及评论二百余万字。有作品被《长篇小说选刊》《中篇小说选刊》《小说月报》等选载。

《过客》出自《野草》集，现代文学史称《野草》为散文诗集，故文学史家皆持散文诗谈。其实，作者之所以将其收入《野草》，恐旨不在于其他篇什体裁的相同，而在于作者这一时期的创作，包括《彷徨》在内，大致表现出思想基本相同的意识流程，即孜孜追求而不得，兀兀探索而渺茫的这种彷徨苦闷的思想倾向。诸多小说，合集《彷徨》，合情合理。而其他短小精悍的作品收归一集，取名《野草》，不仅寓意"野火烧不尽，春风吹又生"的百折不挠，恐怕亦含有体裁的芜杂之意吧。因此，笼统将《野草》称为散文诗集，未免有些牵强，就《过客》而言，则为一独幕短剧。因为它确实已具备了戏剧因素及表现形式。然而，它又缺少传统戏剧完整的故事情节、强烈的戏剧冲突及栩栩如生的人物形象。这就不得不使我们抛开传统观念的桎梏，对《过客》的创作意识和创作方法进行全新的认识。可以说，《过客》的创作，使鲁迅在小说《狂人日记》中已经流露出的荒诞意识更加明朗化，确定化。因此，中国现代文学史上最早具有荒诞意识并且将这种意识移植、渗透到文学领域，创作出

具有现代派文学特征的文艺作品的第一个作家，应是鲁迅。

诚然，荒诞意识并非等同于荒诞派戏剧文学。作为现代派文学一个有机构成部分的荒诞派戏剧，是20世纪50年代在法国戏剧领域兴起的一个文艺流派。它的哲学思想基础是存在主义的荒诞观念，即"存在是荒诞的"。认为，人们只有表现这种荒诞和恐怖，才能达到最高的真实，才是真实的艺术，人们才有可能从中得到认识上的发现，即从荒诞的观照中使自己类似的经验得到宣泄和宽慰，从而实现某种精神上的净化。而荒诞意识则是具有多边科学知识及多向思维能力的作家，对客观世界的超凡的主观映象在作品中的体现。这种意识并非荒诞派戏剧作家们独有，19世纪美国作家爱伦·坡、20世纪初表现主义作家卡夫卡等人的小说创作中已有表现。这种意识已不是某个民族所独有，而是具有较为深广的世界性影响。

从时间着眼，鲁迅（1881—1936）的生活、创作与卡夫卡（1883—1924）大致相同。20世纪初，正是西方现代派文学兴起的第一个阶段。鲁迅先生作为学贯中西的学者作家，于这一时期产生荒诞意识亦很自然。愁雾笼罩的现实使他处于深深的悲哀和苦闷彷徨之中：古老的中国艰难地迈到20世纪，已被外国列强蚕食鲸吞成一副残缺不全的骨骸，而骨骸上的蛆虫——国内的军阀们仍在混战不休，第一次世界大战笼罩全球的阴霾，苏俄十月革命的胜利及对中国带来的全新影响，中国共产党的诞生和党在幼年时期所走的太多弯路，这些都在鲁迅的早期思想中留下深深烙印。更为重要的是，纷沓而至的欧洲哲学理论、文艺思潮使鲁迅早期的人生观、文艺观具有一种多向性和兼收并蓄的包容性。固然，达尔文的进化论思想对他影响很大，但是尼采哲学对鲁迅早期思想的影响亦是不可低估的（虽然时间很短）。尼采作为站在世纪转折点上的哲学家，批判地继承了叔本华的意志主义，倡导生命哲学，把宇宙过程看作是奔流不息的生命现象，批判现代文明对以生命本能和自由意志为本原的创造力的压抑损害，倡导发扬人的超越性，做精神文化价值的创造者。尼采这种哲学，同样也影响到荒诞派戏剧的哲学基础——存在主义及其他现代派文学。因此，共同面对的国际现实，带有全球性的哲学意识的蔓延，人类共同关心的生存及命运，便导致了一些包括鲁迅先生在内的探索性作家，在自己的作品中流露出这种不谋而合的荒诞意识。

但是，鲁迅作品中的荒诞意识是中西文化合流冲卷成滔天巨浪、经过扬弃而后平息的一种积淀。这种意识是根源于源远流长的中国文化，是在对道、儒等多种文化批判之后恢宏了其精华部分，从中国的社会现实出发，在广泛地吸收外来文化的基础上萌发出的，并通过文艺作品而表现出来的哲学意识。因此，这种意识又具有其独特的民族特色，这种特色又变现为以理性的形式，即合乎逻辑的情节、规范化的语言来表现一种荒诞的现实、荒诞的关系。它不同于荒诞派文学舞台形象的支离破碎，情节的不连贯和荒诞不经以及失去表意功能的无聊语言，而是在继承批判现实主义文学中深刻的分析和彻底的批判的前提下，又加上了一层非传统描写的"表现法"。这种"表现法"是作家用歪曲客观事物（通过狂人，如《狂人日记》；通过疯子，如《长明灯》；通过梦幻，如《死火》诸篇）的方法来曲折地表现自己的心曲。它既不像浪漫主义者那样描写客观事物或直抒胸臆，也不像现实主义者那样忠实于客观世界的细致描绘，而是通过自己的描写来折射出世界的荒诞，表现出构成世界主体的人的那种普遍的、可怕的孤独，特定时期人与人间的隔阂和冷酷以及人与自然的不和谐。《过客》就是这种意识支配下诞生的宁馨儿。它为后来的荒诞派文学提供了可资借鉴的表现形式和特征。

一、"一条似路非路的痕迹"——外部世界是荒诞的存在

《过客》中，作者设置了一个荒诞的境遇："东，是几株杂树和瓦砾；西，是荒凉破败的坟丛葬；其间有一条似路非路的痕迹"。其他各处，"没一处没有名目，没一处没有地主，没一处没有驱逐和牢笼，没一处没有皮面的笑容，没一处没有眶外的眼泪。"

这是一个何等荒诞的境遇。而这种境遇却具有一定的确定性，这种确定性，又不同于现实主义文学中的"典型环境"，而是作者为人物特意设计的，供人物去获得切身感受并做出"自由选择"的客观条件。这种境遇往往是荒诞和险恶的，人物面对绝境，面对无法预测的后果，不得不做出自己的选择，而这种盲目的、荒诞的选择，常常要经历痛苦的、摇摆不定的内心搏斗并与外部世界发生尖锐的冲突。"过客"的选择（即向西方执着地走去）也是盲目而矛盾的，他在做出此种选择时，内心经过剧烈的斗争，"我的脚早已走破了，

有许多伤，流了许多血……我的血不够了。"但是，为了"声音"的呼唤，他"息不下"。他不清楚前面是什么所在，料不定能否走完，但在短暂的犹豫之后，却还是谢却一切"好意"，拒绝一切布施，奋然西行。同时，外部世界给他设置了一道道障碍：黄昏欲晚的时日、凄凉破败的荒野丛坟、欲喝些水来补充自己的"血"却"连一个小水洼也遇不到"、向丛坟中"跟跄地闯进去的时候，夜色正跟着他"。一幅多么荒诞、可怖、惨淡的前景啊。这里，大自然中的真实景物即环境消失了，它们已不再是一个独立的自在物，而成为人物意识的象征。这些，恰是表现了大革命失败前后，白色恐怖笼罩中国，中国革命的出路极度渺茫的情况下，怀疑情绪在"两间余一卒，荷戟独彷徨"的鲁迅身上的反映。

二、"称呼？——我不知道"——"自我"的丧失

在对待"自我"的问题上，作家亦表现出前所未有的忧虑和苦闷，可以看出作家思考的艰辛和探索的不懈。"过客"对自我的稳定性、真实性和生存意义产生了严重的怀疑。当老翁问其如何称呼时，他回答说："我不知道我本来叫什么。""那么，你是从哪里来的呢？""我不知道。从我还记得的时候起，我就这么走。""那么，我可以问你到哪里去么？""我不知道……"从翁客问答中，我们可以看出"过客"对自我的丧失流露出"迟疑"的悲哀。他之所以要"走到一个地方去"，是否是为了寻找失去的"自我"？这种"寻找自我"的执着，恰是荒诞派文学的内核。当代英国批评家马丁·埃斯林（Martin Esslin）把荒诞派概括为"寻找自我"的文学。这正表现了那个新旧交替时代的风尚。中国经过了几千年的封建文化专制，人们的"自我"意识丧失了，个性失去了其独立意义。因此，到了五四新文学运动时，民主进步的思潮，呼唤起"自我"意识的觉醒，寻求个性解放也成为许多知识分子重新认识自我的一种表现方式。但是，一个沉疴昏睡上千年，醒来又面对纷坛繁杂令人目眩的外部世界、感到无所适从的中国，特别是最先醒来的中国进步的知识分子，到底追求一种怎样的"自我"意识，寻求怎样的个性解放？这确实是一个严峻的问题。鲁迅除《过客》外，还在《娜拉走后怎样》《伤逝》等杂文、小说中参与了这场论争，并做了精辟的、科学的、付诸形象化的分析。《过客》则表现出

这种迷茫探索及追求的艰辛和不可知。在对待自我的关系上，鲁迅的抽象化解读是中国过去任何一种传统文学所绝无仅有的。

三、"老翁""女孩""过客"——用抽象化的、还原为人的原型的形象代替人物性格和概括

《过客》中的三个人物都不是具有个性特征的人物形象。这里的人物没有姓名，恰如后来荒诞派文学多采用笼统的称呼，如先生、女门房、女友母亲、小伙子、教授一样，他们的身份是不确定的，特别是"过客"，他不是某个具体的、实实在在的人，而是那个时代、那个社会某类人的象征。他既义无反顾执着追求，又有着短暂的犹豫和摇摆不定；既有丧失自我的虚无一面，又有寻找自我归真反璞的一面；他软弱，又有力；他无法摆脱那种盲目的、无谓的、看起来确实毫无意义的苦行僧生活，却以惊人的毅力和百折不挠的信心与勇气去追求那种看似永远追求不到的东西。这种勇气与毅力是悲壮的，它产生了强烈的、震撼人心的悲剧效果。剧中的并没有真正出现的"声音"，实际上是代表着一种召唤人们去实现自己的理想的一种永恒的、存在于人类心灵深处、期待着外部世界与之共振的象征，一种自强不息的韧性和悬在希望的空中面对着它追求却永远追求不到的太阳，一种生态发展、人类进步的诱惑。人们追求它，是为了给予现实生活以意义。但是，"他似乎曾经也叫过我"，"我不理他，他也就不叫了"（老翁语）。可见，这种"声音"，如果失去了共鸣的客观条件，也便失去了"他"对外部世界产生影响的契机。尽管如此，"声音"却仍是维系、延续着人们孜孜追求的一丝不可知的希望。

另外，《过客》中没有完整的故事情节及结构，在戏剧发展过程中也没有明确的时间、地点，而只用"或一日的黄昏""或一处"等模糊概念来表现时空意识，也没有戏剧冲突即剧情转折，更谈不上结局。这些，都为后来的荒诞派戏剧文学所秉承和发展。

四、追求"声音"与《等待戈多》——贝克特（1906—1989）对鲁迅的继承和模袭

《过客》发表（1925年）后的28年（1953年），在法国剧坛爆响了一颗荒

诞炸弹，贝克特的《等待戈多》连演 300 多场而不衰，并被译成 20 多种语言，成为荒诞派戏剧的代表作，作者亦由此成为荒诞派戏剧的创始人之一。

其实，读过《等待戈多》以后，再与《过客》相比较，发现二者具有某种或许是"英雄所见略同"的巧合。不难推想，作为中外著名文豪的鲁迅，他的作品早已远播海外，译成多种语言文字，对小于鲁迅 25 岁的贝克特来说，学习、模仿亦在情理之中。我们可以看出，《过客》和《等待戈多》二者具有某种惊人相似的对应关系：

  时间：或一日的黄昏——黄昏；地点：小路、枯树根——小路、光秃秃的树；人物：过客、老翁、女孩——流浪汉、波卓、幸运儿；事件：无望地追求"声音"——盲目地"等待戈多"。

二者相对照，颇能发现其异曲同工之妙，特别是《过客》中的"声音"与《等待戈多》中的"戈多"，都表现了人类生存进化的状态。不同的是，《等待戈多》的荒诞意识更加浓郁了，除了场景的模糊不确定外，对话的乏味及琐碎、时间的无聊和没有穷尽、人物的猥琐与渺小，都大大加重了这种离奇和荒诞不经。《过客》重追求，《等待戈多》偏等待，同样为处世，前者表现了鲁迅"路漫漫其修远兮，吾将上下而求索"的积极态度，后者却流露出"无可奈何花落去"的消极等待情绪。

总之，作为中国现代文学主将的鲁迅，他不仅是位伟大的、严肃的现实主义者，而且从他的作品中看出其创作的多向性即大胆尝试的开创精神。可以说，没有鲁迅，就不会有中国现代文学史的灿烂辉煌，也不会有新时期文学创作的百花齐放，姹紫嫣红。

原载《青海师范学院学报（哲学社会科学版）》1988 年第 4 期

浅析朱自清和鲁迅的交谊

陈　武　1963年出生,江苏东海人。在《十月》《钟山》《花城》《中国作家》《人民文学》等杂志发表文学作品500余万字,多篇小说被《小说选刊》《小说月报》《中篇小说选刊》等选载。出版各类图书30余种。曾获得第二届、第六届紫金山文学奖,第一届、第二届花果山文学奖和首届花果山文化奖。中国作家协会会员。文学创作一级。现为连云港市文联专业作家。

朱自清在北京大学读书,听过鲁迅的同辈人周作人、胡适、沈尹默、沈兼士、章士钊、马叙伦等人的课,也听过鲁迅的好友钱玄同的课。据现有材料看,朱自清没有听过鲁迅的课,在朱自清读大学期间,鲁迅还在抄古碑,没有兼课。但他们有多次交集、见面,也有文字上的相互连线,甚至同桌吃过饭。从辈分上讲,说鲁迅是朱自清的老师也不为过。但他们之间的关系却一直没怎么亲近。

真正和鲁迅的接触,是在1932年的11月间,这个月的9日,鲁迅来北京探母病。鲁迅在北京逗留的十几天中,北京的文化界、学术界闻风而动,不少大学和机构都希望能请到鲁迅去做演讲。鲁迅也确实在北京大学、辅仁大学、女子文理学院、北京师范大学、中国大学等做了一系列的演讲,引起较大的反响。清华大学当然不能错过这次机会了。11月24日,朱自清日记云:"访鲁迅,请讲演，未允。"吴组缃在《敬悼佩弦先生》一文中，对这次不成功的邀请有比较详细的记述："朱先生满头汗，不住用手帕抹着，说：'他不肯来，大约他对清华印象不好，也许是抽不出时间。他在城里有好几处讲演，北大和师大。'停停又说：'只好这样罢，你们进城去听他讲罢。反正一样的。'"从吴组缃这段文字里，我们大致能读出这样的信息，一是这次演讲很可能是同学们要求朱自清能请到鲁迅，进而一睹鲁迅的风采。因为朱自清当时不仅是著名作家，还是清华中文系代理主任，由他出面，很合适，也较有把握；二是鲁迅对朱自清邀请的回话也是含糊其辞的，拒绝也没有明说什么原因，而在朱自清听来，可能是鲁迅对"清华印象不好"，也或许是"抽不出时间"；三是朱自清没请来鲁迅，觉得对不起学生，满头汗大约是走得急，也可能是心里急造成的，因为时节毕竟是11月底了，北京已经很冷了。所以朱自清最后提醒学生也可以进城去听鲁迅的演讲。但朱自清到底还是不甘心，过了几天，即27日下午，又去请了鲁迅，日记所记，也只比24日多了个"下午"二字，即"下午访鲁迅，请讲演，未允"。可见心情不爽。坏心情是有延续的，或者干脆就和没请到鲁迅有关——第二天，即28日，日记云："心境殊劣，以无工作也。"

查鲁迅日记和相关书信、文章，也确实理不清他为什么没有答应朱自清代表清华的这次邀请。依我们对鲁迅通常的理解，如果这次邀请演讲的，不是清华教授朱自清，而是清华大学中国文学社的代表，或许可能"请得动"鲁迅。

其实，朱自清和鲁迅之间的关联，应该早在1922年就有了。这年的1月，年仅25岁的朱自清，和鲁迅、周作人、沈雁冰、叶圣陶、许地山、王统照、冰心、庐隐十七人一起，被著名的《小说月报》聘为"本刊特约文稿担任者"。我们都知道《小说月报》当年在文学界的地位，能够和鲁迅、周作人同时列名，虽然是郑振铎的关系，但也说明朱自清当时在文学界不仅是初露头角，而且已经得到相当一部分白话文作家的肯定了。两年多以后，鲁迅还为朱自清说话，起因是，在1925年12月8日，一位叫周灵均的作者，在北京星星文学社出版的《文学周刊》第十七号上发表文章，题目叫《删诗》，很粗暴地对胡适的《尝试集》、郭沫若的《女神》、朱自清等人的《雪朝》以及许多新诗集给予了全盘否定，用词也非常极端，如"不佳""不是诗""未成熟的作品"等，鲁迅读到这篇文章后，专门写了一篇《"说不出"》的文章，相当尖锐地批评了周灵均这种武断的作风,认为他是"提起一支屠城的笔,扫荡了文坛上一切野草",还举了例子,说:"看客在戏台下喝倒彩,食客在膳堂里发飙,伶人厨子,无嘴可开,只能怪自己没本领。但若看客开口一唱戏,食客动手一做菜,可就难说了。"批判了这种恶劣的批评倾向。更重要的是,在鲁迅为朱自清等人说话的一年之后的这次同桌聚饮,即1926年暑假期间,朱自清回浙江上虞白马湖家中度夏,经常到上海会见老朋友,如6月29日,朱自清还没到家,就在上海接受了老朋友叶圣陶、王伯祥、胡愈之、郑振铎、周予同等人的邀宴,餐后还去冷饮店吃冷饮。7月1日,在临时居住的二洋桥平安旅社接待了来访的叶圣陶、王伯祥、刘大白、任中敏等人,谈话后,又去南京路王宝和喝酒。7月3日下午,陪叶圣陶、王伯祥到上海大戏院看电影《美健真诠》。7月4日,和叶圣陶、王伯祥、胡愈之、郑振铎、孙伏园和四妹玉华等人去游览了公园。在上海勾留了六七天才回到白马湖的家中。暑假要结束了,在返京时,又于8月29日来到上海,当天就访问了叶圣陶。正是在和叶圣陶的这次会见中,朱自清得以有机会在第二天参加了一场重要的宴会,就是消闲别墅那次公宴——几乎和朱自清同时到上海的鲁迅,因赴厦门大学文科教授途经上海做短暂逗留时,在上海的文学研究会同仁得知后,决定设宴招待鲁迅。但据王伯祥日记云:"公宴鲁迅于消闲别墅,兼为佩弦饯行。佩弦昨由白马湖来,明后日将北行也。"王伯祥日记说明这次公宴含有为鲁迅接风和为朱自清饯行的两层意思。出席这次公宴的还有郑振铎、刘大白、夏丏尊、陈望道、沈雁冰、胡愈之、叶圣陶、王伯祥、周同予、章锡琛、刘熏宇、刘叔琴、周建人等,能凑齐这个阵容,恐怕也就鲁迅能有这个号召力吧。《鲁迅日记》1926年8月30日记曰:"下午得郑振铎柬招饮,与三弟至中洋茶楼饮茗,晚至消闲别墅夜饭……"此时的鲁迅心情较为复杂,"三一八"惨案后,鲁迅发表了《淡淡的血痕中》《一觉》等一系列文章,抗议了北洋政府的暴行,并称三月十八日那天为"民国以来最黑暗的一天",为此遭到当局的通缉,他避难于山本医院、德国医院、法国医院等,5月才能回家,7月间,每天去中央公园和齐宗颐一起翻译《小约翰》,算是做了点工作,但显然,北京不易再待下去了。他在《朝花夕拾》的前言里说到那段生活时,用了"流离"一词,写作也是在"医院和木匠房"里。能和这么多朋友聚餐于上海,也是一种宽慰了。朱自清能在这样一个特殊的时候，和鲁迅邂逅于宴席中，双方印象应该都很深。这里略做一点补充，朱自清在上海，和叶圣陶等文人相聚甚欢，在北京，同样也能和京派文人打成一片，比如多次赴周作人、吴宓、顾颉刚、钱玄同、刘半农等人的聚餐、游览等活动。这里有几个例子可举——朱自清邀请鲁迅演讲被拒的前后，如1929年1月12日，朱自清应周作人邀请，到八道湾周宅赴宴，欢迎罗家伦就任清华大学校长。同席的除朱、周、罗外，还有俞平伯、钱玄同、冯友兰、杨振声、徐祖正、张凤举、刘廷芳等人；1929年5月18日晚，赴周作人在周宅的邀宴，在座的有傅斯年、钱玄同、刘半农、俞平伯、马裕藻、马衡等人；1929年1月间，加入了以吴宓、赵万里等人为主的《大公报》撰稿者之列；也在这一年的5月间，和白荻舟、顾颉刚、魏建功等人到妙峰山调查民俗等等。就在鲁迅到北京的前一个月（1932年10月8日），朱自清还亲自设宴于东兴楼，请周作人、黄节、杨振声、徐霞村等人吃饭，朱自清当日的日记云："饮酒兴致颇佳。"鲁迅生性多疑，而且记仇，就说和顾颉刚的关系吧，鲁迅从北京取道上海到达厦门大学的时候，顾颉刚也在厦门大学任教授，顾氏因说鲁迅的《中国小说史略》是抄袭日本人的《支那文学概论讲话》，引起鲁迅的愤怒。顾氏又把他的发现告诉了陈源。陈源写文章公开了此事。鲁迅和陈源开始了一场笔战。直到《且介亭杂文二集》出版的时候，鲁迅还在后记里说："当一九二六年时，陈源即西滢教授，曾在北京公开对于我的人身攻击，说我的这一部著作，是窃取盐谷温教授的《支那文学概论讲话》里面的'小说'一部分；《闲话》里的所谓'整大段的剽窃'，指的也是我。现在盐谷教授的书早有中译，我的也有了日译，两国的读者，有目共见，有谁指出我的'剽窃'来呢？"不过，鲁迅在《不是信》一文中，对这段公案有所说明："盐谷氏的书，的确是我的参考书之一，我的《小说史略》二十八篇的第二篇，是根据它的，还有论《红楼梦》的几点和一张'贾氏系图'，也是根据它的，但不过是大意，次序和意见就很不同。"这事一直让鲁迅耿耿于怀，在不少文章里对陈源和顾颉刚大加讥讽。而朱自清又和鲁迅反感的人或和反感人的学生来往密切，这是否也是鲁迅拒绝朱自清邀请演讲的一个理由呢？因没有文字记载，一切只是推测了。值得一说的还有一事，1932年8月，朱自清结束为期一年的欧洲之游，回到上海，和陈竹隐女士结婚，并在上海杏花楼订桌请客，在邀请嘉宾的名单里，没有鲁迅。朱自清在8月4日的日记云："晤天縻、延陵诸老友。大醉不省人事。"王伯祥日记记载那天的婚礼，到场的嘉宾有"互生、惠群、克标、载良、承法、薰宇、熙先等"。陈竹隐在《追忆朱自清》里也说到那天的婚宴，邀请的嘉宾"有茅盾、叶圣陶、丰子恺等人"。朱自清在上海度蜜月，没有去拜访鲁迅，说明朱自清不在鲁迅的朋友圈内。从这些蛛丝马迹中透露的信息看，鲁迅不愿意接受朱自清邀请，似乎有点眉目了。

但此种说法似乎并不成立，未免小看鲁迅了。因为鲁迅的好朋友郑振铎更是和上海北京多方面的文化人都有往来，而鲁迅和郑的关系一直保持得很好，比如1933年4月22日，郑振铎在北京为扩大左联刊物《文学杂志》的影响，特意在东兴楼设宴组稿，朱自清就在受邀之列。同时接受邀请的，还有顾颉刚、陈受颐、许地山、魏建功、严既澄、郭绍虞、俞平伯、扬振文、赵万里等人，朱自清在当天日记有"余允作一文"的话。第二天，朱自清又赴北海五龙亭，出席《文学杂志》社茶话会。这是左联北京支部为团结北京文艺界、扩大杂志影响而举行的文艺茶话会。在会上，朱自清对文艺工作如何开展，谈了自己的看法，表示愿意同杂志社合作。参加这次茶话会的，还有郑振铎、范文澜等文艺界人士。会后，北京左联负责人之一的王志之给鲁迅写了一封信，汇报了此次茶话会的成果，鲁迅看信后很满意，并高兴地说："郑朱皆合作，甚好。"（鲁迅1933年5月10日《致王志之》。《鲁迅全集》第十二卷，人民文学出版社1981年版）此事离朱自清邀请鲁迅演讲被拒不过五个月时间，因此，说鲁迅对朱自清个人有什么成见并没有令人可信的依据。

1935年1月5日，在北京和天津同时产生很大影响的"全国木刻联合展览会"，在北京太庙举行。朱自清在当天的日记中，对木刻展谈了自己的心得："青年艺术家们对工农业颇有好感。我对此种艺术并不熟悉，故不太会欣赏。不过在展览会上有机会读到比利时人梅塞里尔（Maserreel）的四部著作，每部作品前都有序，我读了这四篇序言后，对木刻总算有了些印象。序言中说以白线条代替黑线条，这种艺术效果和手法是英国人倍威克（Bewick, 1753—1828）的创造，而梅塞里尔的作品（中）受此影响是明显的。"须要说明的是，这次木刻展览，和鲁迅有很大关系。鲁迅在晚年，用力推广木刻版画，尤其对青年版画家，更是倾力提携，还经常和青年木刻家坐谈、交流，他本人也收藏了不少木刻作品。这次木刻展，虽由平津木刻研究会金肇野、唐诃、许仑英等发起主办，却得到了鲁迅和郑振铎的大力支持，更为重要的是，第三展室西洋现代版画由鲁迅所选（第二展室中国古代木刻及图书由郑振铎所选）。在当时，鲁迅和郑振铎可以说是这方面的专家，在木刻收藏和推广方面起着导师的作用。这次大规模的展览，报纸上肯定发布了消息，朋友间大约也有议论。朱自清原本就兴趣较广，经常参加多类艺术活动，仅在这次全国木刻联合展览会前后，就有数次，如在1934年9月9日，就进城观看了苏州社画展，在当天的日记中，表示了对张大千兄弟的作品的喜欢，特别是对张大千的画，还发表了感想，认为"画面并不均匀和充实，留下很多让观众自己去想象的余地。色彩富有装饰性，看来艺术家喜欢浅蓝和红色，此两色淡雅肃穆，颇为突出。特别是后者，更为画家所好。唯一不足之处，是画中人物的单调，好像只有绅士和淑女似的，且女性形象健壮而不纤雅"。1934年10月29日，参加了哈丽特·蒙罗小姐的诗朗诵会，在当天的日记里特别记一句"她已七十二岁了"。1934年11月4日，进城会晤了胡适后，又参观了N.P.L.书画展览，此展览大部分是照片，并对感兴趣的作品开列了三幅，有"中世纪手稿的复制品""维也纳国家图书馆的壁画复制品""具有现代派建筑风格的瑞士国家图书馆照片"。这个月的18日，参观了中国戏剧展，对新增的一些乐器和剧本感兴趣。还在1934年的12月7日观看华光女校在北京饭店的歌舞演出，8日观看易卜生话剧《娜拉》。在1935年1月13日，即和这次木刻展只相隔一个多星期，他又观看了朋友的油画，在当天的日记中评论说："秦请我看他的油画，并告以如何欣赏色彩，甚难琢磨。唯一使人一目了然的画，是一张美女像，用的是传统画法。他还给我看了他的钢笔画，无非是黑白对比的效果纪录而已。"这个月的17日，在家听唱片《太平乐急》和《纳曾利》。当天的日记中说："据说前者是唐代音乐，后者为朝鲜音乐。"20日下午赴朱光潜家，参加读书与文学讨论会，对李健吾颁演的一个迂腐气十足的旧官史，感到矛盾得可笑。对马小姐表演摩登女郎，评价是"驾轻就熟，因为本人就是个摩登女郎"。28日日记云："在国际艺术协会展览馆看到了溥心畲的画。他画的技巧可能不错，但内容似很空洞。"值得一提的还有在1935年4月5日，他在观看艺术学院展览时，在日记中所做的评论："王雪涛的虫、草小画颇生动。齐白石的六幅画相当具有创造性，所画'柳枝莲荷'与'香蕉树'，笔法雄浑有力，蜻蜓画得很细腻，我尚未见过像他这样处理的。画中之水使我印象尤深，波纹很凝重。'风景'是长条幅，在其下部画了一间茅舍，舍前有水塘，许多鸭子在其中游着，姿态各异，均系一笔画成。此外，在画的右角，他又画了两间屋子。这完全跳出传统手法，对此我将保留我的意见。"所以说，朱自清一直就是一个艺术欣赏者，他能专门进城去参观这次木刻展，更多的是出于他对艺术的喜爱，当然，也不排除是对鲁迅、郑振铎等人能够参与这样的活动的欣赏。

1936年9月26日，朱自清日记云："访鲁迅太太，借二十元，为吉人婚事也。"不论什么时候，能开口借钱的，关系都应该不一般。据朱自清弟弟朱国华在相关文章中披露："我家原是绍兴人氏，母亲周姓，与鲁迅同族。外祖父周明甫是有名的刑名师爷，曾在清朝以功授勋。周朱两姓门户相当，常有联姻，均为当地大族，鲁迅的原配夫人朱安，也是我家的远亲。"(《难以忘怀的往事》，《朱自清》，江苏文史资料编辑部1992年10月版)。

1936年10月19日，鲁迅逝世。当天，朱自清没有得到鲁迅逝世的消息，晚上在中国文学会开会，并写毕"伦敦杂记"之七的《博物院》，这篇文章费时半月之久。第二天，朱自清日记有"昨日鲁迅先生逝世"的记录，并说"吊慰鲁迅太太"，说明朱自清进城到阜成门的鲁迅家，参加了吊慰活动。24日，清华大学在同方部举行鲁迅追悼会，朱自清参加并做了演讲，据赵俪生在《鲁迅追悼会记》一文说："朱先生说鲁迅先生近几年的著作看的不多，不便发什么议论，于是就只说了几点印象。最后朱先生提到一点，那就是《狂人日记》中提到的一句话'救救孩子'，这句话在鲁迅不是一句空话，而是终生实行着的一句实话。在他的一生中，他始终帮忙青年人，所以在死后青年人也哀悼他。"这天的日记，朱自清还写道："闻一多以鲁迅比韩愈。韩氏当时经解被歪曲，故文体改革实属必要。"到了11月16日，朱自清再度进城，到鲁迅家访鲁迅夫人朱安。这一次来鲁迅家，身份略微有点变化，应该是以亲戚身份去的，带有慰问的成分，听朱安说了不少话，在这天的日记中说，"承告以鲁迅一生所经之困难生活情形"。

从1940年暑假开始，朱自清休假一年。在成都度假期间，叶圣陶请他参与编辑《略读指导举隅》和《精读指导举隅》，1940年10月下旬，朱自清把鲁迅的小说《药》写了指导大概，编入了《精读指导举隅》里。

时间一晃到了1946年11月，朱自清亦经历了西南联大九年的奔波回到北京，此时他已经是北京《新生报》副刊《语言与文学》的主编，由余冠英具体负责编辑，朱自清在《语言与文学》上开有一专栏曰"周话"，不定期地在发表文章，署名自清。11月8日这天，朱自清写了一篇"周话"，发表在11日出版的《语言与文学》第4期上。这篇文章主要是谈鲁迅的"中国语文观"的，不久后，在收入《标准与尺度》一书时，改标题为《鲁迅先生的中国语文观》。在鲁迅刚一逝世的时候，有太多人写了关于鲁迅的悼念文章，包括朱自清的许多好友，如叶圣陶，从鲁迅逝世到12月1日，在极短的时间内，就写作并发表了《鲁迅先生的精神》《挽鲁迅先生》《学习鲁迅先生的真诚态度》等，这在当时是应该也是有必要的。直到十年以后，朱自清才有一篇短文问世，而且谈的是鲁迅的中国语文观。在这篇文章的开头就说："这里就鲁迅先生的文章中论到的中国语言文字的话，综合地加以说明，不参加自己意见。有些就抄他的原文，但是恕不一一加引号，也不注明出处。"这段"说明"看似略有霸气，实际上是对鲁迅先生的尊重，表明他是赞赏鲁迅先生的"语文观"的。大约一年后，即1947年10月15日，朱自清又写了一篇关于鲁迅的文章，即杂论《鲁迅先生的杂感》，这篇杂感是因朱自清讨论"百读不厌"而引发的，朱自清认为，"所谓'百读不厌'，注重趣味与快感，不适用于我们的现代文学，可是现代作品里也有引人'百读不厌'的"，那就是鲁迅先生的《阿Q正传》。之所以《阿Q正传》"百读不厌"，是引入了幽默，"这幽默是严肃的，不是油腔滑调的，更不只是为幽默而幽默"。在表明了这个意思后，才对鲁迅的杂文做出议论，认为鲁迅先生的贡献，是他的杂感也是诗，"这种诗的结晶在《野草》里'达到了那高峰'"。几天后的10月19日，朱自清参加在清华大学大礼堂举行的鲁迅逝世11周年纪念会，并做演讲，高度评价了鲁迅对中国文学的贡献。

原载《朱自清的完美人格》广陵书社2018年版

西游取经故事的主旨演变与玄奘身世安排的嬗变

伏涤修 1963年出生,原淮海工学院文学院教授,现任浙江传媒学院教授,主要从事古代戏曲研究,出版学术专著4部,发表学术论文90多篇;主持国家项目2项,省部级项目3项;获省哲社二、三等奖各1次,省高校哲社二等奖2次、三等奖1次。

综观玄奘西游取经故事的演变过程,可以发现这一故事在不同时代发生了显著的变化:一是故事主角发生易位,从早期取经故事以玄奘为当然主角到后来"西游"故事以孙悟空为第一主角;二是在玄奘身世的安排上呈现出从史转化到神圣化、虚幻化再到淡化的嬗变轨迹,以上嬗变均和西游取经故事从以宣扬佛法为主到以反映神魔斗法为主的主旨演变密切相关。本文即通过不同时期西游故事对唐僧玄奘身世记载、安排上的不同来考察西游故事主旨的变化。

一、唐五代是西游取经故事的史传化传播和宗教化宣传时期

早期取经故事多对玄奘身世及玄奘赴天竺取经进行史传化的记载,对取经过程虽有夸大虚构之处,但主旨是对玄奘排除万难光大佛学、弘扬佛法的精神进行赞颂。玄奘弟子慧立、彦悰《大唐大慈恩寺三藏法师传》、唐刘肃《大唐新语》、唐李冗《独异志》、后晋刘昫《旧唐书》等都对玄奘身世及他赴天竺取经的经历有所记载,虽然记载详略、侧重点不同,但它们对玄奘身世的记述则

基本一致，玄奘出身于奉儒信佛的官宦之家，身世并无奇异色彩。慧立、彦悰《大唐大慈恩寺三藏法师传》言："法师讳玄奘，俗姓陈，陈留人也。汉太丘长仲弓之后。曾祖钦，后魏上党太守。祖康，以学优仕齐，任国子博士，食邑风南，子孙因家，又为缑氏人也。父慧，……有四男，法师即第四子也。……其第二兄长捷先出家，……"（卷一）从此传可以知晓，玄奘祖籍陈留，其祖父迁居缑氏（属偃师，时属洛州，今属洛阳），玄奘兄弟多人，他二哥先他出家。刘肃《大唐新语》言："沙门玄奘，俗姓陈，偃师人。"（卷十三·记异第二十八）唐李亢《独异志》、后晋刘昫《旧唐书》对玄奘身世的记载与《大唐新语》基本相同。虽然玄奘"幼而珪璋特达，聪悟不群"（卷一），"少聪敏，有操行"（卷十三·记异第二十八），在才智上有超人之处，但其身世经历则很平凡，缺少后世文学加在他身上的灵异色彩。

　　玄奘取经过程中历尽各种艰难，见闻了许多中原内地人民难以见闻的奇景异事，这事件本身就容易激发人们的神秘感、好奇心，加上玄奘及弟子、他人的记载对西游取经历程多有夸大虚构之处，这就更使人们对玄奘取经历程产生想象和联想，同时这也对后世西游取经故事向矜奇夸胜方向发展产生了巨大的影响。玄奘《大唐西域记》卷十一"僧伽罗国·宝渚传说"记载南印度国王送女儿到邻国成婚，路上遇到师（狮）子，狮子掠国王的女儿到深山幽谷，生下"形貌同人，性种畜也"的子女，后儿子随母亲返回母亲原先所居的国度，狮子王找不到自己的妻女，就"追恋男女"、暴害人类，国王招募勇士为国除害，狮子王的儿子不顾母亲的劝阻，进入狮子盘踞的森林，驯伏狮子王。狮子王的后代，繁衍不止，建立了大女国、狮子国。《独异志》"玄奘"条记载玄奘西行途中道路艰险行走极为不易，遇到一个"头面疮痍，身体脓血"的老僧，老僧口授《多心经》给玄奘，玄奘口诵之后险道变坦途，"山川平易，道路开辟，虎豹藏形，魔鬼潜迹"。（唐李亢《独异志》，《太平广记》卷九十二"异僧六·玄奘"）这样才顺利完成了取经任务。书中还载玄奘前往西域前，在灵岩寺摩挲一棵松树枝说，我西行求佛时你就向西长，等我东向返回时，你就东向生长，以使我的弟子知晓我的取经行程，他的弟子就根据松树的长向来判定师父的走向，果真非常灵验，人们就把这棵松树叫作摩顶松。这些类似的记载对后世西游取经文学向怪异荒诞方向发展起到了发酵和催化的作用。

不过总体说来，这一时期的记载，主旨是突出玄奘献身佛学和佛法的精神，"（玄奘）法师既遍谒众师，备冶其说，详考其义，各擅宗途，验之圣典，亦隐显有异，莫知适从，乃誓游西方以问所惑，并取《十七地论》以释众疑，即今之《瑜伽师地论》也。又言：'昔法显、智严亦一时之士，皆能求法导利群生，岂使高迹无追，清风绝后？大丈夫会当继之。'于是结侣陈表。有诏不许。诸人咸退，唯法师不屈。"（卷一）为了光大佛学教义，消除舛讹谬说，玄奘违背诏令，颠沛流离十多年历尽千难万险前去天竺求取佛经，表现出坚韧不拔的顽强意志，玄奘弟子所做的传记及其他人的著述对此均做了记载和颂扬。这一时期的记载，其描叙虽已有文学性的夸张成分，有些记载著述可说是带有矜奇显异的目的，但其总体框架是对佛学大师虔诚求法取经的精神和过程进行宣扬，总的来说尚未脱离史传记载的轨道。

二、宋元诗话、平话完成了由宗教宣传到文学虚构的转变

诗话、平话小说中的玄奘取经故事在做宗教宣传的同时，更多地以文学虚构为主，在创作主旨、形象塑造、文学手法上都呈现出不同于史传记载的崭新特点。《大唐三藏取经诗话》虽然在其成书时期上学术界存有争议，一般认为是宋元时期的讲经话本，李时人、蔡镜浩两先生认为这是成书于晚唐五代时期的寺院"俗讲"的底本，另外由于此书有缺佚，无法知晓原书中玄奘身世的安排情况，但这并不影响此书在西游故事演变过程中的重要地位。"如果说《三藏法师传》基本上还是一部忠于史实的传记作品的话，那么《取经诗话》则是脱离了历史真实的宗教文学作品。"（《大唐三藏取经诗话成书时代考辨》）《大唐大慈恩寺三藏法师传》主要是对佛学大师玄奘求取翻译佛经、光大佛学的佛学东传盛事进行虽有夸大但大体不离史实的记载宣传，《大唐三藏取经诗话》则主要是对玄奘取经过程的艰难、奇异进行虚构性为主的文学想象和描写。《大唐三藏取经诗话》中出现了猴行者的形象，猴行者还成为第一主角，玄奘由此前作品中的当然主角退位为第二主角，《取经诗话》史传成分减少，神异性描写大大增多，这对于后来的"西游"故事淡化玄奘取经意义、取经成果而重点表现西游取经过程中的神魔斗法具有决定性的影响。正如学者所指出的，"(《大唐三藏取经诗话》)作品突出猴行者在取经过程中的作用，导致了取经故

事主角由历史人物向虚构人物的转移,开拓和决定了今后取经故事向神魔故事发展的方向。"(《前言》)"(《大唐三藏取经诗话》)将历史上玄奘西行求法充满艰难险阻、堪称九死一生的人间历程,改编为一个仙佛鬼怪杂出、似置身于变幻莫测的荒诞神话中,使全书涂上了一层浓厚的神奇怪诞的色彩,为此后的'西游'故事作品提供了基调。"《大唐三藏取经诗话》标志着玄奘西游取经故事由史实传记传播阶段向通俗讲唱传播阶段的开始,也预示着取经西游故事世俗化传播接受高潮的到来。

在《大唐三藏取经诗话》之后,还曾出现过《西游记》平话,此书片段保存在古代朝鲜汉语教科书《朴通事谚解》中,《西游记》平话对《大唐三藏取经诗话》有继承也有发展,也是西游故事世代累积型传播过程中的重要链条,平话和《取经诗话》的创作趋向大体一致。值得注意的是,《朴通事谚解》中有如下的文字及注:

　　往常唐三藏师傅。(三藏,俗姓陈,名伟,洛州缑氏县人也,号玄奘法师。……)(卷下)

从此注"可知平话中尚无后世小说《西游记》中唐僧出身小传的故事"。"有论者以为该注的文字非据《西游记》平话,而是据《大慈恩寺三藏法师传》等书所做的叙述,因此,《西游记》平话中是否有唐僧出身故事,尚难推断。可备一说。"笔者以为,即使此注是据《大唐大慈恩寺三藏法师传》,也可推定《朴通事谚解》中没有玄奘身世的新写法,因为若有大改动,此处就没有必要照唐代史实做注了。不过,虽然《大唐三藏取经诗话》《西游记》平话很大可能没在玄奘身世安排上大做文章,但两部小说用文学手段充实、丰富、改写玄奘取经故事,为玄奘取经故事进一步向奇异化、神魔化方向发展奠定了基础,其影响是不容低估的。既然西游取经故事已经演化到了以文学虚构为主的二次创作阶段,对玄奘身世进行夸张描写和重新安排也就是符合人们审美期待、势在必然的事了,这昭示了西游取经文学新的创作时期的即将到来。

三、宋元至明初的戏曲对玄奘身世做了神圣化的改造

宋元明时期一些以玄奘取经为表现内容的戏曲着力在玄奘身世上做文章，为了迎合市民阶层的欣赏需要，戏曲往往更改史实，杜撰与表现圣僧不平凡的身世。"唐僧西天取经故事被搬上戏曲舞台，经历了一个由史实到传说、再由凡俗到神异的漫长演进过程。……晚唐以迄两宋，唐僧西天取经故事在民间流传甚广，情节亦大为增饰，神话色彩逐渐加浓。至《太平广记》出，玄奘故事即被编入《异僧》类。……进而，玄奘出身也逐渐被演绎神化。"宋元明时期出现多种以玄奘取经故事为题材的戏曲，金院本有《唐三藏》（陶宗仪《辍耕录》载），宋元南戏有《陈光蕊江流和尚》，元杂剧中有吴昌龄的《唐三藏西天取经》杂剧，元末明初还出现了杨景贤的六本二十四出长篇《西游记》杂剧，此外明传奇有无名氏《江流和尚》（《传奇汇考标目》载）、无名氏《江流记》。吴昌龄《唐三藏西天取经》杂剧仅存残折，没有涉及玄奘身世，南戏《陈光蕊江流和尚》、杨景贤《西游记》杂剧及以"江流"为名的传奇均对玄奘身世做了颠覆性的完全不同于史传记载的改写。南戏《陈光蕊江流和尚》现无完整曲本，钱南扬《宋元戏文辑佚》辑得佚曲三十八支，从曲文来看其情节和杨景贤《西游记》杂剧的第一本大体一致。杨景贤《西游记》杂剧用了整整一本四折（出）的篇幅讲述玄奘不平凡的出身经历和报仇经过：第一出《之官逢盗》，第二出《逼母弃儿》，第三出《江流认亲》，第四出《擒贼雪雠》，第一本后的正名是："贼刘洪杀秀士，老和尚救江流。观音佛说因果，陈玄奘大报仇。"从《西游记》杂剧可以看到，玄奘不是洛州缑氏人，而是淮阴海州弘农人；他的父亲不叫陈慧，而叫陈萼（字光蕊）；唐代传记中并没出现玄奘母亲的情况，杂剧中写玄奘（江流儿）的母亲是唐代大将殷开山的女儿；《三藏法师传》中玄奘的父亲虽好儒通经，但并未做官，"父慧，……性恬简，无务荣进，加属隋政衰微，遂潜心坟典。州郡频贡孝廉及司隶辟命，并辞疾不就"（卷一）《西游记》杂剧中陈光蕊科考高中，得授洪州知府；《三藏法师传》中玄奘兄弟四人，玄奘和他父亲均未经历生死劫难，《西游记》杂剧中玄奘是独生子，在他出生之前他的父亲被贼人刘洪杀害（陈光蕊遇害后被龙王救起，十八年后还阳），母亲长期被刘洪霸占；《三藏法师传》中玄奘的二哥先出家，玄奘跟随其

兄后出家，杂剧中玄奘（江流儿）是一出生就被抛弃江中，随江漂流被禅师救起，十八年后报仇雪耻，家人才团聚。戏曲中取经的宗教目的被淡化，取经人的非凡人生经历及取经过程的辛苦艰难被刻意地进行了虚构杜撰、放大渲染。

　　玄奘取经题材戏曲之所以着力虚构表现玄奘的不平凡身世，这和戏曲以市井百姓为主要观赏对象的市民性有关。市井百姓观赏戏曲喜欢看热闹，乐于追求故事情节的奇异性，玄奘身世过分平淡，会使人们感觉缺了点什么，似乎和玄奘取经历险的作为不相称。"不详写唐僧取经的缘由及其身世，便不足以炫示取经的重要以及唐僧作为圣僧的地位。"更改玄奘身世，注入不平凡的出生描写，更容易调动起观众的欣赏兴趣。"杂剧《西游记》在借鉴《取经诗话》故事原型和表现技巧的基础上，有意抛开正史记载，大量吸收野史、传闻，通过重新塑造唐僧师徒群体形象、赋予取经故事以神异特质的方式，使其彻底摆脱史志、传记的束缚，驰入了人仙精怪交驰其间、令人惊异震怖而又目乱魂迷的神魔世界。玄奘法师不再是一位出身平凡、苦心修炼、坚韧顽强的宗教职业者，而是有着坎坷身世、传奇式经历，德行高尚、九死而不悔的旷世圣僧。"对玄奘身世浓墨重彩的渲染炫示，增加了西游取经题材戏曲对观众的艺术吸引力。

　　另外唐宋时期的一些笔记、小说，也提供了陈光蕊、江流儿故事情节的基本雏形，这使虚构杜撰在艺术手法创作上更加容易实现。唐代温庭筠《乾𦠆子》写陈义郎的父亲陈彝爽与周茂方交好，陈义郎两岁时其父得官上任邀周同行，途中陈彝爽被周暗害，周骗过陈妻郭氏，冒陈之名与郭氏扮作夫妻到任，后来郭氏发现事情真相，待其子十九岁时告知事情的经过，陈义郎手刃杀父淫母的仇人周茂方（见《太平广记》卷一百二十二"报应·二十一·冤报"）。周密《齐东野语》也记载一个某郡倅者江行遇盗被杀的故事，强盗杀人后威逼被害者之妻，被害者之妻要求把才出生几个月的儿子用盒子盛放顺江漂流，其子被僧人救下，十几年后她巧遇儿子，让儿子报官，最后凶手落入法网（见《齐东野语》卷八"吴季谦改秩"）。陈光蕊、江流儿的故事就是采用张冠李戴、移花接木的方式，把陈彝爽、陈义郎及某郡倅者江行遇盗被杀的故事嫁接转化而来的。

　　不过在对玄奘身世进行神圣化宣传的同时，也产生了一个问题，玄奘的来历越是神异，他头上的灵异光圈越是耀眼，他的形象越是不容亵渎，对他在取经过程中作用的描写便越缺少文学性。加上孙悟空形象的异军突起，玄奘越来越成为一个取经的精神领袖和象征者，有其尊而无其能，成为玄奘形象日趋显现的个性特点。玄奘身世来历在被做神化渲染的同时，玄奘形象对于西游取经文学的重要性已经在下降，这预示着一个更新更成熟的西游取经文学发展阶段的到来。

四、明清《西游记》小说将玄奘取经故事异化改造成为神魔斗法故事

明清《西游记》小说在玄奘身世上虽沿袭了前代作品的虚构说法，但表现出明显的淡化、去神圣化的特点，玄奘取经故事已被用游戏、象征笔法改造成为神魔斗法故事。明清《西游记》小说，在有关玄奘身世上存在两种情况：一种是去掉了有关玄奘身世描写的内容，即没有陈光蕊逢灾、江流儿报仇故事；一种是有陈光蕊、江流儿经历生死劫难的内容。华阳洞天主人校本、李卓吾批评本属于第一种情况，明万历刊本朱鼎臣编《西游释厄传》、清初汪象旭（字憺漪）评《西游证道书》、陈士斌《西游真诠》、张书绅《新说西游记》、刘一明《西游原旨》则属第二种情况，都有"陈光蕊赴任逢灾，江流僧复仇报本"的内容。通行本第九回陈光蕊、江流儿故事和杨景贤《西游记》杂剧中的陈光蕊、江流儿故事虽有细节上的不同，但主要人物、情节是相同的，从这里可以见出小说对前代西游取经题材作品在玄奘身世虚构描写上的继承性。即使是没有陈光蕊逢灾、江流儿报仇故事的华阳洞天主人校本、李卓吾批评本，也留有关于这一故事描写的痕迹。有学者早就指出："不论什么刻本的百回本《西游记》，第九十九回开头记录唐僧自幼到取经所经历的苦难，叙的有'金蝉遭贬第一难，出胎几杀第二难，满月抛江第三难，寻亲报冤第四难'，这四难大约相当于今通行本第九回'陈光蕊赴任逢灾，江流儿僧复仇报本'所记叙的内容。"〔（四）跋唐三藏西游释厄传〕另外，这两个刊本第十一回"还受生唐王遵善果，度孤魂萧瑀正空门"，写三位朝臣选出玄奘这一名"有德行的高僧"，用一段词话来叙写玄奘的身世，言他："……父是海州陈状元，外公总管当朝长。出身命犯落江星，顺水随波逐浪泱。海岛金山有大缘，迁安和尚将他养。年方十八认亲娘，特赴京都求外长。总管开山调大军，洪州剿寇诛凶党。状元光蕊脱天罗，子父相逢堪贺奖。……小字江流儿古佛儿，法名唤做陈玄奘。"与通行本第十二回"唐王秉诚修大会，观音显像化金蝉"中文字一样，和通行本第九回所叙陈光蕊、江流儿故事明显是一回事。这说明这些刊本虽然删掉了陈光蕊、江流儿故事的详细过程，但在涉及玄奘身世上，小说都没有依照史传所载，而是继承了南戏、杂剧等作品虚构玄奘及其父充满血光之灾身世经历的说法。

明代《西游记》小说虽然保留了前代作品中玄奘不平凡身世的虚构说法，但却表现出明显的淡化和去神圣化的特点。华阳洞天主人校本、李卓吾批评本已没有专门、详细的玄奘身世的专回叙写，即使是有玄奘身世专回叙写的其他刊本，玄奘身世叙写的重要性也不同于前代作品。《西游记》通行本前七回是有关第一主角孙悟空的来历、孙悟空从大闹天宫到皈依佛门的内容，玄奘身世只占有第九回一回的分量，而且由于《西游记》小说中唐僧玄奘主要是一愚僧形象，其个性主要特点是呆板、僵化、无能，因此关于他身世来历的这一回叙写只是增加了他身世的奇异性，并没有起到神圣化玄奘形象的作用。

关于明代《西游记》小说的主旨，虽还存有不同理解，但不可否认，小说的游戏、象征笔法很突出，玄奘取经的宗教神圣性宣传已经不明显，小说只是在借用玄奘取经这一古老故事的框架来演绎一个又注入了许多新的内容的神魔斗法故事。鲁迅在论述玄奘西游取经故事的演变时说："在《佛藏》中，初无诸奇诡事，而后来稗说，颇涉灵怪。……似取经故事，自唐宋以至宋元，乃渐渐演成神异，且能有条贯，小说家因亦得取为记传也。"（第十六篇"明之神魔小说（上）"）《西游记》小说与早期取经记载、故事相比，已完全脱离史传记载，且远离了神圣化宗教宣传的轨道，早期的玄奘取经故事的主旨与内涵受到了根本性的颠覆。从小说主旨到取经过程叙写，《西游记》小说都被游戏化、象征化了。《西游记》小说已不再是对玄奘个人西天取经、传播佛学、光大佛法的行为的礼赞，而是对人类为了实现某一理想而克服困难、勇往直前的精神的歌颂。

玄奘天竺取经译经本是佛学与文化盛事，这一事件值得人们大书特书。人们在记载与反映玄奘西域取经历程时，自觉不自觉地对玄奘其人其事进行了神圣化的包装重塑，在神圣化宣传的同时，玄奘越来越远离人间社会，故事主角、情节、主导倾向相应地也就发生了有违宗教宣传本义的偏离，最后演变成为与早期史传记载、宗教宣传完全不同的表现神魔斗法的文学经典，从西游取经故事的主旨演变与玄奘身世安排的嬗变，我们可以分明地看到这一点。

原载《烟台大学学报》2009 年第 2 期

海州文化对明清文人小说创作的影响

李传江　1976年出生，江苏东海人，文学博士。现就职于江苏连云港师专。曾公开发表专业学术研究论文十多篇。

在明清白话小说中，与海州联系最为紧密的是《西游记》和《镜花缘》。小说创作者吴承恩和李汝珍曾有过在海州地域长期生活的经历，对当地民间传说、风俗人情等非常了解，因而在小说的故事内容、人物形象塑造等方面多受其影响。

《西游记》是我国第一部长篇神魔小说，糅合了原始巫教、神话传说以及民间道教、民俗佛教等因素，展示了一幅多神信仰的宗教图；《镜花缘》则综合了前代的殊方异域传说，通过主人公的海外游历，将这些殊方异域传说串联起来并加以渲染，表达作者的社会伦理道德观念。而这些也正是海州文化边际性特点的最有力体现。

《西游记》以唐玄奘西游取经故事为原型，综合了《大唐西域记》《大唐慈恩寺三藏法师传》《大唐三藏取经诗话》《大唐三藏法师取经记》《唐三藏》《唐三藏西天取经》杂剧以及《西游记》杂剧、《西游记平话》、《二郎神锁齐天大圣》等相关内容，融合了海州地方有关陈光蕊的传说故事，结合海州地域的有关风俗风物，由与海州有密切关系的淮安人吴承恩创作完成，成为我国古代小说史上影响深远的神魔小说代表作。

一、吴承恩与海州

自 20 世纪 70 年代始至 2004 年《西游索故》的出版，海州地方学者李洪甫先生从未间断过对吴承恩与海州关系的梳理。吴承恩本为淮安人，他是否来过海州？他的《西游记》创作又是否与海州有不可忽视的联系呢？答案是肯定的。

读吴承恩遗留下来的诗词，许多诗句都能够反映出吴承恩曾经来过被誉为海上仙山的海州云台山。如《射阳先生存稿》中《长兴作》一首有云"会结吾庐沧海上，钓竿轻掣紫金鳌"，同书《驻云飞·翰体》曰："人世蓬瀛，两袖天香近九重，宝带银鱼控，宫烛金莲送。荣谈笑总夔龙，退食从容。日上花砖，阁下文章静，身在瑶台第一层。"如果不是身临其境的人，便写不出这样寓情于景的诗章，更谈不上有山海相连的歌赋。苏兴教授曾撰文《追踪〈西游记〉作者吴承恩南行考察报告》，从吴承恩七古诗《赠裴鹤洲晋列卿兼逢初度歌》中"海上仙人青凤裘，翩然驾鹤来瀛洲"以及五古诗《古意》中"日出沧海东，精光射天地。……朝登众山顶，聊复饮其气"等诗句来证明吴承恩曾经到过云台山，并且对云台山的传说印象很深。同文中还认为"傲来国"中的"傲来"是淮安、海州一带的方言或渔民号子，因此推断"傲来国"也是海州花果山对岸的地方。吴承恩还十分注意对海州史迹的研究，例如唐代海州刺史李邕写的《婆罗树碑》，到明代碑石早已无存，而沔阳陈玉叔却在吴承恩家发现这块碑石的拓本。

据李洪甫先生考证，清代著名的金石学家吴玉搢在《金石存》中说他能辑存到云台山郁林观的石刻是因为"宗人"吴恒明的帮助，并且吴恒明的名字也明确记载于海州云台山吴氏家谱。而与吴恒明同辈的吴恒宣曾自号"郁洲山人"，并著述《云台山志》十卷，书扉页上却署名"淮安吴恒宣"，因此淮安和云台山两地的吴氏应该为同一宗族。淮安人吴进则说云台山"即林园"（今俗称"吴庵"）的主人是他家兄吴用晦，而吴进也于乾隆十二年（1747 年）在"朐山友人家"发现了《射阳山人存稿》。李先生还认为最早的《西游记》古版善本——明代金陵世德堂本《西游记》所署作者名"华阳洞天主人"就是吴承恩，"华阳洞天"即是地处海州云台山水帘洞东侧的华严洞和朝阳洞。李先生的根据是：明代海州人张朝瑞写的《云台山三元庙碑记》里数说着云台山上的著名洞天——洞之为二仙、为水帘、为华严、为朝阳；而几乎所有的地方志、山志都对水帘、华阳、朝阳三洞津津乐道。如果李先生所述无误，那么吴承恩可能不仅来过云台山，甚至还有可能长期在此隐居过。

而海州云台山地区至今还流传着许多关于吴承恩写作《西游记》的传说。《吴承恩上云台》故事描述了吴承恩为了写孙猴子的老家，来云台山采集了云台山地区"石猴精吃蟠桃"、"娲遗石"以及水帘洞中的"神泉（俗称海眼子，可直通东海）"等相关故事，并住在三元宫里，用了三年时间写出了《西游记》；《文笔峰》故事讲述了吴承恩在"水帘洞"中边喝酒边改《西游记》稿，不觉大醉，老猴子为了让天下人都知道美猴王，派小猴子偷走并扔掉了《禹鼎志》书稿以及写作用的笔砚，从此有了"万卷书"（巨石）、"文笔峰"、"笔架石"、"仙砚石"等胜迹。这些民间传说应该是在吴承恩来云台山的事实基础上渲染而成的。

二、唐僧与海州

《西游记》第八回、第九回之间有一章附录内容《陈光蕊赴任逢灾 江流儿僧复仇根本》言唐太宗依古法开科招贤，榜文"行至海州地方，有一人，姓陈名萼，表字光蕊，见了此榜，即时回家……"，由此引出了唐僧的出生、救母、寻父等情节，在成为一代高僧后，经过观世音的指点，毅然踏上了西天取经之路。而在绝大部分明刻本《西游记》相关作品中，并没有唐僧出身的故事，只有朱鼎臣《唐三藏西游释厄传》第四卷插入陈光蕊故事的粗略陈述。因此也有学者认为附录内容不是吴承恩所作，亦非《西游记》原有内容。然而，《西游记》的第十一回写到，萧瑀举荐僧众的时候，内中一个得道高僧"父是海州陈状元，外公总管当朝长。"而唐太宗听说陈玄奘姓名以后，"沉思良久道：'可是学士陈光蕊之儿玄奘否？'"由此来看，唐僧是海州陈光蕊之子的传说也是吴承恩早已熟悉的。

（一）陈光蕊的传说

关于陈光蕊及其岳父殷开山的传说故事在海州云台山地区盛传已久。《嘉庆海州直隶州志》卷29"寺观录"记载明万历二十四年（1596年）张朝瑞

《东海云台山三元庙碑记》云:"海内号大灵山者四,而云台列其一,其山四面距海,各数十里,巅曰青峰顶,奉三元之神,而宫其上。……世传三元之先,家东海,今大村盖有陈子春遗冢。子春者名光蕊,实始诞三元云。"同书卷11"山川考"载清人姚陶的《登云台山记》云:"小村,为唐宰相殷开山故里。殷有女,赘陈状元光蕊为婿,生三子,即三元兄弟。——盖世俗相传也……北望青峰顶,绀宫巍焕,即三元殿也……由殿东石径上里许,为水帘洞;洞中石泉极浅,冬夏不竭,泉甚甘美。云为三兄弟修真处。"

而事实上,海州有没有状元陈光蕊是有疑问的,《嘉庆海州直隶州志》卷31"拾遗录"辨此事曰:

> 赵一琴云,尝读干宝《搜神记》,三元大帝为东海人,父萼字光蕊,一字子春,唐贞观己巳及第,丞相殷开山妻以女,生三子,官天地水,因尊为三元三官三品。所著经三种,曰《宝诰》,曰《女青》,曰《降笔》。《宝诰》所云,驾五色祥云,行九气清风,在云台山上,放大毫光,广大慧力是也。愚谓此皆耳食之说,不为典要。干宝,晋人,岂能预知唐事。《搜神记》非僻书,无言三官语,贞观纪年无己巳,唐赵儋《进士登科记》无陈光蕊名,《新唐书·宰相世系表》无殷开山名,而廷试贡士,贞观时亦无此制也。

上海大学李时人教授曾在《文学遗产》发表《略论吴承恩〈西游记〉中的唐僧出世故事》一文,认同海州地方志书中的这一观点,并认为唐僧出生故事在元代就已被吸收进唐僧取经故事体系中。

赵一琴是一位读书的教官,曾任无锡训导,称"尝读"干宝《搜神记》,《搜神记》中记载陈光蕊及殷开山的故事。但我们今天所见之《搜神记》版本中并没有关于陈光蕊故事的记载,晋代的干宝更不可能"实录"唐代殷开山之事。或许赵一琴所阅《搜神记》版本是唐后期的注本也未可知。但至少到了明朝,有关这一传说在海州地域已经流传甚广是可以肯定的。明顾乾在《云台三十六景》"塔影团圆"中云:"云台山有前顶、后顶,皆称仙境,此为前顶登山之始,团圆宫内肖三元大帝三藏禅师像,盖其昆仲四人也,并肖帝父、母像，祖墓在其侧。"顾乾是万历十四年（1586年）的岁贡，而吴承恩约死于万历十年（1582年），由此来看，吴承恩也一定了解云台山区关于陈光蕊一家的美丽传说。

从现存的《西游记》相关材料来看，元朝杨景贤的《西游记杂剧》最早将唐僧的籍贯演变为海州弘农县人，其母殷氏是大将殷开山之女。第一出《之官逢盗》中观音语："现今西天竺有大藏经五千四十八卷，欲传东土。诸佛议论，着西天毗卢伽尊者托化于中国海州弘农县陈光蕊家为子，长大出家为僧，往西天取经阐教。争奈陈光蕊有十八年水灾，老僧已传法旨于沿海龙王，随所守护。"这样唐僧就由内地人士演变为沿海居民，并为小说《西游记》中有关唐僧的籍贯奠定了基础。这段材料同时也表明了陈光蕊及殷开山的民间传说至少可以追溯到元代《西游记杂剧》之前。

（二）陈光蕊故事原型

陈光蕊及其妻忍辱报仇的故事原型可追溯至《太平广记》卷一二二引《乾馔子》"陈义郎"条：

> 陈义郎，父彝爽，与周茂方皆东洛福昌人。同于三乡习业，彝爽擢第，归娶郭愔女，茂方名竟不就，唯与彝爽交结相誓。唐天宝中，彝爽调集，受蓬州仪陇令……固请茂方同行……去仪陇五百余里，磴石临险，巴江浩渺，攀萝游览，茂方忽生异志……

陈义郎的故事在淮海民间传说中被改编，其父叫陈光蕊，光蕊岳父叫殷开山。殷开山，实有其人，乃大唐开国功臣，世居江南，《新唐书》为其作传，曾被赐爵陈郡公，后迁丞相府掾，进爵"郧国公"，死后入高祖庙。但其故里是否在海州云台山小村，史书中并无记载。皆因他曾当过"丞相府掾"，又有甚至高于丞相的开国之功，吴承恩以此为据，构思了状元陈光蕊在丞相府门前跨马游街的故事场面，并有幸被殷温娇小姐的绣球打中，而后结婚生子，有了去西天取经的唐三藏！

南开大学宁稼雨教授在《淮安三官传说对唐僧出世故事影响》一文中转述了他采集的淮安民间文学，并认为这个传说对陈光蕊的故事有明显的影响：

有个李公子，考中状元以后，被封为镇江府知府。他在赴任途中，误入贼船，被杀，其妻因不屈从于强人的淫威而投水殉节，后来遇救。公子也被龙王所救，龙王还将自己的三位龙女嫁给他为妻。一年后，三位龙女各生了一个男孩，取名为天官、地官、水官。后来，李公子带领三官寻找母亲和原配夫人，原配夫人与老母已入尼姑庵修道，并已死去。李公子便将三官留在三眼井后的尼姑庵为其守墓。

这一故事与海州云台山地区流传的陈光蕊故事确有许多相似之处。海州民间传说中的陈光蕊故事基本情节是：陈光蕊是为了能够娶殷温娇才去考的状元；殷温娇被蜘蛛精所劫；陈光蕊娶了龙王三个女儿；龙王帮助陈光蕊救出殷温娇；三龙女生的孩子为"三官"，殷温娇生的孩子为唐僧，一家团圆。这两个民间传说故事很难确定哪一个更早一些，但可以肯定的是，吴承恩不仅熟悉《西游记杂剧》中陈光蕊的相关故事，同样也很熟悉淮安地区和海州云台山区的这两个传说故事，并综合改编，才有了《西游记》中海州陈光蕊故事，使之符合小说故事情节的发展线索。

（三）唐僧与唐玄奘

小说《西游记》中，唐僧前世为如来二徒弟金蝉子，《西游记》中屡有交代。十一回韵语云："灵通本讳号金蝉，只为无心听僧讲，转托尘凡苦受难，降生世俗遭罗网"；十二回"又见得法师坛主乃是江流儿和尚，正是极乐中阵来的佛子，又是他原引送投胎的长老……"；第九十九回诸神交上玄奘的灾难薄，上写着"金蝉遭贬第一难"；第一百回"如来道：汝前世为我之二徒，名唤金蝉子……"。只因无心听禅，金蝉子被贬到海州弘农县陈光蕊家为子，以普通人的肉身去西天求取大藏经，弘扬佛法。

而历史上取经的唐玄奘却是河南人，《旧唐书》以为是洛州偃师人，《续高僧传》《大慈恩寺三藏法师传》皆说其祖籍陈留，出生地为缑氏。玄奘俗姓陈，法号三藏。而海州地域流传的陈光蕊传说故事中，陈光蕊之子名"三元"或"三官"，与"三藏"混淆，并由此产生了取经僧的父亲是海州人的附会。

三、海州云台山与小说《西游记》中的花果山

在章回小说《西游记》之前的所有文本中,花果山在取经路上的西域。如《大唐三藏取经诗话》中的《行程遇猴行者处第二》《西游记杂剧》第九出《神佛降孙》等都有交代。而吴承恩在创作小说《西游记》的时候,却将其移入到东方的汪洋大海中。

那么小说《西游记》中的花果山是否就是海州云台山呢?我们来看小说中关于花果山的描述:

> 东胜神洲海外有一国,名曰傲来国。国近大海,海中有一座名山,唤为花果山。此山乃十洲之祖脉,三岛之来龙。自开清浊而立,鸿蒙判后而成。真个好山!

在描述花果山的赋中还明确指出了山的位置,有辞赋为证。赋曰:

> 势镇汪洋,威宁瑶海。势镇汪洋,潮涌银山鱼入穴;威宁瑶海,波翻雪浪蜃离渊。水火方隅高积土,东海之处耸崇巅。丹崖怪石,削壁奇峰。丹崖上,彩凤双鸣;削壁前,麒麟独卧。峰头时听锦鸡鸣,石窟每观龙出入。林中有寿鹿仙狐,树上有灵禽玄鹤。瑶草奇花不谢,青松翠柏长春。仙桃常结果,修竹每留云。一条涧壑藤萝密,四面原堤草色新。正是百川会处擎天柱,万劫无移大地根。

赋中的花果山"势镇汪洋",又处"百川会处",高耸于"东海"之上,位置与海州云台山恰好相符;而"瑶草奇花不谢,青松翠柏常青"的描述也正是海州云台山独特的地理环境所造成的南北相接的小气候特点的体现。所谓鹿、狐、鹤以及仙桃、修竹、藤萝等更是海州云台山最常见的动植物。而云台山直至康熙年间一直处在海洋之中,在以农业经济为主的古代中国,是很少将其划入版图内的,无怪吴承恩将花果山近国"傲来国"认为是"海外"。董作宾云:"此山的形势,也似乎是花果山的背景。游览过此山的吟咏记载,有很多的人,

我们一看，就可以知道云台山的价值了。"

从目前海州云台山所发现的古迹来看，其中有许多也正是小说《西游记》中的故事原型。

"水帘洞"是小说《西游记》中对花果山描述最为具体的一个场景。海州云台山上的"水帘洞"名称也是由来已久，它早在与吴承恩同一时代的明朝海州人张朝瑞写的《云台山三元庙碑记》中已经作为名胜来咏叹，"洞之为二仙、为水帘、为华严、为朝阳"，吴承恩也应该非常熟悉。而洞中俗称"海眼子"的"神泉"传说可直通东海，也成了小说中孙悟空去东海龙宫做客的常用之路。董作宾在《读〈西游记〉考证》一文中也认为云台山的水帘洞就是小说《西游记》中水帘洞的原型，他说："因看《淮安府志》的时候，偶然见《艺文》里有《朱世臣题云台山水帘洞》的标题，想到水帘洞是美猴王的发祥地，也算这部《西游记》的出发点。"

小说《西游记》用了整整三回内容（二十四回至二十六回）敷陈唐僧师徒留宿万寿山五庄观后的人参果纠纷。关于此点，笔者较为赞同李洪甫先生的论述，他认为小说中的地仙之祖即是海州云台山"三官"信仰中的地官，而镇元大仙修道场所"五庄观"的原型即云台山上的"大仙庵"，"万寿山"即"万寿庵"。1983年李洪甫先生于云台山上发现了嘉靖二十一年一位叫"林下越朐"的人所刻写的石碑《大仙庵游记》。碑文记述作者游览了云台山的"大仙庵"，并考究史绩，指出山上"早有"的"庙址"以及"有仙居道成"。碑文中还记述了所知大仙庵最早的"清风""师祖生于正统丙辰（1436年），卒于弘治壬子（1492年）"。大仙庵庵址在今三元宫大殿东侧，紧挨着清风古刹以及明月庵。而小说中着重描述的镇元大仙的两个徒弟，一为清风，一为明月，这与三元宫建筑群里的"清风古刹"和"明月庵"尤其是与祖师法号"清风"不能说毫无关联。而镇元大仙师徒与唐僧师徒由争斗到和好的过程，也是云台山三元宫中道与佛并糅、更迭经历的演绎。

除此以外，小说《西游记》还有许多场景甚至人物形象都能在海州云台山上找到原型。而目前学术界也基本认同小说《西游记》中的花果山即是海州云台山，那么吴承恩为什么将海州云台山与西天取经故事联系在一起呢？应该说这并不是偶然因素造成的。除了云台山区长久流传着陈光蕊的传说故事之外，其根本原因还在于海州是最早的佛教传入地区，海州朐港又是早期海上丝绸之路的重要港口。而历史上的西天取经之路又与陆上丝绸之路叠合，因此作为海上丝绸之路重要港口的海州很容易使人联想到与取经应该有联系。

四、海州地域娲遗石、无支祁传说与孙悟空形象的塑造

小说《西游记》中主人公孙悟空形象的塑造虽然继承了诗话、杂剧等故事中的猴行者形象，但与海州云台山上的娲遗石形象以及流传于淮河下游的水神无支祁传说不无关联。我们先来看小说中孙悟空出世的相关描述：

……那座山正当顶上，有一块仙石。其石有三丈六尺五寸高，有二丈四尺围圆。三丈六尺五寸高，按周天三百六十五度；二丈四尺围圆，按政历二十四气。上有九窍八孔，按九宫八卦。四面更无树木遮阴，左右倒有芝兰相衬。盖自开辟以来，每受天真地秀，日精月华，感之既久，遂有灵通之意。内育仙胞，一日迸裂，产一石卵，似圆球样大。因见风，化作一个石猴，五官俱备，四肢皆全……

在海州云台山间青峰顶上，三元宫西侧停车场向东约500米处，有一块大石高5米余，宽7米余，极像一个驼背的老猿猴。大石中间开一缝，缝下紧接着一块1米余的椭圆形石块，石头上部酷似猴头，底部无所依托，上不着天，下不靠地，完全悬空地夹在两块石头中间，很像从大石头里迸出来的，土人传说是女娲炼石补天剩下来的石头，俗称"娲遗石"。而在大石缝前，有一块半卵形石块，边缘破碎，参差不齐，朝向"娲遗石"。"娲遗石"周围植被稀少，与《西游记》"灵根孕育源流出"一回中所说的孙猴子出生地"四周更无树木遮拦"极为相似，并且大石的实际尺寸与《西游记》中的记载也颇为相近。因此，这一处景观应该是吴承恩创作孙悟空出生故事的原型。

女娲补天之后遗石于人间的传说无从考论，而后来《红楼梦》同样也采用了这一神话传说，顽石同样也是在青梗峰下，并由颠僧跛道带来金陵，应该是对小说《西游记》中补天神话的继承。

海州云台山区为何有"娲遗石"的相关传说呢？这与海州地域流传的女娲

补天神话传说有关。考察女娲补天神话，古籍中多言"炼五色石"以补苍天，并未具体言明地区。笔者以为女娲神话即源出自海岱地区，女娲所炼"五色石"即是《尚书·禹贡》中所言"五色土"："海岱及淮惟徐州。……厥土赤埴坟。草木渐包。……厥贡惟土五色。"海州西北方向的"秦山"今天依然多见五色石。而神话中的"天柱折……"可能是东夷民族在桃花涧古祭坛的某次祭祀活动中，"三足祭坛"在暴风雨中倒塌景象的描述，"天"即是三足祭坛的象形字（将另文阐述）。有学者认为海州桃花涧古祭坛边将军崖岩画中最大的人物头像是女娲头像，将军崖岩画中最突出的一组人物头像为女娲引绳造人传说的原型。

"娲遗石"的传说只是小说《西游记》中孙悟空出世的原型。而孙悟空身上的神性却来源于淮河水神无支祁。实际上，《吴越春秋》《搜神记》《补江总白猿传》《陈巡检梅岭失妻记》等关于猿猴的记载可能或多或少都有孙悟空的肢体和细胞，但作为水神的无支祈传说则更为突出。《太平广记》卷467引《古岳渎经》第八卷云：

> 禹理水，三至桐柏山，惊风走雷，石号木鸣；五伯拥川，天老肃兵，不能兴。……禹因囚鸿蒙氏、章商氏、兜卢氏、犁娄氏。乃获淮、涡水神，名无支祁，善应对言语……形若猿猴，缩鼻高额，青躯白首，金目雪牙，颈伸百尺，力逾九象，搏击腾踔，疾奔轻利。……颈锁大索，鼻穿金铃，徙淮阴之龟山之足下，俾淮水永安流注海也。

"徙淮阴之龟山之足下"之"龟山"很可能指海州地域的云台山。因为云台山旧称复釜山，复釜是倒置的锅底，状如龟背。今天我们远看云台山主脉，酷似一只大海龟停滞不前。胡适先生根据周豫才先生的考证，指出宋代民间有"僧伽降无之祁"的传说，而曲词中"把张僧拏在龟山上"的巫枝祁却是一个女妖，无支祁"无论是古的今的，是男性女性，始终不曾脱离淮泗流域"。

应该说，无支祁的神话传说是在大禹治理淮水成功的基础上衍生出来的。也因为大禹治水传说在淮河一带的盛行，吴承恩在《西游记》中也几次提到有关大禹治水之事，如第三回在谈到金箍棒来历的时候，说金箍棒是"大禹治水之时,定江海浅深的一个定子",第七十五回孙悟空与老魔斗法,夸耀自己的金箍棒时也提到"棒是九转镔铁炼,老君亲手炉中煅。禹王求得号'神珍',四海八河为定验……名号'灵阳棒'一条,深藏海底人难见"。淮河水神无支祁被大禹征服,安置在淮水的入海口,以保证淮水平安流入大海。这一传说之所以在民间生生不息,与淮河下游尤其是入海口附近经常发生洪水有关,它反映了人们美好愿望的同时,也成为古代小说创作者的理想素材,被吴承恩移植到《西游记》中的孙悟空形象上。这一点在第六十六回"诸神遭毒手"中有所反映,孙悟空"奔盱眙山""过淮河",到"大圣禅寺山",请国师王菩萨降魔:"弟子无依无倚,故来拜请菩萨,大展威力,将那收水母之神通,拯生民之妙用,同弟子去救师父一难!"国师王道:"你今日之事,诚我佛教之兴隆,理当亲去;奈时值初夏,正淮水泛涨之时。新收了水猿大圣,那厮遇水即兴;恐我去后,他乘空生顽,无神可治。"

对此,也有学者提出反对意见,认为孙悟空的家乡是一个虚构的神话世界,讨论孙悟空家乡问题实际上是在讨论一个伪问题。但吴承恩小说中"花果山"的创作不可能是凭空捏造,或许"傲来国"是一个虚构的名称,但"花果山"的原型应该是存在的。从海州云台山山海相接的地理位置以及当地流传的娲遗石与无支祁传说来看,海州云台山即是孙悟空的老家。

五、小说《西游记》中的海州生活习俗

作为富有地方特色的白话小说,《西游记》在许多回中对海州地方人们的生活习俗有所描述,尤其是表现了山海相连这一独特地理环境中的山民、渔民们的生活习俗。开篇第一回写美猴王出世,外出学道,众猴大设筵宴,"采仙桃,摘异果,刨山药,劚黄精,芝兰香蕙,瑶草奇花"。这些食物云台山区山民们常常采摘以谋生。云台山因其地理位置独特,山中的小环境四季如春,野果飘香,尤其是其他地区难得的冬桃,至今山上依然随处可见,冬日里摘吃别有一番风味。而山药、黄精等可做食物的草本植物在云台山上更是随处可见,山民们常常采挖招待远方贵客。而这样一座美丽富饶的仙山却在大海中,美猴王的外出学道也只有海路可行"折些枯松,编作筏子,取个竹竿作篙,独自登筏,尽力撑开,飘飘荡荡,径向大海波中",到了南赡部洲地界,"只见海边有

人捕鱼、打雁、挖蛤、淘盐……"至今海清寺塔碑碣上仍然有"南瞻部洲"字样,而从海清寺塔嵌刻的记碣文来看,至少在北宋时期,海州即属于南赡部洲地界。《海清寺塔单和记碣》文曰:"南赡部洲大宋国海州东海县造塔……"《海清寺塔单和记碣》文曰:"南赡部洲大宋国海州怀仁县东南保新兴村……"至于"捕鱼、打雁、挖蛤、淘盐"则是古海州渔民们维持生计的基本手段。因为滩涂的开发,海州地域现今雁已经不常见,而捕鱼、挖蛤、淘盐则成了生活在海边人们的致富手段。

海州多山,自然也少不了猎户。秦昭襄王时曾招募夷朐猎虎能手猎杀巴蜀白虎,东海黄公能"制蛇御虎",《太平广记》卷457引《广异记》的记载更直接表明了海州地方多猎户:"海州人以射猎为事,曾于东海山中射鹿……"小说《西游记》第二十八回"花果山群猴聚义黑松林三藏逢魔"写孙悟空因为三打白骨精,被唐僧赶逐回花果山,群猴一个个向他哭诉:"自大圣擒拿上界,我们被猎人之苦,着实难捱!怎经他硬弩强弓,黄鹰猎犬,网扣枪钩……这两年,又被打猎的抢了一半去也。"行者道:"他抢你去何干?"群猴曰:"说起这猎户,可恨!他把我们中箭着枪的,中毒打死的,拿了去剥皮剔骨,酱煮醋蒸,油煎盐炒,当做下饭食用。或有那遭网的,遇扣的,夹活儿拿去了,教他跳圈做戏,翻筋斗,竖蜻蜓,当街上筛锣摇鼓,无所不为的玩耍"。这简直就是一幅活生生的猎人生活图,尤其是耍猴,海州地域至今依然盛行。

除了以上所述生活习俗外,小说《西游记》还表述了海州地域古老的抛绣球风俗。第八回后的附录"陈光蕊赴任逢灾",陈光蕊中状元跨马游街,遇到丞相殷开山之女殷温娇"高结彩楼,抛打绣球卜婿",才有了唐僧的出世。关于海州地域的抛绣球风俗,《嘉庆海州直隶州志》有一段详细的记载:

> 《古今诗话》:海州士人李慎言尝梦至一处,水晶宫阙,高插云霄,池中菡萏盛开,芳香沁骨。有宫女十余人,曳云绡雾縠之衣,抛球为戏。口歌新声十余阕……"侍宴黄昏晓未休,玉阶夜色月如流。朝来自觉承恩醉,笑倩旁人认绣球。""堪恨隋家几帝王,舞裀蹋尽绣鸳鸯。如今重到抛球处,不是金炉旧日香。"后为友人山阳蔡绳述之,蔡为传以记其略。

六、海州地域宗教特点与《西游记》的宗教观

海州地域自古以来从未有过统一的宗教信仰，而是多种宗教在此不断斗争、融合。虽然佛教很早就在海州登陆，但自传入以来，始终与当地的其他各种民间宗教信仰搅糅在一起，没有形成有严格教理教义的宗派，主题为佛教信仰的孔望山摩崖石刻中的多神题材即是最有力的证物。相反，一些简单易行、信仰较为自由的民俗佛教、民间道教以及其他一些民间神灵信仰等却在海州地域蔓延。

海州地域宗教复杂性特点在小说《西游记》中的体现较为明显。从全书的故事情节内容来看，《西游记》中的宗教容纳了包括原始巫教、佛教、道教、儒教以及一些民间信仰中的神灵，它"所反映的是一个非常杂乱的宗教观念"，"与其说是正统的宗教教义，不如说是民间信仰和宗教艺术的综合"，而"世俗人们心目中的宗教就是这样一个巫术、神话、宗教的混合物"。这种"杂乱的宗教观念"正表现了海州地域宗教的复杂性特点，前文道教文学、佛教文学以及民间文学的三章相关内容也正说明了这一点。海州地域的道教和佛教都以民间、民俗为主，小说中真正提到教派教理的内容也几乎不见，只在三十三回"外道迷真性 元神助本心"写已入佛门的孙悟空变作全真道人，自称来自蓬莱仙山，骗取小妖手中的宝贝紫金红葫芦和羊脂玉净瓶。孙悟空为什么单单愿意化作全真道人呢？这并不是偶然现象。金、元以来，全真教道士在东部沿海一带广招弟子，炼丹饮药，并参与了抗金斗争，可能影响了吴承恩的小说创作。

小说《西游记》中这种较为杂乱的宗教观念反映在佛道斗争上，是互有胜负：孙悟空学了道法以后依然逃不出如来佛的手掌心（第七回），归入佛门后取经途中却斗不过小小妖魔（第十五回以后）；万寿山五庄观镇元大仙几次活捉唐僧师徒（第二十四至二十六回），而车迟国斗法则是唐僧师徒步步占先（第四十五回）。佛与道的斗争不以身份高低而论，比的是谁的法术更高一筹。而这种带有巫术性质的各种法术往往各类人物都能施展，唐僧会念咒、妖怪能移山、土地常遁地、悟空可换头，如此等等的巫术内容即使佛祖如来也曾使用，仅仅写出"唵、嘛、呢、叭、咪、吽"几个字就可作为咒语，让五行山"生根合缝"（第七回），而取经路上的孙悟空更是常常念动咒语，役使土地神。

除此以外，小说《西游记》中还有一些以表现灵魂信仰为主的内容，如孙悟空魂入地府勾销生死簿、唐太宗魂游地府等。

对于多神信仰的宗教观，吴承恩又是如何取舍的呢？从小说《西游记》全书来看，宗教尤其是道教、佛教成了束缚自由的工具，这一点在孙悟空的身上表现得最明显。花果山上乐得逍遥，做自己的美猴王；到了仙宫不懂官阶品级，被封"弼马温"，因此"打出御马监"，自封齐天大圣，过无拘无束的生活。这些都是作为猴族的本真描写。自入佛门以来，孙悟空虽然也时有表现猴子的本性，但无奈"紧箍咒"非同凡响，因此不得不屈从于唐僧的絮叨说教；而西天取经被封"斗战胜佛"后，便不再想着花果山的儿孙们。由此而言，吴承恩在小说中对那些具有明确教理教义的宗教极尽了挖苦讽刺，因为它们束缚了原本属于人的自由。孙悟空的经历即表现了宗教对人性本真的扼杀，孙悟空最终也成了缺失本性的佛教徒。从宗教信仰角度而言，吴承恩倡导的是那种信仰较为简单自由、没有太多束缚的民间宗教。而海州地域的多神民间宗教信仰恰恰符合了吴承恩的宗教观，因此在《西游记》中也多有体现。

原载《边际文化影响下的海州叙事文学》中国社会科学出版社2014年版

编后记

《文学连云港 70 年·评论卷》选收的不是对古典文学、近代文学、现代文学的评论文章（特殊情况除外），而是对"文学连云港 70 年"的代表性评论文章。为此，经文学评论卷编委会研究，确定了入选《文学连云港 70 年·评论卷》的评论文章范围。

1. 凡作者在连云港工作期间所写的有关连云港文学 70 年来的创作、连云港作家和作品的评论文章（在全国各地报刊、学报发表的均可，下同），曾产生一定影响者。

2. 凡作者在连云港工作期间所写的有关全国、全省性文学问题的评论文章，曾产生一定影响者。

3. 凡作者在连云港工作期间所写的有关全国、全省性的文学论争、文学问题的评论文章，曾产生一定影响者。

4. 凡作者在连云港工作期间所写的有关戏剧（戏曲）文学、电影电视文学、曲艺、民间文学的评论文章，曾产生一定影响者。

5. 凡作者在连云港工作期间所写的有关古典文学名著《西游记》《镜花缘》和现代文学代表性作家、作品的评论文章，曾产生一定影响者。

6. 在外地工作、生活的连云港籍作者所写的上述范围内评论文章亦在选编之列。

外地评论家所写的评论连云港作家、作品的文章不收；连云港市评论家所写的评论外地作家、作品的文章不收。

入选文章的范围确定后，编委会的同志做了分工。李建军负责征集在外地工作、生活的连云港籍作者的作品；张景兰负责征集淮海工学院（包括原连云港矿专）作者的作品；张永义负责征集连云港师专、职大、电大及其他大中专院校作者的作品；刘枫、李岩负责征集市、县区（淮海工学院、连云港师专等院校除外）作者的作品。到 2019 年 6 月止，共征集到各类评论文章约二百篇。

编委会从这二百多篇的评论文章中筛选出近一百篇作为初选入围文章，又经过认真讨论，反复比较，以文章质量为准，最后选定五十余篇文章入选评论卷。

应该说，入选的文章体现了连云港文学 70 年间文学评论的整体水平，质量是相当高的。由于"文学连云港 70 年"每卷字数所限，加上征集、选编的时间较为仓促，难免有不当之处和遗漏之珠，有些质量较高的文章未能收入本书，我们也感到十分遗憾。疏漏之处也希望能得到大家的批评、指正和谅解。

编　者

2019 年 6 月

图书在版编目（CIP）数据

云雾散开 / 李建军主编. —北京：中国书籍出版社, 2019.11

ISBN 978-7-5068-7588-2

Ⅰ.①云… Ⅱ.①李… Ⅲ.①文学评论—中国—文集 Ⅳ.①I206-53

中国版本图书馆CIP数据核字（2019）第269210号

云雾散开

李建军　主编

图书策划	武　斌　崔付建
责任编辑	赵秀村　成晓春
责任印制	孙马飞　马　芝
封面设计	琥珀视觉
出版发行	中国书籍出版社
地　　址	北京市丰台区三路居路97号（邮编：100073）
电　　话	（010）52257143（总编室）　（010）52257140（发行部）
电子邮箱	eo@chinabp.com.cn
经　　销	全国新华书店
印　　刷	三河市华东印刷有限公司
开　　本	710毫米×1000毫米　1/16
字　　数	240千字
印　　张	20.25
版　　次	2020年2月第1版　2020年2月第1次印刷
书　　号	ISBN 978-7-5068-7588-2
定　　价	75.00元

版权所有　翻印必究